Holly Miller

Zwei Leben mit dir

HOLLY MILLER

Zwei Leben mit dir

Roman

Deutsch von Astrid Finke

blanvalet

Die Originalausgabe erschien 2022 unter dem Titel
»What Might Have Been« bei Hodder & Stoughton, London.

FSC www.fsc.org MIX Papier | Fördert gute Waldnutzung FSC® C083411

Klimaneutral* Druckprodukt ClimatePartner.com/14044-1912-1001

Penguin Random House Verlagsgruppe FSC® N001967

1. Auflage

Redaktion: Daniela Bühl
Umschlaggestaltung: FAVORITBUERO, München
Umschlagmotiv: Shutterstock.com (DniproDD; lawoel;
bush-man; NiklsN; momo sama)
DK · Herstellung: sam
Satz: Uhl + Massopust, Aalen
Druck und Bindung: CPI books GmbH, Leck
Printed in the EU
ISBN 978-3-7645-0734-3
www.blanvalet.de

1

»Du hast *was*?«

Ich bleibe neben der Tafel mit dem Craft-Beer-Angebot des Pubs stehen, das Handy ans Ohr gedrückt. »Meinen Job geschmissen«, wiederhole ich. »Gerade eben. Also, vor zehn Minuten.«

»Du hast deine Kündigung eingereicht?«

»Na ja, eher unter Protest den Saal verlassen.«

Meine Schwester Yoga-atmet ein paar Sekunden lang. »Wow. Okay…«

»Es ging nicht mehr, Tash. Dieses Mal hat es mir einfach gereicht.«

Vor meinem geistigen Auge sehe ich sie nicken, sich angestrengt um Verständnis bemühen.

»Es wird sich schon wieder was auftun«, sage ich mit einer Zuversicht, die ich definitiv nicht empfinde.

»Lass mich raten: Das Universum steht hinter dir?«

Ich ringe mir ein Grinsen ab, aber es gerät leicht schief. »Die Hoffnung stirbt zuletzt.«

Der Bus nach Hause kommt erst in einer Stunde, deshalb habe ich mich mit einer Virgin Mary im Smugglers verkrochen. Ich bleibe mit meinem Cocktail an der Theke sitzen. Das Smugglers ist eine Institution in Shoreley: Dort habe ich zum ersten Mal Alkohol bestellt, Livemusik gehört, Jungs getroffen, die keine Klassenkameraden waren.

Weil mir bewusst wird, dass ich ins Leere starre, rufe ich die Horoskop-App auf meinem Handy auf. Mein Horoskop zu lesen ist mein neuestes peinliches Laster, so wie trashige Fernsehsendungen oder Kekse im Bett. Was man einem potenziell interessanten Mann gegenüber niemals zugeben würde. Aber es macht ein bisschen süchtig. Ähnlich wie Lottospielen. *Vielleicht klappt es ja dieses Mal.*

Ich lese die Prophezeiung für den heutigen Tag, und mein Herz vollführt ein Stepptänzchen in meiner Brust.

Sie schlagen beruflich neue Wege ein. Falls Sie Single sind, könnte heute auch der Tag sein, an dem Sie Ihrem Seelenverwandten begegnen.

Und dann, wie in Zeitlupe, passiert es. Als ich die Hand hebe, um mir noch einen Cocktail zu bestellen, steht der Mann neben mir auf und macht Platz für jemand Neuen. »Ein Guinness, bitte.«

Der Barkeeper zögert, schielt zu mir. Mein neuer Sitznachbar dreht sich um, und unsere Blicke treffen sich.

»Oh, sorry.« Er grinst breit, die freundlichste Entschuldigung aller Zeiten. »Hab dich gar nicht gesehen.«

Es ist total seltsam: Ich habe das Gefühl, ihn zu kennen. Ihm schon einmal begegnet zu sein. Aber ich komme nicht darauf, wann oder wo.

Er sieht auf die Art gut aus, wie man sie aus Strickjacken-Werbung kennt, dunkle Stoppeln und zerzauste Haare und feucht glänzende Augen. Die Miene, mit der er mich ansieht – amüsiert und eindringlich zugleich –, in Kombination mit dem süßlichen Duft seines Aftershaves verschlägt mir kurz den Atem.

»Hallo. Macht gar nichts. Du zuerst«, sage ich.

»Was möchtest du?«

»Ach nein, das ist echt nicht nötig …«

»Doch, ich bestehe darauf.«

»Also gut. Dann bitte eine Virgin Mary. Danke.«

Netterweise und zu meiner Erleichterung versucht er nicht, meine Bestellung um einen Schuss Wodka anzureichern oder einen blöden Witz zu reißen, dass Kneipen üblicherweise zum Bechern da sind.

Als die Getränke kommen, sieht er sich um, zuckt dann die Achseln und bleibt auf dem Barhocker neben mir sitzen. »Darf ich? Ist so voll heute.« Er stößt mit mir an. »Ich heiße übrigens Caleb.«

Der Name sagt mir nichts.

»Lucy.« Ich streiche mir die widerspenstigen Haare zurück und wünsche mir, ich hätte wenigstens einen Blick in den Spiegel geworfen, ehe ich vorhin aus dem Büro gestürmt bin. Es ist extrem stickig hier drin, die Leute stehen dicht gedrängt unter der niedrigen Decke, und vermutlich ist es nur eine Frage der Zeit, bis ich in der Hitze zu verwelken anfange.

Ich male mir aus, wie Tash vor Verzweiflung über meine zerzauste Frisur und mein knittriges Kleid die Hände vors Gesicht schlägt. In meinen Augen war meine Schwester schon immer eine etwas edlere Version von mir: Sie ist knappe zehn Zentimeter größer, ich nur Durchschnitt; ihre Haare sind ein oder zwei Töne blonder, die Haut schimmert um ein paar Lumen mehr. Trotzdem, Caleb wirkt entspannt, als interessierte er sich nicht allzu sehr für glattes Haar oder Lumen, was mir entgegenkommt.

»Ich erinnere mich noch an Zeiten, als das hier eine stinknormale Kneipe war«, sagt er und nippt an seinem Bier, den Blick auf die funkelnden Gin-Flaschen hinter der Theke gerichtet. »Jetzt machen sie ganz auf Craft Beer und Cocktailkreationen und Holzofenpizza.«

»Und perfekt inszenierte Instagram-Posts.«

»Und albernes Knabberzeug.« Er schiebt mir ein Schüsselchen hin. »Wasabi-Erbse gefällig?«

Ich schüttle lachend den Kopf und versuche, das Kribbeln in meinem Brustkorb zu ignorieren. »Ich bin eher der Typ Erdnussflips.«

Grinsend hebt er die Faust, und ich schlage meine dagegen. Neben seiner Hand sieht meine winzig aus.

»Dann wohnst du also in der Nähe?« Ich überlege, wie ich in Erfahrung bringen kann, ob wir einander möglicherweise kennen.

Er nickt. »Und du?«

Ich nicke ebenfalls.

»Bist du oft freitags hier?«

»Nicht unbedingt.« Ich zögere, dann aber platze ich heraus: »Ich hab gerade meinen Job gekündigt.«

Er reißt die Augen auf. »Oha. Verstehe. Dann willst du hier deinen Kummer ertränken?«

»Nein. Ich meine, es war schon gut so. Eine Frage des Prinzips.«

»Na dann, Glückwunsch.« Er erhebt sein Glas, und in dem Moment sehen wir einander, nur eine Millisekunde lang, genau in die Augen. Ich spüre meinen Atem sich in meiner Brust ausbreiten, eine Wärme unter der Haut. »Schön für dich.«

»Danke«, stoße ich hervor und – womöglich, um ihn oder mich von meiner Verlegenheit abzulenken, die mir mit Sicherheit anzusehen ist – frage ihn: »Und was ist mit dir, bist du erwerbstätig?«

»Ja. Ich bin Fotograf.«

»Ehrlich? Von Beruf?«

Er lacht. »Ob du's glaubst oder nicht, so was gibt's.«

»Entschuldige«, sage ich ziemlich betreten. »Ich meinte nur, also, davon träumen so viele. Ich bin beeindruckt.«

Er lächelt und bedankt sich mit einem knappen Nicken. »Tja, du bist ja jetzt frei, wovon träumst du?«

Ich zögere. Ich könnte es ihm erzählen *(ich wollte schon immer einen Roman schreiben)*, aber damit würde ich mich in die Sorte Mensch verwandeln, vor der andere auf Partys flüchten. »Offen gestanden weiß ich das noch nicht so genau.«

»Was hast du denn bisher gemacht?« Mittlerweile hat er sich auf seinem Barhocker so gedreht, dass er mich ansieht, die Augen aufmerksam und leuchtend.

»Ich war bei einer Werbeagentur.«

Er trinkt einen Schluck, die Augenbrauen hochgezogen. »So was gibt es bei uns in Shoreley?«

Ich muss lachen. »Genau genommen nur diese eine. Wir betrachten uns gern als klein, aber mächtig.«

»Und du hast warum gekündigt?«

Noch während ich überlege, wie ich das am besten erkläre, erstarre ich.

Nein, das kann nicht sein.

Hektisch blinzelnd versuche ich zu erkennen, ob das, was ich sehe, real ist.

Denn plötzlich steht da, auf dem von meinem Platz aus sichtbaren Straßenabschnitt, der letzte Mensch auf der Welt, mit dem ich gerechnet hätte.

Mitten vor dem Fenster hat er angehalten, um sich etwas auf seinem Handy anzusehen. Völlig unter Schock spüre ich, dass mein Herz schneller schlägt.

Ganz eindeutig, er ist es.

Max. Max Gardner.

»Entschuldige bitte«, murmle ich und rutsche so heftig mit dem Hocker zurück, dass er beinahe umfällt. Ich lasse Caleb und meinen Cocktail einfach stehen und drängle mich durch die Menge nach draußen. Die Kälte der Luft verschlägt mir nach der Hitze des Pubs kurz den Atem, es fühlt sich an, als hüpfte mir das Herz in die Kehle herauf.

»Max«, sage ich nur.

Er hebt den Kopf, und ich betrachte ihn: schwarzer Wollmantel, Nadelstreifenanzug, dasselbe Schimmern im Blick, dasselbe markante Kinn, keine Spur von Altern in seinem attraktiven Gesicht. Groß, blond, ruhige Würde. Kurz verharrt er. Der Augenblick hat uns in seinen Bann geschlagen.

Ich wühle im Bauch nach meiner Stimme. »Hallo.«

Er lächelt sanft, macht einen Schritt auf mich zu. »Oh mein Gott. Du bist es wirklich. Hallo.«

2

Wir begrüßen uns mit einem angedeuteten Kuss auf die Wange, was albern ist, weil Max und ich uns früher über so etwas lustig machten, und dann treten wir zurück, um einander anzusehen. Zum zweiten Mal an diesem Abend verfluche ich mich für mein suboptimales Äußeres, für diesen ramponierten Look, den man bekommt, wenn man viel zu viel im Kopf hat.

Max und ich sind nicht über soziale Medien miteinander verknüpft, und wie jeder gute Anwalt hält er seinen Facebook- und Instagram-Account privat. Ich konnte mich nie überwinden, ihm eine Freundschaftsanfrage zu senden oder ihm zu folgen, allerdings sehe ich mir hin und wieder sein Linked-In-Profil an. Es ändert sich nie: Anwalt für Immobilienrecht bei Heyford West White, oder auch HWW, wenn man auf Akronyme steht, eine amerikanische Kanzlei mit Nebenstelle in London.

Sein Profilbild – professionell fotografiert und klassisch Max – passt ziemlich gut zu dem Mann, der vor mir steht. Kräftiges Kinn, dunkelblonde Haare. Eine Miene, die verspricht, deinen Fall ernst zu nehmen, aber mit einem Funkeln darin, das verrät, dass er einen Sieg wild feiern wird.

Der Mensch, für den du bestimmt bist, flüstert mein Herz ungebeten. *Der Eine, dem du heute noch nachtrauerst.*

»Was«, sage ich schließlich, weil einer von uns beiden den Anfang machen muss. »Was machst du hier?«

»Arbeiten. Na ja, mehr oder weniger.« Er reibt sich das Kinn und wirkt dabei untypisch verlegen. »Ich hatte einen Termin ganz dicht an der M2, und dann dachte ich, na ja, ich kann genauso gut noch ein Stück weiterfahren, um der guten alten Zeiten willen.«

Die guten alten Zeiten. Du hast an mich gedacht.

»Ich hab sogar überlegt, ob ich dich irgendwie zu kontaktieren versuche, aber …« Er verstummt. »Ich war mir nicht sicher, ob du noch hier wohnst oder ob du überhaupt Lust hast, mich zu sehen oder so.«

»Nein, das ist … Natürlich hab ich Lust.« Ich lächle, meine Emotionen tanzen in meinem Inneren. »Was für ein Termin war das? Irgendwas Spaßiges?«

Er lacht. »Kein bisschen. Nur eine Ortsbesichtigung. Bürohochhausbaustelle. Nimmt angeblich den Nachbargebäuden das Licht. Alles sehr öde.«

Bei dem »angeblich« muss ich grinsen. »Dann hast du dir also deinen Traum erfüllt, Anwalt zu werden.«

Als er lächelnd nickt, entdecke ich einen Hauch von Stolz in seinen Augen, was mehr als verdient ist. Ich empfinde eine seltsame Befriedigung beim Anblick von Anwalt Max, mit seinem glatten weißen Hemd und der anthrazitfarbenen Krawatte, erfolgreich und weltmännisch, alles, was er sich je gewünscht hat.

Ein paar Minuten lang unterhalten wir uns, über sein Leben in London und die seltsame Wendung, die mein Berufsleben heute genommen hat, doch dann kommt es mir allmählich albern vor, dieses Gespräch auf dem Bürgersteig zu führen, wo sich ein Meer von Kneipengängern um uns herum teilen muss.

Ich räuspere mich. »Hör mal, hättest du Lust auf ein schnelles Getränk oder so?«

»Eigentlich«, sagt er, wirft einen Blick auf seine Armbanduhr und verzieht leicht den Mund, »muss ich nach London zurück. Ich fliege morgen absurd früh weg und hab noch nicht mal gepackt. Der Abstecher hierher war eher spontan.«

Das Kribbeln in meiner Brust schwindet. Vielleicht ist sein alter Drang, vor mir zu flüchten, immer noch da. Trotzdem zwinge ich mich zu einem Lächeln. »Du Glücklicher. Was Schönes?«

»Seychellen. Zwei Wochen.«

»Allein?« Das rutscht mir heraus, ehe ich mich bremsen kann.

Er schüttelt den Kopf. »Nein, zum Tauchen. Wir sind eine ganze Gruppe.«

»Das klingt toll.« Insgeheim bin ich erleichtert - wobei ich dazu natürlich kein Recht habe –, dass es kein romantischer Urlaub für zwei ist. »Tja, wenn du zurück bist, können wir ja vielleicht …«

»Auf jeden Fall.« Er sieht mir genau in die Augen, woraufhin mein Magen sich vor Freude zusammenzieht. »Nach fast zehn Jahren haben wir uns so einiges zu erzählen.«

Es fällt mir schwer, meinen Blick von seinem loszureißen.

»Irgendwie ist das doch verrückt«, sage ich nach einer Weile. »Wie viele Leute treiben sich jeden Tag in Shoreley rum?«

»Hunderte? Tausende?« Er lächelt. Er muss denken, was ich denke, wie könnte es anders sein? »Und trotzdem stehen wir hier.«

Wir tauschen Handynummern aus, und dann sehe ich ihm nach, als er über das Kopfsteinpflaster weggeht, einen

Sturm von Gedanken im Kopf. Könnte es sein, dass meine dumme App recht hatte, bin ich gerade meinem Seelenverwandten über den Weg gelaufen? So oft dachte ich, dass Max für mich der richtige Mann zum falschen Zeitpunkt war.

3

»Das hast du richtig gemacht«, versichert Jools mir, als ich ihr von meiner Kündigung erzähle. »Die haben dich lange genug hingehalten.«

Ich bin noch im Bett und videochatte mit meiner ältesten Freundin, dem Menschen, der seit der Grundschule an meiner Seite steht, der mir in Zeiten der Unsicherheit immer Halt gibt.

»Danke.« Ich beiße mir auf die Lippe. »Bei Tageslicht betrachtet kommt es mir allerdings ein bisschen überhastet vor.« Im Allgemeinen bin ich niemand, der vorschnelle Entscheidungen trifft. Es kann schon passieren, dass ich spätabends noch einen Kaffee trinke, einen gewagten Lippenstift ausprobiere oder mir willkürlich ein Gericht von der Speisekarte aussuche, aber risikofreudiger wird es bei mir normalerweise nicht.

Jools nippt an ihrem Tee. Wie ich ist sie gerade erst aufgewacht, die Haare lösen sich aus ihrem Dutt. Sie streicht sie sich aus dem Gesicht. »Und, was hat Georgia dazu gesagt?«

»Nicht viel. Ich glaube, sie stand unter Schock.«

Als ich vor acht Jahren bei Figaro anfing, schien es ein eigentlich unverdienter Glückstreffer zu sein: eine Stelle bei Shoreleys einzigem Kreativbüro, wenige Monate nachdem ich mein Studium abgebrochen hatte. Ursprünglich hatte ich mich als Texterin beworben, aber Georgia stellte mich als Planerin ein, weil sie ahnte, dass ihre junge Agentur ohne so jemanden nicht weit käme. Ich sagte sofort zu, weil ich so dankbar war, überhaupt einen Job zu bekommen, und schwor mir, sie wieder auf eine Stelle als Texterin anzusprechen, sobald ich mich eingewöhnt und bewährt hatte. Anfangs waren wir nur zu sechst, gemeinsam bauten wir die Firma auf die vierzig Mitarbeiter aus, die sie heute beschäftigt. Und die meisten dieser Jahre waren gut. Erfüllend, in vielerlei Hinsicht. Tief drinnen aber bin ich keine Planerin: Ich wollte schon immer schreiben. Das liegt mir im Blut. Diese ganze Zeit, in der ich über Produkte und Branchen recherchierte, den Kundenkontakt pflegte oder Aufträge verfasste, wusste ich, dass mein Herz eigentlich für das Schreiben schlug. Ich notierte mir Slogans, schlug dem Team kreative Ansätze vor, entwarf manchmal Texte, um den Kollegen unter die Arme zu greifen.

Gestern Nachmittag lief dann das Fass endgültig über, als ich erfuhr, dass Georgia eine Texterin von außen angeworben hatte. Die Stelle hat sie mir im Laufe der Jahre fünfmal versprochen, und jetzt gibt sie sie einer anderen.

Als ich in ihr Büro stürmte, um eine Erklärung zu fordern, kam sie mit der müden Ausrede, sie könne sich nicht erlauben, mich in der Planung zu verlieren. Also ging ich einfach, was mich selbst mindestens genauso überraschte wie alle anderen.

»Und was jetzt?«, fragt Jools und beißt in eine Scheibe Toast. »Ziehst du nach London?«

»London?«, wiederhole ich, als hätte sie *auf den Mond* gesagt.

»Ja. Hat dich nicht vor ein paar Wochen diese superduper Agentur kontaktiert?«

Ich nicke. »Nur weil sie auch eine Planerin brauchen.«

Wie es der Zufall will, hat sich vor ungefähr vierzehn Tagen ein Headhunter im Namen der Crème de la Crème der Werbeagenturen, der Supernova Agency of Soho, bei mir gemeldet. Die Belegschaft liest sich wie eine Liste der heißesten Talente der ganzen Branche, und das Büro bewirbt sich regelmäßig um die dicksten Aufträge im ganzen Land, gewinnt Wettbewerb um Wettbewerb, Preis um Preis. Supernova ist berüchtigt für seine Rücksichtslosigkeit: Fremdes Personal wird abgeworben, Nachtschichten sind Standard, Wochenenden sind nicht vorgesehen. Aber das Gehalt ist astronomisch, und im Büro gibt es eine eigene Bar, ein Fitness- und ein Nagelstudio. Plus die legendären, voll bezahlten Firmenreisen.

Im Laufe der Jahre erhielt ich ähnliche Angebote von verschiedenen Headhuntern, aber sie kamen komischerweise immer gleichzeitig mit Gründen, bei Figaro zu bleiben: ein weiteres Versprechen von Georgia, mich zur Texterin zu befördern, eine Gehaltserhöhung, die Wahl Shoreleys zum lebenswertesten Ort Großbritanniens, ein Artikel im *Guardian* über Londoner, die in Scharen die Stadt verlassen. Und, um ehrlich zu sein, war ich bisher ziemlich glücklich in Shoreley, wo ich bei Tash, ihrem Mann und meinem Neffen im Haus wohne. Ich erwog nie ernsthaft, in die Hauptstadt zu ziehen.

»Das Timing ist perfekt, Lucy«, sagt Jools jetzt. »Bei uns wird ein Zimmer frei. Genau heute. Cara zieht aus.«

Vor fast zwölf Jahren ging Jools nach London, um eine Ausbildung zur Krankenschwester zu machen, und kehrte nie zurück. Seit drei Jahren lebt sie in einer Hausgemeinschaft in Tooting. Wie ich spart sie auf etwas Eigenes, und in der Zwischenzeit ist eine WG billiger als eine Einzimmerwohnung. Außerdem liegt das Haus nur einen Steinwurf von ihrem Krankenhaus entfernt.

In dieser Zeit hatte sie diverse Mitbewohner, nur zu oft eine Quelle der Erheiterung für uns. Wobei die derzeitigen mir ganz in Ordnung zu sein scheinen. Ich habe sie ein paarmal getroffen. Besonders Cara war herzlich und intelligent, mit einem kehligen Lachen und einer Schwäche für überbackenen Käsetoast mitten in der Nacht.

Und das Haus ist nett. Ja, schon, es ist ein bisschen gammelig und abgewohnt, mit abblätternder Tapete und fadenscheinigen Teppichen und einem Dauerkonzert von tropfenden Wasserhähnen und undichten Stellen. Aber es hat eine heimelige und gemütliche Atmosphäre. Ein Ort, an dem ich mir vorstellen kann, mich geborgen zu fühlen.

Jools erzählt mir, dass Cara auf Reisen geht. Südostasien, im Anschluss Australien.

Mein Magen macht einen Satz, mein Blick huscht zum Fenster. Ein instinktives Suchen nach einem Fluchtweg.

Ich atme mehrmals tief durch und wende mich wieder dem Handy zu. »Meinst du das ernst?«

»Klar doch! Nimm den fetten Job an und zieh bei mir ein.«

»Aber ich glaube, in London möchte ich genauso wenig als Planerin arbeiten wie in Shoreley.«

»Dann werde Texterin. Kann schon sein, dass du erst mal kleiner anfangen musst, aber du hast so viel Erfahrung in der Branche.«

Und eine Mappe, denke ich zaghaft. Slogans, die ich in meiner Freizeit entworfen, Texte, die ich verfasst habe, wenn das Team unter Zeitdruck stand, Kampagnenideen, die ich zusammen mit Grafikern entwickelt habe, nur so aus Spaß.

»Außerdem weißt du ja, wer sonst noch in London wohnt«, sagt Jools bedeutungsschwanger.

»Wer denn?«, frage ich unschuldig, obwohl es in meinem Kopf flüstert: Max.

»Max.«

»Max?«, ruft meine Schwester, als ich ein paar Minuten später unten frühstücke, die Augen so groß wie die eines Rehs im Scheinwerferlicht.

Tash ist kein Fan von Max, seit er mir das Herz gebrochen hat.

»Jaja, ich weiß. Aber er war total lieb gestern. Er wirkte erfreut, mich zu sehen.«

»Was wollte er denn in Shoreley?«

»Er war nur auf der Durchreise. Ein Arbeitstermin.« Max' Geständnis, sich an die guten alten Zeiten erinnert zu haben, verschweige ich bewusst.

Tash reicht mir einen Kaffee. Während ich an ihrer blitzblanken Frühstückstheke Coco Pops in mich schaufele, macht sie sich warm für eine Fitnesseinheit, von Kopf bis Fuß in Sweaty Betty, eine riesige Wasserflasche in der Hand.

Vor zwei Jahren bin ich bei Tash und ihrem Mann Simon eingezogen, als Teil eines größeren Sparplans (mehr ihrer als meiner zu Anfang), damit ich mir irgendwann eine Eigentumswohnung kaufen kann. Es traf sich gut, dass ich es hasse, allein zu wohnen, und mich nach der Trennung von meinem Ex nach Gesellschaft sehnte, und so fügte sich alles wunderbar.

Für Tash und Simon ist es kein so großes Opfer, wie es klingt. Ihr umgebauter Bauernhof hat sechs Schlafzimmer und zwei richtige Seitenflügel, zudem haben sie dadurch einen inoffiziellen Babysitter im Haus. Das Haus liegt gute fünfzehn Kilometer von der Küste entfernt, umgeben von nichts als riesigen Äckern, ohne Nachbarn in der Nähe. Die Stille hier kann manchmal regelrecht unheimlich sein, sodass ich nach dem Krachen brechender Wellen oder dem Trubel begeisterter Touristen in Shoreleys Kopfsteinpflastergassen lechze.

»Jools findet, ich sollte nach London ziehen«, sage ich mit vollem Mund, während Tash ein paar Kniebeugen macht. »Bei ihr ist ein Zimmer frei.«

Die Furche auf Tashs Stirn vertieft sich. Sie hört mit ihren Kniebeugen auf. »Lucy, nur weil du zufällig Max über den Weg gelaufen bist, kannst du doch nicht einfach alles stehen und …«

»Darum geht es nicht.« Was eigentlich auch stimmt. Ich meine, ja, in meinem Horoskop stand gestern rein zufällig etwas von einer Begegnung mit meinem Seelenverwandten, und es erscheint wirklich lächerlich, dass es sich auf jemand anders als Max bezogen haben könnte. Allerdings waren darin auch neue berufliche Wege erwähnt. Jools hat ein freies Zimmer, und ich wurde von dem Headhunter angeschrieben: Vielleicht zeigen alle Zeichen Richtung London.

»Ich habe eine bessere Idee«, sagt Tash.

»Nämlich?«, frage ich misstrauisch, weil ich – machen wir uns nichts vor – mit einem Menschen spreche, der gern vor dem Frühstück Sport treibt.

»Warum nutzt du nicht die Gelegenheit zum Schreiben? Das war immer dein Traum.«

»Ja, so was in der Art dachte ich auch. Mir einen Job als Werbetexterin besorgen.«

»Nein, ich meinte …« Tash stockt, dann verzieht sie den Mund zu einem Grinsen. »Das hier hab ich gestern im Feinkostladen entdeckt.« Sie greift nach der Obstschale und zieht einen Flyer darunter hervor.

SCHREIB DEINEN ROMAN! FÜR ANFÄNGER UND FORTGESCHRITTENE. WÖCHENTLICHER WORKSHOP. 5 £ PRO SITZUNG. GELEITET VON RYAN CARWELL, VERÖFFENTLICHTER ROMANAUTOR.

Ich sehe zu Tash auf. »Einen Roman schreiben?«

Sie nimmt meine Hand. »Weißt du noch, kurz bevor du auf Reisen gegangen bist, hast du mir deine Kurzgeschichte vorgelesen, und ich war völlig platt. Ganz ehrlich, Lucy. Seitdem denke ich, dass du was in der Richtung probieren solltest. Vielleicht ist das jetzt deine Chance. Wieder das zu machen, was du wirklich liebst. Sagtest du nicht, du hättest eine Idee für einen Roman?«

Ich schlucke. Mit vielem hat sie recht: Schreiben ist das, was ich liebe. Das entstand daraus, glaube ich, dass ich als Kind ein unersättlicher Bücherwurm war. Wann immer ich mich unsicher fühlte oder einen Fluchtweg brauchte oder einfach ein Weilchen abtauchen wollte, hielt ich mich an Bücher. Zum Beispiel, als unser Vater arbeitslos wurde oder als es diese Einbruchserie in unserer Straße gab oder als unsere geliebte Großmutter schließlich dem Magenkrebs erlag. Die Bücher, in denen ich Trost suchte, handelten fast ausnahmslos von der Liebe. Die Sorte Buch, die bei meinen Eltern, diesen unverbesserlichen Romantikern, im Haus herumlag. In Ferien und an Wochenenden also, und an Schultagen abends mit der Taschenlampe unter der Bettdecke, verlor ich mich in *Sturmhöhe*, *Stolz und Vorurteil*, *Anna Karenina* und *Doktor Schiwago*. Natürlich waren die Geschichten nicht immer fröhlich, und nicht immer siegte am Ende die Liebe. Aber mir gefiel, was sie gemeinsam hatten: dass sie die Liebe in den Mittelpunkt rückten, diese universelle, allumfassende Emotion mit der Macht, uns entweder zu vervollständigen oder zu zerstören.

Als ich älter wurde, und besonders in Momenten von Enttäuschung, Liebeskummer oder Trauma, verwandelte sich meine Leidenschaft für das Lesen in einen Wunsch zu schreiben, eine Sehnsucht auszuprobieren, ob ich anderen Menschen das Gefühl geben konnte, das ich beim Lesen empfand: zu Tränen gerührt zu werden, inspiriert, getröstet.

Also begann ich, die Art von Geschichten zu schreiben, in die ich mich am besten hineinversetzen konnte: Liebesgeschichten. An der Uni trat ich einer Creative-Writing-Gruppe bei, beteiligte mich an Wettbewerben, konnte sogar einige Kurzgeschichten in der Unizeitung veröffentlichen. Schreiben wurde meine Form, mich auszudrücken, ein Weg, dem Leben einen Sinn abzugewinnen. Selbst als ich mein Studium der Englischen Literatur aufgab, sagte ich jedem, alles sei in bester Ordnung, weil ich Schriftstellerin werden und gleichzeitig die Welt bereisen würde. Und damals hatte ich auch schon eine Idee für einen Roman, hatte Handlung, Figuren und eine grobe Kapiteleinteilung skizziert, ein halbes Notizbuch vollgeschrieben.

Aber dann kam Australien, als ich die Welt plötzlich überhaupt nicht mehr verstand. Und ich wollte nicht mehr ausdrücken, wie ich mich fühlte. Ich machte einfach dicht. Damals reichte schon ein flüchtiger Blick auf meine eigenen Sätze, um einen Würgereiz auszulösen.

Seitdem habe ich dieses Notizbuch nie auch nur aufgeschlagen.

Die Augen meiner Schwester leuchten verheißungsvoll auf. »Das war doch der Plan, als du das Studium geschmissen hast, Lucy, einen Roman zu schreiben, oder? Aber nach deiner Reise …« Sie verstummt, und ich weiß, was sie eigentlich sagen möchte: dass ich nach meiner Rückkehr nicht ganz derselbe Mensch war wie vorher.

»Ich brauche Geld«, wende ich ein. »Ich kann doch nicht einfach gar nicht arbeiten.«

»Dann besorg dir was in Teilzeit, zur Überbrückung. Die Lebenshaltungskosten sind hier so viel niedriger, da würde dir ein Gelegenheitsjob doch reichen.«

Ich zucke die Achseln. Man kann nicht abstreiten, dass ich es leicht habe in Shoreley. Die Miete für auch nur ein einzelnes Zimmer in Jools' WG hat bei mir leichte Herzrhythmusstörungen ausgelöst.

»Weißt du was?« Tash blinzelt hektisch, als hätte sie gerade ein Aha-Erlebnis. »Ivan sucht jemanden für den Laden.«

Verständnislos sehe ich sie an. »Wer ist Ivan? Was für ein Laden?«

»Ivan kennst du doch. Lukes Vater.«

»Ich kenne weder Luke noch seinen Vater.« Das macht Tash ständig, die Namen anderer Kinder aus Dylans Schule und ihrer Eltern ins Gespräch einzuflechten, obwohl ich den meisten noch nie begegnet bin.

»Luke geht in Dylans Klasse. Seinem Vater gehört der Geschenkeladen in der Stadt. Pebbles & Paper.«

»Der, wo es Kerzen für dreißig Pfund das Stück gibt?«

Tash lächelt. »Ach komm schon, du hast es doch immer

so mit Zeichen des Universums oder was auch immer. Ich finde diesen Flyer, Ivan sucht nach einer Aushilfe – das ist eine einmalige Gelegenheit, den Roman fertigzuschreiben und dir deinen Traum zu erfüllen.«

Einmal, noch während des Studiums, saß ich mit mehreren Kommilitonen in meinem Zimmer im Wohnheim zusammen, und wir redeten über unsere größten Ängste. Wir einigten uns auf das Übliche, einen geliebten Menschen zu verlieren, Krankheit, den Rest unseres Lebens verschuldet zu bleiben. Aber in meinem Kopf klingelte die ganze Zeit ein anderer Gedanke wie ein Glöckchen: meine Berufung nicht zu finden. Ich konnte mir nichts Schlimmeres vorstellen, als die Chancen, ob groß oder klein, zu übersehen, die mir das Leben bieten wollte. Das empfinde ich heute noch so, nach all den Jahren.

In meinem Bauch regt sich etwas bei der Vorstellung, mich dem Menschen, der ich früher einmal war, wieder anzunähern.

»Also.« Meine Schwester, meine beste Freundin, meine Vertraute seit ewigen Zeiten, sieht mich erwartungsvoll an. »Was soll es sein, Lucy? Bleiben oder gehen? Shoreley oder London?«

4

Shoreley

»Also, deine Schwester meinte, du bist Schriftstellerin.«

Erst sechs kurze Tage sind seit jenem Morgen in Tashs Küche vergangen, als ich die Entscheidung traf, in Shoreley zu bleiben, und schon erzählt sie aller Welt, dass ich von Beruf schreibe, was mit der Wahrheit nichts zu tun hat.

Ich treffe mich mit dem Vater von Dylans Schulfreund bei Pebbles & Paper, bevor der Laden morgens aufmacht. Ivans Gesülze zufolge ist es ein preisgekrönter Geschenkeladen, über den in zahllosen Zeitschriften berichtet wurde; wobei nicht klar wird, was für Preise ein Geschenkeladen denn gewinnen kann, und ich ihm niemals abnehme, dass Kate Winslet im letzten Sommer hier vegane Seife für fünfzig Pfund gekauft hat. Ivans Outfit spricht Bände: cremeweiße Chino, Slippers und ein gestreiftes Hemd, wie man es normalerweise bei Ruderregatten sieht.

Eingerichtet ist das Geschäft ganz im maritimen Stil, überladen mit Wimpeln, Muscheln und Matrosenstreifen. Ich war ein paarmal hier, bin aber wegen der Preise immer schnell und mit leeren Händen wieder geflüchtet. Das erzähle ich Ivan natürlich nicht, einem Mann, der seit fünf Minuten mit seiner Gewinnspanne prahlt.

»Mehr oder weniger«, beantworte ich seine Halbfrage

brav, während ich den Mief von ätherischen Ölen, Duftkerzen und handgenähten Lavendelsäckchen einatme. »Ich meine, so lautet der Plan.«

Ivan runzelt die Stirn, als müssten meine Lebensziele dringend mal durchanalysiert werden, gleich hier, zwischen den Treibholzstücken mit aufgemalten Sinnsprüchen. »Aha, gut, also, nächstes Jahr expandieren wir«, sagt er. »Wir mieten uns gerade ein paar kleinere Ladenlokale in Suffolk und West London.« Er schiebt sich den Pony aus den Augen. »Hauptsächlich bräuchten wir dich unter der Woche vormittags. Am Nachmittag übernehme dann ich oder meine Frau Clarissa. Aber jeden zweiten Samstag bräuchten wir dich den ganzen Tag.«

»Perfekt«, sage ich.

»Gut. Dann sehen wir uns mal die Kasse an, okay?«

Ich nicke und folge ihm zum Tresen, wo ein Computerbildschirm steht, ein Goldfischglas mit handgesiedeter Seife und ein kompliziertes Sortiment von Seidenpapier und Schleifen, das zu benutzen doch wohl hoffentlich nicht von mir erwartet wird. Ich bin schon lange der Ansicht, dass Geschenktüten mit gutem Grund erfunden wurden.

»Worum geht es denn in deinem Roman?«, fragt Ivan, während er sich auf dem Touchscreen in die Kasse einloggt.

Ich zögere. »Tja, es ist eine, ähm, Liebesgeschichte, kann man wohl sagen.«

»Aha«, sagt er wissend. »*Die* Sorte Buch also.«

»Welche Sorte?«

Ich sehe ihm an, dass er sich mühsam verkneift, mit den Augenbrauen zu wackeln. »Schlüpfrig.«

Ich räuspere mich. »Eher weniger. Genauer gesagt, beruht die Story lose auf meinen Eltern.«

Er wirkt leicht enttäuscht und gar nicht überzeugt. »Und was hast du vorher gemacht? Tash erwähnte was von Werbung.«

»Figaro.« Das Wort klebt mir überraschenderweise im Hals fest, während ich das Bild von Georgias Miene zu verdrängen versuche, als ich ihr mitteilte, dass ich kündige. Egal was zwischen uns vorgefallen ist, ich habe sie immer als Freundin betrachtet. »Kennst du die?«

»Sorry, nie davon gehört. Also gut. Mit dem Code hier loggst du dich ein. Und dann probieren wir mal das Scannen mit den Alpaka-Bettsocken.«

Als ich gegen Mittag zurückkomme, ist das Haus leer und vollkommen ruhig, eingehüllt in diese tiefe Stille, wie ich sie nur hier auf dem Land erlebt habe. Wenn das Haus voll ist, kann ich sie normalerweise ausblenden, aber wenn ich allein bin, trifft sie mich wie ein Wasserfall. An Silvester, als Tash, Simon und Dylan eine Woche zum Skifahren in Chamonix waren, musste ich in jedem Zimmer die Stereoanlage aufdrehen – genau wie jetzt –, nur um mich nicht ganz so wie die einzige Überlebende der Apokalypse zu fühlen. Um das allzu vertraute bange Pochen in der Brust zu übertönen.

Der Job bei Pebbles & Paper scheint in Ordnung zu sein. Ivan wirkt ganz okay, wenn auch ein wenig albern. Er hat mich gebeten, Samstag in einer Woche anzufangen. Trotzdem habe ich die gesamte Heimfahrt im Bus gegrübelt, ob es die richtige Entscheidung war, in Shoreley zu bleiben.

Ich meine, mal ehrlich, für wen halte ich mich? Genau genommen bin ich nichts als eine Möchtegernschriftstellerin, die bisher noch keinen einzigen Absatz professionell veröffentlicht hat. Vielleicht hätte ich nach London gehen sollen, bei Jools einziehen, mir einen Job bei dieser Agentur in Soho besorgen. Vielleicht ginge das immer noch.

Aber als ich mir gerade großzügig Worcestersauce auf meinen Käsetoast schütte, blitzt eine Nachricht von Jools auf meinem Handy auf. Darin steht, dass ein gewisser Nigel, der als Rechnungsprüfer arbeitet, Caras Zimmer bekommt. Er hat einen ganzen Korb voller Muffins zum Vorstellungsgespräch mitgebracht.

Tja, damit hätte ich niemals mithalten können.

Wieder lese ich den Flyer, den Tash mir gezeigt hat und der jetzt an der Küchenpinnwand hängt, und spüre eine plötzliche und ungewohnte Zuversicht. *Komm schon. Du kannst das schaffen.*

Ich muss nur tief durchatmen und auf das Universum vertrauen. Dieser Ansatz hat sich bisher für mich bewährt: Den Job bei Figaro bekam ich damals, weil Georgia zufällig vor mir auf der Straße eine Tüte voller Lebensmittel fallen ließ, und ich, als ich ihr half, alles wieder aufzuheben, einen Witz über den schlecht geschriebenen Text auf der Müslipackung machte. Nur vierundzwanzig Stunden bevor ich Max begegnete, öffnete ich einen Glückskeks, auf dessen Zettel stand: *Die Liebe ist schon unterwegs.* Ich habe eine hervorragende Erfolgsbilanz mit vierblättrigem Klee und doppeldottrigen Eiern.

Mein Glaube an dieses ganze Zeug ist zum Teil ererbt; meine Eltern lernten sich mit zwanzig im Urlaub kennen, weil ein Reisebüromitarbeiter meinen Vater versehentlich nach Menorca statt Mallorca geschickt hatte. An ihrer Küchenwand steht sogar: *Dein Schicksal findet dich.* Ich bin willens, über den Kitschfaktor hinwegzusehen, weil ich der Aussage so was von zustimme.

Als ich fertig gegessen habe, gehe ich in mein Zimmer hinauf und grabe den einzigen Gegenstand aus, den ich von meiner Reise vor neun Wintern mitgebracht habe. Ein ledergebundenes Notizbuch. Ich hatte es mir extra vor dem Abflug gekauft, mit der Absicht, es gefüllt zurückzubringen, damit die katastrophalen drei Monate davor wenigstens nicht völlig umsonst gewesen waren.

Als ich es jetzt wieder durchblättere, versetze ich mich im Geiste an jeden Ort, an dem ich darin geschrieben habe. Ein Strandcafé in Marokko, ein Park in Singapur, eine Bar in Kuala Lumpur. Und dann erinnere ich mich wieder an das, was in Australien geschah, die bittere und unangenehme Realität, dass nur wenige Stunden nachdem ich diesen letzten Absatz schrieb – jetzt streiche ich bedauernd über die Seite –, ein Mann mich in einer Bar breit anlächelte und mir mitteilte, er heiße Nate.

Und was ist mit Max? Dieses Buch erinnert mich daran, wie sehr ich ihn damals liebte, wie präsent er immer in meinem Geiste war, wenn ich schrieb. Wie lange es dauerte, über ihn hinwegzukommen. Wie oft ich in den vergangenen Jahren an ihn dachte, mich fragte, ob mir ein Leben mit meinem Seelenverwandten entgangen war.

War ich unfassbar dumm, als ich entschied hierzubleiben? Sollte ich mich bei ihm melden, oder ist es ein Wink des Schicksals, dass er gerade im Urlaub ist? Habe ich möglicherweise eine zweite Chance auf ewiges Glück versäumt?

Als ich seufzend das Notizbuch zuklappe, fällt mein Blick auf etwas anderes, etwas, das mich heute Morgen erschreckte, als ich es fand.

Ein Bierdeckel mit Calebs Nummer darauf.

Wenig überraschend blieb er nicht im Smugglers sitzen, nachdem ich Max hinterhergespurtet war. Ich hatte ein schlechtes Gewissen, einfach so abzuhauen, unser Gespräch abzubrechen, aber ich bekam keine Gelegenheit, mich zu entschuldigen.

Erst heute, als ich mir für den Termin mit Ivan zum ersten Mal seit meiner Kündigung meinen Büromantel anzog, entdeckte ich, dass Caleb mir den Bierdeckel in die Tasche gesteckt hatte.

Ich drehe das Stückchen Pappe mehrmals hin und her, erinnere mich lächelnd an seine sanft forschenden Augen, seine Freundlichkeit, das Kribbeln in meinem Bauch, wenn er lachte. Und ehe ich mir so richtig überlegt habe, was ich da mache, wähle ich seine Nummer.

Es überrumpelt mich leicht, dass er sich meldet, etwas knapp. Ich war davon ausgegangen, dass er eine unbekannte Nummer auf die Mailbox umleiten würde. »Ja?«

Mein Magen verkrampft sich. »Hier ist, ähm, Lucy. Aus dem Pub. Dem Smugglers, letzte Woche. Du hast mir deine Nummer auf einen Bierdeckel geschrieben.«

Seine Schroffheit verwandelt sich schlagartig in Fröhlichkeit. »Lucy, hallo. Genau. Schön, von dir zu hören.«

»Ich hab ihn erst heute Morgen gefunden. Den Bierdeckel.« Ich stocke. Vielleicht hätte ich lieber eine Nachricht schreiben sollen, statt anzurufen? Heutzutage telefoniert doch niemand mehr, der nicht jenseits der fünfzig ist oder für den Rettungsdienst arbeitet.

»Ja, sorry«, meint er mit einer Spur von Beschämung. »Ich glaube, das ist so ungefähr das Schmalzigste, was ich je gemacht habe.«

Oh Gott. Er hat es sich anders überlegt. Er bereut, mir die Nummer gegeben zu haben. Ich wusste doch, dass ich nicht hätte anrufen sollen.

»Ich freue mich echt, dass du dich meldest«, fährt er fort.

»Ach ja?«

Er lacht. »Ja. Ich dachte schon, ich müsste heute noch mal ins Smugglers gehen, für den unwahrscheinlichen Fall, dass du wieder an der Theke sitzt.«

Ein Freudenschauer durchfährt mich. »Tja, wie es der Zufall will, habe ich heute Abend noch nichts vor.«

Ich höre ihn grinsen. »Hervorragend.«

Bei meinem Anruf arbeitete Caleb noch, deshalb schlug er vor, sich bei ihm im Atelier zu treffen, in der Stadt. Es liegt in einem umgebauten Reihenhaus, eines dieser alten, weiß gestrichenen in einer kopfsteingepflasterten Gasse, stilecht mit schiefen Wänden und knarzenden Bodendielen und Balken, die so niedrig hängen, dass man sich den Kopf anstößt.

Als der Summer ertönt, steige ich eine schmale Wendeltreppe hinauf und stecke den Kopf durch die Tür, an der sein Name steht.

Ich weiß nicht, was ich erwartet habe, viele Lampen und Stative vielleicht und diese komischen weißen Schirme, aber in Wirklichkeit ist das Atelier nur ein kleiner Raum mit abgeschliffenen Holzdielen, weißen Wänden und weißen Möbeln, dazu einer Topfpflanze, einer Kaffeemaschine und einem riesigen Apple-Computer. Ich kann Caleb gar nicht entdecken, bis er den Kopf hinter dem Monitor hervorreckt, der ungefähr die Größe einer durchschnittlichen Kinoleinwand hat.

Lächelnd steht er auf. »Hallo.«

Er sieht noch besser aus als in meiner Erinnerung, lässig in dunkler Jeans zum ausgeblichenen dunkelblauen Pulli.

»Hübsches Atelier.« Plötzlich ist mir etwas schüchtern zumute.

»Danke. Obwohl mir klar ist, dass ich ziemlich großkotzig geklungen haben muss mit meinem ›komm doch in mein Atelier‹.«

Ich muss lachen. »Ganz ehrlich, darüber hab ich gar nicht nachgedacht.«

Einen Moment lang schweigen wir beide und mustern einander.

»Du siehst gut aus«, sagt Caleb.

Du aber auch, hätte ich am liebsten gesagt. *Wo hattest du dich bisher versteckt?*

Am Nachmittag habe ich mich mit der Klamottenfrage herumgequält (Ist es ein Date? Kein Date?), bis ich schließlich die Mitte zwischen Bequemlichkeit und Style anpeilte, mit einem grauen Hängerkleid, Seidenstrumpfhose und Stiefeln mit Absatz. Und leuchtend roten Ohrringen, als Farbklecks.

»Danke«, gebe ich zurück.

»Ähm, ich hab was für dich.« Er reicht mir eine Papiertüte.

Als ich hineinspähe, muss ich kichern. Die Tüte ist randvoll mit Erdnussflipspackungen. Er muss sie extra besorgt haben.

»Wow, vielen Dank. Das ist ein wirklich großartiges Geschenk.«

»Bitte. Aber setz dich doch. Ich muss nur noch kurz eine E-Mail abschicken, dann bin ich ganz für dich da.«

Der nächststehende Stuhl ist so ein Gerät aus Drahtgeflecht, wie man es häufig in Zeitschriften für Innenarchitektur sieht. Ich habe etwas Angst, dass er einen Wurstnetzabdruck auf meinem Gesäß hinterlassen wird, aber als ich das Kissen von der Lehne auf die Sitzfläche klappe, ist er bequemer, als er aussieht.

»Also, Lucy«, sagt Caleb, ohne jegliches Interesse an seiner E-Mail zu erkennen zu geben. »Beim letzten Mal wolltest du mir gerade erzählen, warum du deinen Job geschmissen hast.«

Ich krümme mich innerlich, als mir einfällt, wie ich fluchtartig den Pub verließ, um zu Max zu rennen. »Ja, das war …«

»Du musst nichts erklären.«

»Möchte ich aber.«

Ich sehe ihn an. Seine braunen Augen sind freundlich. »Okay.«

»Der Typ draußen war ein alter Freund. Ich habe ihn seit Jahren nicht gesehen. Es hat wirklich Spaß gemacht, mich mit dir zu unterhalten, aber …«

»Ging mir genauso.«

»… aber ich musste einfach schnell Hallo sagen. Entschuldige bitte. Du musst mich für ziemlich unhöflich gehalten haben.«

Er bedeutet mir grinsend seine Zustimmung. »Oh ja, und wie. Komischerweise wollte ich dir trotzdem meine Nummer geben.«

Ich lächle. »Tja. Danke.«

»Ich hätte sogar auf dich gewartet, aber ich war verabredet.«

Etwas verwirrt bleibe ich stumm.

»Ich wollte mich mit einem Freund treffen«, erklärt er. »Aber ich war im falschen Pub.«

Was für ein glücklicher Zufall, denke ich, sage es aber nicht laut.

»Jedenfalls: dein Job.«

»Ah, genau. Na ja, im Grunde hatten sie mir eine bestimmte Stelle versprochen und dann jemand anders genommen.«

»Aua. Und was hast du jetzt vor?«

Ich atme geräuschvoll aus. »Du meintest gerade, du hättest großkotzig geklungen, als du dein Atelier als Treffpunkt vorschlugst.«

»Genau.«

»Das kann ich wahrscheinlich noch toppen.«

»Lass hören.«

»Ich habe beschlossen, einen Roman zu schreiben.«

»Aber das ist doch cool.«

Ich beiße mir auf die Lippe. »Danke. Keine Ahnung, ob ich das überhaupt kann.«

Er lehnt sich auf seinem Stuhl zurück. »Wie lange gibst du dir?«

»Weiß noch nicht genau.« Beim Reden wird mir erst bewusst, dass ich eigentlich keinen richtigen Plan habe. »Zur Überbrückung habe ich einen Teilzeitjob in so einem Geschenkeladen angenommen. Pebbles & Paper.«

Als ich das erzähle, verzieht Caleb das Gesicht, als müsste er sich ein Lachen verbeißen.

Ich reiße die Augen auf. »Was denn?«

»In dem Laden hab ich Hausverbot.«

»Wie kann man in einem Geschenkeladen Hausverbot haben?«

»Ich hatte eine etwas, ähm, hitzige Debatte mit dem Eigentümer.«

»Ivan? Worüber?«

»Ach, er hat so Holzgegenstände verkauft, von denen er behauptet, sie wären handgearbeitet von einem örtlichen Schreiner. Einzelstücke, nur für ihn hergestellt, bla, bla.« Caleb garniert seine Schilderung mit diversen Anführungszeichen in der Luft. »Also habe ich meiner Mutter welche zum Geburtstag gekauft. Kam auf siebzig Pfund. Leider hatte meine Schwester exakt dieselben Dinger. Wohlgemerkt, sie wohnt in Newcastle und war noch nie in Shoreley.«

»Ach du Schande. Und dann?«

»Na ja, dann bin ich in den Laden gegangen und habe ihn höflich aufgefordert, seine Kunden nicht zu belügen. Möglicherweise habe ich auch die Verbraucherzentrale erwähnt, woraufhin er ganz schwitzig und aggressiv wurde und mir Hausverbot erteilt hat.« Jetzt lacht Caleb. »Ich meine, aus einer Kneipe oder einem coolen Club bin ich noch nie rausgeflogen. Aber aus dem Pebbles & Paper.«

Kopfschüttelnd breche ich ebenfalls in Gelächter aus.

»Sorry. Ich bin ein bisschen taktlos, oder?«

»Nein, gar nicht. Immer gut, wenn man vorbereitet ist.«

Die E-Mail hat Caleb immer noch nicht abgeschickt. »Und was für einen Roman schreibst du?«

Ich zögere, unsicher, ob ich das, was ich bisher zu Papier gebracht habe, überhaupt als Roman bezeichnen sollte. In der vergangenen Woche habe ich mühsam insgesamt vierzehn Seiten getippt. Ein paar tausend Wörter. So etwas schon Roman zu nennen scheint mir doch leicht voreilig.

Meine Schüchternheit steigert sich noch eine Spur. »Ach, das Übliche, Frau trifft Mann. Nichts Besonderes.«

»Seit wann ist ›Frau trifft Mann‹ nichts Besonderes?«, fragt Caleb, und dann finden unsere Blicke sich, und wir sehen einander stumm an, und es fühlt sich seltsam schön und wohlig an, auf eine Art, die ich schwer beschreiben kann.

Irgendwann räuspere ich mich. »Wie lange arbeitest du denn schon als Fotograf?«

»Elf Jahre.«

»Nicht schlecht.«

»Ich hab mein Kunststudium geschmissen«, sagt er hastig, und ich bin mir erst nicht sicher, warum. Vielleicht glaubt er, die Zahl ließe ihn älter klingen, als er ist.

Meiner Berechnung nach müssen wir ungefähr gleich alt sein, plus/minus ein paar Jahre vielleicht. »Willkommen im Klub.«

»Du auch?«

Ich nicke. »Englische Literatur.«

»Was hast du stattdessen gemacht?«

Ich schlucke, mogle mich um die Wahrheit herum. »Ich bin gereist.«

»Ehrlich?« Er beugt sich vor. »Wo warst du?«

»Ach, das Übliche. Europa, Marokko, Australien.« Ich rede schnell weiter, ehe er nachfragen kann. »Und was ist mit dir? Warum hast du nicht zu Ende studiert?«

Er lacht. »Ungeduld.«

»Was machst du so für Fotos?« Ich stehe auf und spaziere an die hintere Wand, wo ein kleines, steif aussehendes Sofa und ein niedriges Tischchen stehen, auf dem eine große schwarze Mappe liegt. »Darf ich?«

Auf Calebs Nicken hin klappe ich sie auf.

»Die muss mal aktualisiert werden«, sagt er, als ich zu blättern anfange. »Aber hauptsächlich Lifestyle und Porträts. Viel für Firmen. Hochzeiten manchmal. Eigentlich alles, was mir so angeboten wird.«

Die Fotos sind unglaublich: ein paar fantastische Bilder von einer jungen rothaarigen Frau mit Kaffeetasse in einem Café, ein Pärchen unter einem Regenschirm an einem grauen, nassen Tag, den Caleb spektakulär aussehen lässt, mit in der Luft glitzerndem Regen. »Die sind toll.«

»Danke.« Er klingt ungefähr so verlegen wie ich, als er mich nach meinem Roman fragte. »Ich wollte schon länger ein paar der Bilderrahmen. Um den Raum ein bisschen aufzumöbeln.«

Ich hebe den Kopf. »Bist du noch nicht lange hier?«

»Nicht besonders. Sechs Monate.«

»Wo warst du vorher?«

»In London. Als ich mich von meiner Frau getrennt habe, bin ich hierher zurückgezogen. Ich bin in Shoreley aufgewachsen, deshalb …«

Getrennt, denke ich. *Das ist nicht das Gleiche wie geschieden, oder?*

Ich merke, dass er mich beobachtet. »Auf meine tollpatschige Art wollte ich damit erzählen, dass ich schon mal verheiratet war.«

Ich klappe die Mappe sorgsam zu. »Kommt in den besten Familien vor.«

Er atmet tief aus. »Ich hatte gehofft, dass du das sagst.«

London

Schon eine Woche nachdem ich Figaro verlassen und die Entscheidung getroffen habe, es in London zu probieren, ziehe ich bei Jools ein.

Das Haus liegt in einer ruhigen Straße in Tooting – zumindest für Londoner Verhältnisse ruhig. Sie geht von der High Street ab, und an ihrem einen Ende befindet sich das Krankenhaus und am anderen ein Pub. Von meinen früheren Besuchen weiß ich rein zufällig, dass dieser Pub in den drei wesentlichen Kriterien für anständige Kneipen hervorragend abschneidet: Qualitäts-Quizze, Livemusik und ein fantastischer Sonntagsbraten. Jools und ihre Mitbewohnerin Sal, die Hebamme ist, gehen zum Essen dorthin, wenn sie keine Lust haben zu kochen.

In den letzten Tagen hatte ich ein beklommenes Gefühl in der Brust, weil ich unsicher bin, ob es das Richtige ist, nach London zu ziehen. Ob ich mir eine Auszeit zum Nachdenken hätte nehmen sollen, bevor ich mich gleich auf den nächsten Job stürze. Ob weiter bei Tash zu wohnen, in diesem Geschenkeladen zu arbeiten und einen Roman zu schreiben vielleicht doch der bessere Weg gewesen wäre.

Zum einen wäre es deutlich weniger stressig gewesen. Anfang dieser Woche rief ich den Headhunter für Supernova an, erklärte meine Situation und wurde für Freitag in einer Woche zum Vorstellungsgespräch eingeladen. Nicht dass ich auch nur einen blassen Schimmer hatte, wie ich jemanden davon überzeugen soll, eine talentierte Texterin zu sein; abgesehen von meiner improvisierten Mappe habe ich nicht sonderlich viel vorzuweisen. Kaum echte Berufserfahrung im Schreiben. Ein fünf Monate vor dem Examen abgebrochenes Studium. Ich meine, es geht immerhin um Supernova, Sonnensysteme von allen Jobs entfernt, in denen ich bisher gearbeitet habe.

Jools zeigt mir das Zimmer, in dem Cara wohnte. Es ist identisch mit dem von Jools, außer dass es auf die Straße hinausgeht. Und natürlich fehlen die stylischen Kunstwerke und hippen Möbel. Abgesehen von einem Bett und einer Kommode ist es leer, was ich als angenehm empfinde, wie ein weißes Blatt Papier. Etwas, das ich mir zu eigen machen kann. Es ist geräumig und hat eine hohe Decke, durch das große Erkerfenster fällt helles Aprillicht. Mit Licht bin ich komisch, düstere Zimmer kann ich nicht ausstehen.

Ich betrachte die Straße, meine Ohren gewöhnen sich an das Hintergrundbrummen von Bussen und Autos im Rückwärtsgang. So völlig anders als Tashs Haus mit seiner Schluchtenstille. Hier ist immer etwas in Bewegung, jemand in der Nähe. Ich finde es beruhigend, trotzdem empfinde ich einen leichten Kulturschock.

Jools legt mir von hinten die Arme um die Schultern. Sie ist nach ihrer Schicht frisch geduscht, der vertraute Duft ihrer Körperlotion ist so wohlig wie Kaschmir. »Willkommen zu Hause«, flüstert sie, und die Anspannung in meiner Brust lockert sich etwas.

Alles wird gut. Jools ist hier. Du hast ein Vorstellungsgespräch für deinen Traumjob. Das hier ist eine Chance, ein Neuanfang. Mach das Beste draus.

Sal und Reuben, die anderen Mitbewohner, sind nicht da, also machen Jools und ich uns auf den Weg in den Pub, um meinen ersten Abend zu feiern.

»Das ist eindeutig deine beste Wohnung bisher, Jools«, stelle ich fest, als wir uns in einer Ecke niederlassen, mit Weißwein für Jools und Holunderschorle für mich. Es ist viel los, in der Luft hängt dieser eigenartig wohlige Geruch von Hopfen und Frittierfett. Es ist ein richtiger Pub, wenn auch mit einer etwas aufgestylten Atmosphäre, was mich an das Smugglers erinnert.

»Aber so was von. Weißt du noch, Camden?«

Ich lächle meine Freundin an, deren Haare noch feucht von der Dusche sind. Sie föhnt sie nie, besitzt nicht einmal einen Föhn, und in ungefähr einer halben Stunde werden sie sich wie von Zauberhand zu dicken, glänzenden Locken gewellt haben. Jools ist völlig ungeschminkt, hat sich den Tag vom Gesicht gerubbelt. Sie ist eine natürliche Schönheit, die Sorte Frau, die mit geschmeidiger Haut aufwacht, die melassebraunen Augen vom Schlaf leuchtend.

Es wäre einfach, ihr das zu verübeln. Aber Jools ist der beste Mensch, den ich kenne. War sie schon immer.

»Du meinst die Garage«, verbessere ich sie. Denn es war tatsächlich eine umgebaute Garage, und zwar nicht sonderlich gut umgebaut.

»Und dieser Vermieter in Bethnal Green.«

»Oh ja, Mr. Lassen-Sie-sich-von-mir-nicht-stören.« Der Mann kam mit beunruhigender Häufigkeit unangemeldet in ihre Wohnung, bis Jools ihn anzeigte, woraufhin sie sofort vor die Tür gesetzt wurde.

»Irgendjemand hat mir erzählt, dass er vor Kurzem verhaftet wurde«, sagt Jools.

Ich erschauere, muss an Nate denken. »Ach, hör bloß auf.«

Jools nippt an ihrem Wein. »Ja, an die jetzige Wohnung werde ich mich mit Sicherheit gern erinnern.«

»Wie läuft es mit dem Sparen?«

»Zäh. Zwei Jahre dauert es mindestens noch. Ach, was ich dir noch erzählen wollte.« Sie stellt ihr Glas ab. »Als Cara sagte, sie zieht aus, hat Reuben mit einem Freund von einem Freund eine Besichtigung arrangiert. Natürlich ohne uns Bescheid zu geben. Aber dann hat er vergessen, dem Typen zu sagen, dass du das Zimmer kriegst. Also stand dieser arme Kerl mit einem Korb voller Muffins bei uns vor der Tür.« Sie legt sich eine Hand auf die Brust. »Kannst du dir das vorstellen?«

»Oh mein Gott. Was habt ihr gemacht?«

»Na ja, Reuben war nicht da, und Sal und mir war es natürlich wahnsinnig peinlich. Der Gute wollte uns auch noch trotzdem die Muffins schenken, aber das war uns dann doch zu unangenehm. Seitdem sehe ich ihn immer vor mir, wie er zum Gartentor läuft, mit dem schaukelnden Körbchen in der Hand.«

»Jetzt habe ich ein schlechtes Gewissen.«

Jools schüttelt den Kopf. »Ach, bitte. Es war Reubens Schuld. Du weißt ja, wie er ist.«

»Also hat er nichts dagegen, dass ich einziehe?«

»Reuben? Selbstverständlich nicht. Offen gestanden, wenn er keine Freundin hätte, wärst du ziemlich sicher sein Typ.«

Ich lache. »Warum das denn?«

Sie überlegt kurz. »Seine letzten beiden Freundinnen haben mich ein bisschen an dich erinnert. Aber ich würde ihn dir auf keinen Fall empfehlen. Er hat zu viel Ähnlichkeit mit meinem Ex. Ich bin mir ziemlich sicher, dass er die meiste Zeit irgendwas eingeworfen hat.«

Jools muss es wissen: Sie stammt aus einer Familie von liebevollen, aber mit Ansage dauerbedröhnten Hippies. Ihre Kindheit war leicht chaotisch, daher bestand ihre Strategie seit der Pubertät im Wesentlichen darin, so schnell und weit wie möglich in die entgegengesetzte Richtung zu strampeln und dadurch zu der ordentlichen, durchstrukturierten und modebewussten Erwachsenen zu werden, die sie heute ist, mit einer Schwäche für stylische Inneneinrichtungen ganz ohne Batik oder Traumfänger. Sie sagt, das sei der Grund, warum sie sich zu »normalen« und »vernünftigen« Männern hingezogen fühle, solchen mit festen Jobs und minimalem Ballast. Ihr letzter Freund machte in dieser Hinsicht einen guten Eindruck: Banker, Hypothek, keine bedeutsamen Exfreundinnen. Bis er eines Abends gestand, einen Nebenjob als Nacktkellner und eine wachsende Abhängigkeit von harten Drogen zu haben.

Aber hin und wieder darf ich zu meinem Entzücken den Menschen aufblitzen sehen, der Jools früher war, bevor sie durch und durch praktisch und pragmatisch wurde. Ein Mensch, der an Vorsehung glaubt, auf Geschenke des Universums vertraut und sich genüsslich der Vorstellung von Schicksal hingibt.

Jetzt legt sie ihre Hand auf meine. In Anbetracht der vielen Händewascherei, die zu ihrem Beruf gehört, bin ich immer wieder erstaunt, wie unfassbar glatt ihre Haut ist. »Also. Wann sprechen wir das Tabuthema an?«

Ich blinzle überrascht. »Welches Tabuthema?«

»Welches wohl? Max natürlich.«

Max. Wir lernten uns an unserem allerersten Tag im Studentenwohnheim in Norwich kennen. Ich hatte mich für Englische Literatur eingeschrieben, Max für Jura, und wir liefen uns in der Gemeinschaftsküche über den Weg. Keiner von uns beiden war zu einem bestimmten Zweck dort (Tee kochen, den Kühlschrank bestücken), sondern wir waren einfach als Erste angekommen, und Max wirkte genauso erpicht darauf wie ich, sofort Freundschaften zu schließen, nicht ins Hintertreffen zu geraten.

Falls es Liebe auf den ersten Blick gibt, bin ich sicher, dass ich sie damals empfand. Max sagte hinterher, ihm sei es genauso ergangen. Als ich in seine Augen sah, war es einen köstlichen, wortlosen Moment lang so, als tanzten unsere Blicke.

»Hallo«, sagte er schließlich, als müsste er sich daran erinnern, wie man sprach. »Ich bin Max.«

»Lucy.«

Er lächelte. Er trug Jeans und T-Shirt und sah aus, als hätte er einen schönen Sommer gehabt; er war groß und breitschultrig, tief gebräunt, die blonden Haare lang genug herausgewachsen, um sich etwas zu locken.

Ich hatte lange über mein Umzugsoutfit nachgedacht und mich schließlich für ein grünes Kleid entschieden, das meine eigene Sonnenbräune damals betonte, die ich seitdem nie wieder erreicht habe.

»Was studierst du?«, fragte er und lehnte sich ans Spülbecken.

Ein paar absurde Sekunden lang konnte ich mich nicht erinnern. *Was studiere ich?*

Mein Zögern brachte Max zum Lachen. Ich habe immer noch den Klang im Ohr, all die Jahre später: locker und unverkrampft, als wäre er der glücklichste Mensch auf Erden. Sofort verlor ich meine Befangenheit.

»Sorry. Englische Literatur. Ich bin ein bisschen nervös.«

»Ich auch.« Das muss er aus Nettigkeit gesagt haben, weil er überhaupt nicht nervös wirkte. »Würde ein Bier vielleicht helfen? Ich hab welches im Zimmer.«

»Klingt gut«, sagte ich dankbar.

Wir zogen uns in sein Zimmer zurück – im gleichen Flur wie meins –, ich auf das schmale Bett, Max gegenüber auf den Boden, mit dem Rücken an die Wand gelehnt. Er hatte schon Bilder aufgehängt, von Freunden, er hatte viele Freunde, stellte ich fest, und er war so vorausschauend gewesen, einen kleinen Kühlschrank mitzubringen, sodass die Biere sogar kalt waren. Im Laufe der nächsten Stunden leerten wir alle sechs Flaschen.

Draußen vor der geschlossenen Zimmertür hörten wir andere Studenten einziehen, Eltern sich verabschieden, Musik wummern. Lauter werdendes Stimmengewirr und das Klirren von Flaschen. Aber keiner von uns beiden schlug vor, uns hinaus zu den anderen zu wagen. In dem Moment gab es nur uns zwei, und Max' Zimmer war die ganze Welt. Es fühlte sich fabelhaft verboten an, sich zusammen dort drin zu verstecken, anstatt uns unters Volk zu mischen, uns extrovertiert und gesellig zu geben.

Er sei erleichtert, endlich seine Heimatstadt Cambridge verlassen zu haben, erzählte er mir. Seinen Vater kenne er nicht, er habe kein enges Verhältnis zu seiner Mutter und keine Geschwister.

Daraus schloss ich, dass es unsensibel wäre, ihm die märchenhafte Liebesgeschichte meiner Eltern zu erzählen. Doch dann fragte er danach.

»Das ist eine leicht verrückte Geschichte.« Ich zupfte am Etikett meiner Bierflasche.

Max lehnte den Kopf an die Wand, ließ aber den Blick auf mir ruhen. Ich genoss das Gefühl, von ihm beobachtet zu werden. Durchdringend, aber im positiven Sinne. »Sind das nicht immer die besten?«

»Also, sie haben sich mit zwanzig im Urlaub kennengelernt. Dad wollte eigentlich nach Mallorca, aber das Reisebüro hat es vermasselt und stattdessen Menorca gebucht. Dort ist er in der Nachbarwohnung meiner Mutter gelandet.«

Max lächelte.

»Der langen Rede kurzer Sinn: Es war Liebe auf den ersten Blick, und meine Mutter wurde in dem Urlaub schwanger mit meiner Schwester.«

Max richtete sich leicht auf. »Im Ernst?«

»Ja. Klassische Urlaubsliebe.«

Er fing meinen Blick auf. »Nicht ganz klassisch vielleicht ...«

Ich lachte. »Okay, vielleicht nicht so ganz. Aber sie haben sich Hals über Kopf verliebt.«

»Haben sie, ich meine, war die Schwangerschaft geplant?«

»Nein. Aber sie wussten einfach, was sie füreinander empfanden. Also fuhren sie nach Hause, meine Schwester Tash kam auf die Welt, und ein paar Jahre später ich.«

»Das ist toll. Und sie sind immer noch zusammen?«

»Seit zweiundzwanzig Jahren verheiratet, kein Ende abzusehen.«

Max strich sich durch die Haare. »Das ist wirklich verrückt.«

Ich strahlte. Die Geschichte erzählte ich für mein Leben gern, weil sie allen Erwartungen widersprach. Ich berichtete sie immer so stolz, als wäre sie meine eigene.

»Das legt die Latte absurd hoch«, sagte Max daraufhin.

»Für wen?«

»Na, eben für jeden, den du kennenlernst.«

Unsere Blicke trafen sich, und ich spürte eine Röte in meine Wangen steigen.

Doch Max schien es nicht zu bemerken. »Hast du dich jemals gefragt, was passiert wäre, wenn sie nicht in dem Urlaub schwanger geworden wären?«

»Du meinst, ob sie noch zusammen wären?«

»Genau. Also, was, wenn sie nach Hause gefahren wären, sich aus den Augen verloren, jemand anders kennengelernt hätten?«

»Ja, ich weiß. Dann wäre ich vielleicht gar nicht auf der Welt.«

Er verzog das Gesicht. »Entschuldige. Ich bin dir nicht zu nahe getreten, oder?«

Ich wusste bereits, dass Max mir gar nicht zu nahe treten konnte. Oder zumindest, dass es nicht absichtlich geschah. Dazu machte er einen zu netten Eindruck. Ich schüttelte den Kopf. »Überhaupt nicht. Und übrigens haben meine Eltern schon endlos darüber gesprochen. Das ganze Was-Wenn.«

»Aber wenn sie die jeweils erste Liebe des anderen waren, woher wussten sie es? Dass es keinen anderen gibt?«

»Sie wissen es einfach.«

Wieder sahen wir einander in die Augen, dieses Mal aber stand Max auf, um uns noch ein Bier zu holen. »Was willst du denn werden, Lucy, nach dem Examen?« Er reichte mir die Flasche und setzte sich neben mir aufs Bett. Unsere Schultern berührten sich, als würden wir einander seit Jahren kennen.

Ich bedankte mich und trank einen Schluck. »Ich möchte schreiben.«

»Was denn?«

»Romane.« Ich lächelte. »Weißt du schon, in welche Richtung du gehen willst?«

»Wirtschaftsrecht«, antwortete er ohne jedes Zögern.

Ich versuchte, auszusehen, als wüsste ich Bescheid, gab es aber auf und lachte. »Sorry. Keine Ahnung, was das heißt.«

»Sagen wir es so: Mit Wirtschaftsrecht verdient man gut.«

Ich nickte. »Machst du es deshalb? Wegen Geld?«

»Irgendwie schon.« Er zuckte die Achseln. »Meine Mutter hatte nie viel, deshalb …«

»Entschuldige, das sollte keine Kritik sein.«

»Weiß ich.« Er winkte ab.

Mittlerweile war die Sonne fast untergegangen, und wir saßen im halbdunklen Zimmer.

»Willst du raus zu den anderen?«, fragte ich. »Klingt, als geht es da draußen jetzt richtig ab.«

»Offen gestanden«, sagte Max, »genieße ich es ziemlich, einfach mit dir hier zu sitzen.«

Ich auch, dachte ich.

Irgendwann schliefen wir zusammen auf seinem schmalen Bett ein. Mehrere Stunden später, mitten in der Nacht, wachte ich auf. Wir lagen dicht aneinandergekuschelt, großer Löffel und kleiner Löffel. Wir hatten uns nicht geküsst, nicht einmal richtig berührt, aber als ich um drei Uhr morgens in mein Zimmer schlich, hatte ich das eigenartige Gefühl, den Mann getroffen zu haben, der für mich bestimmt war.

5

Shoreley

In der Woche seit meinem und Calebs – wie soll ich es überhaupt jetzt nennen, ein Date? – frönte ich einem leichten virtuellen Stalking. Viel Persönliches ist online nicht zu finden, in den sozialen Medien hat er alles auf privat gestellt, aber immerhin erfuhr ich, dass er diverse Auszeichnungen für seine Fotografie gewonnen hat.

Irgendwo fand ich ein Bild von ihm bei einer Preisverleihung im letzten Jahr, den Arm um die Taille einer wunderschönen, nymphenhaften Frau mit olivfarbener Haut und glänzendem dunklen Haar gelegt. *Zeitschriftenredakteurin Helen Jones schritt mit ihrem Mann Caleb über den roten Teppich*, lautete die Bildunterschrift.

Selbstverständlich löste das eine hektische Recherche nach »Helen Jones + Zeitschrift« aus, die ergab, dass sie bei einem unaushaltbar coolen Magazin für Innenarchitektur namens *Four Walls* mit Sitz in London arbeitet. Eine dieser Hochglanzbibeln, exklusiv für topaktuelle Menschen, mehr Buch als Zeitschrift, die Beton als Fußbodenbelag empfiehlt oder Glasscheiben statt Innenwänden. Eine Bildersuche bestätigte mir außerdem, dass Helen Jones auf keinem Foto schlecht aussieht. Wenig überraschend eigentlich für eine Frau, die mit einem so attraktiven Mann wie Caleb zusammen war, dessen Bild mir mittlerweile beunruhigend vertraut ist.

»Vielleicht ist es ein schlechtes Zeichen, dass er erst so kurz getrennt ist«, sagte ich zu Tash, während wir am Sonntagvormittag, zwei Tage nach meinem Treffen mit Caleb, Dylan beim Toben auf einem Indoor-Spielplatz zusahen.

Tash verdrehte die Augen. »Hörst du bitte mal mit deinen ewigen Zeichen auf? Man darf heiraten und sich wieder trennen, Lucy. Es ist echt altmodisch zu glauben, dass er deswegen einen Knacks hat.«

»Wer hat was von Knacks gesagt?«

»Du, mit deinem Gesichtsausdruck. Die Hälfte der Väter in Dylans Schule ist geschieden oder getrennt. Und die meisten davon sind echt nett.«

»In der Schule muss man nett sein. Es ist ja wohl kaum guter Stil, beim Elternabend seine tief sitzende Beziehungsunfähigkeit zu erörtern.«

Grinsend nippte Tash an ihrem grünen Tee. »Ich meine ja nur, bloß weil seine Ehe nicht funktioniert hat, muss er noch nicht gestört sein.«

Ich trank einen Schluck Kaffee und sah zu Dylan, der sich gerade heroisch durch ein Bällebad kämpfte.

Tash wandte sich mir zu, im Blick plötzlich eine Gier nach pikanten Details. »Also los. Was ist neulich Abend passiert? Hat er dich geküsst? Habt ihr …«

»Nein. Wir saßen ein Weilchen in seinem Atelier, dann sind wir was trinken gegangen, hinterher hat er mir einen Kuss auf die Wange gegeben, und ich bin in den Bus gestiegen.«

»Och«, machte sie geknickt. »Glaubst du, zwischen euch stimmt die Chemie nicht?«

Oh doch, die Chemie stimmte definitiv. In meinem Bauch kribbelte es jedes Mal, wenn ich mir auch nur Calebs Gesicht vorstellte. »Das schon«, sagte ich langsam. »Es war nur … Er hat mich zur Bushaltestelle begleitet, und da stand eine lange Schlange. Es schien irgendwie nicht so ganz passend, da wie die Teenager rumzuknutschen. Weißt du?«

Sie wirkte erleichtert. »Klar. Kann ich nachvollziehen.«

Wir schwiegen kurz.

»Bist du sicher, dass dir sein Name nichts sagt?«, fragte ich, obwohl wir das schon besprochen hatten. »Bei dir in der Schule war kein Caleb?«

Sie schüttelte den Kopf. »Nein. Ganz sicher nicht.«

»Komisch. Ich hätte schwören können, dass ich ihn von irgendwoher kenne.«

»Und, trefft ihr euch wieder?«

Ich nickte. »Kommende Woche hat er einiges zu tun, also haben wir uns für Freitag verabredet.«

Dylan strahlte zu uns hoch, und ich applaudierte mit der freien Hand auf dem Oberschenkel.

»Ich hab ein gutes Gefühl bei dem Mann«, sagte Tash herzlich. »Ich meine, er hat seine Nummer auf den nächstbesten Bierdeckel geschrieben und dir in die Tasche gesteckt. Das finde ich so romantisch.«

Ich lächelte. Ich hatte den Verdacht, dass es noch einen anderen Grund für Tashs Begeisterung für Caleb gab: Sie wollte unbedingt, dass ich Max Gardner vergaß. Ich sah ihr an, dass sie das beschäftigte, seit ich ihr von unserer Begegnung vor dem Smugglers erzählt hatte. Sie hatte mich sogar mehrmals beiläufig gefragt, ob ich seitdem von ihm gehört hätte.

Habe ich aber nicht, und der Moment vor dem Pub kommt mir zunehmend vor wie eine kurze Rückblende. Vielleicht war ja Caleb der Mann, den ich an diesem Abend treffen sollte, und er ist völlig anders als Max, wie ich jetzt schon spüre. Ich bin gespannt, wie es weitergeht, und fest entschlossen, alles, was mit Max Gardner zu tun hat, in der Vergangenheit zu belassen.

Am Freitagmorgen schreibt Caleb mir eine Nachricht, was ich nachher gern unternehmen möchte. Ich schlage vor, den warmen Abend für einen Strandspaziergang zu nutzen, Fish and Chips zu kaufen und auf der Promenade zu essen. Das ist so eine Tradition in Shoreley, sich bei Dave im Shoreley Fryer Pommes zu kaufen und sich damit auf die Mauer zu setzen, die Beine baumeln zu lassen und die Wellen zu betrachten, die träge am Kiesufer lecken. Als Kinder haben wir das alle mit unserer Familie gemacht, später als Teenager mit unseren Freunden, und jetzt machen wir es als Erwachsene bei unseren Dates.

Wir teilen uns eine Dose Fanta und einen Fisch, weil die Portionen bei Dave berüchtigtermaßen riesig sind, und setzen uns damit auf die Mauer am Strand. Weil Caleb so groß ist, reichen meine Füße ihm nur bis zur Mitte der Waden.

»Darf ich dich fragen, warum deine Frau und du euch getrennt habt?«, frage ich, nachdem wir uns über die Schule und unser Elternhaus und den besten Kaffee im Ort unterhalten haben. Vor uns am Strand spazieren Pärchen Arm in Arm, rennen Kinder und Hunde mit Fußbällen und Seetang und Drachen über die Kieselsteine. Der Abendhimmel färbt sich von Blau zu Lila, die Sahnehäubchenwolken werden allmählich rosa.

Caleb spießt eine Pommes aus der Schale auf, die zwischen uns auf der Mauer steht. »Weiß nicht genau, ob ich das so konkret benennen kann.«

»Habt ihr jung geheiratet?«

Er schweigt ein paar Sekunden. »Ja. Sie war überhaupt erst meine zweite Freundin. Ich war damals einundzwanzig, zwei Jahre später haben wir geheiratet. Aber seitdem haben wir uns einfach zu … grundlegend unterschiedlichen Menschen entwickelt.«

Ich nicke, trinke einen Schluck aus der Dose.

»Ach, weißt du was, ich lasse es deutlich simpler klingen, als es war. Als wir uns kennenlernten, hatten wir einen Fünfjahresplan, um zurück, hierher nach Shoreley, zu ziehen.«

»Kommt Helen auch aus Shoreley?«, sage ich, ohne nachzudenken, und spüre, wie ich vor Peinlichkeit dunkelrot anlaufe.

Caleb genießt den Moment, was ich ihm eigentlich nicht verübeln kann. »Gut gestalkt.« Er lacht.

Übertrieben kräftig tunke ich eine Pommes in den Ketchup. »Jaja, schon gut. Könnte sein, dass ich dich mal ganz kurz gegoogelt habe.«

»War doch nur Spaß. Ich hätte dich auf jeden Fall gegoogelt, wenn ich deinen Nachnamen wüsste.« Nach einer kurzen Pause: »Der da lautet?«

»Lambert«, sage ich etwas verschämt.

»Okay, Lucy Lambert. Nein, Helen kommt nicht hier aus der Gegend, aber auch vom Land. Aus Dorset. Jedenfalls hatten wir den Plan, ein paar Jahre zu reisen, dann nach Shoreley zu ziehen, ein Haus auf dem Land zu kaufen und, was weiß ich, unsere eigenen Kartoffeln anzubauen oder so. Eine Ziege und ein paar Hühner anzuschaffen. Nachdem wir uns auf halbem Weg nach Machu Picchu ›selbst gefunden‹ haben natürlich.«

»Natürlich.«

Er grinst, aber leicht schief, und plötzlich frage ich mich, ob es etwas unsensibel von mir ist, ihn bloße sechs Monate nach dem Ende der Beziehung damit zu löchern.

Wir sehen aufs Meer. Es ist jetzt Ebbe, der Strand ein blasser Wirrwarr von Kieseln vor dem schimmernden Wasser. Während die Sonne hinter Federwölkchen am Himmel versinkt, bilden sich lange Schatten zu den Füßen der Spaziergänger, und ein paar Minuten lang erscheint alles wie in flüssiges Gold getaucht.

Caleb nimmt den Faden wieder auf. »Tja, genau als ich mich allmählich unwohl in London fühlte, lebte Helen sich immer besser ein. Sie hatte viele Freunde gefunden, hatte einen prestigeträchtigen Job bei einer Zeitschrift, und sie war ein bisschen fixiert auf… du weißt schon, Status und solche Sachen.«

»Was du nicht bist?«

Lachend streicht Caleb sich durch die Haare. »Sehe ich aus, als würde ich mir Gedanken über den Status machen? Bitte sag Nein.«

»Du bist doch beruflich ganz erfolgreich.«

»Ich komme klar. Einen Mercedes fahre ich nicht, das kann ich dir verraten.«

Ohne Vorwarnung blitzt ein Bild von Max in seinem tadellosen Anzug und auf dem Weg zu den Seychellen vor meinem geistigen Auge auf. Und nicht zum ersten Mal, seit ich Caleb kenne, bin ich mir sicher, dass ich mich in seiner Gesellschaft wohler fühle, als es bei einem Wiedersehen mit Max der Fall gewesen wäre.

»Letzten Endes sind wir einfach zu unterschiedlich«, schließt Caleb.

»Lief es freundschaftlich ab? Die Trennung?«

Er sieht mich an. »Geht so.«

»Und habt ihr vor …« Ich breche den Satz ab, die Worte *euch scheiden zu lassen* lösen sich in meiner Kehle auf. »Entschuldige. Es ist wahrscheinlich ein bisschen komisch, über so was zu reden auf einem …«

»… einem was?«, flüstert er, und ehe ich antworten kann, beugt er sich vor und küsst mich. Der Kuss ist so gut, dass er mein Herz zum Pochen bringt, unverhalten und intensiv, umspielt von der Meeresbrise und dem Geruch nach Salz und Essig. Ein Kuss, bei dem ich alles andere vergesse, bei dem die ganze Welt verschwindet und nur wir beide bleiben, uns ineinander verlieren, in rotes Licht getaucht von diesem unfassbaren Sonnenuntergang.

Als es dämmert, lädt Caleb mich in das Fischerhäuschen ein paar Straßen hinter dem Strand ein, das er gemietet hat. Wir laufen über das Kopfsteinpflaster, unsere Hände und Schultern stoßen hin und wieder aneinander und jagen mir erwartungsvolle Schauer bis in die Zehen.

Es ist lange her, dass ich bei einem Mann, den ich kaum kenne, zu Hause war, in einem mir fremden Raum, und ich gebe mir alle Mühe, nicht übermäßig viel darüber nachzudenken.

Aber (wie Jools nicht müde wird, mir zu sagen) ich darf mich nicht ewig von meiner Vergangenheit zurückhalten lassen. Und trotz der Angst tief im Bauch, die meinen Wunsch, Caleb wieder zu küssen, dämpft, fühlt es sich seltsam richtig an.

Auf dem Weg lenke ich mich davon ab, indem ich ihm von meiner Schwester erzähle, und dass ich auf eine eigene Wohnung sparte, bevor ich meinen Job kündigte.

»Warum?«, fragt er.

Ein paar Sekunden lang atme ich den Duft von Salz und Tang ein. Die Küste kommt mir immer so viel lebendiger vor als Tashs Bauernhoffestung mitten in der Pampa. »Warum was?«

»Warum möchtest du dir was kaufen?«

Ich sehe ihn von der Seite an. »Na ja, das machen doch alle so, oder? Mieten ist ein Albtraum.«

»Hängt wohl vom Vermieter ab. Mir persönlich gefällt die Vorstellung, jederzeit einfach abhauen zu können.«

»Hattest du in London eine Eigentumswohnung?«

»Mehr oder weniger. Es ist Helens. Hat sie geerbt. Weshalb ich nie so richtig das Gefühl hatte, dass sie auch mir gehört.«

»Wo habt ihr denn gewohnt?«

»In Islington.« Er lächelt. »Es war schon nett und alles, lebensstiltechnisch. Aber das bedeutet eigentlich gar nichts, wenn Wichtigeres fehlt.«

»Das stimmt«, sage ich nachdenklich.

Wir bleiben vor dem Spyglass Cottage stehen, einem schmalen, weiß getünchten Reihenendhaus, an dessen Front eine duftende zartrosa Klematis emporklettert. An allen Häusern in der Straße lehnen Gegenstände wie Bojen und uralte Rettungsringe und rostige Reusen. Mittlerweile ist es abgekühlt, in der Luft spürt man die Frische der Küste.

Als Caleb den Schlüssel ins Schloss der leuchtend blauen Tür steckt, zögert er. »Wir müssen nicht, also, ich meine, wir können uns einfach unterhalten. Es muss nicht …«

Er verstummt, aber ich weiß genau, was er meint, deshalb sage ich nur: »Ja, ich weiß. Danke.«

Wir treten in ein winziges Wohnzimmer mit gerade genug Platz für einen Zweisitzer und einen Sessel. Vor dem offenen Kamin steht ein Holzofen, und es riecht schwach nach ätherischen Ölen oder vielleicht auch nach Duftkerzen.

Er öffnet das Fenster, das direkt auf die Straße geht. Wir sind dem Strand so nah, dass ich das sanfte Rauschen der Wellen hören kann.

»Möchtest du vielleicht einen Kaffee?«, fragt er.

Ich bejahe und folge ihm Richtung Küche. Er holt Becher aus einem Schrank und setzt Wasser auf einem gusseisernen Herd auf, der schon bessere Tage gesehen hat. Mir wird bewusst, dass ich versuche, nicht Calebs Hand am Kessel anzustarren, seine breiten Schultern.

»Wie trinkst du ihn?«, fragt er, als er das Wasser aufgießt.

»Nur mit einem Schluck Milch, bitte.«

Während er die Packung aus dem Kühlschrank holt, schwärmt er von dem AGA-Herd, der zum Cottage gehört. Als ich erzähle, mir schon immer einen zu wünschen, weil meine Eltern auch einen haben, sagt er: »Geht mir genauso. Meine Küche in London war furchtbar. Geradezu spacig. Man konnte überhaupt nicht erkennen, wo die Schränke waren. Kein Griff weit und breit. Ich musste an zehn verschiedenen Stellen drücken, nur um morgens mein Müsli zu essen.«

Verstohlen schiele ich nach dem Aufdruck auf dem Becher, den Caleb mir gereicht hat. Obwohl er verblasst ist, als wäre er ein paarmal zu oft in der Spülmaschine gewesen, kann ich noch das »I love London«-Motiv erkennen.

Er bemerkt meinen Blick. »Weihnachtsgeschenk von Helen, als sie merkte, dass ich wegziehen wollte.«

»Aua.«

»Das habe ich auch gesagt.«

Wir gehen ins Wohnzimmer zurück. Es ist spärlich dekoriert, die Wände in diesem Cremeton mit einem Stich ins Pfirsichfarbene gestrichen, der beige Teppichboden ausgetreten. Es stehen kaum persönliche Gegenstände herum, außer wenigen gerahmten Fotos, einer Topfpflanze, einem Stativ, mehreren Objektiven und einer Handvoll Büchern. Eines davon wurde von *National Geographic* herausgegeben; ein anderes handelt von den Naturwundern der Welt. Es gibt auch ein paar Krimis mit zerknitterten Buchrücken, einen Nick Hornby, einen Ben Elton.

Wir kuscheln uns zusammen auf das kleine Sofa, das leicht muffig riecht, aber im positiven Sinne, wie der Sessel einer geliebten Oma oder der perfekte Fund in einem Antiquitätenladen.

»Also.« Caleb nippt an seinem Kaffee. »Erzähl mir mehr von deinem Roman. Du sagtest ja ›Frau trifft Mann‹, aber was für eine Frau? Und was für ein Mann? Und wie treffen sie sich?«

Mittlerweile habe ich einen Rohentwurf des Anfangs fertig, lose angelehnt an die Geschichte meiner Eltern, aber angesiedelt zwischen den Weltkriegen, sodass meine beiden Protagonisten sich im Urlaub in Margate ineinander verlieben, in den Goldenen Zwanzigern. Ich habe beschlossen, dass ihre darauffolgende Ehe vom Krieg brutal unterbrochen wird, obwohl sich alles schließlich zu einem Happy End fügen wird. Über diesen vagen Plot hinaus habe ich allerdings immer noch keine Ahnung, was ich da tue. Ich weiß nicht das Geringste über Struktur oder Erzähltempo oder Figurencharakterisierung oder sonst etwas. Ich schreibe einfach, was ich empfinde. Aus dem Herzen heraus.

Die *Shoreley Gazette* berichtete einmal in der Valentinsausgabe über meine Eltern, ein knalliger Artikel über den glücklichen Zufall ihrer Begegnung, ihre stürmische Romanze, ihr Und-wenn-sie-nicht-gestorben-sind-Ende. Dad hat ihn rahmen lassen, er hängt immer noch im Gästezimmer, wenn auch eher nur ironisch gemeint. Ich weiß noch, wie fasziniert ich war, die Liebesgeschichte meiner Eltern in der Zeitung zu sehen – der richtigen Zeitung! –, und vielleicht hatte ich daraufhin die Idee, eines Tages ihr Märchen noch auf andere Art zu verewigen. Sogar noch mehr daraus zu machen als einen Artikel in der *Shoreley Gazette*.

Denn während die Eltern meiner Schulfreunde sich scheiden ließen und zankten und einander bei Grillfesten mit Biergläsern bewarfen, belegten Mum und Dad Tanzkurse und lernten zusammen Italienisch und sahen sich Hand in Hand auf dem Sofa *Blind Date* an. Sie stürzten sich begeistert ins Valentinstagsgeschehen und liebten nichts mehr als große romantische Gesten, wie die Ballonfahrt, die Mum meinem Vater zum Vierzigsten schenkte, oder die Parisreise, die Dad zu ihrem fünfundzwanzigsten Hochzeitstag buchte.

Wie dem auch sei. In der vergangenen Woche habe ich mich ganz in die Zwanziger vertieft, P. G. Wodehouse und Nancy Mitford verschlungen, Bilder von glitzernden Kleidern und Zigarettenhaltern und Frauen mit Bubikopf bestaunt, von Coco Chanel und Marlene Dietrich, von Cocktailbars mit Jazz- und Ragtime-Bands. Auch all die großen Liebesgeschichten habe ich wieder zur Hand genommen.

Und mir kamen schon einmal die Tränen bei dem Gedanken, meine Hauptfigur Jack in den Krieg zu schicken.

All das erkläre ich Caleb, beschreibe meine Eltern und wie ich mich durch sie habe inspirieren lassen.

»Und warum die Zwanziger?«, fragt er vorgebeugt, die Miene aufmerksam und interessiert. »Warum nicht in der Gegenwart?«

Nach kurzem Überlegen antworte ich: »Ich glaube einfach, dass es in gewisser Hinsicht eine so spannende Zeit war, weißt du? Ich mag Geschichten über Hoffnung, und die frühen Zwanziger waren so optimistisch, so glamourös, bis hin zum Hemmungslosen.«

»So Gatsby-mäßig?«

»Genau.« Jetzt werde ich lebhafter. »Es herrschte so eine Stimmung von Eskapismus und Hedonismus und neuem Selbstbewusstsein …«

»Bis alles in sich zusammenbrach.«

»Eben darum geht es mir. Ich möchte, dass die gesellschaftlichen Ereignisse spiegeln, was in der Ehe vor sich geht, mit der Wirtschaftskrise und dann dem Krieg und so weiter.«

»Klingt super. Ich würde es lesen.«

»Ehrlich? Liest du viel?«

»Wenn ich die Zeit finde.«

»Und was?«

»Was auch immer mir ins Auge springt. Ich stehe total auf gute Cover. Ein paarmal im Monat gehe ich in Secondhandläden und kaufe mir, was mich anspricht.«

Ich muss lächeln. »Unglaublich.«

»Was?«

»Du hast nicht mal so getan, als würdest du *Ulysses* lesen.«

Er lacht auf. »Sollte ich?«

»Auf gar keinen Fall.« Ich erzähle ihm von den beiden Kommilitonen in meinem Literaturstudium, von denen der eine mit Spitznamen »Ulysses« hieß und der andere »Krieg und Frieden«, wegen der Antworten, die sie im Einführungsseminar auf die Frage nach ihrem Lieblingsbuch gaben.

»Lässt du mich ihn lesen? Deinen Roman, meine ich.«

»Äh.« Das bringt mich vorübergehend aus dem Konzept.

Caleb wartet einen Moment, was nachvollziehbar ist, da ich seine Frage ja noch nicht beantwortet habe. Dann: »Ich würde wahnsinnig gern mal reinlesen. Wenn es dir nicht zu persönlich ist, ihn mir zu zeigen.«

Es folgt ein kurzes Schweigen. Es geht nicht darum, dass es mir zu persönlich wäre, eher darum, dass ich Caleb gern näher kennenlernen würde, und falls er meinen Schreibstil schrecklich findet - könnte das seine Meinung von mir ändern? Was, wenn er meinen Text liest und zu dem Schluss kommt, dass ich eine talentfreie Träumerin bin?

»Na ja, ich habe erst ungefähr dreißig Seiten«, gestehe ich und rechne halb damit, dass er lacht und sagt, das sei ja wohl kaum ein Roman.

Er lehnt sich zurück, den Blick unverwandt auf mich gerichtet. »Dann zehn Seiten als Kostprobe.«

»Na gut.« Ich grinse. »Von mir aus. Zehn Seiten.«

»Mailst du sie mir?«

Ich nicke.

»Versprochen?«

Spielerisch lege ich den Kopf schief. »Warum bist du überhaupt so scharf darauf?«

Er zuckt sachte die Achseln. »Weil ich so eine dunkle Ahnung habe, dass es wirklich gut ist.«

Jetzt schweift sein Blick über mich, lässt kleine Berührungspunkte in meinem Inneren aufflackern, von deren Existenz ich bisher nichts wusste, bringt meinen Atem zum Stocken. Wir sitzen ziemlich dicht zusammen, so nah, dass ich den Zitrusduft seines Shampoos aufschnappe, wenn er den Kopf dreht, dass ich jedes Grübchen und jede Falte sehe, wenn er lächelt, seine Krähenfüße zählen kann, wenn er lacht. Die Erinnerung an den Kuss vorhin auf der Mauer funkelt wie eine Discokugel in meinem Kopf, wunderschön und unmöglich zu ignorieren.

Ich empfinde den plötzlichen Drang, meine Lippen auf seine zu pressen. Also gebe ich ihm nach, und Caleb reagiert sofort, die Hände zu beiden Seiten auf mein Gesicht gelegt. Schlagartig wallt eine Hitze, ein Verlangen, ein Drängen in mir auf.

Und es wäre leicht, mehr aus dem Kuss zu machen, etwas Schnelles und Heftiges. Aber der Augenblick dehnt sich aus, wir scheinen beide ein Zögern in uns zu spüren, noch weiter zu gehen. Wortlos drücken wir beide aus, dass wir einfach gern noch ein Weilchen so hier verbleiben wollen, weil es so schade wäre, nicht jede Sekunde von etwas so Wundervollem auszukosten.

London

Wie sich herausstellt, ist die Supernova Agency of Soho eine dieser Firmen, bei denen das Vorstellungsgespräch weniger Unterredung als rituelle Demütigung ist. Ich soll mir zehn

Verwendungsmöglichkeiten für eine braune Teppichfliese ausdenken (sie haben eine zur Hand) und den Namen meines Debütalbums (ich gerate kurz in Panik und sage *Lucy Lambert Goes Pop*, was sie wenigstens zum Lachen bringt). Danach habe ich fünfzehn Minuten Zeit, um meine eigene Werbeagentur zu designen (was?), und weitere zwanzig für einen Text, wie ich ihren Angestellten Uniformen schmackhaft machen würde (das ist zum Glück einfach, ich erzähle ihnen einfach, dass sie alle die nächste Matilda Kahl werden).

Ich bekomme eine Büroführung von einem dürren Kerl namens Kris, der mir übertrieben angestrengt einbläut, dass sein Name mit K geschrieben wird. Die Räumlichkeiten sind ein Mix aus Stahl, Ziegel und Beton über drei Etagen, mit überdimensionierten Schildern im Retrolook und ausgedehnten offenen Bereichen mit niedrigen Sitzmöglichkeiten, Teppichen und Kissen in den bevorzugten Pantone-Farben der Mitarbeiter. Es gibt eine geräumige Kantine mit den berühmten kostenlosen Snacks und Getränken, dazu eine Bar, ein Fitnessstudio und ein Nagelstudio, abgesehen von der »Supernova« selbst: einem riesigen Raum, dessen Beleuchtung (laut Kris) eine Sternexplosion aus der Mitte heraus nachahmen soll. Er ist warm und schalldicht, die Wände und Decke wie ein Standbild eines Feuerwerks, und angeblich kann man damit bestimmte Hirnareale anzapfen. Oder vielleicht geht Kris auch nur ein bisschen zwanglos mit der Markengeschichte um.

In jedem Fall ist es eine völlig andere Welt als Figaro, wo das trendigste Objekt ein Heißwasserspender in der Küche war, der vor lauter Verkalkung wie eine Schlange in fünfzehn verschiedene Richtungen zischte, wenn ihn jemand zu benutzen versuchte.

Aber das Surrealste an der ganzen Erfahrung ist, am Schluss noch einmal vor den Kreativleiter, den Kreativdirektor und den Cheftexter gerufen zu werden, die mir einen Job als Junior-Texterin anbieten, mit einem Gehalt, von dem ich nur hätte träumen können, und unfassbaren Vergünstigungen. Ich fange in einer guten Woche an.

Völlig perplex verlasse ich das Büro, taumle mittags ins Herz von Soho. Blinzelnd sehe ich mich um, als wäre ich aus einer Zeitmaschine gefallen, bis ich von einem missbilligenden Anzugträger gegen eine Parkuhr gerempelt werde.

Ich lege den Kopf in den Nacken, lasse den Blick auf dem Streifen Himmel zwischen den Gebäuden ruhen. Er sieht aus wie ein umgedrehter Swimmingpool, prophetisch blau. Ich atme tief ein.

Ich werde schreiben. Wirklich und wahrhaftig für Geld schreiben. Ich werde meinen Lebensunterhalt mit dem verdienen, was ich aus Worten erschaffen kann.

Das wünsche ich mir schon mein ganzes Leben lang, und jetzt wird es – unglaublicherweise – wahr.

Später am Abend inspiziert Jools mich von Kopf bis Fuß, schüttelt den Kopf. »Wahrscheinlich bringt es nichts, wenn ich dich bitte, vorsichtig zu sein, oder?«

»Wir reden hier von Max.«

Die Miene meiner ältesten Freundin wird beinahe mitleidig, als hätte sie mich bereits verloren. »Ich meinte dein Herz, nicht deine …«

Im Kopf beende ich ihren Satz. *Körperliche Unversehrtheit.*

Es ist Freitag, genau zwei Wochen nachdem ich Max vor dem Pub in Shoreley getroffen habe. Nach meinen Gesprächen mit Jools und Tash am Morgen danach und meiner Entscheidung, nach London zu ziehen, verbrachte ich den Nachmittag damit, von dem chemischen High der Begegnung mit ihm wieder herunterzukommen. Es deprimierte mich zunehmend, dass er auf dem Weg zu den Seychellen war, wo er sich bestimmt mit einer sportlichen, langhaarigen Tauchlehrerin namens Celeste herumtreiben würde, die super im Neoprenanzug aussah und unter Wasser flirten konnte. Ich war überzeugt davon, dass er rundum befriedigt und erfrischt nach London zurückkehren würde und sich nicht mehr erklären könnte, warum er in einem Anfall von Wahnsinn nach Shoreley gefahren war und die Hoffnungen einer Exfreundin geweckt hatte, die für ihn längst Vergangenheit war.

Aber ein paar Tage später musste ich wieder daran denken, was für ein Zufall es doch gewesen war, ihn an jenem Abend auf der Straße zu entdecken. Ich meine, wie unwahrscheinlich war das? Musste es nicht etwas bedeuten? War es nicht ein Wink des Schicksals, den man nicht ignorieren durfte?

Also schrieb ich ihm eine Nachricht. Nur zwei Sätze, locker-leicht. Und wenn er sich nicht melden wollte, auch gut.

Es war so nett, dich neulich zu treffen. Hoffe, du hast einen schönen Urlaub. L.

Er antwortete fast sofort.

Ich fand's auch nett.

Pause. Max schreibt.

Ich denke viel öfter an dich, als ich sollte.

Mein Magen schlug einen Purzelbaum, und ein vertrautes Sehnen loderte in mir auf.

Warum solltest du nicht an mich denken?

Der Abstand zwischen meiner Nachricht und Max' Antwort betrug nur Sekundenbruchteile.

Weil ich weiß, dass ich keine zweite Chance verdient habe.

Und jetzt ist er zurück. Also treffen wir uns zum Abendessen in einem schicken Restaurant in der Nähe seiner Wohnung in Clapham Old Town. Als ich es mir online ansah, stellte ich zu meinem Entsetzen fest, dass es eins dieser Lokale mit Tischdecken und Degustationsmenü und Sommelier ist.

So weit, mir extra ein neues Outfit zu kaufen, bin ich nicht gegangen, aber ich habe das schönste Stück ausgegraben, das ich besitze, ein Wickelkleid in Blau und Gold, dazu ein Paar mitternachtsblaue Wildleder-Jimmy-Choos (Reuben legte natürlich sofort eine Elvis-Parodie hin, als ich vorhin ins Wohnzimmer kam). Jools hat mich geschminkt und frisiert, und wir beschlossen, dass ich mir ein Taxi nehmen sollte, woraufhin ich leicht panisch wurde, ob wir aus der Angelegenheit nicht weit mehr machen, als sie ist. Dann aber sahen wir uns noch einmal die Website des Restaurants an und kamen zu dem Schluss, dass es definitiv die Mühe wert war, von allen Max-bezogenen Komplikationen einmal abgesehen.

Das netteste Lokal, in dem Max und ich während unserer Beziehung je aßen, gehörte zu einer mittelteuren Pasta-Kette, wo drei Gänge und zwei Gläser Wein pro Nase uns schon immer wie Prasserei vorkamen. Wieder sinniere ich darüber, wie viel Zeit vergangen ist, in was für unterschiedlichen Welten wir heute leben. Die Möglichkeit, dass Max vielleicht nicht mehr derselbe Mensch wie früher ist. Dass ich es vielleicht auch nicht bin.

Egal. Augen zu und durch.

Ich entdecke ihn sofort – ist er wirklich so auffallend attraktiv, oder ist meine Wahrnehmung nur überreizt vor Begierde? –, er sitzt schon am Tisch, Blick auf die Tür gerichtet, auf mich wartend. Mein Magen schlägt Purzelbäume. Man sieht ihm an, dass er kürzlich im Urlaub war, seine Haut ist ein paar Stufen gebräunter als noch vor zwei Wochen.

Das Restaurant hat Stimmungsbeleuchtung, die Einrichtung ist hauptsächlich in Anthrazit gehalten, kontrastiert aber mit den leuchtenden Farben der Bilder an den Wänden. Die Kellner tragen Schwarz, die Tischdecken sind blütenweiß, und ganz leise höre ich neben dem Klirren von Gläsern und Besteck Klaviermusik plätschern.

Mit einem Schlucken versuche ich den Gedanken an die imaginäre (aber für mich reale) langgliedrige Tauchlehrerin zu verdrängen. Nach unserer ersten Kontaktaufnahme schrieb Max mir jeden Tag, und ich hatte fast ein schlechtes Gewissen, dass er an mich dachte, während er an einem so magischen Ort Urlaub machte. Aber wie Sal anmerkte, frönten Max und ich einer Flirterei erster Güte, und was kann magischer sein?

Als ich am Tisch ankomme, steht er auf. »Du siehst fantastisch aus.« Er küsst mich auf die Wange, und ich erwidere es höflich, was sich so merkwürdig förmlich anfühlt.

Wir setzen uns, und einen Moment lang genieße ich einfach seinen Anblick mir gegenüber am Tisch, frisch gebräunt, die blonden Haare von der Sonne gebleicht. Er trägt ein Hemd in einem schmeichelhaften Blauton und hat diese Uhr am Handgelenk, die normalerweise von Hollywood-Schauspielern beworben wird. Plötzlich habe ich Angst, dass der Mann, den ich einmal geliebt habe, in eine völlig andere Liga aufgestiegen ist.

»Du siehst super aus«, sage ich. »Sehr … entspannt.«

»Danke. Obwohl das eigentlich nur so lange gehalten hat, bis ich meine E-Mails gelesen habe.«

»Wann bist du zurückgekommen?«

»Gestern Abend.«

»Hast du keinen Jetlag? Wie lange dauert denn der Flug?«

»Zehn Stunden. Heute habe ich fast den ganzen Tag geschlafen.«

Ich muss grinsen. »Deshalb wirkst du also so absurd …« Ich breche den Satz ab, mir wird leicht warm im Gesicht.

Max grinst ebenfalls, zieht eine Augenbraue hoch. »So absurd was?«

»Gut erholt.«

Als er lacht, erinnere ich mich, wie sehr ich diesen Klang liebe: absolut natürlich und echt, ein Lachen, wie es einem entschlüpft, wenn man einen Comedian live sieht oder seine Lieblings-Sitcom.

»Champagner?« Er deutet mit dem Kopf auf die Getränkekarte, und ich bemerke, dass sich ein Kellner nähert.

Wir haben noch nie zusammen Champagner getrunken.

Zu mehr als einem Cava aus dem Sonderangebot hat es bei uns als Studenten nie gereicht.

»Ach«, sage ich (den Satz habe ich geprobt), »ich mache gerade eine kleine Alkoholpause.«

Er wirkt ganz kurz überrascht, dann blinzelt er es weg. »Kein Problem. Was hättest du denn gern?«

Bis unsere alkoholfreien Cocktails kommen und wir drei der insgesamt fünf Gänge bestellt haben, reden wir nicht so viel mehr. Und dann erhebt Max sein Glas. »Ich hab mich wahnsinnig über deine Nachricht gefreut. Du hast mir gefehlt in meinem Leben, Luce.«

Der Kosename hat etwas Schmeichelhaftes und Intimes, als wären wir wieder in seinem Wohnheimzimmer, würden auf seinem schmalen Bett knutschen, uns eine Flasche Rotwein teilen, die so billig war, dass wir das Gesicht verzogen. Halb entkleidet, leise kichernd, wenn Freunde an der Tür klopften, auf der Suche nach uns. Das machten wir oft an der Uni: uns zusammen wegschleichen, uns in dunklen Hörsälen verstecken, hinter Gebäuden, in Waschräumen ohne Licht. *Ich liebe dich, Luce*, flüsterte er dann, seine Lippen auf meine gelegt, und ich war oft so aufgewühlt, dass ich seine Worte kaum erwidern konnte.

Mit einem Lächeln nippe ich an meinem Glas und hoffe, dass man mir die Nostalgie nicht ansieht.

»Hey, wie lief dein Vorstellungsgespräch?«

Ich schildere es ihm, berichte, dass ich den Job bekommen habe.

»Das ist ja toll. Glückwunsch.« Max sieht mir tief in die Augen, schüttelt den Kopf, weil er weiß, was es mir bedeutet, mir meinen Lebensunterhalt mit Schreiben verdienen zu dürfen.

»Danke.« Mir wird bewusst, dass ich gegen Tränen kämpfe.

Wieder erhebt er sein Glas. »Na dann, auf dich. Und dein neues Leben in London. Wie gefällt es dir denn bisher? Muss ein ganz schöner Unterschied zu Shoreley sein.«

Ich habe ein bisschen geflunkert am Telefon, behauptet, mein Umzug sei schon länger geplant gewesen. Er sollte auf keinen Fall glauben, dass unsere Begegnung meine Entscheidung im Geringsten beeinflusst hat.

Max hat mich nur dreimal während der Semesterferien in Shoreley besucht, weil er die restliche Zeit entweder lernte oder Praktika absolvierte. Max' Studium war von der Sorte, bei der die Ferien eigentlich nur der Fortbildung dienten.

»Ich glaube, Unterschied ist genau das, was ich momentan brauche.« Ich meine, Max hat recht, London ist eine völlig andere Welt als Shoreley und vor allem Tashs Haus, wo die Stille so laut war, dass sie manchmal dröhnte. Hier ist Stille nur ein Konzept, man kann sie, habe ich gelernt, nicht finden, weil man das Poltern der Stadt nicht abstellen kann, nicht einmal nachts. Ratternde Gleise, laute Musik, Stimmengewirr. Die Stadt ist ein rastloses Wesen, aber ich empfinde Freude an ihrer Unruhe. Sie hat mich aufgerüttelt, mich angeknipst.

»Bist du denn«, fragt Max mich jetzt, »irgendwann zurück an die Uni gegangen, um das Studium abzuschließen?«

Ich schüttle den Kopf. Und dann gerate ich ins Zögern, weil ich ihm, trotz allem, gern alles erzählen würde, was damals passiert ist, einschließlich der Sache mit Nate. Ich glaube, er würde verstehen, weil er immer so extrem mitfühlend war. Es war Max, der an der Uni immer unbedingt für gute Zwecke demonstrieren gehen wollte, der sich freiwillig meldete, um Frieden mit unseren unverschämten Nachbarn in der Dover Street zu schließen, der sich für Kommilitonen einsetzte, wenn sie eine unpopuläre Meinung vertraten.

Aber so schnell der richtige Moment kommt, ist er auch wieder vorbei. Und jetzt ergreift Max meine Hand.

Ich zucke nicht zurück, versuche, nicht an jenen Freitagabend vor fast zehn Jahren zurückzudenken, als wir auf der Brücke über dem Fluss beim Bahnhof von Norwich standen. Max fuhr über das Wochenende nach Cambridge. Ich sehe ihn noch so deutlich vor mir, in seiner Lieblingsjeans mit den abgewetzten Knien, dem weiten Wollmantel. Unser letztes Herbstsemester hatte gerade begonnen, und es goss in Strömen.

»Bitte fahr nicht.« In dem Moment war ich so ausgelaugt, dass ich nicht einmal mehr weinen konnte.

»Ich verpasse noch meinen Zug«, sagte er nur, die Stimme schwach und wässrig.

Ich wollte nicht betteln. Konnte nicht. Also sah ich ihm nur nach, als er über die Brücke und aus meinem Leben verschwand.

Jetzt betrachte ich sein Gesicht - die grauen, leuchtenden Augen, das sanfte Locken seiner Lippen – und bin erfüllt von Traurigkeit. Über all die Jahre, die wir verloren. Über alles, was hätte sein können. Über alles, was nach unserem abrupten, unerklärlichen Ende geschah.

»Ich weiß, das kommt ungefähr zehn Jahre zu spät, aber … es tut mir so leid, Lucy.« Max drückt mir die Hand, als wäre es das Natürlichste der Welt. In diesem Moment könnte man sich leicht vorstellen, dass wir uns nie getrennt haben, weil wir ziemlich genau da anknüpfen, wo wir aufgehört haben. Was gleichzeitig angenehm und verwirrend ist, als läse man ein großartiges Buch, in dem ein paar Seiten fehlen. Oder als käme man mitten während eines wirklich guten Films ins Kino. »Ich wünschte, unsere Beziehung hätte nicht so geendet.«

Er liebte mich damals, und das wusste ich. Genau wie meine Eltern, die nur ein Jahr älter als Max und ich waren, als sie einander kennenlernten, es gespürt hatten. Sie spüren es heute noch. Diesen September feiern sie ihren vierunddreißigsten Hochzeitstag.

Max war anders als alle andere Jungen, die ich in der Schule gekannt hatte, oder auch als unsere Freunde an der Uni. Er war überschwänglich und mitteilsam und hielt seine Verehrung für mich nicht zurück, alle sollten es wissen. Er bewarf Leute, die uns aufzogen *(Na, schon verheiratet?)*, mit Erdnüssen und hielt meine Hand dann noch fester, küsste mich demonstrativ in aller Öffentlichkeit. Pubs, Straßen, Uniflure. Andauernd redeten wir über unsere Zukunft: zusammenziehen, heiraten, Kinder. Wir waren kühn genug – und uns sicher genug –, um alles zu wollen. Es kam uns nicht einmal überspannt vor. Es war einfach nur … Tatsache. Das Schicksal hatte uns am ersten Tag unseres Studiums in der Küche zueinandergeführt, und wir waren dazu bestimmt, einander nie mehr zu verlassen.

Bis zu dem Abend, als er sich trennte. Einfach so.

Anfangs machte ich mir Vorwürfe, glaubte, ich hätte zu viel von ihm verlangt, doch er behauptete hartnäckig, daran habe es nicht gelegen, es sei nicht meine Schuld gewesen.

Natürlich überlegte ich, ob er eine andere kennengelernt hatte. Nicht an der Uni, da war ich mir relativ sicher, aber vielleicht in der Kanzlei, in der er im Sommer ein Praktikum gemacht hatte. Vielleicht eine Frau, die ebenfalls im kommenden Jahr nach London gezogen war, um den Legal Practice Course anzutreten, das letzte Studienjahr für angehende Juristen.

Und doch erschien mir das abwegig. Max war kein Mensch, der betrog, der log. Wenn er eine andere kennengelernt hätte, dann hätte er es mir einfach gesagt. Oder?

Jetzt sehe ich ihm in die grauen Augen, mein Herz pocht. Ich möchte ihn noch einmal fragen, was ihm damals durch den Kopf ging, als er an jenem Septembertag vor fast zehn Jahren Schluss machte. War es nur die klassische Bindungsangst, die er beharrlich abstritt? Aber wir sitzen in einem netten Restaurant, kaum die richtige Umgebung für einen Seelenstriptease. Weil ich spüre, wie Tränen in meinen Augen brennen, ziehe ich die Hand unter seiner weg, als unsere Vorspeise gebracht wird.

»Sprechen wir lieber von was anderem.« Ich schlucke meine Emotionen hinunter. »Erzähl mir von deinem Urlaub.«

Also beschreibt Max zwischen Bissen von seinem Kaninchengericht das fantastische Tauchen, das Nobelhotel, die Strände, die Hitze.

»Kanntest du die Gruppe?«, frage ich. »Also, vorher?«

Er verneint. »Ich hab mit demselben Veranstalter schon andere Tauchreisen gemacht, Ägypten, Israel, aber es sind immer andere Leute.«

»Und hast du jemand Interessantes kennengelernt?«

Grinsend schweigt er kurz. »Fragst du das, was ich glaube?«

»Was glaubst du denn, was ich frage?«

»Ob ich dir Nachrichten geschrieben und im nächsten Moment mit was, äh, anderem beschäftigt war.«

Jetzt muss ich ebenfalls grinsen. Der Rhabarber aus meiner eingelegten Makrele beißt auf der Zunge. »Ich meine, ich würde das nicht kritisieren. Du warst im Urlaub.«

Er legt die Gabel weg und nimmt meine Hand. »Nein. Das war ernst gemeint. Ich habe die ganze Zeit dort an dich gedacht.«

Ich bin geneigt, ihm zu glauben. Max war immer so aufrichtig, so ehrlich. Jemand, der niemals von anderen abgeschrieben oder auch nur einen einzelnen Penny falsch herausgegebenes Wechselgeld behalten hätte.

Ich schlucke. »Also, dann erzähl doch mal von deinem Leben hier. Deinen Freunden, deiner Arbeit. Ich will alles wissen.«

Denn, ehrlich gesagt, möchte ich in diesem Moment gerade einfach nur Max reden hören, damit ich mich zurücklehnen und insgeheim am Klang seiner Stimme erfreuen kann, nach all den Jahren.

Wir bleiben lange in dem Restaurant sitzen. Die Minuten verschmelzen zu Stunden. Die Zeit wird ein Fluss - lang und wunderschön und dazu auffordernd, durchschwommen zu werden. Wir trinken unsere Cocktails aus, bestellen neue. Wir sprechen über seine Arbeit, und ich erzähle von meinen Jahren bei Figaro. Er beschreibt mir seine Wohnung in Clapham, und ich berichte von meinem Einzug bei Jools.

Vage nehme ich wahr, dass die Dämmerung draußen in Dunkelheit übergegangen ist. Ich tue so, als knisterte es in unserer kleinen Ecke des Lokals nicht vor Spannung. Als berührte seine Hand nicht andauernd meine. Als stießen unter dem Tisch nicht unsere Knie aneinander.

»Also, Luce, sag doch mal, hast du einen Freund?« Max

hat das Glas an die Lippen gesetzt, seine Augen schimmern über dem Rand.

»Nein. Ich bin seit zwei Jahren single.« Ich ziehe eine Grimasse. »Meine Güte, das klingt wie eine Ewigkeit. Und du?«

»Lustigerweise das Gleiche. Vorletztes Jahr habe ich mich von meiner letzten Freundin getrennt.«

Ich muss schlucken. Es ist immer noch seltsam und unangenehm, mir Max mit einer anderen vorzustellen. Wenn jemand geht und man selbst nicht bereit ist, nimmt er wohl immer ein Stück des eigenen Herzens mit.

»Und seitdem?«, frage ich.

Er teilt mir taktvoll mit, dass er sich auf seine Arbeit konzentriert. Unwillkürlich schießt mir die verwegene Frage durch den Kopf, wie er wohl heutzutage im Bett ist, fast zehn Jahre später.

Als wir nach dem Essen Kaffee trinken, sind wir schon beinahe die letzten Gäste, daher schlage ich widerstrebend vor, um die Rechnung zu bitten.

»Das ist schon erledigt.«

»Was? Wann denn?«

»Mach dir keinen Kopf darüber.«

»Nein, Max. Das ist zu viel.«

»Schon gut. Ehrlich.«

»Nein. Der Laden hier ist …« *Das ist eigentlich irrelevant.* »Ich möchte meine Hälfte bezahlen.«

»Wie wär's, wenn du einfach beim nächsten Mal dran bist?« In seinen Augen funkelt Heiterkeit. Er genießt es, mich zu necken, stelle ich fest.

Den Kopf schief gelegt, weiche ich seinem Vorschlag absichtlich aus. »Du musst hier nicht den lässigen Mann von Welt geben, weißt du.«

Er hebt die Hände. »Mach ich doch gar nicht.«

»Vergiss nicht, ich kenne dich.« Genau, den alten Max, mit den gammeligen Klamotten und dem Instant-Nudelsuppen-Fetisch und der notorischen Unpünktlichkeit und der heimlichen Begeisterung für Take That.

Ein verschmitztes Grinsen breitet sich auf seinem Gesicht aus. »Ah, stimmt ja.«

»Ich überweise dir das Geld. Ping mir einfach deine Kontonummer.«

Mit gerunzelter Stirn gibt er vor, mich ernst zu nehmen. »Alles klar, wird gemacht.«

Ich trete ihn unter dem Tisch. »Nein, echt jetzt.«

»Unbedingt.«

Mit einem Lächeln sehe ich mich in dem praktisch leeren Restaurant um. »Also gut. Wir sollten uns besser ein Taxi rufen.«

Liebenswerterweise gerät seine Selbstsicherheit kurz ins Schwanken. Ich sehe ihn schlucken.

»Außer, du hättest Lust, noch mit zu mir zu kommen? Ausschließlich auf einen zweiten Kaffee natürlich.«

»Natürlich.«

Max' Wohnung liegt nur knappe fünf Minuten zu Fuß vom Restaurant entfernt. *Sehr praktisch für eine Verführung*, denke ich und schimpfe mich sofort. Er war heute Abend der perfekte Gentleman.

Es ist eine Dreizimmerwohnung, hat also vermutlich ungefähr eine Dreiviertelmillion gekostet. Sie ist wunderschön eingerichtet, makellos gestrichen, die Altbauelemente nicht nur erhalten, sondern elegant hervorgehoben. Stylische Bilder hängen in schnörkellosen Rahmen an den Bilderschienen, die französische Riviera, ein Hockney-Druck. Darüber hinaus gibt es glänzende Kupferlampen, Kissen mit kühnen geometrischen Mustern und üppige Topfpflanzen in verschiedenen Ecken. Die Wohnküche, in der wir stehen, riecht nach Möbelpolitur und scharfen Putzmitteln, und ich kann keinen einzigen Gegenstand erkennen, der nicht an seinem Platz steht. Selbst die Geschirrtücher sehen gebügelt aus.

»Das hier ist wie eine Musterwohnung.« Ich denke an mein schäbiges Zimmer in Tooting und nehme mir insgeheim vor, Max so lange wie irgend möglich nicht dorthin einzuladen. Oder alternativ dazu schnellstens bei Supernova aufzusteigen, damit ich mir auch so etwas Nobles leisten kann.

»Die Lorbeeren darf ich mir nicht selbst einheimsen«, sagt er. »Ich hab mir beim Einzug von jemandem beim Einrichten helfen lassen.«

Ich setze mich auf das Sofa. »Du meinst einen Innenarchitekten?«

Er zieht die Nase kraus, sichtlich leicht verlegen. »Nicht so ganz. Eigentlich war es ein Gefallen von einer Freundin einer Freundin.«

Er drückt einen Knopf an seiner Kaffeemaschine und holt dann eine Flasche aus einem Art-déco-Barschrank aus Walnussholz. »Stört es dich, wenn ich mir dazu einen Absacker eingieße?«

»Aber natürlich nicht.«

Er dreht den Deckel ab. »In letzter Zeit bin ich in Jahrgangscognacs eingestiegen.«

Ich pruste los. Ich kann mich nicht bremsen. »Hast du gerade gesagt, *ich bin in Jahrgangscognacs eingestiegen*?«

Er dreht sich zu mir um, sieht meine Miene und grinst. »Das ist das, was du vorhin meintest, oder?«

»Von wegen lässiger Mann von Welt? Heimlich die Rechnung bezahlen, von Cognac schwärmen? Exakt.«

Daraufhin kommt er auf mich zu und weist Alexa mit tiefer und rauchiger Stimme über die Schulter hinweg an, Jazz aufzulegen.

Ich lache wieder, und er auch, als hätte er Spaß an seinen (vergeblichen) Versuchen, mich zu beeindrucken. Vermutlich ist es ein Weilchen her, dass er sich so stark anstrengen musste im Verführungsbusiness.

»Tja«, sagt er, die Augen fest auf meine gerichtet, während er sich neben mich setzt. »Vielleicht möchte ich dich ja einfach rumkriegen.«

Auf einmal scheint die Luft sich zu verdichten, die Leichtigkeit entweicht aus dem Raum. Unsere Blicke verschmelzen, und ich greife nach Max' Hand. Einen kurzen Moment lang stellen unsere Augen dieselbe Frage, und im nächsten liegen seine Lippen auf meinen. Wir schlingen die Arme umeinander, jetzt presst er sich an mich, und dann liegen wir auf dem Sofa, ein Gewirr von Zungen und Händen und Gliedmaßen, zupfen an den Kleidern des anderen und holen die verlorenen zehn Jahre nach, als hinge unser beider Leben davon ab.

6

Shoreley

An meinem ersten Tag bei Pebbles & Paper sehe ich auf dem Weg von der Bushaltestelle zum Laden meine alte Chefin Georgia.

Kurz erstarre ich, dann flüchte ich in die Seitenstraße zu meiner Rechten. Ich kann ihr nicht gegenübertreten, nicht nach unserem letzten Gespräch, bei dem ich ihr vorwarf, mich hereingelegt zu haben, und sie mich anflehte zu bleiben. Denn in Wahrheit hatte die Arbeit bei Figaro viel Schönes. Das Gefühl, gemeinsam etwas ziemlich Tolles aufgebaut zu haben. Die familiäre Atmosphäre, das Herumblödeln.

Etwas zu hektisch laufe ich in die entgegengesetzte Richtung, meine Knöchel kippeln hin und her auf dem Kopfsteinpflaster. Es ist ein warmer Tag, und zu diesem Anlass habe ich einen Baumwollrock und Sandalen aus dem Schrank geholt. Der Himmel über mir ist von einem makellosen Blau, ruhig wie eine Lagune.

Der Vormittag vergeht so reibungslos, wie ich gehofft habe: ein steter Strom von Kundschaft, von denen einige auch kaufen, aber nie so viele auf einmal, dass ich überfordert wäre. Außerdem ist Ivan da, für den Fall, dass ich Anfangsschwierigkeiten habe. Es bereitet ihm offenbar viel

Vergnügen zu betonen, wie viele der Waren Einzelstücke und handgemacht sind. Ich denke an Calebs Geschichte von gestern Abend und grinse.

Bisher habe ich mehrere Schmuckstücke mit Geburtssteinen, ein paar Kosmetikartikel, einen handgewebten Seidenschal, einige Grußkarten, zwei Bücherstützen und eine Schachtel Konditorpralinen verkauft. Ivan scheint der Ansicht zu sein, dass das ganz anständige Einnahmen für einen Vormittag sind, und kurz frage ich mich, wie er seine Kosten deckt, bis mir wieder einfällt, was für eine gigantische Gewinnspanne er auf seine Waren aufschlägt.

Nachmittags ist etwas mehr los, und als ich das nächste Mal den Kopf hebe, ist es fünf Uhr. Beim Blick auf mein Handy, bevor ich gehe, entdecke ich zu meiner Freude eine Nachricht von Caleb.

Was hältst du von Shakespeare?

Ich bin sein größter Fan.

Wir treffen uns, als es dämmert, an der Gartenmauer von Shoreley Hall, wo eine Freilichtaufführung von *Romeo und Julia* stattfinden soll.

»Du kannst übersetzen«, sagt er, als er am Einlass unsere Tickets vorzeigt. Er hat eine Decke mitgebracht und dazu ein Picknick in einer Einkaufstüte.

»Ich?«

»Ja, du weißt schon, als Schriftstellerin und so. Und als angeblich größter Shakespeare-Fan.«

Lachend pike ich ihm mit den Fingerspitzen in den Rücken. Wir suchen uns ein Plätzchen auf der Wiese.

Der Garten sieht magisch aus, wie aus einem Märchen. Lange Lichterketten hängen zwischen den Bäumen, in der Luft liegt der Duft von Spätfrühlingstau und frischem Gras. Die Blumenbeete sind prachtvoll bepflanzt mit orangefarbenen Tulpen und Goldlack, an den Pflaumen-, Kirsch- und Apfelbäumen schimmern Blüten.

Jenseits der Backsteinmauer hat der Himmel ein tiefes Blau, diese letzten satten Minuten, bevor er schwarz wird und eine Galaxie von Sternen aufleuchtet. Es ist warm, die Menschen drängen sich auf der Wiese, überall wird geplaudert, gelacht.

»Das ist großartig«, sage ich, als Caleb die Picknickdecke ausbreitet.

»Na ja, ich habe überlegt, wie ich dich überreden soll, dich noch mal mit mir zu treffen. Und ein alter Freund erwähnte, dass er hier mitmacht, also …« Er breitet die Arme aus, um den Satz zu beenden.

»Oh ja.« Ich lache. »Shakespeare hat's gebracht. Sonst hätte ich dir garantiert einen Korb gegeben.«

Wir sehen uns vielsagend an, und ich frage mich, ob auch er sich an den vergangenen Abend erinnert – die Minuten, die verflogen, als wir uns küssten, das Gefühl, etwas ganz Besonderes gefunden zu haben.

»Das dachte ich mir«, sagt er trocken.

»Also, was für eine Rolle spielt dein Freund?«

Er blättert durch das Programm. »Graf Paris.«

»Aua.«

»Was? Ist das schlimm?«

Ohne das Gesicht zu verziehen, sage ich: »Das kann ich wirklich nicht sagen.«

Lachend fängt er an, das Essen auszupacken. »Wusste ich

doch, dass es schlau gewesen wäre, im Englischunterricht aufzupassen. Apropos, du hast mir die zehn Seiten noch nicht geschickt.«

Ich schneide eine Grimasse. Heute Morgen bin ich von Selbstzweifeln überrollt worden und konnte mich nicht durchringen, sie zu mailen. »Ja, ich weiß.«

»Wahrscheinlich hätte ich nicht fragen sollen.«

»Doch, ich möchte ja, es ist nur … vielleicht feile ich erst noch mal ein bisschen dran.«

Er nickt. »Wenn du es dir anders überlegst, macht es auch nichts. Ehrlich. Also, hast du Hunger? Ich musste raten, was du gern isst.«

»Dann leg mal los.«

»Na ja, da ich dich beeindrucken möchte, ist das meiste ziemlich edel. Aber ich hab auch schottische Eier und Cocktailwürstchen im Sortiment. Plus …« Er hebt eine Tüte hoch. »Ohne Erdnussflips ging es nicht.«

Ich schüttle den Kopf. »Das ist der Wahnsinn. Du hast so was von gut geraten.« Ich betrachte das Festmahl aus mit Knoblauch gefüllten Oliven, Gemüse-Samosas, Vierkäse-Focaccia, geräuchertem Schinken und Geflügelsalat. »Ich bin schwer beeindruckt.«

»Weil ich nicht genau wusste, was du trinken willst, habe ich Prosecco dabei und …« Er studiert das Etikett. »Rhabarberlimonade.«

»Dann nehme ich Rhabarberlimonade, bitte.«

Als er den Deckel abschraubt, flucht er plötzlich leise.

»Was ist denn?«

»Gläser vergessen.« Er lacht. »Wir müssen aus der Flasche trinken.«

»Das könnte das Niveau senken.« Ich deute mit dem

Kopf auf die Leute um uns herum, die alle mit Plastik-Sektgläsern ausgerüstet sind.

»Okay«, flüstert er. »Dann müssen wir eben warten, bis das Licht aus ist.«

Wie aufs Stichwort ertönt auf der Bühne ein Trommelschlag, das Licht im Garten erlischt, und das Stimmengewirr verstummt. Motten flattern durch die Luft, als die Bühne hell wird.

Ein Schauspieler tritt ins Scheinwerferlicht. »Zwei Häuser waren – gleich an Würdigkeit«, dröhnt er. »Hier in Verona, wo die Handlung spielt …«

Caleb greift nach meiner Hand und drückt sie. »Okay, die Luft ist rein. Du kannst lostrinken.« Und als ich lächle, empfinde ich eine überwältigende Erleichterung, dass ich ihn letzte Woche angerufen habe, statt mich weiter an die Erinnerung an einen Mann aus meiner Vergangenheit zu klammern.

Obwohl es ein warmer Tag war, eher zum Sommer als zum späten Frühjahr passend, war ich nicht darauf vorbereitet, wie heftig die Temperatur abstürzen würde, während die Capulets und die Montagues einander befehdeten. Als die Schauspieler sich schließlich verbeugen, zittere ich und klappere mit den Zähnen, trotz des mir viel zu großen Pullis, den Caleb mir während der Pause umgelegt hat.

Calebs Freund, der den unglückseligen Graf Paris spielte, war sehr gut, aber da er von einer Menge umringt ist, beschließen wir, dass es zu kalt ist, um sich in die Schlange einzureihen und ihn zu begrüßen.

»Mannomann, tut mir leid«, sagt Caleb, nachdem wir unsere Sachen gepackt haben und auf dem Weg nach draußen sind. »Hätte nicht gedacht, dass es so arktisch wird.« Wir stehen zwischen lauter Menschen, die solche Veranstaltungen ganz offensichtlich andauernd besuchen und mehrere Schichten, Mützen und dicke Jacken dabeihaben. Mein Rock und Notfallpulli kennzeichnen mich eindeutig als Anfängerin in Sachen Freilichttheater.

Vor dem Tor zögern wir beide. Wir wollen, da bin ich mir ziemlich sicher, beide nicht, dass der Abend schon vorbei ist, aber wir befinden uns noch in der Kennenlernphase, weshalb wir besprechen müssen, was wir als Nächstes tun.

»Hast du Lust, mit zu mir zu kommen?« Caleb legt mir den Arm um die Schultern. Ich mag das Gefühl, von ihm festgehalten, an ihn gedrückt zu werden, an seinen warmen, unerschütterlichen Körper.

Lächelnd sehe ich zu ihm auf. »Klingt gut.«

Hand in Hand gehen wir zu seinem Cottage. Er hat nichts gesagt, als er seine Finger um meine schlang, und ich habe es ebenfalls nicht kommentiert. Es schien wie das Natürlichste auf der Welt.

Der Nachthimmel funkelt jetzt vor Sternen, die Meeresluft ist schneidend und salzig. Über den Dächern hängt tief der Mond, wie eine in die Schwärze geprägte Wachsscheibe.

»Also, sollen wir es bewerten von eins bis zehn?«, fragt Caleb, als wir an der kleinen Kunstgalerie des Städtchens vorbeilaufen, in deren Schaufenster diverse Seestücke ausgestellt sind.

»Das Stück oder das Date?«, rutscht es mir heraus. Ich meine, es war doch ein Date, oder?

Caleb scheint meine Selbstzweifel nicht zu bemerken. »Erst mal das Stück. Ich weiß nicht genau, ob ich schon bereit bin, mich bewerten zu lassen.«

»Natürlich. Entschuldige. Gut, ich gebe ihm eine satte neun. Du?«

»Ich sage, ähm, sieben.«

»Sieben?«

»Sorry. Aber ich mag Happy Ends.«

»Selbst bei Shakespeare-Tragödien?«

Er zwinkert. »Siehst du, ich dachte immer, es wäre einfach eine Liebesgeschichte.«

In seiner Küche bietet Caleb mir einen Absacker an, und als ich ablehne, meint er: »Darf ich fragen ...«

»Alkohol bekommt mir nicht so gut.«

»Trinkst du überhaupt nicht?«

»Nicht mehr.«

Er nickt, offenbar gänzlich ungerührt. »Tja, ich kann dir ein eindrucksvolles Sortiment von Heißgetränken anbieten.«

»Ach ja?«

Er reibt sich das Kinn. »Ja, ich sammle quasi – du etwa nicht? – unterschiedliche Kräutertees, verschiedene Kaffeesorten, ich habe heiße Schokolade und Horlicks und ...« Er wühlt in einem Schrank herum.

»Kaffee reicht vollauf«, sage ich lachend.

Also kocht er uns beiden Kaffee, und währenddessen spaziere ich zurück ins Wohnzimmer zu einigen Fotos an der Wand, die alle Calebs Bleistiftsignatur tragen. Eine Ansicht der Dünen am anderen Ende des Strands von Shoreley bei Wind; ein Reh mitten im Sprung über ein Gatter; ein Brautpaar vor einem lodernden Sonnenuntergang; eine Schwarzweißaufnahme von einer lachenden älteren Frau, die mir merkwürdig bekannt vorkommt.

Ich spüre ihn neben mir stehen, mich beobachten.

»Die sind irrsinnig gut.« Ich fühle mich beinahe eingeschüchtert von seinem Talent.

»Danke«, sagt er bescheiden. Er steht wunderbar dicht bei mir. Ich rieche den Rest von Aftershave auf seiner Haut. »Das war die Hochzeit meiner Stiefschwester. Und die Frau da ist meine Mutter.«

»Sie ist sehr schön.« Jetzt ist mir klar, warum sie mir bekannt vorkam.

Caleb geht in die Küche zurück, und ich stelle mich vor zwei weitere gerahmte Bilder auf dem Kaminsims über dem Holzofen. Eines zeigt Caleb auf einer Brücke mit zwei anderen Männern ungefähr seines Alters und einem älteren Paar. Auf dem anderen Foto sitzt er mit seiner Mutter, Stiefschwester, einer weiteren jüngeren Frau und einem Jungen an einem Esstisch.

Er tritt wieder neben mich und reicht mir einen Kaffeebecher. »Meine Eltern haben sich scheiden lassen, als ich zehn war, deshalb habe ich ungefähr eine Million Stiefgeschwister.« Sein Lächeln, als er das sagt, reicht nicht ganz bis in seine Augen, was mich an Jools erinnert, wenn sie von ihrer Familie spricht.

Ich setze mich aufs Sofa und schlage die Beine unter. »Versteht ihr euch?«

Caleb zieht die Vorhänge zu, gibt mir eine Decke und schaltet eine uralt aussehende Lampe an.

»Das schon.« Er lässt sich neben mir nieder. »Es ist nur, ach, ich weiß auch nicht. Ich war Einzelkind, aber meine Eltern haben beide seit mittlerweile fast zwanzig Jahren neue Familien. Deshalb frage ich mich manchmal, wie ich da reinpasse. Verstehst du?«

Ja, ich verstehe, und es macht mich etwas traurig für ihn. »Wohnen sie in der Nähe?«

»Nein, Dad ist in Devon, Mum in Newcastle. Also ungefähr so weit weg voneinander wie nur möglich. Und von mir natürlich.« Er grinst schief. »Was ist mit deinen Leuten?«

»Ach«, sage ich mit einem irrationalen Anflug von schlechtem Gewissen, das ich immer bekomme, wenn ich mit jemandem spreche, dessen familiärer Hintergrund nicht ganz glücklich ist. »Na ja, bei meinen Eltern ist das irgendwie verrückt, wie im Märchen.«

»Ja?«

Ich nippe an meinem Kaffee. »Ja, sie haben sich mit zwanzig im Urlaub kennengelernt, wurden schwanger mit meiner Schwester und sind seitdem absurd ineinander verliebt.«

»Wie schön. Was ist ihr Geheimnis?«

»Tja, sie haben sich immer als Seelenverwandte betrachtet.«

Seine Mundwinkel sacken leicht ab. »Das hat mein Vater von jeder Frau gesagt, die er nach meiner Mutter kennenlernte.« Ich bemerke ein angedeutetes Augenverdrehen bei ihm.

Mitfühlend rümpfe ich die Nase. »Das muss komisch gewesen sein.«

»Sagen wir es so, es hat definitiv diese altmodischen Vorstellungen von Schicksal und füreinander Bestimmtsein und dergleichen abgetötet.« Sein Lächeln kehrt zurück. »Für dich muss es aber nett gewesen sein, den lebendigen Beweis für wahre Liebe vor Augen zu haben.« Das sagt er ohne jeden Zynismus, was ihn ehrt.

»Hast du heute ein gutes Verhältnis zu deinem Vater?«

Er trinkt einen Schluck. »Zu meiner Schande, ja. Ich habe ihn immer verehrt.« Er lacht. »Obwohl ich wirklich wünschte, es wäre nicht so. Er ist einfach so ärgerlich cool.«

»Was macht er beruflich?«

»Tierfilmer. Also, Kameramann bei Dokus und so. Also, ja, im Prinzip wollte ich eigentlich immer wie er sein, mein ganzes Leben schon.«

»Hast du von ihm deine Reiselust geerbt?«

Caleb nickt. »Nach der Trennung von Helen dachte ich, *genau, das muss ich jetzt machen.*«

Mein Brustkorb zieht sich beklommen zusammen. »Also, willst du bald wieder los?«

Er sieht mich ein, zwei Sekunden lang an, dann atmet er aus. »Nein. Ich meine … nein. Es ist jetzt nicht so, dass ich nächste Woche losfahre oder so. Noch ist nichts Konkretes geplant.«

Ich ringe mir ein Lächeln ab, innerlich aber male ich schwarz. War ja klar, dass jemand so Wunderbares wie Caleb nicht einfach so in meinem Leben auftaucht, ohne Haken. Männer wie ihn gibt es eigentlich gar nicht. Natürlich ist er auf dem Sprung ans andere Ende der Welt, deshalb will er ja auch zur Miete wohnen. Er will keine Wurzeln schlagen. Und vielleicht hat er genau aus dem Grund auch kein Interesse an etwas Ernstem, also beziehungstechnisch.

»Du meintest, du warst nach der Uni auf Reisen?«, fragt Caleb jetzt.

»Ähm, nicht lange. Nur drei Monate.«

Mit gespannter Miene beugt er sich vor und erkundigt sich näher, aber mit seiner Begeisterung kann ich schwer mithalten, und nach einer Weile versickern seine Fragen.

»Ich musste die Reise abbrechen«, schließe ich lahm.

»Und wieso?«

»Ach, du weißt schon. Es sollte wohl nicht sein.«

Selbstverständlich weiß er nicht, aber zum Glück hakt er nicht nach, und dann schweigen wir ein Weilchen und trinken unseren Kaffee aus. Plötzlich habe ich ein furchtbar schlechtes Gewissen, als hätte ich den Abend verdorben, weil ich das Gespräch mit so einem Stimmungskiller beendet habe. Doch dann stellt er seinen Becher ab und streicht mir die Haare aus dem Gesicht. »Ist dir wieder warm?«

Ich schüttle den Kopf. »Nein. Noch nicht.«

»Tja, da kann ich vielleicht behilflich sein«, flüstert er und küsst mich.

»Ich meine, ich bin buchstäblich am Erfrieren«, wispere ich, als seine Lippen auf meinen Hals wandern. Unsere Schatten an der Wand sind im Lampenlicht riesig.

Dieses Mal schiebe ich beim Küssen eine Hand unter sein T-Shirt, streiche über seine Haut, die Rippen, seine Muskeln.

Bitte geh nicht weg, denke ich, als er leise stöhnt. *Das hier hat gerade erst begonnen, aber ich will jetzt schon nicht, dass es endet.*

London

Sonntagabend, achtundvierzig Stunden nach meinem Restaurantbesuch mit Max.

Wir liegen im Bett und versuchen, die Energie aufzubringen, uns Sushi zu bestellen, was mehr oder weniger zusammenfasst, wie dekadent dieses Wochenende war. Seit unserem Date haben wir die Wohnung nur ein Mal verlassen, gestern Vormittag zur Nahrungsbeschaffung, die im Wesentlichen daraus bestand, den halben Supermarkt in einen Einkaufswagen zu schaufeln. Jetzt liegen wir Nasenspitze an Nasenspitze auf der Matratze, eine Brise durch das offene Fenster streicht mir über die heißen, nackten Schultern, das Kissen unter meinem Gesicht fühlt sich an wie ein zarter Kuss.

Max' Schlafzimmer ist hell und sauber, mit hohen Schiebefenstern. Viel Licht. Das eiserne Bettgestell steht an einer unebenen Wand aus freigelegtem Mauerwerk, das weiße Bettzeug ist so weich wie Marshmallows. Abgesehen davon gibt es nur wenige Gegenstände: einen kornblumenblauen Teppich auf den Dielen, in einer Ecke einen aufgehängten Lautsprecher, eine helle Holzkommode und einen großen Spiegel, der neben dem Fenster lehnt. Andauernd ertappe ich mich dabei, mich nach Dingen umzusehen, die ich erkenne, kleinen Andenken aus unserer Vergangenheit, aber da ist nichts.

Die Wohnung ist ruhig und friedlich, als wären wir in einem Dorf und nicht in London, durch die doppelverglasten Fenster kann man den Verkehr kaum hören. Hin und wieder sind gedämpft Schritte über uns vernehmlich, aber das ist ein himmelweiter Unterschied zum Wohnzimmer in Tooting, wo sich selbst ein sachtes Tapsen in einem der oberen Zimmer anhört wie eine Stampede. Max erzählte mir gestern Abend, er habe diese Wohnung unter anderem wegen der Nachbarn ausgesucht, über die er ausgiebige Nachforschungen angestellt habe, bevor er den Vertrag unterzeichnet habe.

»Ist das legal?«, fragte ich belustigt.

»Falls du glaubst, Journalisten müssten beruflich viel recherchieren, dann probier mal meinen Job. Du würdest nicht glauben, was ich alles über Leute rauskriege.«

Jetzt berühre ich sein Gesicht. Seine Haut ist feucht und glänzend vor Anstrengung. »Weißt du, an dem Abend in Shoreley war ich gerade mit einem Typen ins Gespräch gekommen.«

Er stützt sich auf einen Ellbogen auf und macht eine strenge Miene. »Soso, ins Gespräch?«

Ich zucke grinsend die Achseln. »Aber dann hab ich dich gesehen und ihn einfach an der Theke stehen lassen. Na ja, jedenfalls hat er mir seine Nummer auf einen Bierdeckel geschrieben und in meine Manteltasche gesteckt. Ich hab ihn letzte Woche gefunden.«

Max lacht laut. »Wow. Und *ich* gebe den lässigen Mann von Welt?«

»Genau. Wer hätte gedacht, dass du auf dem Gebiet Konkurrenz kriegst?«

»Und, rufst du ihn an?«

Den Bierdeckel habe ich beim Packen für den Umzug gefunden, er fiel aus meiner Manteltasche. Ich drehte ihn lächelnd hin und her und steckte ihn dann in die Kiste, die bei Tash auf dem Dachboden bleiben sollte.

Ich tue so, als überlegte ich. »Ja, vielleicht. Nur um mich abzusichern.«

»Klar doch. Sehr klug von dir.«

Ich rutsche auf der Matratze vor und küsse ihn – lang und nachdrücklich, damit kein Zweifel aufkommen kann, dass ich nur Spaß mache.

»Jetzt mal ganz im Ernst«, flüstere ich. »Du solltest wissen, dass ich das normalerweise nicht mache.«

Um seine Augen herum bilden sich Fältchen. »Was denn?«

Mein Herz hüpft in meiner Brust. »Beim ersten Date mit einem Mann schlafen.«

»Erstes Date.« Er runzelt die Stirn, als müsste er darüber nachdenken. »Aber ist das nicht streng genommen unser ungefähr vierhundertstes Date?«

Genau das wollte ich von ihm hören. »Kann schon sein.«

Unter der Decke streicht er mir über die Hüfte. »Das zählt nicht, Luce. Wir waren mal ein Paar.« Dann sieht er meinen Blick und dreht sich auf den Rücken. »Das kam falsch raus. Was ich meinte, ist, wir sind's, du und ich. Das haben wir hinter uns.«

»Ja. Wir können gleich zum schönen Teil springen.«

»So ist es.«

»Da weitermachen, wo wir aufgehört haben.«

Er dreht sich wieder zu mir um, fixiert mich mit rauchgrauen Augen. »Genau.«

Nur: Wo war das? Ich meine, wo haben wir aufgehört?

Seit Freitagabend brenne ich darauf, das zu fragen. Seit unserem Kuss und diesem Funken, der gleich dort auf dem Sofa das Dynamit entzündete. Seit gestern Vormittag, als wir vom Einkaufen zurückkamen mit Kaffee vom Italiener, der kalt und unangetastet in der Küche stehen blieb. Seit gestern Nachmittag, als Max schließlich das Bett verließ und mich zu sich in die Dusche einlud. Die vergangenen achtundvierzig Stunden habe ich wie in Trance verbracht, in einem ungläubig träumerischen Schwebezustand, und bisher war ich nicht in der Lage, den Bann zu brechen, indem ich sage, was ich jetzt sage.

»Warum hast du damals Schluss gemacht, Max?«, raune ich. Die Frage zu stellen ist fast zu schwer.

Sein Blick streicht hin und her über mein Gesicht, als versuche er, die richtige Antwort zu finden. »Es ging nicht anders«, sagt er schließlich.

Mit einem einzelnen Finger fahre ich über seine linke Brust. Seine Haut ist noch strandgebräunt, die Muskeln zeichnen sich darunter ab, sein Körper erscheint, fast zehn Jahre später, wie eine bessere Version von damals. Er war immer ein Läufer, sportbegeistert, aber jetzt wirkt seine Figur, als würde er sich mehr darum kümmern, möglicherweise auch gelegentlich ein paar Gewichte stemmen. Kurz werde ich etwas befangen, frage mich, ob er mich mit der Frau vergleicht, die er früher liebte.

Ich glaube nicht, dass ich mich stark verändert habe. Auch wenn ich nicht die Ballerinastatur meiner Schwester oder Jools' natürliche Schönheit besitze, sehe ich nicht viel Unterschied zu alten Fotos, außer vielleicht, dass mein Gesicht etwas weniger jugendlich wirkt.

»Hattest du Angst, dich zu binden?« Unser Plan war damals, nach dem Examen nach London zu ziehen, und wir hatten schon über eine gemeinsame Wohnung gesprochen, bis ein Gespräch mit seinem Freund Rob mich glauben ließ, dass ich das falsch verstanden hatte. Eines Nachmittags stritten wir darüber, ob er mit mir oder mit Rob und seinem anderen Freund Dean zusammenziehen wollte, nur eine Woche vor der Trennung. Daher redete ich mir hinterher ein, das wäre der Grund gewesen, obwohl Max dem immer widersprochen hatte.

»Nein«, antwortet er jetzt, ohne es weiter auszuführen.

»Hattest du eine andere kennengelernt?« Das fragte ich ihn damals natürlich auch. Aber vielleicht ist manches im Nachhinein leichter zuzugeben.

Er schüttelt den Kopf. »Nach unserer Trennung war ich zwei Jahre single.«

Wir liegen immer noch mit dem Gesicht zueinander, so nah, dass unsere Lippen sich beinahe berühren, Finger gleiten über Haut. Es ist, als führten wir die intimste Aussprache unseres Lebens, statt in einer Gesprächssackgasse nach der anderen steckenzubleiben.

Auf seiner Stirn entstehen Falten. »Musstest du schon mal was aufgeben, weil du wusstest, dass es die richtige Entscheidung war? Obwohl es dir das Herz gebrochen hat?«

»Nein«, antworte ich wahrheitsgemäß. *Du warst derjenige, der mir an jenem Tag das Herz gebrochen hat.*

Zu meiner Überraschung füllen sich seine Augen mit Tränen. Ich habe kaum Zeit, sie zu bemerken, als sie ihm schon über die Wangen rinnen, auf das Kissen fallen wie Regentropfen.

Mit einem unterdrückten Fluchen setzt er sich auf, steigt aus dem Bett und geht ins Bad. Etwas verblüfft setze ich mich ebenfalls auf. Ich habe Max noch nie richtig weinen sehen. Nicht einmal damals auf dieser Brücke in Norwich, vom Regen durchweicht und niedergeschlagen, unmittelbar bevor er sich abwandte und ging.

Du hast dich von mir getrennt, Max. Ich dachte, du wolltest das. Wie kann es dir immer noch so wehtun?

Ich höre Wasser plätschern, und eine Minute später kommt er zum Bett zurück, dem Anschein nach gefasst. Er setzt sich auf die Matratze, nimmt meine Hand, knetet meine Finger. »Ich weiß, ich schulde dir mehr, Luce, aber ich kann dir nur sagen, dass es mir damals wie das Richtige vorkam.« Er schüttelt den Kopf. »Was nicht heißen soll, dass ich es nicht zutiefst bedauere. Ich hab so viel darüber nachgedacht, wo wir jetzt wären, wenn ich mich nicht getrennt hätte.«

Ihn all das sagen zu hören fühlt sich an wie eine Rakete in den Himmel steigen und nur Sekunden später wieder auf die Erde krachen zu sehen. Denn es ist zwar tröstlich, dass ich nicht die Einzige bin, die das Ganze bedauert, aber bedeutet es nicht, dass alles sinnlos war, wenn wir beide so empfinden?

Ich rufe mir all meine altvertrauten Träumereien über mein und Max' Leben ohne die Trennung ins Gedächtnis. *Wir hätten eine wunderschöne Wohnung oder vielleicht sogar ein Haus. Wir hätten viele Freunde, Hunderte von schönen gemeinsamen Erinnerungen. Wir hätten die Welt gesehen, die Hochzeit des Jahrhunderts gefeiert. Wir wären Katzenliebhaber, definitiv. Und wir würden Kinder planen. Eine laute bunte Bande, die unsere Herzen wieder neu mit Liebe erfüllen würde. Statt einer flachen Kurve hätte die Flugbahn meines Lebens steil nach oben gezeigt.*

Aber schlimmer noch ist vielleicht, dass ich mit Sicherheit das letzte Studienjahr abgeschlossen und mein Examen gemacht hätte. Und danach wäre ich mit Max nach London gezogen und hätte mir einen vernünftigen Job gesucht. Mittlerweile hätte ich eine jahrelange Berufserfahrung. Ich wäre nie nach Australien gefahren, wäre niemals Nate begegnet und hätte nicht alles verloren.

»Lucy?«

Ich schließe kurz die Augen. Eine ungebetene Vision von Nate, seiner anzüglichen Miene, hat sich in meinem Kopf festgesetzt. »Wie bitte?«

»Ich habe gefragt, was du möchtest«, sagt Max sanft.

»Was ich möchte?«

Er nickt. »Ich habe das Gefühl, dass genug Zeit vergangen ist, um vielleicht … Und ich weiß, dass ich dich nicht verdiene, Lucy, aber …«

Mit pochendem Herzen beuge ich mich zu ihm, ersticke seine Worte mit einem Kuss.

Ich komme gar nicht auf die Idee, mich zu fragen, warum es wichtig sein sollte, dass Zeit vergangen ist.

Max muss am Montagmorgen den frühen Zug nach Leeds erwischen. Er sagt, er bleibe dort bis Donnerstagabend, mit Sitzungen und Besichtigungen eines im Bau befindlichen Büro-Wohn-Komplexes in der Innenstadt, dem Objekt eines Rechtsstreits, den seine Kanzlei verhandele, bei dem es um Millionen gehe. Wir verabreden uns für Freitagabend, sobald er zurück in London ist.

Das Haus in Tooting fühlt sich düster und einsam an, erschüttert vom Straßenlärm und gelegentlichen Schusswechseln aus dem Fernseher nebenan. Normalerweise mag ich Geräusche, finde sie beruhigend, aber nach einem geborgen in dem gepflegten, glänzenden Refugium von Max' Wohnung verbrachten Wochenende kann man dies hier leichter als das ungeliebte Mietshaus betrachten, das es ist. Schmutzige Ecken und kahle Oberflächen, abblätternde Farbe und null Wasserdruck, ein schwacher Geruch nach Feuchtigkeit.

Ich sehne mich danach, mit jemandem zu reden, aber Jools und Sal haben Nachtschicht und Reuben ist bei seiner Freundin in Leyton.

Ich koche mir einen Tee, gehe nach oben und sehe auf mein Handy. Nur eine Nachricht, von Max.

Das beste Wochenende aller Zeiten. Du bist toll. Bis Freitag xx

Ich rufe meine Schwester an. Ein Videocall. Wie vorauszusehen, ist sie schon im Büro – sie ist Leiterin der Akquiseabteilung einer digitalen Marketingagentur – und nippt an einem grünen Smoothie, den sie vermutlich Frühstück nennt. Wegen des warmen Wetters trägt sie eine cremefarbene Bluse mit angeschnittenen Ärmeln, der blonde Bob makellos wie gesponnenes Gold. Mein Herz zieht sich zusammen, als ich sie sehe, hauptsächlich, weil ich weiß, was für Sorgen sie sich machen wird, wenn sie den Grund meines Anrufs erfährt.

»Ich muss dir was sagen.«

Sie späht in den Bildschirm, als suche sie in dem düsteren Hintergrund meines Zimmers nach Hinweisen. »Was denn? Was ist los? Ist alles okay?«

Ich atme langsam aus. Die kleine Rede, die ich mir zurechtgelegt habe, ist wie weggeblasen. »Ich bin … Max und ich …«

Ihre Miene strafft sich leicht. »Was ist mit Max und dir?«

»Ich glaube, also, dass wir es noch mal miteinander probieren.«

Mit einem Schlag zerknittert ihr Gesicht. Mit einer so unmittelbaren Reaktion hatte ich nicht gerechnet. »Nein, Luce. Bitte nicht.«

»Tash, es ist schon okay …«

»Nein, ist es nicht. Es ist nicht okay.« Einen Moment lang habe ich Angst, sie könnte hyperventilieren.

»Er fühlt sich schrecklich wegen der Trennung.«

Sie schüttelt den Kopf, als wäre das irrelevant. Dann versucht sie, sich wieder zu fassen. »Ich glaube einfach, du könntest jemand so, so viel Besseren finden. Es gibt haufenweise nette Männer da draußen. Warum wartest du nicht, bis du zu arbeiten anfängst, vielleicht gibt es jemanden in deiner neuen Firma?«

»Weil«, sage ich matt. »Weil es Max ist. Er war immer der Eine, dem ich nachgetrauert habe. Der Mensch, für den ich bestimmt war. Verstehst du?«

»Das war er eben nicht.« Ihre Stimme ist etwas weicher geworden, als müsste sie mir eine schlechte Nachricht beibringen. »Ihr habt euch getrennt und dann fast zehn Jahre nicht miteinander gesprochen.«

»Aber jetzt haben wir uns wiedergefunden.«

Es kommt mir komisch vor, so über Max zu debattieren. Das haben wir in den vergangenen Jahren nur selten gemacht, denn Tash hat ihm nie verziehen, was er mir angetan hat, außerdem war er ja längst weg. Es schien einigermaßen zwecklos, über ihn zu reden.

»Lucy.« Tash klingt jetzt nachdrücklicher. »Das ist reine Nostalgie. Das weißt du doch, stimmt's?«

»Oder wir sind Seelenverwandte.« Was an dem Tag, als ich Max begegnete, in meinem Horoskop stand, verschweige ich wohlweislich, weil ihr das mit ziemlicher Sicherheit den Rest gäbe.

Tash zieht die Augenbrauen zusammen. »Weißt du, neulich habe ich so einen Artikel darüber gelesen, dass Leute oft denken, sie hätten ihren Seelenverwandten getroffen, wo es sich in Wirklichkeit einfach nur um reine Lust handelt. Dass das Ganze mit den fliegenden Funken und der Liebe auf den ersten Blick eigentlich nur ein Hormonfeuerwerk ist. Dass es die sich langsam entwickelnden Beziehungen sind, die am meisten bedeuten.« Ich höre ihr an, dass sie argwöhnt, Max und ich befänden uns am Brandbeschleunigerende des emotionalen Tiefenspektrums.

»Was ist mit Mum und Dad? Die sind eindeutig Seelenverwandte. Oder du und Simon.«

Sie schweigt einen Moment, starrt nur auf den Bildschirm, als würde sie den Menschen darauf nicht mehr erkennen. »Ich will einfach nicht, dass du wieder verletzt wirst, Lucy«, sagt sie schließlich, als wüsste sie, dass sie gegen meine Argumente nicht ankommt. »Nach eurer Trennung, als du von deiner Reise zurückkamst, warst du ein anderer Mensch.«

Sie glaubt, daran wäre Max schuld, und ich erzähle ihr nicht, dass es in Wirklichkeit nichts mit Max zu tun hatte, oder doch zumindest viel weniger, als Tash denkt. Was in Australien passiert ist, habe ich ihr nie anvertraut. Und mittlerweile ist so viel Zeit vergangen, dass ich es wahrscheinlich auch dabei belasse.

Damals sagte sie immer, ich hätte vergessen, wie man Risiken eingehe, wie man spontan sei. Tja, sich jetzt wieder auf Max einzulassen, ist doch wohl ein Risiko, ein Beweis für meine wiederentdeckte Abenteuerlust, oder?

»Bitte, bitte versprich mir nur, dass du darüber nachdenkst, bevor du dich in was reinstürzt«, sagt Tash.

Dazu ist es ein bisschen zu spät. Aber sie sieht fast aus, als bräche ihr gerade das Herz, also nicke ich, gebe ihr mein Wort. »Er ist beruflich die ganze Woche unterwegs. Ich verspreche, bis zum Wochenende denke ich gründlich darüber nach.«

Ich weiß, was ihr durch den Kopf geht: Erst ist Max zwei Wochen im Urlaub und jetzt »beruflich« eine Woche unterwegs? Wahrscheinlich glaubt sie, er wäre damals mit einer anderen durchgebrannt. In jedem Fall hält sie für einen großen Fehler, was ich gerade mache.

Aber wie kann das sein, wenn die Beziehung mit Max sich von Anfang an einfach nur richtig anfühlte?

Zu Weihnachten, am Ende unseres ersten Semesters, waren er und ich seit drei Monaten Freunde. Freunde, die viel flirteten, von denen jeder annahm, dass sie schon ein Paar waren. Die sich den ganzen Tag SMS schrieben und abends ins Zimmer des anderen gingen. Die sich zum Kaffeetrinken trafen, zusammen im Pub saßen, einander im Kino Plätze frei hielten.

Mich erstaunt heute noch, dass wir über einen so langen Zeitraum nicht weiter gingen: Wir waren beide single, häufig durch Alkohol enthemmt, ausführlich informiert über das Leben des anderen. Max meinte hinterher, er habe Angst gehabt, unsere Freundschaft kaputt zu machen, und ich hatte wahrscheinlich zu starke Selbstzweifel, um den ersten Schritt zu machen. Immerhin ging es um Max – so beliebt, so gut aussehend, jemand, von dem alle sich angezogen fühlten –, und ich hatte noch nie eine Beziehung gehabt, keine richtige.

Ich wusste, dass er in Cambridge eine Freundin gehabt hatte. Die beiden hatten sich im Sommer getrennt, und sie war zum Studium dortgeblieben. Ich hatte sie ein bisschen über die sozialen Medien ausgeforscht, was meinem Selbstbewusstsein nicht unbedingt förderlich war, denn sie war auf eine sonnige, unbeschwerte Art hinreißend, und ich redete mir fest ein, dass Max sich früher oder später gezwungen sähe, zu ihr zurückzukehren.

Drei Monate verstrichen also, und dann war es Dezember, und ich packte meinen Koffer für Shoreley zur selben Zeit, als Max in den Bus nach Cambridge steigen sollte.

An unserem letzten Tag im Wohnheim spazierte er in

mein Zimmer, einen Kapuzenpulli in der Hand. Seine Haare waren feucht und er roch schwach nach dem Kräuter-Duschgel, das alle Jungs, die ich kannte, offenbar so toll fanden, woraus ich schloss, dass er gerade laufen gewesen war.

»Den hab ich unter meinem Bett gefunden«, sagte Max.

»Du Held.« Ich grinste. »Den hab ich schon gesucht.«

Daraufhin stockte er, plötzlich konfus, was untypisch für ihn war. Er wusste immer, was er sagen sollte, war nie um Worte verlegen. Sein Erfolg in den juristischen Übungsverhandlungen bezeugte das.

Jetzt schien er sich wieder zu fassen, blieb aber neben meinem Bett stehen. Es war schon abgezogen, die Bettwäsche in einem Müllbeutel, damit ich sie zu Hause bei meinen Eltern direkt in die Maschine stecken konnte. »Hey, ich bin vorhin in der Mensa Anna begegnet. Hab mir endlich ein Herz gefasst und ihr mitgeteilt, dass ich nicht Matt heiße.«

Ich grinste. Eine von Max' Dozentinnen, die ihn schon das ganze Semester mit dem falschen Namen ansprach, obwohl sie angeblich bereits überzeugt davon war, dass er das Potenzial zum Topanwalt hatte. »War es ihr peinlich?«

»Ja. So peinlich, dass sie mir einen Kaffee und ein Stück Kuchen spendiert hat.«

»Dann hat es sich ja gelohnt.«

»Ha«, machte er, weil es ein Running Gag zwischen uns war, dass der Mensakaffee kaum mehr als lauwarmes, gefärbtes Wasser war. Und dann sagte er unvermittelt: »Komm doch mit nach Cambridge.«

»Was?« Ich ließ das T-Shirt sinken, das ich gerade faltete.

»Komm mit. Für ein paar Tage. Ich finde es komisch, dich drei Wochen lang nicht zu sehen.«

Ich nickte. »Ja, ich auch. Ich werde dich vermissen.«

Er sah zu Boden. »Ich hab vorhin was geklaut. Aus der Mensa.«

»Echt?« Das verwirrte mich. Was meinte er? Max war viel zu ehrlich zum Stehlen.

Er griff in seine Gesäßtasche und holte ein leicht verbogenes grünes Plastikstäbchen heraus.

Ein Mistelzweig.

Ein Lächeln breitete sich in meinem Inneren aus, und mein Herz begann schlagartig, unkontrolliert zu klopfen.

Mit der einen Hand hob Max den Mistelzweig, die andere legte er sich auf den Rücken. Seine grauen Augen sahen mich ruhig an. »Ich brauchte eine Ausrede. Für etwas, das ich schon machen wollte, als wir uns gerade kennengelernt haben.«

Da wurde mein Blut heiß und mein Herz wild, mein ganzer Körper kribbelte vor Verlangen. Also trat ich auf ihn zu, legte meine Lippen auf seine, und dann küssten wir uns, intensiv und hitzig und fieberhaft. Max hatte den Arm fest um meine Schultern gelegt und zog mich an sich. Und bald schon lag der Mistelzweig auf dem Boden und wurde unter das Bett getreten, auf das wir fielen.

Irgendwo draußen legte jemand Weihnachtsmusik auf, eine klimpernde, mit Tamburin unterlegte Melodie. Türen quietschten und knallten, man hörte Schritte und Stimmen, Gelächter und Gejohle, der allgegenwärtige Duft von Toast lag in der Luft. Wir waren umgeben von Menschen, und doch schien, genau wie an unserem allerersten Tag im Wohnheim, ihre Anwesenheit unser Gefühl von Alleinsein, verborgen hinter der verschlossenen Tür, nur noch zu verstärken.

Ich wollte mit ihm schlafen. Es spielte keine Rolle, dass das unser erster Kuss war, von allem anderen ganz zu schweigen. Ich wusste, dass das zwischen Max und mir etwas Besonderes war, obwohl wir noch nicht erforscht hatten, was genau es war. Ich fühlte eine Zukunft mit ihm. Ich *spürte* sie. Ein unerklärliches Wissen, dass wir füreinander bestimmt waren.

»Lucy«, raunte er, als wir an den Kleidern des anderen zu zerren begannen, »hast du … hast du schon mal …?«

»Nein«, hauchte ich. »Aber es ist okay. Ich möchte es.«

»Bist du sicher? Es wäre kein Problem, wenn …« Die Worte waren kaum zu verstehen, aber ich wusste, dass er sie ernst meinte.

»Ja«, keuchte ich und küsste ihn heftiger, nachdrücklicher. Mir war egal, dass ich meine gammeligste Jeans trug und ein T-Shirt, das so alt war, dass der Aufdruck komplett verblasst war, oder dass ich völlig ungeschminkt war. Ich konnte nur an Max denken, seinen fordernden Kuss, die feuchte Wärme auf seiner frisch geduschten Haut. »Ja, ich bin sicher.«

Also war Max mein Erster, an jenem hellen, kalten Dezembernachmittag in meinem Wohnheimzimmer. Und es war überhaupt nicht, wie meine Schwester oder Freundinnen es beschrieben hatten, weder unbeholfen noch schmerzhaft oder auch nur ein wenig *unzureichend*. Es war leidenschaftlich und besonders, zärtlich und denkwürdig. Alles, was ich mir erhofft hatte.

7

Shoreley

Es ist früher Abend, und ich sitze auf einem der Sofas in Tashs und Simons Wohnzimmer. Dylan hat es sich mit Tashs iPad auf einem Sessel gemütlich gemacht, schon gebadet und im Schlafanzug. Eigentlich soll er eine Einmaleins-App spielen, aber ich weiß, dass er sich in Wirklichkeit YouTube-Videos von Kindern ansieht, die teures Spielzeug auspacken. Letzte Woche verkündete er, eigene Videos drehen zu wollen, und es tat mir so leid für ihn, weil ich weiß, dass er nicht begreift, warum andere Jungen unentwegt mit lauter tollen Sachen spielen dürfen und er nicht. Meine Schwester und ihr Mann sind zwar gut situiert, aber Dylan wird nicht verwöhnt.

Tash und Simon haben eine Flasche Wein aus ihrem gigantischen Keller geöffnet. Ich probiere eine Margarita aus alkoholfreien Spirituosen; anfangs war ich skeptisch, aber Tash gehört zu jenen Leuten, für die mein Nichttrinken ein größeres Thema als für mich selbst ist, die ein schlechtes Gewissen beim Trinken haben, wenn ich eine nicht-alkoholische Alternative in der Hand halte. Also habe ich sie mit Limetten und Eis und Agavensirup hantieren lassen, und das Ergebnis ist gar nicht übel.

Es ist mild-warmer und die Brokatvorhänge vor den

offenen Flügelfenstern sind noch nicht ganz zugezogen, um eine Brise hereinwehen zu lassen. Das Blöken von Lämmern streicht durch den Spalt. Jenseits des riesigen Gartens ist die Landschaft sanft hügelig, geht über in einen Flickenteppich aus Feldern und Hecken, der am Meer endet.

»Also, wir haben den Anfang gelesen.« Tash klemmt sich die Füße auf dem anderen Sofa unter.

Die beiden wollten unbedingt in meinen Roman hineinlesen, also habe ich ihnen vorgestern die ersten zehn Seiten gemailt. Und bevor ich es mir anders überlegen konnte, bekam Caleb sie ebenfalls, mit dem knappen Begleittext *Unter einer Bedingung: Du darfst nicht sagen, dass es gut ist, wenn du es furchtbar findest x.*

Die Antwort kam innerhalb von dreißig Sekunden. *Bin mir ziemlich sicher, dass das nicht passieren wird. Aber klar, versprochen x.*

»Und, was haltet ihr davon?«, frage ich zaghaft.

»Wir fanden es schön«, sagt sie fröhlich, als berichtete sie von einer Hochzeit, auf der sie sich insgeheim zu Tode gelangweilt hat.

Simon neben ihr nickt mit einer Begeisterung, die einstudiert wirkt. »Echt, echt gut.«

Simon ist das, was man wohl als klassisch gutaussehend bezeichnen könnte. Die dunklen Haare sind immer kurz – kaum mehr als ein gepflegter Schatten eigentlich – und auf dem Kinn wachsen ordentliche Stoppeln. Er ist Hypothekenmakler, was mit viel Golfspielen und dem Besuch von unzähligen Preisverleihungen an Wochentagen einhergeht.

Plötzlich hüpft Dylan vom Sessel, rennt mit dem iPad zu Simon und brüllt etwas Unzusammenhängendes über einen Roller.

»Okay«, sage ich unsicher. »Geht es ein bisschen konkreter als ›schön‹ und ›echt gut‹?«

»Atmosphärisch«, verkündet Simon nach einer Pause triumphierend, in der Art eines Gameshow-Teilnehmers, der einen Geistesblitz hat. Er breitet die Arme aus und lässt Dylan auf seinen Schoß klettern.

»Ach, kommt schon«, sage ich ungeduldig. »Was haltet ihr wirklich davon?«

Tash trinkt einen Schluck Wein. »Ich finde, dass du toll schreibst. Ehrlich.«

»Aber?«

Sie zögert. »Mich hat ein bisschen überrascht, dass das Buch in den Zwanzigern spielt.«

»Warum?«

Ein leichtes Achselzucken. »Weiß auch nicht. Vielleicht weil du meintest, dass es lose auf Mums und Dads Geschichte basiert. Deshalb hatte ich wohl was in der heutigen Zeit erwartet.«

»Daher ja der Begriff ›lose‹. Unsere Eltern sind nur die Inspiration. Es ist keine Biografie.«

Wieder nimmt sie einen Schluck. »Hast du dich schon mal bei diesem Typen gemeldet, wegen der Schreibgruppe?«

Ich starre sie an. »Ach so, du findest es also schrecklich.«

Sie reißt die Augen auf. »Nein, das meinte ich damit nicht! Mir ist nur gerade eingefallen, dass du das mal ausprobieren wolltest. Mehr nicht.«

Selbstzweifel und Bestürzung machen sich in meinem Brustkorb breit.

Mehrmals schon hat die Welt mir offenbar im Laufe der Jahre mitteilen wollen, das Schreiben aufzugeben. Zum Beispiel, als dieses Rohr über meinem Wohnheimzimmer an der Uni brach und alle meine Notizbücher zerstörte. Und als meine Kurzgeschichte zur Veröffentlichung in einer Anthologie angenommen wurde und der kleine Verlag kurz vor dem Druck pleiteging. Die Handvoll Einsendungen an Zeitschriften, alle per Formschreiben abgelehnt.

Plötzlich fühle ich mich klein, nackt. Meine größte Angst war, dass mein Roman nicht gut genug ist, um ihn andere lesen zu lassen, und diese lauwarme Reaktion bestätigt mir genau das.

Warum, warum nur hab ich ihn an Caleb geschickt?

»Du hast mich doch dazu ermutigt, Tash«, erinnere ich sie auf einmal kindisch-angriffslustig.

Die Augen meiner Schwester werden noch größer. »Lucy, es ist hervorragend, ehrlich.« Sie stößt Simon mit dem Ellbogen an. »Stimmt doch, oder?«

Er hebt den Kopf. »Ich bin ja kein großer Leser, aber, ähm, ja. Es ist gut.«

Nicht unbedingt eine überzeugende Bestätigung.

Tash verdreht die Augen. »Lucy, ich schwöre, das ganze Hin und Her zwischen Jack und Hattie hat mir wahnsinnig gut gefallen, und du beschreibst es so toll.« Sie verstummt, offenbar spürt sie, dass sie ihre Worte sorgfältig wählen muss. »Mir fiel nur gerade noch mal diese Schreibgruppe ein, und ich dachte, also, dass das nützlich sein könnte. Nur weil du noch Anfängerin bist. Du hast ja keine offizielle Ausbildung.«

Ich greife nach dem Glas mit dem Rest meiner Pseudo-Margarita. Wenn ich nicht mal meiner eigenen Schwester meinen Text zeigen kann, ohne mich so zu fühlen, wie soll dann das bei Fremden gehen?

Das iPad dicht vor Simons Gesicht haltend, fängt Dylan

an, die drei seiner Ansicht nach besten Roller aus der engeren Wahl zu beschreiben, was uns zum Glück allen eine peinliche Stille erspart.

»Das kam jetzt völlig falsch rüber, Lucy«, sagt Tash, als Dylan fertig ist. »Wir fanden es wirklich super.«

Ich sehe ihr in die Augen. »Ehrlich?«

»Ehrlich.«

Dylan quietscht vor Freude über etwas, das Simon gesagt hat, und rast aus dem Zimmer. Simon nutzt die Gelegenheit, um Tash und sich noch etwas nachzugießen. »Und, wie läuft es mit deinem neuen Kerl?« Ganz offensichtlich ist er der Meinung, dass wir das Thema wechseln sollten.

Tash wirkt erleichtert. »Ja, erzähl mal, was gibt's Neues?«

»Nichts«, sage ich bieder, was irgendwie sogar stimmt.

»Ach, komm schon«, sagt Tash. »Wir lieben die schmutzigen Details.«

Ich schüttle den Kopf. »Ich kenne ihn doch erst seit drei Wochen.«

»Aber du magst ihn, stimmt's?«

Ich kann mir ein Lächeln nicht verkneifen. »Ja. Aber …« Ich stocke, weil ich nicht weiß, ob meine Ängste zu diesem Zeitpunkt überhaupt echt sind.

Tash beugt sich vor. »Aber was?«

»Ich bin mir nicht sicher. Ich meine, er hat gesagt, er und seine Frau hätten sich getrennt, weil sie sich zu sehr auseinanderentwickelt hätten.«

»Aha.«

»Und es gibt vieles, was ich an ihm mag, aber er möchte reisen, und er ist einfach … völlig anders als alle Männer, mit denen ich zusammen war.«

Bisher fühlte ich mich meistens zu solchen hingezogen,

die ehrgeizig und fokussiert und zielorientiert waren. Was nicht heißen soll, dass Caleb das alles nicht ist, aber das wäre nicht das Erste, was mir einfiele, wenn ich ihn beschreiben sollte. Trotzdem, dass er nicht mein üblicher Typ ist, empfinde ich als positiv.

Gleichzeitig bin ich noch unschlüssig, ob wir uns an der körperlichen Front zurückhalten, weil Caleb nicht vorhat, lange hierzubleiben. In den vergangenen Wochen haben wir stundenlang auf dem Sofa gekuschelt. Aber mehr ist bisher nicht passiert, und zwar vielleicht, weil wir beide wissen, dass das mit uns nicht von Dauer sein kann.

»Dass er anders ist, muss aber nichts Schlechtes sein, oder?«, fragt Simon. »Ich meine, die Beziehungen haben ja nicht gehalten, also …«

»Ja, absolut. Nein, es ist eher, dass ich ihn echt mag und mich bloß nicht zu sehr darauf einlassen will, falls er …«

»Falls er sich aus dem Staub macht?«, rät Tash.

Ich nicke.

»Du könntest ihn einfach fragen.« Simon zuckt die Achseln.

»Wir kennen uns erst ein paar Wochen. Ich will ihn nicht verschrecken.«

»Weißt du, was du meiner Ansicht nach tun solltest?«, meint Tash.

»Nein, was?«

»Genieß es. Mach einfach mit. Wer sagt, dass was Ernstes draus werden muss?«

Ich schlucke. »Klar, ich weiß schon.« Was ich allerdings nicht sage – denn woher sollte ich das jetzt schon wissen? –, ist, dass es mir tief drinnen jetzt schon ernst mit Caleb ist.

Am nächsten Tag lädt Caleb mich zum Essen zu sich ein. Als ich um sechs Uhr zu seinem Haus laufe, bin ich leicht kribblig vor Vorfreude.

Das Spyglass Cottage und seine zweihundertjährige Geschichte liebe ich jetzt schon, die schmale Wendeltreppe, das hübsche kleine Bad. Ja, es ist abgewohnt, die Farbe auf den Fensterrahmen blättert ab, die Elektrik hat ihre Launen, und einige Bodendielen sind verzogen, aber es hat Charakter, Persönlichkeit. In seinen Mauern sind vergangene Leben und Erinnerungen vergraben.

»Irgendwas riecht gut«, sage ich, nachdem er mir die Tür geöffnet hat und ich ihm in die Küche folge.

Seine Jeans ist ausgeblichen und das T-Shirt leicht verknittert, er ist barfuß, und seine Haare sind strubbelig, als wären sie frisch gewaschen. »Danke, aber warte mit deinem Urteil lieber ab, bis du probiert hast.«

Mit einem Grinsen reiche ich ihm den Apple Crumble, den ich gemacht habe. Nachtisch ist mein Standardmitbringsel, an Stelle von Wein. »Das gilt hierfür auch. Also, was gibt's denn Gutes?« Ich mustere den blubbernden Inhalt des gusseisernen Topfes auf dem Herd, dessen orangefarbene Emailbeschichtung von jahrelanger Benutzung bräunlich verfärbt ist.

»Na ja, eigentlich sollte es ein vegetarisches Curry werden, aber all meine Gewürze waren abgelaufen, deshalb nennen wir es vielleicht besser Eintopf.« Seine Miene ist ein Zwischending zwischen Grimasse und Grinsen. »Aber das Gemüse kommt alles aus dem Garten, ich hoffe, dafür gibt es Punkte.«

»Keine Sorge. Mein Crumble sollte ursprünglich ein Kuchen werden, bis mir auffiel, dass ich eigentlich gar keinen

Teig kann. Aber die Äpfel sind vom Baum meiner Schwester.«

»Ich sehe wirklich schwarz für uns, wenn es zur Apokalypse kommt, Lambert.«

Ich muss lachen, geschmeichelt von der unerwarteten und liebevollen Verwendung meines Nachnamens.

Er sieht mich von der Seite an. »Sorry. Keine Ahnung, woher das kam.«

»Macht nichts, ich mag's.«

Er atmet geräuschvoll aus. »Ich bin buchstäblich der unbeholfenste Gastgeber aller Zeiten. Muss wohl nervös sein oder so.«

»Du und nervös? Das glaube ich nicht.«

Lächelnd sieht er mir in die Augen. »Doch, manchmal schon.«

Da es ein warmer Abend ist, essen wir draußen auf der Terrasse, auf mit Flechten überzogenen Plastikstühlen. Der Garten ist lang, schmal und völlig verwildert, als hätte sich seit ungefähr zehn Jahren niemand mehr darum gekümmert. Wobei Caleb einen Pfad zum Gemüsebeet durch den Dschungel von Dornen und Brennnesseln geschnitten hat. Aus dem wuchernden Grün leuchten buttergelber Löwenzahn, violette Vergissmeinnicht-Kissen, zarter weißer Wiesenkerbel. Am Ende des Gartens kann ich eine widerspenstige Weißdornhecke ausmachen, durchzogen von Geißblatt und flankiert von Linden, deren Blätter sanft in der Brise beben. Dahinter versinkt die Sonne an einem cocktailfarbenen Himmel, und die Wolken sehen aus wie mit dem Pinsel gemalt.

Caleb hat mir die Fotos von einem Auftrag gezeigt, den

er diese Woche hatte, Bilder für das Fischlokal an der Promenade, das gerade in einer Zeitung hoch gelobt wurde. Die Aufnahmen sind beeindruckend, sie fangen genau die rustikale, bodenständige Atmosphäre ein, und die zubereiteten Fische sehen aus wie Kunstwerke.

Nach dem Eintopf, der ziemlich gut war, teilen wir uns den Crumble auf und ertränken ihn in Vanillesoße. »Ich nehme es übrigens zurück.« Nach ein paar Bissen betrachtet Caleb seinen Löffel. »Das mit der Apokalypse. Ich glaube, wir kämen ganz gut klar.«

»Das Lob gebührt eigentlich meiner Schwester«, gestehe ich. »Sie musste mir alles zeigen. Sie ist in den meisten Sachen deutlich versierter.«

»Du bist auch versiert.«

»Geht so.«

»Denken das nicht alle Leute von ihren älteren Geschwistern?«

Nachdenklich lecke ich meinen Löffel ab. »Kann schon sein. Wie ist es bei dir?« Damit meine ich seine Stiefgeschwister.

»Genauso. Was eigentlich albern ist, weil ich mich nie groß für Geld und schnelle Autos interessiert habe.« Er wirft mir einen Seitenblick zu, bevor er erklärt. »Meine Stiefbrüder väterlicherseits sind älter, beide arbeiten in der Immobilienbranche, und irgendwie ist es ihr Hobby, alle anderen wie erbärmliche Loser zu behandeln. Oder vielleicht gilt das auch nur für mich. Ich glaube, in deren Augen bin ich das schwarze Schaf der Verwandtschaft. Soweit sie mich überhaupt als solche betrachten.«

Ich denke zurück an die Zeit unmittelbar nach Australien, als ich mich fast vollständig von meiner eigenen

Familie zurückgezogen hatte. Nicht einmal Tash kam damals an mich heran. Es gab Zeiten, in denen wir nur alle paar Wochen miteinander sprachen. Ich glaube, tief drinnen war ich eifersüchtig darauf, wie reibungslos ihr Leben sich entwickelte. Wie einfach ihr offenbar alles fiel. Wie stark ihre Beziehung zu Simon war.

Aber als Dylan auf die Welt kam, änderte sich alles. Plötzlich war da ein nagelneues kleines Leben, das mich mit meiner Schwester verband. Tag um Tag brachte Dylan uns näher zusammen, und seit wir unter demselben Dach wohnen, haben wir wieder ein so enges Verhältnis wie früher als Kinder. Noch enger sogar.

»Also.« Caleb sieht mich freundlich an. »Ich habe deine Seiten gelesen.«

Aus Reflex lege ich mir die Hand vors Gesicht, immer noch ziemlich geknickt von Tashs und Simons nur mäßig positiver Reaktion am gestrigen Abend. »Ich weiß nicht, ob ich es hören will.«

Er taucht seinen Löffel in den Nachtisch. »Warum?«

»Warum was?«

»Warum willst du es nicht hören?«

Ich verziehe den Mund und trinke einen großen Schluck Wasser, um meine Verletzlichkeit wegzuspülen. »Meine Schwester und ihr Mann haben sie auch gelesen.«

»Und?«

Ich zucke die Achseln. »Sie haben offenbar mit was anderem gerechnet. Oder es ist einfach nicht ihr Geschmack.«

Ich kann das schwache Rauschen von Wellen an der Küste hören, das sich mit dem Rufen und Johlen der Kneipengänger und den folkigen Klängen einer Liveband im Smugglers mischt. Shoreley rüstet sich gerade für die Touristensaison, und obwohl ich liebe, dass die Leute in den Sommermonaten wie Zugvögel in die Stadt strömen (es schmeichelt meinem Lokalpatriotismus), ziehe ich alles in allem doch den Rest des Jahres vor, wenn die Kopfsteinpflastergassen ruhig sind und der Strand eine leere Leinwand und man immer das Meer hören kann.

»Lucy.« Er sieht mich durchdringend an. »Ich fand es großartig.«

Eine warme Brise lässt meine Haare hochflattern. Ich streiche sie wieder zurück, dann ziehe ich verlegen die Nase kraus. »Ehrlich?«

Er beugt sich vor. »Ehrlich. Meine Güte, als du mir das von Margate in den Zwanzigern erzählt hast und wir über den *Großen Gatsby* und den ganzen Hedonismus und die Hoffnung und so weiter gesprochen haben, also, das klang super. Und du hast es perfekt hingekriegt, hundertprozentig. Ich hatte das Gefühl, dort zu sein, in die Zeit zurückversetzt. Ich war vollkommen versunken. Und die Chemie zwischen Jack und Hattie ist der Hammer.«

Ich spüre eine Röte am Hals aufsteigen. »Wow. Danke.«

»Das ist mein Ernst. Du schreibst wunderschön. Ganz ehrlich, Lucy. Ich weiß nicht genau, was ich erwartet hatte, aber du hast echt eine Gabe.«

Sein Blick ruht auf mir, mein Bauch kribbelt vor Freude. »Das sagst du nicht nur so?«

»Glaub mir, ich kann furchtbar schlecht lügen.« Er grinst etwas hilflos. »Ich kann dich gut verstehen, meine Arbeit ist ja auch öffentlich. Deshalb kann ich nachvollziehen, wie schwierig es ist, anderen seine Sachen zum ersten Mal zu zeigen. Und deshalb würde ich nie jemanden gönnerhaft behandeln, der das macht.«

Ich stelle fest, dass ich zittere, und zum ersten Mal seit Jahren sehne ich mich nach einem großen Schluck gekühltem Weißwein. Stattdessen atme ich tief durch, sauge den Duft von Geißblatt ein.

»Um ehrlich zu sein, habe ich inständig gehofft, dass es gut ist, weil ich wusste, dass ich nicht nur beeindruckt *tun* kann. Zum Glück muss ich das nicht.«

»Danke.« Endlich entspanne ich mich ausreichend, um lächeln zu können. »Das bedeutet mir viel. Schreiben ist das, was ich schon immer machen wollte.«

»Lucy.« Er beugt sich über den Tisch, als müsste ich das Folgende unbedingt hören. »Es ist richtig gut. Du solltest dranbleiben.«

Ich beiße mir auf die Lippe. »Tash hat mir einen Flyer von einer Schreibgruppe in Shoreley gegeben.«

»Willst du hingehen?«

»Vielleicht.«

»Schaden kann es ja nicht.« Er sieht mich an, als verstünde er mein Zögern, auch unausgesprochen. »Das ist einer der Gründe, warum ich wünschte, das Studium nicht abgebrochen zu haben. Feedback von anderen bringt viel.«

»Zweifelst du jemals an dir? In Bezug auf deine Arbeit, meine ich.«

»Ach, nur so ungefähr jeden Tag. Hör mal, wenn du irgendwas Kreatives machst, dann ist es der Normalzustand, deine Entscheidungen infrage zu stellen und an deinen Fähigkeiten zu zweifeln. Das gehört eben dazu. Aber die Belohnung, wenn sie dann kommt, dieses Gefühl, dass jemandem deine Arbeit gefällt und du es geschafft hast, mit deiner Traumbeschäftigung wieder mal einen Monat Miete zu stemmen – das ist unvergleichlich.«

»Ich bin sehr froh, dich kennengelernt zu haben.« Der Satz verlässt ohne jede Erlaubnis meinen Mund. Ich wische ihn mit einem befangenen Lachen weg.

Aber Caleb lacht nicht. Er mustert mich eindringlich. »Ich bin auch froh, dich kennengelernt zu haben.«

Aus dem Smugglers hört man einen Song, der mir vage bekannt vorkommt. Vielleicht etwas von Jack Johnson.

»Ich hab noch nie ...« Ich gerate ins Stocken. »Das hier ist wirklich ...«

»Ja, oder?« Und dann lehnt er sich noch weiter vor und küsst mich, seine Lippen sinken auf meine, ein zarter Druck, der mich innerlich schmelzen lässt. Ich gebe dem Drängen seiner Zunge nach und muss meine Gier aktiv zügeln, meine Gier nach diesem fantastischen Mann, der genau weiß, was es heißt, Mensch zu sein, dessen Herz exakt im Takt mit meinem zu schlagen scheint.

Nach ein paar Minuten lösen wir uns sanft voneinander. Calebs Hand liegt immer noch auf meinem Hinterkopf. »Willst du reingehen?«

Ich schaffe nur ein seliges Murmeln als Antwort, aber zum Glück versteht er, was es bedeutet, also lassen wir unsere Teller und Gläser einfach stehen, und er führt mich ins Haus, meine Hand umschlossen wie eine Verheißung. Mein Körper kribbelt, zittert fast vor Verlangen.

Im Wohnzimmer dreht er sich zu mir um, küsst mich wieder. Dieses Mal wird es rasend schnell intensiver, unsere Bewegungen schneller, hungriger. Unsere Lippen sind erhitzt und feucht, unser Atem ist laut und schwer. Ich zerre ihm das T-Shirt unsanft über den Kopf, und dabei taumeln wir rückwärts aufs Sofa. Ich ziehe ihn auf mich, er schiebt mein Kleid hoch. Ein heftiges Stöhnen entringt sich meiner Kehle bei der köstlichen Folter seiner Finger auf meinen Oberschenkeln. Ich versinke in seiner Berührung, mir wird schwindlig von seinem Gewicht auf mir, dem Gefühl seiner Hände auf meiner Haut.

Wir erforschen jeden Zentimeter des anderen, Finger gleiten über Kurven und Vertiefungen, Gliedmaße pressen aufeinander und geben wieder nach. Ich entdecke, dass Caleb nicht unbedingt muskulös, aber durchtrainiert und schlank ist. Er hat nicht die Statur eines Menschen, der ins Fitnessstudio geht, sondern eines Menschen, der das nie nötig hatte.

Ich öffne seinen Gürtel, schwelge in seinem auf meinem Hals tanzenden heißen Atem. Und dann höre ich nur noch das Rauschen meines eigenen Bluts und meinen von Caleb keuchend hervorgestoßenen Namen, als er endlich in mich eindringt und ich mich restlos dem Moment hingebe, pochend und bebend und berauscht vor Lust.

London

Während Max in Leeds ist, beschließe ich, das Beste aus meiner letzten Woche in Freiheit zu machen, bevor ich am Montag bei Supernova anfange. Ich gehe auf Erkundungstour im frühlingshaften London, als streifte ich den Kokon meines alten Lebens ab. Die Bäume sind leuchtend grün, ihre Äste schwer von Laub, und am blauen Himmel schimmern Kondensstreifen. Familien und Touristen und Büroangestellte – unterscheidbar in ihrer jeweiligen Geschwindigkeit, Neugier, Ungeduld – werfen Winterkleidung ab wie Vögel in der Mauser. Mehrere Tage lang probiere ich Jools' Tipps für die schönsten Brunch-Cafés, besten Roggen-Brownies, warmen Croissants, Milchkaffee aus. Ich stöbere in Secondhandläden, Buchhandlungen und auf Märkten, kaufe Konditor-Donuts und frisch gebackene Würstchen im Schlafrock und dicke Blumensträuße für die WG. Und wenn Jools frei hat, trotzen wir dem noch kalten Wasser im Freibad, bevor wir uns auf der Wiese den Bauch mit libanesischen Mezze vollschlagen und dabei den Kindern zusehen, die im Zickzack über das frisch gemähte, duftende Gras rennen und sich an der Freiheit erfreuen, die ihnen der nicht mehr matschige Boden, die Wärme des jungen Frühlings gewähren.

Shoppen gehe ich auch, aktualisiere meine Sommer-Arbeitsgarderobe, recherchiere stundenlang auf Instagram, wie die Werbewelt sich kleidet. Ich meine, ich war natürlich vorher schon in der Branche tätig, aber nur in einem scheußlich grobschlächtigen Bürogebäude neben einem mehrstöckigen Parkhaus in Shoreley. Sehr nylonlastig. Mit Soho – und Supernova – hatte es nichts gemein.

Abends gehen Jools und ich etwas trinken oder Sauerteigpizza essen, holen uns nachts noch Eis oder Desserts. Manchmal treffen wir uns mit Reuben und manchmal mit Sal, die ich definitiv als Hebamme möchte, sollte ich jemals schwanger werden.

Sie kommt aus Südafrika und ist einer jener Menschen, die über jeden Ort, den sie besucht, jeden Menschen, dem sie begegnet, eine Geschichte erzählen kann: den Pub, in dem sie einmal eine lange und komplizierte Unterhaltung mit Jack D. hatte. Jenen Kellner mit seiner Sucht nach

Chemsex und S&M. Die Jungs dort drüben, die wie Fußball-Hooligans aussehen, in Wirklichkeit aber alle ziemlich hohe Tiere bei einem bekannten Tech-Riesen sind.

Max und ich haben ein paarmal per FaceTime gesprochen, seit er in Leeds ist. Er hat mir die Aussicht von seinem Hotelzimmer gezeigt, die Skyline bei Nacht, während die Verheißung des Freitags zwischen uns knisterte.

Bei diesem Teil – die Aussicht und die Besichtigung seines Hotelzimmers – wurde mir tatsächlich leicht übel, weil er unerfreuliche Erinnerungen wachrief. Aber ich ließ mir nichts anmerken. Ich konzentrierte mich nur auf Max' Gesicht, den Balsam seiner Stimme.

In meinen zwei Wochen hier habe ich ein paar interessante Männer kennengelernt, Freunde von Jools, Bekannte von Sal und Reuben. Aber wieder mit Max zusammen zu sein hat jene Gewissheit neu entfacht, die ich so lange empfand und immer noch tief im Inneren empfinde: dass er und ich füreinander bestimmt sind. Immer wieder spule ich im Geiste unsere unglaublichen drei Nächte ab - die Chemie zwischen uns, den Spaß, den fantastischen Sex –, und im Anschluss daran scrolle ich noch weiter zurück zu unserer Zeit an der Uni. Zu dem haptischen Vergnügen, ihn zu küssen, der Droge, seine Hände auf mir zu spüren. Das aber führt unweigerlich zu dem heftigen Donnerschlag unserer Trennung, einem Schock, ähnlich wie mit dem Auto über eine Eisplatte zu schlittern und auf den Aufprall gegen den Baum zu warten.

Freitagnachmittag, als Max aus Leeds zurück ist, klopft Jools an meiner Tür. Ich gieße gerade die Pflanzen auf meiner Fensterbank mit einer ausgespülten Milchpackung.

Den Großteil des Tages habe ich damit verbracht, das

Zimmer aufzuhübschen, weil mir vage bewusst ist, dass ich Max früher oder später zu mir einladen muss. Gleich morgens zog ich also los, um weißes Bettzeug zu kaufen, ein paar billige gerahmte abstrakte Drucke, drei Topfpflanzen, einen dicken grauen Teppich und einige Kissen. Kurz dachte ich auch über Teelichter nach, kam dann aber zu dem Schluss, dass nur noch Räucherstäbchen schlimmer eine Wohnheimatmosphäre verbreiten könnten.

»Sieht super aus hier drin.« Jools stellt sich zu mir ans Fenster. Sie trägt ultrakurze Jeans-Shorts und ein pfirsichfarbenes Spaghettiträgertop, die Sonnenbrille in die wilden Haaren hochgeschoben.

»Kein Vergleich zu deinem Zimmer.« Jools investiert Zeit und Geld in die Pflege ihrer Besitztümer; sie bräuchte nicht panisch ein Kaufhaus zu plündern, um einen neuen Freund zu beeindrucken.

»Machst du das für Max?«

Ich nicke. »Bei seiner Wohnung fehlt eigentlich nur noch der Portier.«

»Er wurde nicht gerade mit einem goldenen Löffel im Mund geboren.«

»Stimmt«, sage ich schuldbewusst. »Das weiß ich ja.«

Jools fährt für ein paar Tage nach Shoreley, um den Sechzigsten ihres Vaters zu feiern. Ihre Besuche dort verlaufen selten ohne Drama; es gab schon Faustkämpfe, schockierende Enthüllungen über Affären und heimliche Kinder und ein die gesamte Familie betreffendes Hausverbot in einer großen Restaurantkette.

»Falls niemand in der Notaufnahme landet, bin ich Sonntagabend wieder da«, sagt sie. »Also sehe ich dich vorher noch.«

Einen Moment lang kapiere ich gar nicht, was sie meint, bis mir wieder einfällt, dass ich am Montag meinen ersten Tag bei Supernova habe – auch bekannt als einmalige Gelegenheit. *Reiß dich gefälligst zusammen, Lucy. Prioritäten setzen.*

Lachend lässt sich Jools im Lotussitz auf meinem Bett nieder. »Muss ich dich etwa am Montag anrufen, um dich zu erinnern?«

»Ha, nein. Ich bin Sonntagabend zurück.« Eine Pause, dann kommt mir ein Gedanke. »Sag mal, Jools, war ich eine miese Freundin?«

»Was?«

Ich setze mich neben sie. »Ich meine, ich ziehe hier bei dir ein, und dann verschwinde ich sofort erst mal tagelang bei Max.«

Jools legt mir die Hände um das Gesicht und küsst mich auf die Stirn. »Ich arbeite im Schichtdienst. Es war klar, dass wir zeitweise aneinander vorbeileben. Ich freue mich für dich, Lucy. Du hast wirklich ein bisschen gutes Karma verdient.«

Nach unserer Trennung hat Jools, im Gegensatz zu Tash und vielen anderen Freunden von mir, Max nie schlechtgemacht oder verkündet, dass sie ihn noch nie mochte. Sie half mir durch meinen Kummer, ohne ihn zu kritisieren, was, wie mir im Nachhinein klar wurde, die Selbstbeherrschung einer Alkoholikerin in einem Schnapsladen erfordert haben muss. Ich bin nicht sicher, ob ich das an ihrer Stelle geschafft hätte.

Ein paar Minuten sitzen wir schweigend zusammen, die Haut liebkost von der Nachmittagssonne. Dann grinst Jools und sagt: »Offen gestanden dachte ich mir immer, dass ihr irgendwann wieder zusammenkommt. Ihr seid füreinander geschaffen. Das konnte jeder sehen.«

»Er könnte mich wieder verletzen.« Zum ersten Mal spreche ich es laut aus: dass Max eines Tages einfach sang- und klanglos gehen könnte, genau wie beim letzten Mal. Vielleicht hat er immer noch Angst, sich zu binden. Einen verrückten Moment lang überlege ich, seine Ex zu kontaktieren, zu fragen, ob ihr das irgendwie bekannt vorkommt.

Jools nickt. »Kann passieren. Also lass es langsam angehen.«

»Dafür ist es ein bisschen zu spät.«

Ein Lächeln. »Ich meinte emotional.«

»Ich auch.«

Ein paar Stunden später komme ich in Max' Wohnung, dieses Mal mit einer gepackten Tasche (er hatte vorher geschrieben: *Bleibst du übers Wochenende?*). Heute Abend gehen wir auf eine Party bei Freunden von ihm in Balham.

Er wartet schon an der Tür. Sofort lasse ich die Tasche fallen, und wir stolpern Richtung Schlafzimmer, wild küssend und hektisch unsere Klamotten abwerfend, keinen anderen Gedanken im Kopf, als zusammen zu sein.

»Ich muss dir was gestehen«, sagt er durch den Spalt der Badezimmertür, während ich mich nach dem Duschen abtrockne. Der pfeffrige Duft seines edlen Duschgels hängt noch im Dampf.

»Was denn?«, frage ich beiläufig, obwohl es in meinem Kopf unsinnigerweise brüllt: *Freundin? Ehefrau? Kinder?*

»Die Party, auf die wir gehen. Sie ist bei Olly und Joanna.«

Ich stecke den Kopf durch die Tür. Max steht vor dem

Spiegel, jetzt in einer dunkelblauen Jeans und einem schwarzen Pulli.

»Stört dich doch nicht, oder?« Er entschuldigt sich mit den Augen. »Ich hatte Angst, du kommst nicht mit, wenn ich es dir vorher sage.«

Die Vorstellung ist tatsächlich leicht unbehaglich: Olly und Joanna kannten wir an der Uni, beide stammten aus derselben Stadt in den Midlands und waren seit Schulzeiten ein Paar, beide studierten Chemie. Sie gehörten zum weiteren Bekanntenkreis, und ich habe Mühe, mich an irgendetwas Persönliches über sie zu erinnern, zum Beispiel welche Musik oder Filme sie mochten oder welches Getränk sie immer in der Kneipe bestellten.

»Seid ihr jetzt befreundet?«

Max nickt. »Vor ein paar Jahren bin ich Olly zufällig in Balham über den Weg gelaufen. Er war total dicht, deswegen habe ich ihn nach Hause begleitet. Am nächsten Tag hat er mir eine Kiste Wein als Dankeschön geschickt.«

»Eine ganze Kiste?« *Was spricht gegen eine Flasche?*

»Sie sind nett, versprochen.«

»Liegt es daran, dass sie spannender geworden sind oder dass du …«

Er schneidet mir mit einem Lachen das Wort ab. »Das musst du selbst beurteilen.«

Olly und Joanna wohnen in einer dieser langen, baumbestandenen Straßen, wo jedes zweite Haus einer jungen Familie gehört, alle mit demselben Anbau, Falttür in der Wohnküche und einer ganz bestimmten Art von Berberteppich im Wohnzimmer. Max erzählt mir, dass Olly jetzt als Chemiker arbeitet und Joanna als wissenschaftliche Beraterin, und zwar bei – Festhalten! – derselben Pharmafirma.

»Jetzt arbeiten sie auch noch zusammen? Das kann doch nicht gesund sein«, sage ich, als wir aus dem Taxi steigen.

»Lass die nicht fallen.« Max deutet mit dem Kopf auf die Sektflasche, die ich in der Hand halte. »Das ist hier kein Glasscherbenviertel.«

»Glaubst du, sie wissen, dass sie zwei separate Menschen sind?«

Max lacht und nimmt meine Hand, und zusammen laufen wir zur Tür und klingeln, als gingen wir seit Jahren als Paar auf Partys.

Natürlich komme ich mir gemein vor, sobald Joanna öffnet. Sie ist noch genau, wie ich mich an sie erinnere, superdünn auf eine leicht verhärmte Art, mit rötlich blonden Haaren und verstörend blasser Haut, noch betont durch das dunkelblaue Baumwollkleid. »Hallo du«, sagt sie zu Max und gibt ihm einen Kuss, dann tritt sie zurück und mustert mich, schüttelt stolz den Kopf, als wäre ich ihr erstgeborenes Kind am ersten Schultag. »Lucy! Dich hab ich ja seit deinem berühmten französischen Abgang nicht mehr gesehen.« Und ehe ich überlegen kann, ob sie absichtlich boshaft ist, werde ich umarmt, als wäre ich eine lang verschollene Freundin, samt süßlichem Parfüm und gelösten Haarsträhnen.

Olly ist ähnlich überschwänglich *(Hat ja auch lange genug gedauert bei euch!)*, und bald schon stehen wir mit Getränken in der Hand zwischen Ollys und Joannas Nachbarn, Kollegen und Freunden, von denen Max offenbar viele kennt.

Jeder makellose Raum dieses Hauses ist sanft beleuchtet, Platten mit Häppchen stehen auf Oberflächen, auf denen wir früher Aschenbecher und Plastikgeschirr deponiert hätten. Alles ist sehr bürgerlich und urban, die meisten Gespräche drehen sich offenbar um die viel bewunderte Renovierung von Ollys und Joannas Haus und die Telefonnummern von Handwerkern, neben den üblichen Debatten über die städtischen Maßnahmen hinsichtlich Polizei, Schule, Parken. Der allgemeine Wohlstand wird heruntergespielt, äußert sich nur in beiläufigen Bemerkungen über Wochenendhäuser, Kindermädchen, Postleitzahlen. Ich fühle mich allmählich unwohl in meinem billigen Sommerkleid aus grünweißer, auffällig gemusterter Baumwolle – perfekt für das Wetter, hatte ich gedacht. Über die Knitter hatte ich mir gar nicht allzu viele Gedanken gemacht, weil ich dachte, wie schick kann so eine Party schon sein? Aber ich erkenne ein Paar Louboutins und eine Luxusmaniküre, wenn ich sie sehe.

»Bist du sicher, dass du keinen Cocktail willst?«, fragt Max mich nach ungefähr einer Stunde. »Die sind abartig gut.«

Ich lächle. »Nach zehn Jahren Abstinenz in der Öffentlichkeit zu trinken ist vermutlich keine so gute Idee.«

»Zehn Jahre?«, fragt Max, aber zum Glück klopft ihm gerade ein großer blonder Mann mit hohen Wangenknochen und funkelnden blauen Augen auf den Rücken und wendet sich dann fast sofort mir zu.

»Lucy Lambert. Na so was.«

Durch das Stimmengewirr hört man den Basslauf eines Songs von Mumford & Sons rattern. Mir schießt durch den Kopf, dass der schnelle Beat irgendwie zum Auftritt dieses Mannes passt.

Die Augen kenne ich doch, denke ich mir, kann sie aber

nicht gleich zuordnen. Letzten Endes brauche ich zu lange. »Sorry, ich …«

»Das ist Dean«, sagt Max im selben Moment, wie sein Freund sagt: »Dean Farraday.«

»Ach.« Ich muss mich erst auf diese schlankere, smartere, selbstsicherere Version von Max' Kommilitonen einstellen. Einer der Freunde, mit denen er nach dem Examen zusammenzog. Lange fragte ich mich, ob Dean oder Rob Max überredet hatten, mit mir Schluss zu machen, damit sie alle drei als Singles zusammen in London leben konnten. Irgendwann kam ich zu dem Schluss, dass das Quatsch sein musste, weil Max immer seinen eigenen Kopf hatte. »Entschuldige, ich hab dich nicht gleich erkannt.«

»Denk dir einige Kilos dazu.« Dean zwinkert. »Max hat mich endlich breitgeschlagen, ins Fitnessstudio zu gehen.«

Ich muss lachen. »Das meinte ich nicht.« Und das stimmt auch, es lag viel mehr an der Haltung, der Ernsthaftigkeit, die der alte Dean niemals hatte.

Auf meine Frage, was er so macht, erzählt er mir, er wohne mit seiner Frau und kleinen Tochter in Chiswick und arbeite als Strafverteidiger in einer Kanzlei in der Chancery Lane. »Im Gegensatz zu deinem Kerl hier, der seine Seele verkauft hat.« Er lacht mit spitzbübisch funkelnden Augen. »So viel vergeudetes Potenzial.«

»Deinen Job könnte ich nicht machen«, kontert Max ironisch. »Zu viel um fünf Uhr Aufstehen und Albtraummandanten und Zugfahrten zum A der Welt.«

Grinsend trinkt Dean einen Schluck Sekt. »Und was treibst du so, Lucy? Nein, Moment, lass mich raten. Du bist Bestsellerautorin.«

»Nicht so ganz«, sage ich mit einem Lächeln.

Dean gibt sich geschockt. »Wie bitte? Soll das etwa heißen, die Gerüchte stimmten nicht?«

»Welche Gerüchte?« Aber natürlich weiß ich, welche, denn ich war diejenige, die sie verbreitet hatte.

»Dass du das Studium geschmissen hast, um an einem Strand in Thailand einen Roman zu schreiben.«

Meine einzige Option ist ein eleganter Themawechsel. »Ich fange am Montag einen neuen Job an. In der Werbung.«

»Aha«, sagt Dean wissend. »Na dann, willkommen im Klub.«

»Was?«

»Der Berufe, die alle hassen. Immobilienmakler, Anwälte, Werbefuzzis.«

»Beachte ihn gar nicht«, sagt Max. »Er versucht nur, sein nicht vorhandenes Privatleben zu rechtfertigen.«

Aber der Anwalt in Dean lässt nicht locker. »Jetzt komm schon, Lucy. Was ist passiert? Von einer Minute auf die andere warst du einfach …« Er öffnet die Faust, was vermutlich bedeuten soll, dass ich mich in Luft aufgelöst habe.

Ich lächle weiter, obwohl mir allmählich warm wird vor Unbehagen. »Ist das ein Kreuzverhör?«

Er sieht mich freundlich an. »Verzeihung. Macht der Gewohnheit.«

Damals erzählte ich jedem, ich gehe auf Reisen, habe vor, einen Roman zu schreiben. Heute krümme ich mich innerlich, wenn ich daran denke, wie selbstbewusst ich allen mitteilte, dass ich in Hotels, an Stränden, in Hängematten und Bars schreiben werde.

In Wahrheit hatte mir die Trennung von Max zu Beginn meines letzten Wintersemesters den Boden unter den Füßen weggezogen, und zwar so heftig, dass ich nicht schlafen konnte, Abgabetermine nicht einhielt, Seminare und Tutorien schwänzte, Arbeiten einreichte, die schlampig und unausgegoren waren. Nach einer Woche in Shoreley, um den Schock zu verdauen, versuchte ich, mich bis zum Semesterende durchzuschlagen, und ging Max komplett aus dem Weg, der in ein Zimmer in der Stadt umgezogen war.

Aber die Verschlechterung meiner Leistungen war so auffallend, dass meine Seminarleiterin mich vor den Weihnachtsferien zu sich bat und mir vorschlug, das Studienjahr zu wiederholen. Zwanzig Minuten später, auf dem Weg aus dem Fakultätsgebäude, sah ich einen Flyer an einer Pinnwand, mit dem Freiwillige für ein gemeinnütziges Projekt in Thailand gesucht wurden. Und das war es. Ich hatte mittlerweile genug Zeichen gesehen: Mein Entschluss stand fest.

Ein paar Wochen lang bekam ich noch Anrufe und Nachrichten. Aber bald nach Weihnachten, als ich meinen Flug nach Paris bestieg, meiner ersten Station, wurden sie schon spärlicher und hörten schließlich mehr oder weniger ganz auf, als alle im neuen Jahr weiterstudierten. Ich besorgte mir ein neues Handy, beantwortete nur noch gelegentlich E-Mails, versicherte, es ginge mir gut. Ich würde meine Freiheit genießen, reisen und schreiben, mich fantastisch amüsieren.

Auch Max meldete sich bei mir, aber meine Reaktion darauf war weniger fröhlich: nur ein paar kühle Sätze, vielleicht um ihn zu bestrafen, dass ich nicht zurückkäme. Den Rest erfuhr er von meinen Freunden, und danach hörte ich nie wieder von ihm.

Jetzt kommt ein kitschiges Lied, und hier und da wird gejohlt, eine Hand gereckt.

»Ich meine, gereist bin ich tatsächlich«, sage ich zu Dean.

Er nickt aufmerksam. »Schön für dich. Ich schaffe es heutzutage nie weiter als zum Skifahren. Und ich verabscheue Skifahren.« Er atmet aus, lässt den Blick durch den Raum schweifen. »Na dann, ich sollte mich mal unters Volk mischen. Angeblich kenne ich jeden hier, bis auf zwei.«

Er und Max schütteln sich die Hände. »Grüße an Chrissy«, sagt Max.

»Versau es dieses Mal nicht«, ist Deans Kommentar zum Abschied, wobei ich nicht sicher bin, wen von uns beiden er damit meint.

Inzwischen stehen wir in einer stillen Ecke des Wohnzimmers neben einer überdimensionierten Stehlampe mit blitzblankem Glasschirm, der aussieht wie ein umgedrehtes Goldfischglas.

Mit hochgezogener Augenbraue dreht Max sich zu mir um. »Also gut. Ich soll es wohl nicht versauen.«

»Oder ich.«

»Ich wage mal zu behaupten, dass ich gemeint war.« Er greift nach meiner Hand, streichelt die Innenseite des Gelenks. »Tut mir leid, das Ganze.«

»Nein, er …« Ich schüttle den Kopf. »Dean ist nett. Ich mochte ihn immer.«

»Und, was ist jetzt mit dem Roman? Hast du ihn geschrieben? Darf ich ihn lesen?«

»Ha! Nein.«

Er grinst. »Handelt nicht von mir, oder?«

Ich stupse ihn sanft mit dem Ellbogen an. »Nö.«

»Glaubst du, dass du noch mal damit anfängst? An der Uni hast du ständig vom Schreiben geredet.«

»Wahrscheinlich war das unrealistisch. Ich meine, bei Supernova kriege ich immerhin ein echtes Gehalt.«

»Zeigst du mir dann wenigstens irgendwann mal die Fotos von deiner Reise? Es wäre schön, dich wieder so zu sehen, wie ich dich damals kannte. Falls du weißt, was ich meine.«

Ich schlucke. Das ist weder der passende Ort noch der Zeitpunkt, um zu erläutern, warum ich kein einziges Foto besitze, keinen Beweis dafür, dass ich überhaupt jemals weg war. »Klar doch.«

Max trinkt einen Schluck. »Luce, hast du schon mal nachgedacht über das, was ich gesagt habe?«

Am letzten Montag, als Max ganz früh den Zug nach Leeds nehmen musste, lief ich am Morgen mit ihm unter einem milchigen Himmel durch die warme Luft zur U-Bahn-Station Clapham Common.

»Ich will dich zurück«, flüsterte er, als wir vor dem Eingang stehen blieben. Er roch wunderbar, nach Aftershave und Mundspülung. »Ich würde alles tun, um wieder mit dir zusammen zu sein.«

Ich sagte nichts dazu, umarmte und küsste ihn nur, verabschiedete mich bis zum nächsten Freitag. Und es schien nicht passend, das am Telefon zu besprechen. Wir hielten uns an leichtere Themen, wie Max' großen Fall in Leeds und meine letzte Woche in Freiheit, Jools und das Haus und Reubens Flucht per Fahrrad vor einem psychotischen Lkw-Fahrer, nachdem die beiden sich auf der Holloway Road wüst beschimpft hatten.

Jetzt sehe ich zu Max auf, in diese gewittergrauen Augen. Und ich nicke, nur ein Mal. »Ich möchte es probieren. Ich will uns eine Chance geben.«

Und schlagartig fühle ich mich in mein altes Leben zurückversetzt, denn Max hebt mich hoch und wirbelt mich herum, johlt und lacht, genau wie er es vor all den Jahren gemacht hätte. Und die Leute drehen sich nach uns um und lachen ebenfalls, obwohl sie nicht wissen, worum es geht, und ich grinse, das Gesicht an seine Schulter gepresst, und denke: Ja. Das ist unser Moment. Endlich ist er da.

Am nächsten Morgen frühstücken wir in einem Café nicht weit von Max' Wohnung. Er erzählt mir, dass er fast jeden Morgen auf dem Weg zur Arbeit dort einen Espresso trinkt, und tatsächlich wird er mit Namen begrüßt, als wir hereinkommen. Flüchtig überlege ich, mit wie vielen Frauen er wohl schon hier war, am Morgen danach. Paranoid bilde ich mir ein, dass das Lächeln der Kellnerin eigentlich bedeutet: *Dein Geheimnis ist bei mir sicher.*

Das Café ist fast voll, aber wir ergattern den letzten Tisch am Fenster, mit Blick auf die Straße. Der Raum hat hohe Decken und ist sonnig, auf der Tafel stehen in Kreide die Angebote, der Duft von Kaffeebohnen liegt in der Luft.

Es ist warm, und Max trägt Shorts und T-Shirt, die Sonnenbrille auf den Kopf geschoben. Immer wieder, wenn mein Blick auf ihn fällt, denke ich: Wir sind wirklich zusammen. Es ist endlich so weit. Wir sind eben doch füreinander bestimmt.

Seine Haut schimmert, die Augen leuchten. Er war heute schon ganz frühmorgens joggen, trotz der ganzen Cocktails gestern und nur weniger Stunden Schlaf, nachdem wir nach Hause zurückgekommen waren.

»Ich habe ein schlechtes Gewissen«, sagt er ohne jede Einleitung, als ich gerade ein Stückchen Sauerteigtoast in die flüssige Mitte meines pochierten Eis tauche.

»Weswegen?«

»Dass du kein Examen gemacht hast. Es war meine Schuld, dass du das Studium abgebrochen hast, oder?«

Ich lasse das Brot im Ei stecken wie ein Schwert. »Wenn wir uns nicht getrennt hätten, dann hätte ich wohl weitergemacht. Aber es war meine Entscheidung. Niemand hat mich dazu gezwungen.«

»Hast du je darüber nachgedacht, noch mal zurück an die Uni zu gehen?«

»Ein Abschluss ist doch nur ein Blatt Papier«, sage ich, obwohl ich nicht sicher bin, dass das stimmt. Ein Studium abzubrechen wirkt sich auf alles aus, den Lebenslauf, das Selbstvertrauen, die Zukunftsaussichten. Wenn man es zulässt, was bei mir lange der Fall war.

»Was haben deine Eltern dazu gesagt?« Er muss die Stimme leicht erheben, um das Dröhnen einer Kaffeemühle zu übertönen.

»Sie waren traurig über unsere Trennung.«

»Ich meinte dein abgebrochenes Studium.«

»Offen gestanden haben sie daran eigentlich gar nicht gedacht. Und ich zu dem Zeitpunkt auch nicht.« Um mir wenigstens etwas Würde zu bewahren, verkneife ich mir, dass es mein gebrochenes Herz war, um das alle sich Sorgen machten.

»Wie geht es deinen Eltern?«

Max hat sie ein paarmal gesehen, wenn er in Shoreley war oder sie in Norwich. Jedes Mal war er der perfekte Freund, aufmerksam und höflich, aber nicht übertrieben glatt, nie anbiedernd. Damals dachte ich, dass Max' besondere Gabe möglicherweise darin bestand, alle in sich verliebt zu machen.

»Denen geht's gut. Sie arbeiten noch.« Mum ist Grundschullehrerin, und Dad arbeitet auf mittlerer Führungsebene bei einer Versicherung, wobei in letzter Zeit die Rede von Entlassungen war, was für Leute über fünfzig nie eine gute Nachricht ist. Aber damit werde ich Max jetzt nicht langweilen.

»Immer noch über beide Ohren verliebt?«

»Ach ja, ganz widerwärtig.« Ich grinse, nehme meine Kaffeetasse in die Hand. »Und erinnerst du dich an meine Schwester Tash?«

Er zögert, wahrscheinlich möchte er nicht zugeben, dass er das nicht tut beziehungsweise nicht so richtig.

»Ich glaube, du bist ihr nur ein paarmal begegnet. Aber ihr geht es sehr gut. Sie arbeitet jetzt im Marketing. Verheiratet, ein Sohn.«

»Verrückt.« Max ist anzumerken, dass auch er noch damit zu kämpfen hat, wie viel Zeit vergangen ist, wie viel vergangen Geglaubtes auf einmal wieder in sein Leben getreten ist.

»Erzähl mir von deiner letzten Freundin.« Ich nippe an meinem Kaffee.

Seine Miene bleibt offen, ungerührt. »Von mir aus. Was möchtest du wissen?«

»Warum habt ihr euch getrennt?«

»Wir waren charakterlich das genaue Gegenteil voneinander. Mir gefiel es in London, aber sie wollte hier alles aufgeben und im Ausland ein Yoga-Zentrum aufmachen.«

»Wow.«

»Ja. Wir waren ziemlich unterschiedlich.«

»Denkst du manchmal darüber nach, was geworden wäre, wenn du mit ihr mitgegangen wärst?«

Max trinkt seinen Espresso aus und lacht. »Ja. Ich wäre in den nächsten Flieger nach Heathrow gestiegen.«

Ich grinse.

»Und du? Warum hast du dich von deinem Ex getrennt?«

»Mangel an Energie«, sage ich, was eine freundliche Umschreibung ist für *etwas faul* und *so viel Videospielen kann nicht gesund sein.*

Natürlich erwähne ich nicht, dass ich häufig an Max dachte, wenn ich mit meinem Ex zusammen war. Manchmal nachts, wenn er neben mir schnarchte. Gelegentlich im Restaurant, wenn er statt Stäbchen um Messer und Gabel bat. Und einmal, dafür schämte ich mich, beim Sex. Ich konnte mich gerade noch davon abhalten, Max' Namen zu rufen.

8

Shoreley

»Ich finde es gut«, sagt der Mann mit dem tomatenfarbenen Gesicht zweifelnd. »Ist eben nur nicht mein Geschmack.«

Er zuckt die Achseln und sieht mich entschuldigend an. Mit klopfendem Herzen will ich schon entgegnen, dass das nicht schlimm ist, dass ich absolut verstehe, als Emma, die Frau mir gegenüber mit den langen blonden Haaren, sagt: »Sorry, gut geschriebene Texte sind nicht nach deinem Geschmack?«

»Damit meinte ich«, sagt Tomatengesicht, »dass ich eigentlich keine Liebesgeschichten lese.«

»Aber das hier ist eine Schreibgruppe«, kontert Emma. »Du kannst nicht nur über dystopische Thriller reden wollen.«

Ich ahne, dass die beiden einander schon kennen.

»Ich mag nicht nur dystopische Thriller«, blafft Tomatengesicht. »Ich mag auch Krimis und Fantasy.«

Seine sichtliche Verärgerung schwingt in dem Raum, der an die Sakristei einer Kirche in der Innenstadt von Shoreley angrenzt. Eigentlich ist er überdimensioniert für uns sechs, mit seiner hohen Decke, den riesigen Buntglasfenstern und dem extremen Hallen. Obwohl es draußen warm ist, ist es hier drinnen kirchentypisch kühl; in der Luft liegt der kalkige, mineralische Duft jahrhundertealter Steine. Mir gegenüber hängt ein langer Stoffstreifen an der Wand, auf dem steht: VERTRAU AUF GOTTES PLAN FÜR DEIN LEBEN. Das erinnert mich an eine Religionsstunde in der Schule, in der unser Lehrer etwas Ähnliches äußerte, woraufhin jemand die Hand hob und fragte, warum wir uns überhaupt anstrengen sollten, wenn Gott doch ohnehin einen Plan für uns habe. Die Antwort lautete, dass Gott wisse, wohin wir gingen, aber wie man dorthin gelange, liege an uns selbst.

So viele Jahre lang, selbst nach unserer Trennung noch, empfand ich so im Hinblick auf Max und mich: dass wir füreinander bestimmt waren, egal welche Umwege wir bis dahin machen müssten. Zu meiner Überraschung stelle ich fest, dass ich das nicht mehr so sehe.

Um den Tisch herum brodelt ein angespanntes Schweigen. Da ich nicht aufsehen und Partei in dem Duell ergreifen will, starre ich auf meinen Handybildschirm, von dem ich gerade abgelesen habe.

»Also gut«, sagt Ryan fröhlich, wie ein Erzieher, der streitende Kleinkinder beruhigen möchte. Er wirft einen Blick auf die Uhr. »Wir haben noch Zeit für eine Übung, bevor wir für heute Schluss machen.«

Hinterher kommt Ryan auf mich zu, als ich meine Sachen packe. Er hat dunkle Haare und eingefallene Wangen und trägt hauptsächlich Schwarz, mit einigen Ketten um den Hals, als wäre er ein Gitarrist auf dem Weg zu einem Bandwettbewerb.

Ryan hat zwei Bücher veröffentlicht, beides schwarze Komödien, die in der Firmenwelt Londons spielen. Anfang dieser Woche habe ich das erste gelesen, das vor neun Jahren auf Anhieb ein Bestseller war. Es erinnerte mich ein wenig an Joseph Heller, und ich fragte mich, ob es teilweise autobiografisch war (abgesehen von den ganzen Schusswaffen, selbstverständlich).

Ryans Begeisterung für sein Handwerk grenzt manchmal ans Exzentrische; während der Sitzung stützte er immer wieder die Hände auf den Tisch, beugte sich mit dem gesamten Körper vor, um sein Argument vorzubringen, sprang dann auf und marschierte mit großen Schritten durch den Raum. Ich rechnete jeden Moment damit, dass er sich auf einen Tisch stellen würde.

Jetzt ist er ruhiger. All das Adrenalin war Ausdruck seiner Leidenschaft, begreife ich jetzt, was wirklich etwas Inspirierendes hat, im Stil von *Club der toten Dichter*.

»Kommst du beim nächsten Mal wieder?«, fragt er. »Ich hoffe, wir haben dich nicht verschreckt.«

Ich lächle. »Überhaupt nicht. Hat echt Spaß gemacht.«

»Nur so aus Interesse, wie lange schreibst du schon?«

»Erst seit ein paar Wochen eigentlich«, sage ich schüchtern.

Er wirkt überrascht. »Ehrlich? Vorher noch nie?«

»Na ja, an der Idee habe ich vor Jahren gearbeitet, aber sie dann nicht weiterverfolgt.«

Er nickt bedächtig. »Kam das Leben dazwischen?«

»Gewissermaßen. Ich komme mir ein bisschen blöd vor, dass es so lange gedauert hat, bis ich wieder angefangen habe.«

»Margaret Mitchell hat zehn Jahre gebraucht, um *Vom Winde verweht* zu schreiben.«

»Ha. Dann besteht ja noch Hoffnung.«

»Unbedingt. Du solltest dranbleiben. Ehrlich. Du hast Talent.«

Beinahe wäre ich gar nicht zu dieser Sitzung gekommen, weil ich schon so spät dran war. Ich hatte den ganzen Tag bei Pebbles & Paper arbeiten müssen, weil Ivans Tochter in der Schule von einem Lacrosse-Ball am Hals getroffen worden war (zum Glück geht es ihr wieder gut). Als ich dann schließlich eintraf, fand ich nicht auf Anhieb einen Weg zu dem Raum, bei dem ich nicht während der Chorprobe mitten durch die Kirche trampeln musste. Jedenfalls gibt es außer Ryan und mir vier regelmäßige Teilnehmer: Debs, eine vierfache Großmutter Mitte sechzig, die einen in einem Krankenhaus spielenden, schwer religiösen Roman schreibt; Aidan, Informatiker und Vater zweier Kinder, dessen Schreibstil mich ein wenig an Jay McInerney erinnert; Paul, meinen tomatengesichtigen Kritiker mit der Vorliebe für dystopische Thriller, und seine Widersacherin Emma. Sie ist ungefähr in meinem Alter, vielleicht jünger, und sie schreibt einen Roman über eine Frau, die aus ihrem Leben aussteigt, um sich selbst zu finden.

Obwohl ich Emma erst seit zwei Stunden kenne, mag ich sie. Offenbar gefiel ihr mein Text, und ich bin dankbar für ihre temperamentvolle Verteidigung gegenüber Paul. Als die beiden fertig gestritten hatten, sah ich sie an, und sie zwinkerte mir zu: *Gern geschehen.*

Ich stelle es mir schön vor, mich mit ihr anzufreunden. Seit meiner Kündigung habe ich mich mit zwei ehemaligen Kolleginnen getroffen, aber irgendwie empfand ich das als leicht verkrampft. Das Thema Georgia scheint tabu, über das Büro redeten wir eigentlich nicht, und ohne diesen gemeinsamen Gesprächsnenner (Kollegen, Kunden, wer hat die Kekse geklaut, der etwas unheimliche Sandwich-Lieferant) versandete die Unterhaltung relativ schnell, weshalb unsere Verabredungen mittlerweile sporadischer geworden sind. Ich kenne noch Leute aus Schulzeiten, aber das waren noch nie enge Freunde, eher oberflächliche Bekanntschaften. Nett für einen schnellen Kneipenbesuch oder eine Plauderei beim Kaffee, aber mehr auch nicht. Meine echten Freunde haben sich nach der Schule über das ganze Land verstreut, wegen Jobs, Studium, Beziehungen, und bald schon war klar, dass Shoreley zu einem Ort wurde, an den man nur zu Weihnachten, Beerdigungen, Hochzeiten oder Urlaub zurückkehrte.

Bei Caleb ist es ganz ähnlich. Die meisten seiner Schulfreunde sind weggezogen, und die neuen wohnen überwiegend in London. Wie ich hat er ein paar Bekannte, mit denen er sich auf ein Bier oder eine Partie Billard treffen kann. Aber seine zwei engsten Kumpel sind weiterhin in London und zufälligerweise auch mit Helen befreundet.

Gleich zu Beginn der Sitzung heute fragte Ryan, ob ich bereit wäre, einen Auszug aus meinem Roman vorzulesen, damit alle sich ein Bild von meinem Schreibstil machen könnten. Obwohl mein Puls raste und meine Wangen kribbelten, trug ich also das erste Kapitel vor.

Ich hatte damit gerechnet, hinterher im Boden zu versinken, trotz Calebs aufmunternden Worten. Aber dann passierte etwas Seltsames. Als die Gruppe begann, den Text zu diskutieren, den *ich* verfasst hatte – Verbesserungsvorschläge machte, meine Figuren sezierte, bestimmte Formulierungen erörterte –, empfand ich so etwas wie Stolz. Dasselbe Gefühl, das Caleb neulich abends in mir zu wecken gelang, zum ersten Mal seit fast zehn Jahren.

»Wahrscheinlich hat er emotionale Probleme«, sagt Caleb später, als ich ihm die Auseinandersetzung zwischen Paul und Emma schildere. »Nimm es nicht persönlich.«

»Nein, ich meine, das Feedback allgemein war super. Und Ryan hat mich total ermutigt.«

Froh drückt er mir die Hand.

Ich erwidere den Druck. »Also, wo gehen wir noch mal hin?«

Es ist spät, schon lange dunkel. Nach der Schreibgruppe habe ich Caleb angerufen, ob er etwas dagegen hätte, wenn ich vorbeikäme. Hatte er nicht, aber sobald er die Tür öffnete, wurden wir abgelenkt, daher ging es schon auf zehn Uhr zu, als er sagte: »Hast du Lust, was Verrücktes zu machen?«

»Kommt darauf an. Wie verrückt ist verrückt?«

»Das kommt ebenfalls darauf an.« Er hebt eine Augenbraue. »Auf deine Abenteuerlust.«

Natürlich möchte ich, dass Caleb glaubt, ich stünde am lustvollen Ende der Abenteuerskala, also verließen wir das Cottage und liefen Hand in Hand zum Strand. Jetzt tasten wir uns zum Ende des Kiesabschnitts, an dem keine Häuser mehr stehen, sondern nur noch Dünen.

Vor einer Reihe von klassischen bonbonfarbenen Strandhütten bleibt Caleb stehen. Die gibt es hier schon, seit ich mich erinnern kann, diese heiß begehrten Holzhäuschen, die Schutz vor der Flut bieten. Sie liegen etwas zurückgesetzt vom Kies in den Dünen, als wären sie ganz natürlich aus dem Strandhafer gesprossen. »Lust auf Schwimmen?«

Ich gebe ein Geräusch irgendwo zwischen Lachen und Schock von mir. »Was?«

»Komm mit mir schwimmen.«

»Ich … also …« *Nein. Nein. Kommt überhaupt nicht in Frage. Wenn ich nicht ertrinke, erfriere ich wahrscheinlich oder werde verhaftet wegen Erregung öffentlichen Ärgernisses.*

»Sorry, ich hab gar nicht nachgefragt: Du kannst doch schwimmen, oder?«

»Ja, schon, aber …«

»Du wirst begeistert sein, versprochen. Es ist ein unvergleichliches Gefühl.«

»Ich hab gar keinen Bikini dabei.« Schon das bloße Wort lässt mich erschaudern.

»Darum geht es ja«, flüstert er verschmitzt.

»Ich glaube, das ist verboten.«

Er scheint sich ein Grinsen zu verkneifen. »Tja, dann sollten wir uns besser nicht erwischen lassen.«

»Abgesehen davon will ich ja nicht wie eine Mimose klingen, aber es ist eiskalt.«

Er legte die flache Hand auf die Strandhütte, neben der wir stehen. Sie ist gedrungen und hübsch, gestrichen in einem glänzenden Flamingorosa. »Keine Sorge. Wir haben ein schönes Plätzchen zum Aufwärmen hinterher.«

»Gehört die etwa dir?« Ich bin erstaunt und beeindruckt. »Die sind doch so schwer zu kriegen.«

»Nein, nicht mir, einem Freund von mir aus der Schule. Aber er ist vor Jahren weggezogen und benutzt sie kaum. Deshalb hat er mir einen Schlüssel gegeben.«

Er schließt auf, und ich folge ihm hinein. Die Eltern einer Schulfreundin von Tash hatten eine Hütte in dieser Reihe, aber die war nicht annähernd so gut in Schuss wie diese. Sie ist gepflegt und stylisch, alles Holz im Inneren ist cremefarben gestrichen, es gibt zwei Bänke mit gestreiften Polstern, an einer Wand hängt eine Girlande aus bunten

Wimpeln. Ich fühle mich an ein relativ pompöses Spielhaus in einem Katalog erinnert, auf das ich als Kind einmal ziemlich versessen war.

Caleb schaltet eine Lichterkette an, die an einem Regal hängt, und zeigt mir alles – also, soweit man eine Besichtigungstour in einem Raum machen kann, der nicht größer als ein durchschnittlicher Geräteschuppen ist. »Wir haben Handtücher und Decken und, ganz wichtig, Kocher, Gasofen und heiße Schokolade. Sollen wir?«

Ich stelle fest, dass ich nervös bin. »Wie, dann gehen wir jetzt einfach so nackt baden?«

»Ich bin dabei, wenn du es bist.«

Ich atme stoßweise aus, als hätte ich etwas Heißes gegessen, dann lache ich unsicher. »Na gut, na gut. Von mir aus. Warum nicht? Genau.«

»Okay, du hast mich überzeugt«, witzelt er.

Also lassen wir unsere Schuhe und äußerste Schicht in der Hütte, Caleb schließt ab und versteckt den Schlüssel unter einem Stück Treibholz. Der Kies ist kalt und hart, schmerzt unter den nackten Füßen. Während ich Caleb folge, komme ich zu dem Schluss, dass er der einzige Mensch auf Erden ist, der mich dazu hätte überreden können.

Am Wasser bleiben wir stehen. Ich schiele nach links und rechts. Die einzigen anderen Leute, die ich entdecken kann, sind zwei Nachtfischer, deren kleine Zelte etwa einen halben Kilometer den Strand hinunter wie Iglus leuchten. Die Luft ist kühl und herrlich still.

»Also«, sagt Caleb.

»Also«, erwidere ich.

Bisher war ich in Calebs Beisein nur nackt, wenn wir uns ganz nah waren, sozusagen auf Tuchfühlung, in der Hitze des Augenblicks. Es ist etwas völlig anderes, reglos und unbekleidet vor ihm zu stehen, ein bisschen zu sehr, als würde ich mich um etwas bewerben.

»Ich zuerst«, sagt er galant und zieht sich aus.

Ich schiele verstohlen nach ihm. Groß, schlank und drahtig, mit einem unwiderstehlichen, unverbesserlichen Grinsen.

»Du bist dran.«

Also schlüpfe ich aus meinem Kleid, dann der Unterwäsche, und merke dabei, dass ich nicht so befangen bin, wie ich erwartet hatte. Im Gegenteil, hier so neben ihm zu stehen kommt mir wie das Normalste der Welt vor.

Sterne prangen wie Glitzerstaub am samtigen Himmel über uns. Auf der Wasseroberfläche hat das Mondlicht sich in eine Million zitternder Scherben zersplittert.

Caleb reicht mir eine Wollmütze. »Hier. Die hält die Wärme ein bisschen im Körper.«

Ich ziehe sie an und grinse. »Wie sehe ich aus?«

Er lässt den Blick auf den Horizont gerichtet, schüttelt den Kopf. »Ich gebe mir gerade sehr große Mühe, dich nicht anzusehen.«

»Ach so. Sorry.« Ich muss lachen.

Er tritt auf mich zu und nimmt meine Hand. »Bist du bereit?«

»Jetzt oder nie.«

Zusammen steigen wir ins Meer. Es ist tiefkühlkalt, als würde man unbekleidet durch Schnee stapfen. Als das Wasser erst meine Knie, dann meine Rippen erreicht, zieht mein Brustkorb sich zusammen, und ich keuche auf, mit jedem Schritt werde ich langsamer.

Caleb neben mir taucht schnell unter. Er lässt meine

Hand los. »Geh einfach rein«, sagt er leicht erstickt. »Es ist wie ein Pflaster abreißen.«

Meine eigene Stimme klingt jetzt peinlicherweise eher wie ein Quieken. »Nein, viel schlimmer!«

Aber ich weiß, dass er vermutlich recht hat, also werfe ich mich unelegant nach vorn wie ein klobiges Meeresgeschöpf. Sofort steht mir das Wasser bis zum Kinn, und mein Herz macht einen Satz, mein Atem geht flach und hektisch. Caleb greift nach meiner Hand und stößt einen Schrei aus, der mich so erschreckt, dass ich lospruste. Er klingt so aufgeregt, dass man glauben könnte, wir würden Fallschirm springen oder mitten im Indischen Ozean an einem noch unentdeckten Riff surfen.

Ich brauche ungefähr eine halbe Minute, um meinen Atem, meine fuchtelnden Gliedmaßen, mein rasendes Herz zu kontrollieren. Dann aber entspanne ich mich allmählich und kann endlich das kalte Wasser genießen, das meinen Körper einhüllt, das Gefühl, von nichts als Salzwasser und Sternen umgeben zu sein.

Wir schwimmen nebeneinander auf der Stelle, das Wasser plätschert sanft zwischen uns.

»Das ist ein fantastischer Mond«, flüstert Caleb.

Ich hebe den Kopf, betrachte die klare, helle Oberfläche. »Stimmt. Er ist wunderschön.«

»Alles okay bei dir?«, fragt Caleb.

Ich sehe ihn von der Seite an und lächle. »Ja, alles gut«, sage ich, obwohl mir der Atem in der Brust stockt. »Das ist toll.«

»Ja, oder?«

Mit einem Blick Richtung Strand sage ich: »Ich hoffe nur, dass uns niemand entdeckt.«

»Ach, ist das nicht der halbe Spaß?«

Ich kneife die Augen zusammen. »Du willst doch nicht beichten, dass du ein verkappter Nudist bist, oder?«

Er dreht sich zu mir um. »Ähm, nein. Entgegen allem Anschein bin ich kein Exhibitionist.« Unter Wasser finden seine Hände meine Hüften. »Aber der Witz ist doch, dass uns gerade niemand wirklich sehen kann, Lambert. Also, nur die Köpfe. Nicht besonders unzüchtig.«

»Bis die Polizei auftaucht und uns mit dem Megafon rausscheucht.«

»Dann verlange ich eine Rettungsdecke.«

»Machst du das eigentlich oft?« Immer noch trete ich Wasser, meine Lippen schwellen allmählich vor Kälte an.

»Nicht so oft, wie ich gern würde. Und ich muss sagen, es ist echt schön, jemanden dabeizuhaben.« Er streicht auf meinen Hüften auf und ab. »Angeblich ist es gut für das Immunsystem und die Haut und was nicht noch, aber ich weiß auch nicht, ich mag einfach das Gefühl, hier draußen zu sein, nur ich und das Meer und der Himmel und die Elemente.« Er gibt mir einen salzigen Kuss auf die Lippen. »Hältst du mich jetzt für einen Spinner?«

Mein Lächeln wackelt etwas, weil meine Zähne zu klappern beginnen. »Tja, wenn, dann muss ich wohl auch einer sein.«

Ein paar Minuten später in der Strandhütte, als wir uns abgetrocknet und angezogen haben, zündet Caleb den Gasofen an und zaubert auf dem kleinen Kocher eine heiße Schokolade.

»Ich glaube, das ist das Romantischste, was ich je gemacht habe«, sage ich, als wir uns auf der Bank unter die

Decken kuscheln, unsere Schokolade schlürfen und aufs Meer sehen. Der Gasofen neben unseren Füßen lodert vor sich hin.

Caleb lehnt sich zu mir, legt die Lippen auf meinen Hals. »Ehrlich?«

»Ehrlich.«

»Hast du Lust, es noch romantischer zu machen?«

»Ja«, hauche ich und drehe ihm das Gesicht zu. Und im nächsten Moment tasten unsere noch kalten Finger nach warmer Haut, entlocken uns Gelächter und dann leise Lustschauer. Draußen wogt und schimmert das Meer wie ein ins Mondlicht gehaltener Spiegel, die Schwärze darüber geschmückt von Sternenpracht.

London

»Hallo«, sagt der Fotograf. »Verzeihung, dass ich zu spät bin, ich …«

»Oh mein Gott. Hallo.«

Ich habe meinen ersten Tag bei Supernova halb überstanden. Bisher habe ich an einem Brainstorming zu einem neuen Angebot für eine große Kosmetikmarke teilgenommen und dem gesamten Team meine Mappe (was davon vorhanden ist) in einem Breakout-Bereich vorgestellt, damit mich alle »kennenlernen« können, einhergehend damit, dass zufällig vorbeischlendernde Leute stehen blieben und zuhörten, was meine Nervosität noch verstärkte. Mir wurden die Räumlichkeiten gezeigt von Phoebe, meiner

Schreibtischnachbarin und Kreativkollegin, die fünf Jahre jünger ist als ich und vor zwei Jahren von einer überregionalen Zeitung als »kommender Star« der Branche betitelt wurde. Außerdem ist sie »nebenberuflich« noch eine bekannte Influencerin. Meine Vorgesetzte ist Zara, die superschlau ist und über ein riesiges und einschüchterndes Talent verfügt. Es hat den Anschein, als hätte sie sich jeden berühmten Slogan einfallen lassen, den es je im britischen Handel gab. Bei meinem Vorstellungsgespräch war ich überzeugt davon, dass sie meine minderwertige Kreativität sofort mit der schonungslosen Gelassenheit einer Neurochirurgin seziert hatte. Ihre dunklen Haare sind kurz geschnitten, und sie hat eines dieser Gesichter, die immer wirken, als würde sie einen schräg von der Seite ansehen. Sie trägt ein schwarzes, knielanges Kleid, das so mühelos und bequem wirkt, dass ich es unentwegt anstarren muss. Beziehungsweise sie anstarren muss. Zara ist einfach ein Mensch, der einen ansaugt, zu dessen Orbit man unbedingt gehören möchte. Ein bisschen wie Max.

Und obwohl der Vormittag hektisch war, konnte ich nicht aufhören zu grinsen, sodass ich schon Angst bekam, die Leute würden mich für leicht irre halten. Ich kann einfach nicht ganz fassen, dass ich hier bin, in einer der größten Werbeagenturen des Landes, und zwar als echte Kreative, die nicht für Recherche und Organisation bezahlt wird, sondern fürs Texten. Den Job, den Georgia mir immer versprach, aber nie gab. Ich bin hier. Ich hab's geschafft.

Kurz vor der Mittagspause sollen Fotos für mein Webseitenprofil von mir gemacht werden, danach habe ich noch ein Meeting mit Seb, dem Grafiker, mit dem ich am Großteil meiner Anfangsprojekte zusammenarbeiten werde. Ich möchte einen guten Eindruck machen: Ich weiß, wie viel Wert hier auf kreative Chemie gelegt wird.

Doch zuerst mal passiert etwas sehr Seltsames. Der Fotograf ist Caleb – der Mann, den ich in dem Pub in Shoreley an der Theke sitzen ließ, als ich Max vor der Tür entdeckte. Der mir einen Bierdeckel mit seiner Nummer in die Manteltasche steckte.

Man merkt ihm an, dass er mich ebenfalls erkennt, und ein paar extrem peinliche Minuten lang stehen wir einander wortlos gegenüber.

Irgendwann finde ich meine Stimme wieder, spüre, wie ich dabei rot werde. »Entschuldige bitte. Du hast mir deine Nummer gegeben und …«

»Ach nein, nein.« Er lacht verlegen. »Das war das Schmalzigste, was ich je gemacht habe. Es war keiner Reaktion würdig.«

»Es war nicht gegen dich gerichtet, ehrlich nicht. Es ist nur, der Typ draußen, also, das war mein Ex, Max, und ich …«

Er lächelt. »Du schuldest mir wirklich keinerlei Erklärung, Lucy. Ich dachte mir, probieren kann ich es ja.«

Ich atme tief aus, um meine Befangenheit zu mildern, und überlege gleichzeitig, ob er sich an meinen Namen noch von jenem Abend erinnert oder ob er ihm vor dem heutigen Termin genannt wurde. »Trotzdem. Ich hätte dir eine Nachricht schicken sollen, zur Erklärung.«

»Ach was, nicht nötig. Wir haben uns wie lange unterhalten, ganze zwei Minuten?«

Ein Themawechsel wäre vielleicht angebracht, deshalb sage ich: »Also, was machst du hier?«

»Supernova gehört zu meinem Kundenstamm. Mein

Studio habe ich aber in Shoreley. Daher auch die Verspätung, sorry. Die Zugverbindung war ein Albtraum.«

Wie sich herausstellt, waren wir auf unterschiedlichen Schulen, an den genau entgegengesetzten Enden der Stadt. Während er aufbaut, plaudern wir über unser Leben in Shoreley; seine Kindheit habe er hauptsächlich am Strand verbracht, später habe er einen Platz an einer Kunsthochschule ergattert, obwohl sein Schulabschluss miserabel gewesen sei, das Studium aber letztlich abgebrochen.

Wir müssen uns schon ungefähr zwanzig Minuten unterhalten haben, als er auf die Uhr sieht und das Gesicht verzieht. »Entschuldige, wir sollten mal loslegen. Ich habe nur eine halbe Stunde insgesamt bekommen.«

»Die sind hier ziemlich streng mit Zeiten«, sage ich grinsend.

»Probieren wir's erst mal hier drüben.« Caleb deutet auf eine pinke Wand hinter mir. »Die wollen einen Farbklecks auf dem Foto.«

»Soll ich ein ernstes Gesicht machen?«

Caleb bückt sich, um einen Tisch aus dem Bild zu schieben. Dabei fällt sein T-Shirt nach vorn und gibt den Blick auf seinen straffen Bauch frei.

»Entspann dich einfach«, sagt er, während er sich aufrichtet. Ich bemühe mich, nicht rot zu werden.

Im nächsten Moment löst der Blitz aus, und ich erschrecke mich. »Sorry, ich glaub, ich hab geblinzelt.«

Er lächelt. »Macht nichts. Soll ich besser runterzählen?«

Ach, ist der nett. Ich versuche, an seinem Körper vorbeizusehen, und mir fällt wieder ein, wie attraktiv ich ihn damals im Smugglers fand. »Kann sein. Wobei ich dann vielleicht zu viel nachdenke.«

»Ich zähle bis drei«, sagt er. »Blinzel bei zwei.«

Selbstverständlich blinzle ich bei zwei *und* drei. *Es ist nur ein blödes Foto, Lucy, so schwer kann das doch nicht sein.* Und jetzt werde ich langsam gehemmt und steif, aber Caleb lenkt mich schnell mit einer Geschichte ab, als er einmal fast eine ganze Hochzeitsfeier fotografierte, bis er merkte, dass er nur Bilder vom eineiigen Zwillingsbruder des Bräutigams gemacht hatte. Und erst als ich lache, richtig lache, merke ich, dass Caleb die ganze Zeit geknipst hat.

»Ich sehe, was du da machst.« Ich richte den Zeigefinger auf ihn.

»Tja, ich kenne alle Tricks.« Er zwinkert mir zu, einer der wenigen Männer, die das können, ohne schmierig zu wirken. »Was führt dich eigentlich zu Supernova? Als wir uns unterhalten haben, hattest du gerade deinen Job gekündigt.«

»Ja, genau. Das war übrigens auch ein Grund, warum ich mich nicht bei dir gemeldet habe. Bei meiner Freundin wurde gerade ein Zimmer in London frei, deshalb dachte ich, warum nicht einen Neuanfang wagen?«

Er sieht mich an, und kurz denke ich, dass er mich nach Max fragen wird. Aber er nickt nur. »Klar, warum nicht. Also, es war schön, dich wiederzutreffen. Viel Glück bei allem.«

»Die haben dich also nicht verschreckt? Du gehst morgen wieder hin?«

Max und ich sitzen mit dem Rücken zu den Armlehnen einander gegenüber auf seinem riesigen senfgelben Sofa, Beine und Füße miteinander verflochten, und warten auf eine Sushi-Lieferung, die zu meinem Entsetzen so viel kostet wie mein wöchentlicher Lebensmitteleinkauf.

Sushi, habe ich kürzlich entdeckt, ist Max' absolutes Lieblingsessen. Ihn wieder kennenzulernen war eine so seltsame Mischung aus Altem und Neuem, eine Kombination von Vertrautem (sein Sinn für Humor, diese ausgeprägte Zuvorkommenheit, seine Küsse) und Fremdem (seine Entwicklung von Instantnudeln, Britpop und Bier zu Sushi, Elektro und hochwertigen Weinen).

Obwohl ich immer noch benebelt bin von der Reizüberflutung des ersten Arbeitstags, nicke ich grinsend. »Ich bleibe da bis zur Rente. Oder bis ich sterbe. Im Ernst. Diesen Job müssen sie mir aus den kalten, toten Händen ringen.«

Max lacht. »Wow. Jemanden wie dich könnte ich in meinem Team gebrauchen.«

»Ganz ehrlich. Ich kann nicht fassen, dass ich wahrhaftig fürs Schreiben bezahlt werde.«

»Warum denn nicht? Du konntest schon immer toll schreiben.«

»Weil es was anderes als Juristerei ist. Ich meine, du hast einen Beruf. Du wirst fünf Jahre lang ausgebildet …«

»Sechs.«

»Sorry, sechs. Und dann bist du fertiger Anwalt. Versteh mich nicht falsch«, ergänze ich hastig, weil ich weiß, wie sehr Max sich angestrengt hat, um seine Position zu erreichen, vor allem bei einer Prestige-Kanzlei wie HWW. »Natürlich musstest du ganz schön ackern. Aber beim Schreiben gibt es keinen geraden Weg. Man kann nicht einfach ein Studium oder eine Ausbildung absolvieren und zack, ist man Texter. So was gibt es nicht.«

»Egal. Jetzt bist du es.«

»Hat auch lange genug gedauert.«

»Wie heißt es so schön? Was lange währt, wird endlich gut.«

»Stimmt.« Unsere Blicke begegnen sich. »Hey, mir ist heute Vormittag was total Seltsames passiert.«

»Nämlich?« Er schiebt mir ein Schälchen Wasabi-Erbsen zu.

Mit gerümpfter Nase schüttle ich den Kopf. »Ich bin eher der Typ Erdnussflips.«

Er lacht. »Mein Gott, die habe ich seit Ewigkeiten nicht gegessen. Gibt's die überhaupt noch?«

»Weiß nicht genau. Wir sollten mal in einen richtigen Pub gehen und danach fragen.«

»Ist es komisch, dass ich heutzutage Wasabi-Erbsen bevorzuge?«

»Oh ja. Das Komischste, was ich je gehört habe.«

Grinsend wirft er sich ein paar in den Mund. »Entschuldige, du wolltest was erzählen.«

»Ach ja, der Fotograf, der die Bilder von mir gemacht hat, war der Mann, mit dem ich mich an dem Abend in Shoreley unterhalten habe, als ich dich auf der Straße gesehen habe, weißt du noch?«

»Im Smugglers?«

»Genau.«

»Sagtest du nicht, er hat dir seine Nummer gegeben?«

»Ja, hat er.« Ich kichere etwas steif.

»Das muss peinlich gewesen sein.«

»Anfangs schon ein bisschen.«

»War es kein merkwürdiges Gefühl, von ihm fotografiert zu werden?«

»Nein, er war superprofessionell.«

Ich bin nicht ganz sicher, warum ich Max das erzähle. Es

ist nicht, dass ich ihn eifersüchtig machen will. Er war noch nie der eifersüchtige Typ. Vielleicht einfach, weil Caleb zu begegnen ein seltsamer Zufall war, und solche Sachen möchte ich Max erzählen.

Ich spreche noch mehr über meinen Tag, die Meetings und meinen Nachmittag mit Seb, der mir ein paar seiner Arbeiten gezeigt hat: eine Animation für eine große Bank, eine Social-Media-Kampagne für einen Kochbox-Lieferservice und mehrere Plakatwerbungsmotive für eine bekannte Dessousmarke.

Die ganze Zeit, während Seb sprach, musste ich mich zwingen, ihn nicht anzustarren, weil ich so auf diesen Moment fixiert war – dass das hier mein neuer Kreativpartner war, dass ich jetzt Texterin bei dieser Agentur war, mit so talentierten Menschen. Angesichts meiner mangelnden Erfahrung im Texten hätte ich Seb nicht übelgenommen, wenn er Misstrauen gehegt, wenn er Angst gehabt hätte, mich in kreativer Hinsicht mitziehen zu müssen. Ich weiß, dass es jetzt an mir liegt, ihm zu beweisen, dass ich hierher gehöre.

Dennoch, die Selbstzweifel hinderten mich nicht vollständig daran, den Moment zu genießen. Im Gegenteil, je länger er und ich uns unterhielten, desto schwerer wurde es für mich, nicht aufzuspringen, ein Freudentänzchen zwischen den Sitzsäcken im Breakout-Bereich hinzulegen und vorbeilaufende Kollegen abzuklatschen.

»Am stolzesten bin ich auf die hier.« Er reichte mir die Entwürfe für die Dessousfirma. »Der Kunde hatte sich so eine schmierige Achtzigerjahre-Kampagne vorgestellt, und wovon wir ihn letzten Endes überzeugt haben, war …«

»Edel«, sagte ich, schwer beeindruckt von der Eleganz des Designkonzepts und der Ausführung. »Sehr edel.«

Seb nickte, schlug die Beine übereinander. Er ist sehr dünn und groß, und seine Hose heute war so kurz, dass sie beim Hinsetzen bis auf die Waden hochrutschte und den Blick auf extrem knallige Socken freigab. »Und die hatten so einen echt arroganten Typen in ihrem Marketingteam. Den zu überreden war wirklich ein Triumph.«

»So einer ist immer dabei.« Ich dachte zurück an meine Zeit bei Figaro, an die vielen Meetings, die ich mit exakt diesem Menschentyp hatte.

»Ja, oder?«

Ich lächelte. Ich merkte schon, dass ich Seb mochte.

»Warum bist du eigentlich bei deiner letzten Stelle gegangen?«, fragte er.

»Ich wollte nach London ziehen, noch mal neu anfangen.« Was zwar nicht ganz stimmt, aber auch nicht gänzlich an den Haaren herbeigezogen ist.

Seb lachte mit hüpfendem Adamsapfel. »Die meisten wollen genau zu dem Zweck aus London *weg*.«

Als ich Max jetzt die Räumlichkeiten bei Supernova beschreibe, bis hin zum speziell bedruckten Toilettenpapier (angeblich entworfen von einem ehemaligen Praktikanten, der inzwischen ein sehr hohes Tier bei Supernova in New York ist), sagt er: »Mein Gott, eine Bar im Büro. Meinst du, ich sollte das meinem Chef aufschwatzen?«

»Unbedingt. Gibt es irgendeinen Grund, warum Anwälte seriöser sein sollten als alle anderen?«

»Ja. Die Prozesse, wenn wir was falsch machen.«

»Ist es nicht ziemlich schwierig, einen Anwalt zu verklagen?«

»Nein. Deswegen sind wir versichert.«

Ich nippe an meinem Ginger Ale. »Jetzt sehe ich euch

alle als total geschäftsmäßig und schrecklich ernsthaft vor mir.«

»Na ja, nicht immer.« Er beschreibt seine Kollegen: Mit manchen arbeitet er seit Jahren zusammen und hat ein enges Verhältnis, mit anderen ist er nur locker bekannt, und wieder andere nerven ihn extrem.

»Ich kann mir gar nicht vorstellen, dass du dich über irgendwas aufregst. Du bist der geduldigste Mensch, dem ich je begegnet bin.«

Eine bestimmte Erinnerung habe ich sehr präsent: ein Anruf, den Max in unserem zweiten Jahr erhielt, dass seine Mutter ernsthaft erkrankt war. Ich begleitete ihn zum Bahnhof, wo wir von einem anderen Passagier erfuhren, dass wegen Laub auf den Schienen sämtliche Züge ausfielen. Personal war weit und breit keins zu entdecken, die Minuten verstrichen, und es bestand eine surreal entsetzliche Möglichkeit, dass Max' Mutter starb, bevor er bei ihr eintraf. Schließlich fand er eine Bahnangestellte, und trotz der Verachtung, mit der sie ihn – einen schlampig gekleideten Studenten, dessen vor Sorge aufgerissene Augen sie ganz offensichtlich für drogenverursacht hielt - behandelte, blieb Max ruhig und freundlich und unendlich höflich, obwohl er guten Grund gehabt hätte, es nicht zu sein. Das habe ich nie vergessen.

Jetzt frage ich Max, wie es Brooke geht. So nennt er sie immer, nie Mum. Als ich ihn kennenlernte, fand ich das ziemlich cool. Erst all diese Jahre später begreife ich, dass es in Wirklichkeit eher traurig ist.

»Nichts ändert sich jemals in der Welt von Brooke Gardner«, sagt Max. In seiner Stimme liegt null Zuneigung, als spräche er in einer nicht übermäßig freundlichen Doku über ihr Leben.

Seinen Vater kennt Max gar nicht. Brooke hat schon immer getrunken und behauptete früher, in ihren grausameren Momenten, dass sie sich nicht erinnern könne, überhaupt mit ihm geschlafen zu haben. Sie hatte diverse Jobs, häufig mehrere gleichzeitig, und in ihrer Freizeit »schaltete sie mit ihren Freunden ab«, wie sie es gern bezeichnete. Sie ließ Max schon in einem Alter allein, in dem das verboten und schockierend war, bis jemand sie darauf hinwies; daraufhin parkte sie ihn bei verschiedenen Nachbarn, Freunden von Freunden. Einmal erzählte er mir, dass er dadurch gelernt habe, sich mit jedem zu unterhalten, selbst Menschen, die völlig anders als er gewesen seien.

»Willst du deshalb Anwalt werden?«, fragte ich ihn an dem Abend, als er mir das alles anvertraute, wenige Wochen nachdem wir uns kennengelernt hatten. Ich vermutete, dass er wegen seiner Kindheit so ein starkes Gerechtigkeitsempfinden entwickelt hatte. Zu dem Zeitpunkt waren wir noch nicht zusammen, aber ich wusste schon, dass es niemanden gab, mit dem ich lieber meine Zeit verbrachte.

Er nickte. »Kann gut sein. Ein Sozialarbeiter hat mir mal erklärt, dass Kinder wie ich sich in zwei Richtungen entwickeln: Entweder geraten sie auf die schiefe Bahn, oder sie kleben geradezu am rechten Weg. Offenbar gehöre ich zur zweiten Gruppe.«

»Hast du die Geduld mit ihr verloren?«, frage ich ihn jetzt, denn damals besuchte und rief er sie immer noch an, bemühte sich um sie.

Ich sehe einen winzigen Muskel an seinem Kinn zucken, aber als er zu sprechen anfangen möchte, kommt das Essen an.

»Und?«, hake ich nach, als wir am Küchentisch sitzen, die

Sushi-Schachteln aufgeklappt zwischen uns. Max hat eine Chillout-Playlist angestellt, das Licht gedimmt.

Fachkundig hebt er ein Makrelen-Nigiri mit seinen Stäbchen auf, beißt ab und fährt mit seiner Geschichte fort. »Tja, ich habe den Fehler gemacht, meine Freundin übers Wochenende mit nach Cambridge zu nehmen. Ich dachte, ich stelle sie Brooke vor, die geschworen hatte, dass sie nüchtern und nett sein würde.«

»Wer war die Freundin?« Ich hoffe, dass meine Stimme locker und mäßig neugierig klingt, im Gegensatz zu manisch begierig auf Einzelheiten.

»Allegra. Wir haben uns in der Arbeit kennengelernt. Das war vor ungefähr sieben Jahren.«

Insgeheim schimpfe ich mich dafür, mein Handy zücken und brüllen zu wollen: Hey, Siri, zeig mir Allegra!

»Brooke versuchte damals schon eine Weile, nicht mehr zu trinken, und sie hatte ihren Blutsauger-Freund in die Wüste geschickt, also hatte ich Hoffnung. Wir verabredeten uns in einem Restaurant, nichts Schickes zum Glück, und als Brooke ankam, hatte sie völlig glasige Augen. Also, sie war randvoll. Das sah ich auf den ersten Blick.« Er schüttelt den Kopf. »Da bekam ich eine so unbändige Wut. Aber ich schaffte es, mir nichts anmerken zu lassen, und wir setzten uns, und dann war buchstäblich das Erste, was aus ihrem Mund kam, mich um Geld zu bitten. Sie hatte Allegra nicht mal begrüßt oder auch nur angesehen.«

Stirnrunzelnd lege ich meine Surimi-Rolle ab. »Das ist ja furchtbar.«

»Ja, und ich bin einfach ausgerastet. Hab sie angeschrien. Allegra musste mich aus dem Laden schleifen. Und hinterher dachte ich, großer Gott, wenn ich angefangen hätte, mit

Sachen zu werfen, und irgendwas wäre von der Wand abgeprallt und hätte jemanden getroffen oder was weiß ich - ich hätte verhaftet werden können, und meine berufliche Karriere wäre vorbei gewesen. Die ganze Arbeit umsonst. Eine Dummheit hätte mein gesamtes Leben ändern können an jenem Tag.«

Ich bemerke, dass ich den Atem anhalte. »Triffst du sie noch?«

»Wen, Brooke?«

Ich zögere. »Allegra meinte ich.«

Er richtet den Blick auf mich, ruhig und ernst. »Sie ist jetzt in einer anderen Kanzlei. Hin und wieder begegnen wir uns bei Networking-Veranstaltungen und so.«

»Warum habt ihr euch getrennt?«

»Sie hat mich betrogen. Mit einem Anwalt bei Gericht, mit dem wir damals ständig zusammengearbeitet haben.« Sein Lachen ist etwas schrill. »Jetzt nicht mehr. Was eigentlich schade ist. Er ist echt gut.«

Ich wische mir den Mund mit einer Serviette ab. Meine Lippen kleben und schmecken süßlich vom Sushi. »Sind die beiden noch zusammen?«

»Ja. Verheiratet, Baby unterwegs.«

Ich weiß nicht, warum er mir so leidtut, als er das sagt. Denn wenn sie sich nicht getrennt hätten, wären Max und ich jetzt nicht zusammen. Oder vielleicht doch. Wer weiß? Mir fällt dunkel etwas ein, was ein Religionslehrer von mir einmal sagte, nämlich dass Gott das Ziel jedes Menschen kenne, man aber selbst entscheide, wie man dorthin gelange. Wenn Max und ich füreinander bestimmt sind, dann waren Allegra und der Rechtsanwalt und alles andere nur Ablenkungen auf dem Weg zum Hauptereignis. Oder?

Ich lege ihm die Hand auf den Nacken, streiche über die Härchen, eine kleine Geste, damit er weiß, dass ich mit ihm mitfühle.

»Wie dem auch sei.« Er legt den Kopf zurück wie eine Katze, die eine Streicheleinheit genießt. »Brooke sehe ich nicht mehr oft. Sie hat einen neuen Mann, sie ist beschäftigt. Ich glaube, sie hat die Mutterschaft immer als eine Art Verpflichtung betrachtet. Etwas, das sie bei dem störte, was sie wirklich wollte. Und als ich aufhörte, mich um sie zu bemühen, hatte sie wohl das Gefühl, von dieser Pflicht befreit zu werden. Falls das nicht zu abwegig klingt.«

Ich möchte ihm nicht beipflichten, denn so etwas sollte abwegig klingen, in jedem Fall.

Mich erstaunte früher immer, dass Max so optimistisch war, in Anbetracht seines schwierigen Starts ins Leben. So konstant hoffnungsvoll. Jetzt erkenne ich, dass das eine Bewältigungsstrategie war. Wenn er eisern genug auf den Horizont starrte, musste er sich nicht mit dem wackeligen Boden seiner Gegenwart befassen oder dem felsigen Gelände seiner Vergangenheit.

»Darf ich dich mal was fragen, Luce?« Er wendet mir das Gesicht zu.

»Klar doch.«

»Warum hast du zu trinken aufgehört?«

Plötzlich frage ich mich, ob er glaubt, ich hätte ein Problem gehabt, wie Brooke. Ob er insgeheim überlegt, wie viel Ähnlichkeit Brooke und ich möglicherweise miteinander haben. Was eine einigermaßen grauenhafte Vorstellung ist.

»Nichts Schlimmes«, sage ich, obwohl das natürlich nicht ganz stimmt. »Ich kam einfach zu dem Schluss, dass ich ohne glücklicher bin.«

Ich versuche, mich zu erinnern, wie es sich anfühlte, versuche, mir die Empfindungen ins Gedächtnis zu rufen, die mir am meisten Angst machten: den Kontrollverlust, das Aufwachen und nicht mehr zu wissen, was am Abend vorher passiert war. Das Sich-schwach-Fühlen.

Zum Glück habe ich Mühe, das alles heraufzubeschwören.

»Glücklicher inwiefern?«, fragt Max und legt mir eine Hand aufs Bein.

»Na ja, ich möchte mich an alles erinnern. An die schönsten Momente im Leben. Ich möchte keinen davon vergessen.«

Darauf entgegnet er nichts, beugt sich nur vor und küsst mich, lässt seine Finger meinen Oberschenkel hinaufgleiten. Und ich erwidere den Kuss, etwas traurig über meine Erleichterung, dass wir nicht mehr reden.

Ein paar Stunden später wache ich blinzelnd auf. Erst bin ich nicht sicher, warum, denn Max' Schlafzimmer ist dunkel und still wie ein Keller.

Oder vielleicht genau deshalb.

Keine Panik. Du bist bei Max, in seiner Wohnung. Atmen. Atmen.

Ich taste nach dem Nachttischchen auf meiner Bettseite, drücke auf mein Handy, um die Uhrzeit zu sehen.

Eine Nachrichtenvorschau wartet auf mich, von Tash. Ich überfliege sie, überfliege sie noch einmal, völlig verwirrt.

Max, Tash hier. Du darfst das nicht tun. Ich weiß nicht, warum du wieder was mit Lucy angefangen hast, ausgerechnet mit ihr, aber du musst …

Hektisch tippe ich auf die Nachricht und lese den Rest.

… *Schluss machen. Triff dich nicht mehr mit ihr. Es ist unfair. Sie könnte es nicht ertragen, wenn sie es erführe.*

Mein Herz benimmt sich eigenartig, erst schlägt es schneller, dann wandert es von meiner Brust in meine Kehle. Entgeistert lese ich den Text wieder und wieder.

Als mir schließlich klar wird, dass Tash sie aus Versehen an mich geschickt haben muss, klingelt auch schon mein Telefon, penetrant, ein schrilles Bimmeln, das mich wie ein Messer durchfährt, als hörte man mitten in der Nacht einen Schrei.

Max setzt sich auf, knipst ein Licht an. »Luce, alles okay?«

»Ich … ich weiß nicht genau.«

Was könnte ich nicht ertragen? Was soll ich nicht erfahren?

Ich stehe auf, such nach dem Rock und dem T-Shirt, die vor ein paar Stunden auf dem Fußboden gelandet sind. Rabiat ziehe ich sie an, dann bleibe ich einfach stehen, ich bin unsicher, was ich tun soll, komme mir etwas dumm vor.

»Gehst du nicht dran?«, fragt Max mit verzogenem Gesicht, weil mein Handy immer weiter klingelt.

»Nein, ich …« *Ich muss nachdenken.*

»Lucy, was ist denn los?«

»Weiß ich nicht.« Gedanken flitzen in meinem Kopf hin und her wie Tennisbälle. *Wenn ich was erführe? Warum soll Max mit mir Schluss machen? Wenn ich was erführe? Wenn ich was erführe?*

»Luce?« Max greift nach meiner Hand, verfehlt sie aber. Seine Stimme wird drängender, vielleicht aus Gereiztheit. Er rutscht auf meine Bettseite, nimmt mein Telefon und betrachtet das Display, auf dem die Nachricht noch geöffnet ist. Schlagartig wird sein Gesicht aschfahl, als wäre die Blutzufuhr komplett gestoppt.

Wieder klingelt mein Handy.

»Max, was … was soll ich nicht erfahren?«

Er sieht mich an, sagt aber kein Wort. Seine Augen sind fast leer. Säße er nicht aufrecht, könnte ich glauben, er wäre ohnmächtig geworden.

»Max?« Noch nie habe ich ihn um Worte verlegen erlebt, und diese plötzliche Unfähigkeit zu sprechen verrät mir, dass es schlimm ist. Richtig schlimm. Er hat etwas Schlimmes getan, etwas so Schreckliches, dass er sich nicht einmal überwinden kann, den Mund zu öffnen.

Aber was hat meine Schwester damit zu tun? Tash kann ihn nicht ausstehen, sie zuckt jedes Mal zusammen, wenn ich auch nur seinen Namen erwähne, sie … *Oh nein.*

Ich spüre, wie sich der Boden unter mir auftut, als Max und ich einander ansehen. Etwas Unaussprechliches wird zwischen uns kommuniziert.

Nicht das. Bitte, alles, nur nicht das.

»Was hast du getan?«, stoße ich kaum hörbar hervor, obwohl mein Mund sich trocken und zäh anfühlt, als hätte ich auf Mehl herumgekaut.

Als Antwort schüttelt er nur den Kopf, und ich weiß, wenn er es nicht einmal laut aussprechen kann, ist es das Schlimmstvorstellbare.

Also sammle ich meine Sachen zusammen, weil ich weiß, dass ich jetzt nur weglaufen kann, so weit wie irgend möglich, nicht anhalten, immer weiter, weiter, weiter.

»Wir sollten keine voreiligen Schlüsse ziehen.«

Ich bin zu Hause, in Jools' Zimmer, sitze bei ihr auf dem

Bett. Sie hat das Licht angeschaltet und uns beiden einen Kamillentee gekocht, und ich habe mir eine Jogginghose angezogen, mir das Gesicht gewaschen, die Haare gekämmt. Jetzt, wo ich hier bin und Gelegenheit zum Nachdenken hatte, bin ich ein bisschen ruhiger.

»Ja klar, es ist eine komische Nachricht. Aber sie könnte alles Mögliche bedeuten.« Jools presst die Lippen aufeinander, taktvoll wie eh und je.

»Bitte, nur zu. Ich habe mir schon jedes Szenario ausgemalt.«

Sie streicht sich eine dicke Strähne aus dem Gesicht, wirft sie mit dem Handrücken nach hinten. »Tja, ist nicht die wahrscheinlichste Erklärung, dass Max irgendwas Fragwürdiges gemacht und Tash es rausgefunden hat? Ich kann mir einfach beim besten Willen nicht vorstellen, dass Tash und Max was … miteinander gehabt haben. Allein schon, wann hätten sie denn überhaupt eine Gelegenheit dazu gehabt?«

Der Bildschirm auf meinem Handy leuchtet auf. Ich habe es sofort ausgeschaltet, als ich aus Max' Wohnung geflohen und in den Nachtbus nach Hause gestiegen war, und es gerade erst wieder angestellt.

Es ist Max, sein zehnter verpasster Anruf. Tash hat es mittlerweile auf fünfzehn gebracht.

Jools nickt mir zu. Widerstrebend hebe ich ab.

»Ich bin draußen.« Seine Stimme klingt zittrig, angespannt. »Bitte mach mir die Tür auf.«

Ich gehe nach unten, lasse ihn aber nicht herein. Vielmehr trete ich vor die Tür und ziehe sie hinter mir zu. Die Nachtluft ist warm und ruhig, der Himmel über unseren Köpfen von Sternen übersät. Ich höre das Rumpeln von

Fahrzeugen auf der Hauptstraße und spüre Panik in meiner Brust aufsteigen, den vertrauten Drang zu fliehen.

Max, sonst so gepflegt und gefasst, sieht zerknittert aus, aufgelöst. Er hat sich ein T-Shirt und eine Jogginghose angezogen, und auf der Straße ist ein Jeep in einem absurden Winkel zum Bürgersteig geparkt, so wie Kommissare ihren Wagen abstellen, wenn sie eine heiße Spur verfolgen.

Ich wusste nicht einmal, dass Max ein Auto besitzt.

»Wenn ich was erführe?«, sage ich nur, denn jetzt gerade ist das die einzige Frage, auf die ich von ihm eine Antwort haben will.

Und jetzt bekommt seine Miene etwas beinahe Animalisches – was ist das, Angst? –, und meine Knie geben nach, als ich ihn meine schlimmsten Befürchtungen bestätigen höre, und dann spüre ich Jools' Arme um mich, offenbar wegen eines Geräuschs, das ich gemacht habe. Wütende Stimmen erheben sich, ich höre Reuben drohen, dass er die Polizei rufen wird, aber die gesamte Zeit kann ich nur ein Wort im Kopf fassen: *Nein, nein, nein, nein, nein.*

9

Shoreley

Caleb hat mir angeboten, die Strandhütte zum Schreiben zu benutzen, also laufe ich jeden Nachmittag nach meiner Schicht im Pebbles & Paper zum Meer. Unterwegs kaufe ich mir einen Kaffee und ein Krebs-Sandwich, wechsle ein paar Sätze mit Spaziergängern und Ausflüglern und Fischern.

Irgendetwas an diesem Ausblick, dem lebendigen, launenhaften Wasser, dem Gleiten der kreischenden Möwen, dem Auf und Ab der Gezeiten, wie ein atmendes Lebewesen, beflügelt meine Fantasie. Durch die Tür beobachte ich den Wechsel des Wetters: Sommerregen, der ins Meer klatscht und auf das Dach prasselt, dazwischen wieder heller, leuchtender Sonnenschein. Ich bestaune den Himmel mit seiner Farbpalette, vom zartesten Silber zu einem makellosen Nachmittagsblau, und die Wolken, die darüber hinwegwehen wie Kaschmirbüschel in einer Brise. Der Blick von meinem Platz aus ist wie eine sich stets verändernde Malerleinwand, mein täglicher kreativer Ansporn.

Dank Calebs Ermutigung und den Anregungen meiner Schreibgruppe fasse ich allmählich mehr Vertrauen in mich selbst. Die Worte fließen mir nur so aus den Fingern. Ich spüre sie in meinem Inneren wie einen zweiten Herzschlag.

Ich schreibe stundenlang, höre erst auf, wenn ich merke, dass ich Hunger oder Durst habe. Jeden Tag wirbeln mir neue Welten durch den Kopf, mein Blut rauscht vor Möglichkeiten.

Vielleicht stimmt es ja doch, dass das Beste im Leben nicht für Geld zu kaufen ist.

»Tash, ich liebe ihn«, flüstere ich.

Ich habe Caleb sonntags zum Mittagessen bei Tash und Simon eingeladen. Wir sind im Wohnzimmer, und Caleb sitzt mit Dylan auf dem Teppich am Kamin und hilft ihm beim Zusammenbau eines Lego-Flughafens. Er muss etwas Lustiges gesagt haben, denn Dylan lacht laut auf diese kehlige Art, die kleinere Kinder haben, und gerade als er sich langsam wieder beruhigt, sagt Caleb etwas anderes, was neues Gewieher auslöst, bis Dylan schließlich den Kopf auf den Teppich legt und auf die Seite kippt, weil er sich überhaupt nicht mehr beherrschen kann.

»Bist du absolut sicher, dass er keine Kinder hat?«, fragt Tash.

»Ja«, raune ich.

»Und seid ihr zwei jetzt offiziell zusammen?«

»Ich glaube schon. Wir haben nicht so richtig darüber gesprochen, aber irgendwie fühlt es sich so an, als müssten wir das nicht. Verstehst du?«

Sie nickt nachdenklich. »Ich weiß jetzt, was du damit meintest, dass er anders als alle Männer ist, mit denen du bisher zusammen warst.«

Ich sehe sie von der Seite an. »Sprich.«

»Na ja, er ist sehr selbstsicher, oder? Aber nicht auf eine arrogante Art. Er wirkt einfach wie jemand, der sich in seiner Haut wohlfühlt. Als hätte er es nicht so mit blöden Spielchen.«

»Mhm.« Ich beobachte Caleb dabei, wie er Dylan hilft, die Flügel auf das Flugzeug zu stecken. »Ich habe das Gefühl zu wissen, woran ich bei ihm bin.«

»Du weißt, was er ist, oder?«

»Nein, was?«

»Ein richtiger Erwachsener.«

»Bäh, das klingt langweilig.«

»Nein, langweilig nicht, aber eben nicht nach Mogelpackung. Das ist doch gut, oder?«

»Ja.« Lächelnd lehne ich mich auf dem Sofa zurück und nippe an meiner Apfelschorle, meinem heutigen Aperitif. »Das ist sehr gut.«

Und der vergangene Monat war genau das. Caleb und ich haben die ersten Sommerwochen damit verbracht, die Freuden Shoreleys zu genießen, bevor die Hauptsaison beginnt. Wir sind Hand in Hand durch die Kopfsteinpflastergassen geschlendert, haben einander unsere Lieblingsplätze aus Kindertagen gezeigt: den Pavillon auf der Wiese, wo ich mich immer nach der Schule mit meinen Freundinnen traf; den kleinen Innenhof hinter dem altmodischen Süßigkeitenladen, wo Caleb seinen ersten Kuss bekam; den Hügel am Nordrand des Strands, wo meine Freunde und ich am allerletzten Schultag bei Sonnenuntergang saßen, mit einer Sektflasche, aus der wir abwechselnd tranken, wenn wir nicht gerade theatralisch schluchzten, untröstlich über unsere bevorstehende Trennung.

Caleb und ich sind mit Gummistiefeln durch die Bäche hinter dem Hafen gewatet, während Möwen tief über unseren Köpfen kreisten und die Segel vor Anker liegender

Boote gegen die Masten klirrten wie Triangeln. Wir sind barfuß durch das Watt gelaufen und haben beide gelacht, bis uns die Tränen kamen, als Caleb im Matsch ausrutschte und nicht mehr aufstehen konnte und mich auf sich zog, als ich ihm aufzuhelfen versuchte. Wir haben Meerfenchel gepflückt und in Calebs Cottage auf dem Ofen blanchiert, großzügig in Butter und schwarzem Pfeffer getränkt und schließlich mit den Fingern verschlungen. Wir haben viel zu viel salziges Karamelleis vom Italiener an der Promenade gegessen. Wir haben Krebse gefischt und nackt gebadet, haben von der Hafenmauer aus die Sonne himbeerrosa im Meer versinken sehen, haben uns unter Laternen auf vom Mond beschienenen Straßen geküsst. Es waren wahnsinnig schöne, romantische Wochen, und ich habe meine Heimatstadt von einer ganz neuen Seite kennengelernt. Ich habe ihre Romantik entdeckt, ihren Charme, ihren Reiz, die all der Postkarten und Puzzles und Kühlschrankmagnete würdig sind. Mir wurde vor Augen geführt, warum die Leute hierherkommen. Shoreley verkauft ihnen einen Traum, und in diesem Jahr bin ich ihm erlegen, und zwar heftig.

»Willst du ihn Mum und Dad vorstellen?«, fragt Tash jetzt.

Es hat immer etwas Einschüchterndes, einen neuen Freund unseren Eltern vorzustellen: den Seelenverwandten, den Leuchtturmwärtern ihrer eigenen unglaublichen Liebesgeschichte.

»Ich dachte mir, ich fange erst mal behutsam mit der älteren Schwester an. Außerdem sind es noch nicht mal zwei Monate. Kommt mir ein bisschen zu früh vor.«

Tash grinst, und in dem Moment brüllt Simon aus der Küche: »Essen!« Dylan springt auf und zieht seinen neuen besten Freund aus dem Wohnzimmer, dem Duft von Sonntagsbraten entgegen. Caleb wirft uns über die Schulter einen fröhlichen Blick zu, während er an der Hand weggeführt wird.

Kopfschüttelnd sieht Tash ihnen nach, stupst mich an. »Weißt du noch, dass du damals in dem Pub dachtest, du kennst ihn irgendwoher? Als wärt ihr euch schon mal begegnet?«

»Ja. Aber ich bin nie dahintergekommen, wo oder wann.«

Tash presst die Lippen zusammen, als müsste sie ihre Aufregung zügeln. »Tja, offenbar ist das ein Zeichen, dass ihr seelenverwandt seid.«

Ich schnaube leise. »Ich dachte, du glaubst nicht an so was.«

Sie zuckt die Achseln. »Eine Kollegin von mir hat am Freitag davon gesprochen. Es stand ein langer Artikel darüber in einer Zeitschrift. Ehrlich gesagt, klang es ziemlich überzeugend.«

Ich muss grinsen. »Caleb glaubt nicht an so was, also fang bitte nicht beim Nachtisch damit an, ja?«

»Du aber doch schon.« Sie lächelt mich hoffnungsvoll an.

»Kann schon sein«, erwidere ich leicht verschämt. »Ich warte einfach mal ab, wie es läuft.«

Ich möchte nicht zugeben, dass mir das, was sie gerade sagte, auf eine seltsame und zugleich perfekte Art einleuchtet.

Es ist süß, wie viel Mühe sich Tash und Simon heute mit dem Essen gegeben haben. Der Tisch ächzt unter Met-Gala-würdiger Deko: drei riesige Vasen mit Pfingstrosen, ein Übermaß an goldenem Besteck, rosa Gläser, bedrucktes Leinen und zusammenpassendes Geschirr. Tash, Simon und Caleb trinken den extra aus dem Keller geholten edlen Wein, und Simon hat Klassik aufgelegt.

Ich hoffe, sie finden uns nicht undankbar, da Caleb nur seine übliche ausgewaschene Jeans und ein T-Shirt trägt und ich ein Baumwollkleid angezogen habe, ohne es vorher zu bügeln.

»Lucy hat uns von deiner Strandhütte erzählt, Caleb«, sagt Tash, als sie ihm Wein nachgießt.

»Ach ja?« Caleb grinst, und ich trete ihn sanft gegen das Schienbein, weil ich das Gefühl habe, dass er an den vielen Sex denkt, den wir in letzter Zeit dort hatten.

»Was ist eine Sandhütte?«, fragt Dylan.

»Strandhütte heißt es. Das ist ein Häuschen am Strand«, erkläre ich ihm. »Wo man seine Eimer und Schaufeln aufbewahrt und sich bei Regen unterstellt.«

»Ich finde, wir sind nicht oft genug am Meer«, sagt Tash zu Simon. »Jedenfalls kosten wir nicht so richtig aus, dass wir so nah an der Küste wohnen.«

»Ich weiß genau, was du meinst«, sagt Caleb. »Als ich in London lebte, habe ich es vermisst. Versteh mich nicht falsch, ich mag vieles an der Stadt, aber letzten Endes …«

»Bist du kein Stadtmensch?«, rät Tash.

Er zuckt mit den Schultern. »Mir war wohl klar, dass ich nicht ewig dort wohnen will.«

»Bei mir ist es genau umgekehrt«, sagt Simon.

Caleb trinkt einen Schluck Wein. »Ach ja?«

Mit gerunzelter Stirn wende ich mich an Simon. »Was? Du willst doch nicht in London wohnen.«

»Manchmal sehne ich mich nach ein bisschen mehr Leben. Du weißt schon, Kultur en masse, bessere Auswahl an Imbissen als nur einen einzigen suboptimalen Chinesen.«

Tash seufzt ungeduldig, was darauf schließen lässt, dass dieses Thema nicht zum ersten Mal debattiert wird. »Es gibt reichlich Kultur in Shoreley, Simon. Du musst dir nur ein bisschen mehr Mühe geben, um sie zu finden. Und so schlecht ist der Chinese gar nicht. Du hattest nur ein Mal diese nicht mehr ganz frischen frittierten Garnelen dort.«

»Mama, was ist Kultur?« Dylan stochert in seinem Gemüse.

Sie sieht ihn zerstreut an. »Iss bitte deine Möhren, Schätzchen. Ähm, Kultur heißt so was wie Theater und Musik.«

»Zum Beispiel, was wir gerade hören.« Simon deutet auf den Lautsprecher. Das Orchester spielt gerade einen einzigen anschwellenden, bebenden Ton.

»Caleb und ich haben vor ein paar Wochen *Romeo und Julia* gesehen«, steuere ich bei. »Das ist doch wohl Kultur, oder?«

»Die Theatergruppe Shoreley würde ich kaum als kulturellen Glanzpunkt bezeichnen«, sagt Simon todernst, obwohl ich vermute, dass er das als Witz meint.

Ich lache, in der Hoffnung, dass Caleb nicht beleidigt ist. »Sei nicht so ein Snob!«

»Tut mir leid. Hin und wieder ist mir einfach nach mehr als Shoreley zumute.«

»Ist dafür nicht der Urlaub da?«, fragt Tash. Sie bemüht sich um einen lockeren Tonfall, aber ich sehe, wie verkrampft ihr Kiefer ist. Es kann nicht angenehm sein, denke ich, wenn der eigene Ehemann so ganz nebenbei Kritik an dem Leben übt, das man sich zusammen aufgebaut hat.

Dylan prustet laut los und wiederholt dabei immer wieder das Wort *Snob*.

Das wiederum bringt auch Caleb zum Lachen, woraufhin ich mich nicht mehr beherrschen kann. Die Freude, die Dylan aus einem einzelnen, durch und durch unlustigen Wort gewinnen kann, ist hinreißend.

»Dann vermisst du London also gar nicht?«, fragt Simon Caleb, als Dylans Gesicht allmählich rosa wird und totale Auflösung droht.

»Na ja, manchmal schon«, sagt Caleb, und ich habe Angst, dass er sich langsam etwas unwohl fühlt, denn in London war ja sein Leben mit Helen. »Aber alles in allem, nein. Ich möchte nirgendwo lieber wohnen als hier.«

Abends nutzen wir das lange Tageslicht aus und gehen zur Strandhütte, wo wir uns in die offene Tür setzen und den Blick genießen. Es ist diese körnige halbe Stunde, bevor die Dämmerung zu Dunkelheit wird. Der Mond wird von Wolken getrübt, wie eine Laterne im Nebel.

»Danke für heute.« Ich stupse Caleb mit der Schulter an. »Tash und Simon waren begeistert von dir.«

Er lächelt. »Sie sind toll, ich mag sie auch. Du hast echt Glück.«

Ich sauge den Duft von meeresgetränktem Sand ein. Winzige Lichter sprenkeln den Horizont, Schiffe vielleicht? Bohrinseln? Die Luft ist noch mild von einem ganzen Tag Sonnenschein.

»Wie oft siehst du deine Familie?«

Er zieht die Nase kraus. »Nicht oft. Das ist immer ein Eiertanz. Alle versuchen, einander nicht zu nahe zu treten. Oberflächliche Konversation. Die Art von Zusammenkunft, nach der man zur Erholung einen Schnaps braucht.« Er stockt. »Sorry.«

Ich schüttle den Kopf, um ihm zu vermitteln, dass es kein Problem ist. »Tja, Dylan fand dich super. Du hast da einen Freund fürs Leben.«

»Er ist so ein kleiner Racker.«

»Ja, ist er.« Ich trinke einen Schluck Tee. »Habt ihr jemals überlegt, ob ihr Kinder wollt, du und Helen?«

Ich weiß, dass das eine extrem persönliche Frage ist, aber ich habe nicht das Gefühl, dass es zwischen uns Tabus gibt. Außerdem ist Caleb ein Mensch, der offen sagt, wenn er über etwas nicht reden will.

»Ja.« Er räuspert sich. »Wir haben es sogar probiert, ewig.«

»Ach ja?« Ich hebe den Kopf von seiner Schulter. Warum ich so überrascht bin, weiß ich selbst nicht; vielleicht hatte ich mir einfach eingebildet, dass sie sich trennten, bevor das Thema Kinder ernst wurde. Ich meine, man versucht doch nicht, eine Familie mit jemandem zu gründen, von dem man glaubt, dass er völlig andere Vorstellungen hat als man selbst, oder?

Caleb weicht meinem Blick aus. »Ja.« Mehr kommt nicht.

»Habt ihr euch nicht getrennt, weil ihr euch auseinanderentwickelt hattet?«

»Letzten Endes, ja. Aber davor haben wir das lange verdrängt, glaube ich. Oder vielleicht auch nur ich. Kann gut sein, dass ich mir eingeredet hatte, ich könnte in London glücklich sein, wenn wir Kinder hätten.«

Ich warte, weil ich spüre, dass er noch mehr zu sagen hat.

»Wir haben sechs Versuche mit IVF gemacht.« Seine Stimme ist belegt. »Erfolglos, versteht sich.«

Sechs Versuche?

»Helen ist fünf Jahre älter als ich. Sie hatte Angst, zu lange zu warten.«

Einen Moment lang fehlen mir die Worte. Denn bestimmt waren es doch die sechs erfolglosen Versuche einer künstlichen Befruchtung, die den Bruch in ihrer Beziehung verursachten, nicht irgendwelche Meinungsverschiedenheiten darüber, ob man nach Machu Picchu wandern oder Hühner halten sollte?

»Caleb, ich dachte …« Aber dann weiß ich nicht, was ich sagen soll.

Ich sammle mich kurz, nehme die Friedlichkeit des windstillen Abends wahr, das rhythmische Plätschern der Wellen auf dem Kies.

»Was denn?«, fragt er sanft.

»Glaubst du, ihr wärt noch zusammen? Wenn die IVF geklappt hätte?«

Er atmet geräuschvoll aus. »Das ist unmöglich zu beantworten.«

Nicht unbedingt die Bestärkung, auf die ich gehofft hatte. »Ich dachte, ihr hättet euch getrennt, weil ihr unterschiedliche Vorstellungen hattet.«

»Das stimmt auch. Offenbar brauchten wir eben den ganzen Stress der IVF-Behandlung, um es so richtig zu kapieren.«

»Wow.« Das sage ich so leise, dass es möglicherweise leicht abfällig klingt.

Er zieht die Augenbrauen zusammen und umfasst meine Schulter. »Lucy, Helen und ich … haben nicht zusammengepasst.«

Ich nicke, weiß aber nicht so richtig, wie ich reagieren

soll. Bisher dachte ich, ihre Ehe hätte einfach ein natürliches Ende genommen, und jetzt erfahre ich, dass es in Wirklichkeit ein einschneidendes, lebensveränderndes Erlebnis gab. Dass sie Kinder wollten. Was, wenn sie schwanger geworden wären? Wären sie dann jetzt noch zusammen, in London, stolze Eltern ihres eigenen Wunderbabys?

Mit einem Kopfschütteln versuche ich, das Bild zu verscheuchen. »Wer hat denn mit wem Schluss gemacht?«

Er wartet lange mit seiner Antwort. »Es ging von beiden aus. Uns wurde klar, dass ohne die Aussicht auf eine Familie von uns eigentlich nichts mehr übrig war.«

Ich runzle die Stirn, ziehe die Hände in die etwas zu langen Ärmel meines Pullis.

Neben mir verlagert Caleb sein Gewicht. Er legt die Lippen auf meinen Hals, küsst mich zart. Ich rieche noch einen Rest des erdigen Aftershaves, das er zum Mittagessen aufgetragen hatte, und frage mich unwillkürlich, ob Helen es für ihn ausgesucht hat. Ob es ein Geburtstagsgeschenk oder eine Valentinstagüberraschung war.

»Eigentlich ist doch egal, warum wir uns getrennt haben«, sagt er. »Ich meine, das Entscheidende ist, *dass*.«

Weil ich nicht sicher bin, ob ich da so ganz zustimme, bleibe ich stumm.

»Und nur damit du Bescheid weißt, es war alles in Ordnung«, sagt er. »Medizinisch, meine ich. Es hat einfach nur nicht geklappt.«

»Nicht, Caleb. So was musst du mir nicht erzählen.«

Wieder eine längere Pause. »Denkst du über … so was schon mal nach?«

Ich drehe ihm das Gesicht zu, lache überrascht auf. »Ach, komm.«

Seine Augen bleiben geweitet, seine Miene ungerührt. »Was?«

»Es ist komisch, mich das zu fragen. Wo du mir gerade erzählt hast … Du bist erst seit acht Monaten von Helen getrennt. Es ist noch zu früh, um …«

»Okay.« Offenbar akzeptiert er das. »Aber ich wollte dich nur wissen lassen, dass ich das Ganze immer noch als Teil meiner Zukunft sehe. Falls das nicht zu viel gesagt ist.«

Ich schlucke. »Können wir bitte das Thema wechseln?«

»Klar. Kein Problem.«

Dennoch schweigen wir die nächsten Minuten.

»Willst du schwimmen gehen?«, fragt er schließlich.

»Ja.« Zu meiner Überraschung möchte ich tatsächlich. Die Vorstellung hat einen gewissen Reiz, ins Meer zu springen, den Kopf unter das kalte Wasser zu stecken, die merkwürdige Anspannung von mir abzuwaschen, die ohne Vorwarnung zwischen uns entstanden ist.

Caleb erhebt sich und reicht mir die Hand. Als ich aufstehe, zieht er mich dicht an sich. »Entschuldige«, flüstert er. »Dass ich bisher vielleicht nicht ganz ehrlich war, warum Helen und ich uns getrennt haben. Wahrscheinlich wollte ich es herunterspielen, weil ich, na ja, weil ich dich wirklich mag, Lucy. Ich meine, sehr.«

»Lass uns nicht mehr davon sprechen«, raune ich an seiner Brust. »Gehen wir einfach ins Meer.«

London

Tash versucht schon einen gesamten Monat lang, mich zu erreichen, als sie mich schließlich an einem Sonntagmorgen Mitte Juni erwischt.

Sie lauert mir auf, als ich schnell etwas einkaufen will, weshalb ich glaube, dass sie seit dem Morgengrauen dort wartet.

Ich frage mich, ob Dylan und Simon mit ihr nach London gekommen sind. Ich frage mich, was Simon weiß.

Es ist das erste Mal, dass wir einander gegenüberstehen, seit ich es erfahren habe, seit dieser furchtbaren Nacht im Mai, als meine ganze Welt zusammenbrach.

»Lucy«, sagt sie, als sähe ich sie möglicherweise nicht genau vor mir stehen. Sie hat stark abgenommen, so stark, dass es mich erschrecken würde, hätte ich nicht bereits eine Flut von WhatsApps von meiner Mutter erhalten, dass Tash kaum noch isst.

»Geh weg, Tash«, murmle ich. Sie war dabei, als ich nach der Trennung völlig aus der Spur geriet. Und seitdem hatte sie zehn Jahre Zeit zu beichten.

»Das ist doch verrückt«, sagt sie. Jetzt schon klingt sie, als könnte sie gleich zusammenbrechen. »Bitte, ich will nur mit dir reden.«

Einen Sekundenbruchteil zögere ich, dann schüttle ich den Kopf und gehe los.

»Wo willst du hin?«

»Einkaufen. Fahr nach Hause, Tash.« Ich marschiere zum Ende der Straße und biege rechts ab auf die Hauptstraße.

Sie erwacht gerade erst zum Leben, Autos, Jogger, Menschen mit Kinderwagen. Der Streifen Himmel zwischen den Gebäuden ist grau und wolkenverhangen, aber die Luft an diesem Morgen ist warm.

Mit einem Blick über die Schulter vergewissere ich mich, dass sie mir nicht folgt, dann überquere ich die Straße. Erst als ich im Laden stehe, bemerke ich, dass ich zittere und völlig vergessen habe, was ich kaufen wollte. Letzten Endes packe ich Milch, Brot, Kaffee und Kekse ein und mache mich auf den Heimweg, betend, dass sie weg ist, wenn ich zurückkomme.

Ist sie natürlich nicht. Sie wartet auf der Treppe, wie ein Staubsaugervertreter, der sich nicht abwimmeln lässt.

»Lucy, bitte. Lass mich nur meine Seite schildern. Wenn du mich dann nie wiedersehen willst, musst du es nicht. Aber willst du mir nicht wenigstens zuhören?«

Eine Weile lang bleibe ich stumm. Mir wird bewusst, dass ich ihr noch nicht in die Augen gesehen habe, aus Angst, dass dadurch ein Bild von ihr und Max heraufbeschworen wird, das ich nie wieder loswerde.

Auf der Straße hinter ihr geht eine Gruppe von Frauen vorbei, alle mit Krankenhaus-Chipkarten um den Hals, wahrscheinlich kam sie gerade von ihrer Nachtschicht. Ich starre sie an, als könnte ich damit Jools herbeizaubern, sodass ich eine Ausrede habe, Tash wegzuschicken.

»Lucy?«

Die Frauen laufen weiter. »Na gut«, sage ich barsch. »Komm rein, sag, was du zu sagen hast, und geh wieder. Ich muss arbeiten.«

Sie folgt mir ins Haus. Zum Glück ist außer mir niemand da, Sal arbeitet gerade ebenfalls Nachtschichten, und Reuben hat wieder bei seiner Freundin übernachtet.

Das mit dem Arbeiten war nicht gelogen. Obwohl Supernova genau so ist, wie ich es mir erhofft hatte, sind die Tage lang und anstrengend, besonders, wenn eine Kundenpräsentation bevorsteht. Ich komme in der Regel zwischen acht und neun nach Hause und habe in diesem ersten Monat mindestens einmal pro Woche bis Mitternacht gearbeitet und außerdem an zwei Wochenenden.

Mein jüngstes Projekt ist, eine neue Markenidentität für eine bekannte Healthy-Living-Firma einer mittelberühmten Prominenten zu kreieren. Das Feedback, das Seb und ich am Freitag für unsere neuesten Ideen erhielten, war brutaler, als ich es erwartet hätte von jemandem, der nebenbei auch Meditationsklamotten vertreibt – so brutal, dass ich hinterher vierzig Minuten lang auf der Damentoilette hyperventilierte. Als ich endlich wieder herauskam, versicherte Seb mir, dass Zara mich nicht wegen der Ansichten eines C-Promis feuern werde. Trotzdem, bis meine sechs Monate Probezeit vorbei sind, kann ich mich nicht entspannen.

Auch nicht gelogen war, dass man mir diesen Job aus den kalten, toten Händen ringen müsse. Jetzt schon kann ich mir nicht mehr vorstellen, irgendwo anders zu arbeiten. Ich habe das Gefühl, endlich meine Berufung gefunden zu haben, die Arbeit, für die ich geschaffen bin.

Dennoch bin ich an den meisten Wochenenden mental ausgelaugt, weshalb ich auch heute Morgen ungefähr so viel Lust darauf habe, mir Tashs faule Reuebekenntnisse anzuhören, wie darauf, Shakespeares gesammelte Werke zu lesen oder Altgriechisch zu lernen. Seb und ich haben verabredet, uns am Montagmorgen zusammenzusetzen, um unsere neuen Ideen für die Healthy-Living-Firma zusammenzutragen, und obwohl ich gestern fast den ganzen Tag gearbeitet habe, ist mir noch nichts Vernünftiges eingefallen. Was bedeutet, dass ich mich heute auf die Arbeit konzentrieren muss und auf sonst gar nichts. Ganz bestimmt lasse ich mich nicht von Tash, oder auch Max, von dem besten Job ablenken, den ich je hatte.

Ich schleudere meine Schuhe in die Ecke, steige die Treppe hinauf, ohne Tash etwas anzubieten, und schließe die Tür hinter uns. Es war eine warme Nacht, und im Zimmer ist es bereits stickig, deshalb schiebe ich das Fenster auf, lasse das leise Brummen des aufwachenden London herein, die milde Stadtluft.

Ich setze mich auf den Stuhl neben meinem mit Brettern vernagelten Kamin und warte.

Tash zieht sich die Jeansjacke aus und hockt sich auf die Bettkante. Ihr grünes Top hat einen weiten Ausschnitt, wodurch man die sich neuerdings scharf abzeichnenden Knochen unter dem Schlüsselbein sieht.

»Lucy«, beginnt sie mit zittriger Stimme. »Du musst wissen: Was zwischen mir und Max passiert ist, bedeutet gar nichts.«

Ich spüre meine Tränendrüsen aktiv werden, wehre mich aber dagegen. »Komm schon, du hattest einen Monat. Besser gesagt zehn Jahre. Da muss dir doch was Originelleres eingefallen sein?«

Darauf reagiert sie nicht, und kurz überlege ich, ob das schon alles war, ihre gesamte bescheuerte Entschuldigung.

»Immerhin passt jetzt alles zusammen«, sage ich kalt. »Ich konnte ja nie ganz verstehen, warum er Schluss gemacht hat, und er konnte es auch nie vernünftig erklären. Lange Zeit habe ich mir selbst die Schuld gegeben. Dachte, ich hätte zu viel von ihm verlangt, ihn verschreckt. Aber das weißt du ja schon alles.«

Sie wischt sich eine Träne weg. »Ich kann nur sagen, wie leid es mir tut, Lucy…«

»Mein Gott, und ich dachte immer, du hasst ihn, weil er mich verletzt hat, wo es doch eigentlich daran lag, dass er dich daran erinnert hat, was für ein furchtbarer Mensch du bist.«

Sie wühlt in ihrer Handtasche nach Taschentüchern, zieht eines heraus und wischt sich über die Augen.

»Ich habe echt keine Ahnung, warum du weinst.«

»Bitte, Lucy. Bitte sei doch nicht so kalt…«

»Kalt? Machst du Witze?«

»Hast du… hast du mit Max gesprochen?«

»Nein.« Seit jener Nacht vor meiner Tür letzten Monat nicht mehr, als er beichtete, mit meiner Schwester Sex gehabt zu haben. Er hat es versucht, kam zu mir nach Hause, ins Büro, schrieb Nachrichten, sprach auf die Mailbox, schickte mir sogar einen Brief. Aber wenn ich an ihn denke, sehe ich ihn vor meinem geistigen Auge sofort mit meiner Schwester zusammen. *Meiner Schwester.* Dem Menschen, der mich am meisten auf der Welt lieben sollte. Ich habe mich damit gefoltert, mich zu fragen, ob der Sex gut war, denkwürdig, spektakulär; ich habe auszurechnen versucht, wie oft ich seitdem mit ihm geschlafen habe; wieder und wieder habe ich über die Auswirkungen nachgegrübelt, die das Ganze im Laufe der letzten zehn Jahre auf mein Leben hatte, ohne dass ich überhaupt davon wusste.

Wie dem auch sei, in den letzten Wochen hat er sich zurückgezogen, seit Reuben gedroht hat, ihn wegen Belästigung anzuzeigen.

Es endete folgendermaßen.

An jenem warmen Septemberfreitag traf ich in dem kleinen Supermarkt auf dem Campus zufällig Max' Freund Rob. In unserer kurzen Unterhaltung erwähnte er – ganz beiläufig –, dass Max im folgenden Sommer mit ihm und Dean zusammenziehen wolle, wenn sie alle nach London gingen. Diese Behauptung traf mich wie eine Ohrfeige, erst am Vorabend hatten Max und ich uns selbst Wohnungen angesehen, Pläne für unseren großen Umzug in die Stadt geschmiedet.

Am Nachmittag sprach ich Max darauf an, unter der riesigen Zeder vor der juristischen Fakultät. Er war ohnehin angespannt und nervös, dank einer Tonne Hausaufgaben, die er gerade in seinem Urheberrechtsseminar bekommen hatte, und der Organisation eines weiteren Praktikums bei HWW in den Weihnachtsferien. Obwohl ich ihn darum bat, weigerte er sich, Rob auf der Stelle anzurufen und ihm unmissverständlich mitzuteilen, dass er im kommenden Jahr mit mir zusammenziehe.

Fest davon überzeugt, dass er mir nicht die Wahrheit sagte, ging ich einfach weg. Über die Schulter sagte ich noch, ich werde Tash absagen, die an diesem Abend zu Besuch kommen sollte. Sie hatte vor, nach der Arbeit loszufahren und das Wochenende bei mir zu verbringen.

Ich schrieb ihr also eine Nachricht, sie solle nicht kommen, ging dann lange mit Freunden aus, weil ich nicht in die Wohnung zurückwollte, die ich mir mit Max teilte. Die Zukunft, derer ich mir so sicher gewesen war, schien plötzlich bedroht, aber war es meine Schuld? Hatte ich überreagiert, mich dumm benommen? Hatte Rob einfach etwas missverstanden und war vorgeprescht?

Als ich spätnachts in die Wohnung kam, hatte ich mir eingeredet, dass ich im Unrecht war. Max war einfach zu beliebt, dafür konnte er ja nichts. Selbstverständlich wollten seine Freunde mit ihm zusammenziehen. Das hieß nicht, dass er mitmachte. Ich hatte vor, ins Bett zu kriechen, ihn mit Küssen zu überschütten, ihm meine Entschuldigung ins Ohr zu flüstern und es auf die beste Art, die ich kannte, wiedergutzumachen.

Aber der Schaden war offenbar schon irreparabel. Max stieß mich fort, drehte mir den Rücken zu, redete nicht mit mir. Und die gesamte nächste Woche war er distanziert, verschlossen. Er weigerte sich, über unseren Streit zu sprechen, wollte partout nicht über die Zukunft debattieren, schreckte vor dem Thema zurück, als könnte er sich verbrennen. Und dann, am Freitag darauf, machte er Schluss. Von dem Gespräch weiß ich nicht mehr viel, ich war so benommen vor Ungläubigkeit. Aber woran ich mich erinnere, ist, dass er sagte, er werde im kommenden Sommer jetzt doch mit Dean und Rob zusammenziehen.

Es war, als hätte ich ihm mein Herz überreicht, und er hätte es vor meinen Augen zerbrochen.

»Ich habe deine Nachricht damals nicht gekriegt«, sagt Tash jetzt flehentlich, die blauen Augen groß und rund wie die eines Säuglings. Ihre Stimme ist rau, verkrampft. »Ich bin nach Norwich gefahren, wie vereinbart, und stand vor deiner Wohnung, aber du warst nicht da. Max sagte, ihr hättet euch gestritten.«

Ich schüttle den Kopf. Obwohl ich bereits einen vollen Monat hatte, um das alles zu verarbeiten, bin ich nicht sicher, ob ich ertragen kann, die Details dessen zu hören, was zwischen meiner Schwester und der Liebe meines Lebens geschehen ist.

»Wir haben uns betrunken«, sagt sie. »Also, krass betrunken. Er hatte eine Flasche Gin.«

»Du magst Gin doch gar nicht«, sage ich albernerweise.

Kurz schließt sie die Augen. »Nein, seit dem Abend nicht mehr.«

Eine Erinnerung wabert heran: eine leere Ginflasche am nächsten Morgen im Müll, teilweise versteckt unter einem Haufen Eierschalen. Das kam mir komisch vor, erstens weil Max sie erst wenige Tage vorher gekauft hatte. Und auch, weil er an dem Morgen zu einem Fünfzehnkilometerlauf mit einem Freund verabredet war und es nicht zu ihm passte, vorher so viel zu trinken.

Tash spricht jetzt schnell. »Ich hatte ein paar furchtbare Wochen in der Arbeit hinter mir, und Max ging es wohl auch gerade nicht so super. Ihr beide hattet euch gestritten, und er machte sich Gedanken über seine Prüfungen und seine Freunde …«

»Das ist jetzt nicht ernsthaft deine Verteidigung, dass ihr beide gestresst wart?« Meine Stimme fühlt sich hohl und wackelig an, als könnte ich mich jeden Moment übergeben.

Durch das offene Fenster hört man das Kreischen von Bremsen auf der Straße, gefolgt von energischem Hupen, Türenknallen, Fluchen.

Furchen treten auf Tashs Stirn. »Lucy, es war kaum überhaupt … das Ganze dauerte keine fünf Minuten.«

Unerträgliche Bilder schießen mir durch den Kopf. Küssen. Heruntergezerrte Kleidung. Hände, Körperteile, Geräusche, Atemlosigkeit. »Wer hat den ersten Schritt gemacht?«

»Er hat nach meinem Glas gegriffen, und ich dachte, er wollte mich küssen.«

»Wie kamst du denn darauf?«

»Wie gesagt. Wir waren betrunken.«

Als ich sie ansehe, wird mir plötzlich klar, was das Schlimmste daran ist. Nicht – so schwer das zu glauben sein mag – der physische Akt zwischen den beiden, obwohl das natürlich grauenhaft ist. Das Schlimmste daran ist zu merken, dass meine Schwester mir völlig fremd ist. Dass es den Menschen, für den ich sie hielt, ehrlich, gutherzig, prinzipientreu, gar nicht gibt. Noch nie gab. Dass jedes Gespräch, das ich seitdem mit ihr führte, eine Lüge war. Ja, nach meiner Rückkehr aus Australien hatte ich eine Phase, in der ich jeden wegstieß, einschließlich meiner Schwester. Aber in den Jahren seit Dylans Geburt standen wir uns näher als je zuvor, und ich kann aufrichtig sagen, dass mich kaum etwas stolzer gemacht hat, als unsere Beziehung wiederaufzubauen.

»Ich habe die Uni abgebrochen, weil Max mich verlassen hat und ich zu fertig war, um weiterzustudieren. Ich bin auf Reisen gegangen und …« Ich hole Atem, schiebe das Gespenst Nate aus meinem Kopf. »Und dann habe ich den erstbesten Job angenommen, weil ich keinen Abschluss hatte. Ich konnte nie begreifen, warum Max Schluss gemacht hat. Es passte einfach nichts zusammen. Er war das Beste in meinem Leben, uns ist so viel entgangen durch die Trennung. Und du hast das alles mit angesehen, wo es doch deine Schuld war. Du hast mich sogar bei dir einziehen lassen.« Jetzt strömen mir heiße Tränen über das Gesicht, befeuchten meine Lippen. »Du hattest fast zehn Jahre Zeit, mir die Wahrheit zu sagen. Du hast mich trauern sehen um das, was wir hatten, was ich verloren habe.«

Sie weint auch wieder. »Ja, ich weiß. Es tut mir so leid. Ich hätte es dir sofort erzählen sollen, aber je länger ich gewartet habe …«

Einen Moment lang werde ich von ihren Ohrringen abgelenkt, einem Paar auffällige Perlenhänger, die Simon ihr zum dritten Hochzeitstag geschenkt hat. So edel, dass sie fast schon protzig sind, kaum passend zu einer Frau, die den Freund ihrer Schwester gevögelt hat. »Weiß Simon davon?«

Sie macht eine verneinende Geste und wischt sich erneut die Tränen ab. Ich empfinde eine kleinliche Schadenfreude, weil sie sich Wimperntusche und Eyeliner auf dem ganzen Gesicht verschmiert. »Noch nicht.«

Simon und Tash lernten sich erst nach dieser Sache kennen, deshalb ist es also streng genommen irrelevant, aber ich vermute mal, dass sie es bisher für sich behielt, weil er sie für eine tugendhafte und prinzipientreue Frau halten sollte, moralisch untadelig.

Tja, vielleicht verrate ich es ihm, denke ich gemein. Nur damit er Bescheid weiß, wen er da geheiratet hat.

»Weißt du, es ist schon lustig«, sage ich. »Als ich von meiner Reise zurückkam, meintest du, ich wäre ganz anders. Ich hätte mich verändert, hätte vergessen, wie man Spaß hat oder Risiken eingeht.«

Sie nickt, bleibt aber stumm, sichtlich zu beschämt, um zu sprechen.

»Und als Max wieder in mein Leben trat, fiel mir das wieder ein. Also dachte ich mir: Ich werde ein Risiko eingehen und es mit Max probieren.« Ich schüttle den Kopf. »Was für eine Idiotin ich doch bin. Auf keinen Fall hätte ich mein Herz bei ihm noch mal riskieren dürfen.«

Sie macht Anstalten zu sprechen, aber kein Wort verlässt ihren Mund. Also sitzen wir einfach eine Weile schweigend da wie zwei vollkommen gebrochene Menschen.

»Du musst jetzt gehen«, sage ich.

»Bitte, Lucy, wir können doch nicht …«

»Raus.« Ich drehe den Kopf zur Seite. »Ich will dich nie wieder sehen.«

Jools muss sich gewundert haben, dass ich nicht auf bin, als sie ein paar Stunden später nach Hause kommt, denn sie klopft an meine Tür, öffnet sie und steckt den Kopf durch den Spalt. »Morgen.«

Ich liege wieder im Bett, wo ich durch das Notizbuch von vor neun Jahren blättere, mein einziges Andenken an die Reise. Es enthält die ersten flüchtigen Ansätze des Romans, den ich damals schreiben wollte. Erneut erinnere ich mich, dass alles, was ich zu Papier brachte, von Selbstvorwürfen in Bezug auf Max geprägt war, von Liebeskummer und Trauer um meinen verlorenen Seelenverwandten. Und jetzt haben die Sätze eine völlig andere Bedeutung angenommen, als wäre die Sprache, in der ich sie verfasste, überholt. Denn meine ganze Verwirrung über das Ende meiner Beziehung mit Max scheint mir plötzlich dumm, kindisch, naiv.

Ich klappe das Buch zu, rutsche mit dem Oberkörper etwas höher und ziehe die Knie an die Brust, stütze das Kinn darauf. »Tash war vorhin hier.«

»Oh Gott.« Jools setzt sich auf die Bettkante. »Hast du mit ihr geredet?«

»Mhm. Sie hat gesagt, es hat nichts bedeutet, das mit ihr und Max. Dass es keine fünf Minuten gedauert hat. Als wäre es dann okay.«

Vor einer Stunde habe ich zu weinen aufgehört, und mein Kopf fühlt sich jetzt nur leer und wattig an, als hätte ich ein Beruhigungsmittel geschluckt. Mein Gehirn hat sich wohl abgeschaltet, weil ich zu lang und zu schnell nachgedacht habe.

»Ach, Luce.« Jools nimmt meine Hand. Sie wirkt erschöpft von ihrer Nachtschicht, und ich bekomme sofort ein schlechtes Gewissen. Sie muss essen und schlafen, statt sich mein Gejammere über mein lächerliches Leben anzuhören.

»Entschuldige«, flüstere ich. »Wie war deine Schicht? Soll ich dir Toast machen?«

»Sei still und komm her.« Sie zieht mich in eine Umarmung. »Erzähl mir alles.«

Also schildere ich ihr das Gespräch, und hinterher sitzen wir still nebeneinander, als begutachteten wir die Scherben meiner Beziehung, überlegten, wie man sie am besten aufräumt.

»Also, was ist schlimmer?«, frage ich schließlich. »Eine bedeutungslose betrunkene Nummer oder eine leidenschaftliche Affäre?«

»Keins von beidem. Das Endergebnis ist das gleiche, oder?«

Ich bin so froh, dass Jools hier ist. Nicht nur ist sie meine beste Freundin, sondern auch Expertin für familiäre Dramen. Sie kann absolut nichts schocken.

»Weißt du, seit ich aus Australien zurückgekommen bin, hat sich Tash so um mich bemüht. Als wollte sie unbedingt, dass wir ein enges Verhältnis haben. Ich dachte, sie macht sich nur Sorgen um mich, und manchmal hatte ich sogar ein schlechtes Gewissen, weil ich ihr das mit Nate nicht erzählt habe. Aber jetzt wird mir klar, dass sie das alles gemacht hat, weil sie diejenige mit dem schlechten Gewissen war.« Ich putze mir eine brennende Träne ab, versuche, mir nicht Max' Gesicht vorzustellen. Max, den ich bis vor einem Monat für meinen Seelenverwandten hielt, dazu bestimmt, wieder in mein Leben zu treten. Den ich oft im Bett betrachtete und dabei dachte, genau so soll es sein. Den Mann, in den ich mich wieder neu verliebte, fassungslos, dass er mir ein zweites Mal gehörte.

»Jools, darf ich dich was fragen?«

»Immer doch.«

»Findest du, dass ich überreagiere?«

Sie kneift die Augen zusammen. »In Bezug auf deine Schwester und deinen Freund, die miteinander geschlafen haben?«

»Es ist fast zehn Jahre her. Max und ich waren einundzwanzig. Machen wir nicht alle Blödsinn, wenn wir jung sind?«

»Also, Blödsinn ist, einen Labello in der Drogerie zu klauen. Oder betrunken einen komischen Typen anzurufen. Oder einen Kebab von diesem schäbigen Hühnerladen zu essen. Was Tash und Max gemacht haben, das war grausam.«

Es kommt mir ungewöhnlich vor, Jools etwas Negatives über Max sagen zu hören. Sie konnte immer so gut neutral bleiben.

Ohne jede Vorwarnung sehe ich Dylan vor meinem geistigen Auge, und eine Hitze steigt hinter meinen Augen auf.

Was zum Henker soll ich jetzt machen? Denn ich kann nicht einfach meinen Neffen aus meinem Leben schneiden. Will ich auch gar nicht. Aber mit seiner Mutter kann ich nie wieder sprechen.

»Zeit«, sagt Jools, als läse sie meine Gedanken. »Nur die Zeit kann das wieder kitten.«

»Ich bin mir nicht sicher, ob da was zu kitten ist.«

»Du brauchst einfach Abstand. Das geht nicht über Nacht, glaub mir.«

Plötzlich bin ich so erschöpft, als hätte ich eine Woche nicht geschlafen. »Ja, ich weiß, du hast recht.«

»Was ist mit Max? Kannst du dir vorstellen, mit ihm zu reden, jetzt, wo du mit Tash gesprochen hast?«

Das Einzige, was ich weiß, ist, dass schon seinen Namen zu hören mich zum Weinen bringt, und momentan fühle ich mich zu schwach, um mich dagegen zu wehren. Also bleibe ich im Bett und schluchze, während Jools mich im Arm hält.

Als ich mich wieder gefasst habe und Jools gegangen ist, um zu duschen und sich hinzulegen, klappe ich meinen Laptop auf und brainstorme über Healthy Living. Nach einer Weile fällt mir der Slogan *Tu es für dich* ein. (Lebe nicht gesund, um deine Freunde zu beeindrucken oder deine Kollegen oder deinen widerlichen Ex oder deine verlogene Schwester. Tu es für dich.) Ich unterstreiche ihn drei Mal, damit ich Seb morgen nicht den falschen vortrage, dann arbeite ich ein paar mögliche kreative Ansätze aus.

Danach muss ich eingeschlafen sein, denn plötzlich ist das Zimmer lichtdurchflutet, mein schrillender Wecker durchdringt jede Faser meines Körpers, und ich habe keine Zeit mehr zum Nachdenken.

10

Shoreley

»Ich übernachte bei Nigel. Ihr könnt mein Zimmer haben«, sagt Jools praktisch als Erstes, nachdem wir durch die Haustür in Tooting gekommen sind.

Jools und Nigel, der Rechnungsprüfer, der zur Zimmerbesichtigung Muffins mitgebracht hatte, sind seit ungefähr zwei Monaten ein Paar. Es läuft gut, da Nigel offenbar so normal und vernünftig ist, wie es nur geht, mit anderen Worten: der ideale Mann für Jools. Er ist bei einem Finanzdienstleister angestellt, hat keine schmutzigen Geheimnisse in puncto Entzug, Rachepornos oder in sozialen Medien geäußerte zweifelhafte Ansichten, und wie Jools hat er eine feste Meinung über Menschen, die immersives Theater zu lieben behaupten (kein Kürzel für eine eigene Persönlichkeit), Zucchini-Spaghetti (eine Beleidigung für Pasta) und Rennradfahrer in Lycra, die sich für den nächsten Bradley Wiggins halten (was wirklich keiner von ihnen ist).

»Meine Schwester findet ihn langweilig«, berichtete Jools mir letzte Woche. »Aber wenn langweilig heißt, dass er lieb und erwachsen ist und keine Arschlochkommentare von sich gibt, nur um das Gespräch aufzupeppen, dann von mir aus gern.«

Anfangs war ich nicht sicher, ob ich Caleb einladen sollte, mit nach London zu kommen. Die IVF-Enthüllung hat mich mehrere Tage lang ziemlich beschäftigt, irgendwann wurde ich sogar unsicher, ob ich emotional bereit war, mich auf einen Mann einzulassen, der mit einer anderen Frau beziehungstechnisch so weit gegangen war, wie man nur gehen kann (ohne tatsächlich ein Kind zu haben). Seit diesem Gespräch haben wir uns ein paarmal pro Woche getroffen, und in jeder anderen Hinsicht war es noch genauso berauschend und schön, mit ihm zusammen zu sein. Und doch, die Sache mit Helen nagt im Hintergrund unablässig an mir. Manchmal grüble ich über die schlimmsten Fragen: *Wünscht er, die künstliche Befruchtung hätte geklappt? Liebt er Helen noch? Hat er überhaupt konkret vor, sich scheiden zu lassen?* Und, am allerschlimmsten: *Bin ich der Trostpreis?*

Aber mir ist nicht so richtig wohl dabei, ihm diese Fragen zu stellen, unter anderem, weil ich nicht riskieren will, Emotionen anzufachen, mit denen er sich möglicherweise noch nicht auseinandergesetzt hat. Letzten Endes bin ich zu dem Schluss gekommen, dass ich Caleb behalten möchte, und wenn das einige dauerhaft unbeantwortete Fragen bedeutet, dann muss es wohl so sein.

Ihn übers Wochenende nach London einzuladen war ein komisches Gefühl, denn bis vor knapp einem Jahr hat er ja mit Helen hier gewohnt, eine gemeinsame Zukunft und Familie geplant. Doch wie Jools einwandte, er fährt ohnehin immer mal wieder zum Arbeiten hin, und wir übernachten ja nicht im Nachbarhaus seiner alten Wohnung in Islington. Zwischen uns liegen ein ganzer Fluss und diverse Stadtteile.

Nach einem Aperitif zu Hause, bei dem Sal, Reuben und

Reubens Freundin Beth zu uns stoßen, machen wir uns auf den Weg zu Jools' Lieblingslibanesen, einem Lokal in Fußweite.

Die Luft draußen ist aufgebläht von Julihitze. Die Straße ist belebt, vorbeihuschende Gesichter, Fahrräder. Selbst Shoreley auf Amphetaminen wäre vermutlich nie auch nur annähernd so wie London mit seinem ständigen Wirbel an Anregungen, wie eine Flut, die einen mitreißt.

»Vermisst du das hier?«, frage ich Caleb zaghaft, weil ich spüre, dass er alles beobachtet, fast als sähe er die Stadt zum ersten Mal. Wir gehen Hand in Hand ein paar Schritte hinter Jools und Nigel, die einander umschlungen halten, ab und zu stehen bleiben, um sich zu küssen und zu kichern und zu tuscheln, auf eine Art, die amüsant postkoital wirkt.

»Ehrlich gesagt«, antwortet Caleb leise, als hätte er Angst, die anderen könnten ihn hören, »dachte ich gerade, wie erleichtert ich bin, in meinem baufälligen Häuschen in einer kleinen Gasse in Shoreley zu wohnen.«

Mein Herz macht einen kleinen Satz, wie ein Drachen, der im Wind aufsteigt.

»Es hat einen Grund, dass ich London verlassen habe.« Er drückt meine Hand.

Wir machen einen Bogen um ein Grüppchen von missmutigen Leuten, die aussehen, als wären sie gerade mit vorgehaltener Waffe gezwungen worden, am schlimmsten Feierabend der Welt teilzunehmen. »Was ist mit dir?«, fragt er.

»Mir?«

»Na ja, du meintest, du wärst fast zu Jools gezogen. Bereust du, es nicht gemacht zu haben?«

Jetzt kommt es mir regelrecht seltsam vor, daran zu denken – dass ich vielleicht nach London gegangen wäre und

Caleb nicht kontaktiert hätte. »Nein«, sage ich. »Und überleg mal, dann hätten Jools und Nigel sich nicht kennengelernt.«

Caleb lacht. »Okay. Ich hatte gehofft, du würdest noch was anderes bereuen.«

Ich muss ebenfalls lachen und sehe ihn von der Seite an. »Sorry! Natürlich. Ich dachte, das hätte ich schon gesagt.«

In seiner Miene liegt eine kaum merkliche Ratlosigkeit. »Nein, hast du definitiv nicht.«

»Klar bin ich froh, in Shoreley geblieben zu sein. Mit dir zusammen sein zu können.«

»Moment verpasst, Lambert«, neckt er mich im Flüsterton, denn jetzt stellen wir uns in die Schlange vor dem Restaurant. Der Gedanke, ich könnte seine Gefühle verletzt haben, ist plötzlich so beunruhigend, dass ich mich beherrschen muss, ihn nicht in den nächsten Hauseingang zu zerren und abzuknutschen und ihm zu beteuern, wie glücklich ich bin, meine Entscheidung getroffen zu haben, an jenem Tag vor drei Monaten.

Das Lokal ist klein und schlicht, mit harten Stühlen und winzigen Tischen, so beliebt, dass wir trotz Reservierung anstehen mussten. Es besteht nur aus zwei kleinen, durch einen schmalen Flur verbundenen Räumen, und weil es so voll ist, müssen wir laut sprechen.

Unser Tisch ist überladen mit Tellern und Schüsseln: Fisch und Hühnchen vom Grill, Blätterteigtaschen und gelber Reis, cremiger Hummus und lockerstes Fladenbrot, alles mit frischen Kräutern und goldenen Ölspritzern, dicken Granatapfelkernen, Zitronenscheiben garniert.

Gerade fragt Jools Caleb, wie lange er schon schwimmt.

»Als Schwimmen würde ich das nicht bezeichnen«, gibt er grinsend zurück. Er sieht heute Abend so toll aus, wunderbar lässig in seinem karierten Hemd zu Jeans und Turnschuhen. »Ich plansche eigentlich eher so vor mich hin. Nur weil ich gelesen habe, dass kaltes Wasser gut für den Kreislauf und das Immunsystem und die geistige Klarheit und alles sein soll.«

Jools nickt nachdenklich. »Wir gehen manchmal ins Freibad. Nicht ganz das Meer, aber immerhin.«

»Zumindest genauso kalt«, kommentiert Nigel. Er hält Jools' Hand, gießt ihr gleichzeitig Wein nach und bietet ihr immer wieder unterschiedliche Gerichte an, und mir fällt nicht ein, wann ich sie jemals so glücklich erlebt habe.

Sie fragen Caleb nach seiner Fotografie, und er ist zu bescheiden, deshalb muss ich immer wieder Beweise seines Talents einwerfen, die Preise und Stipendien, die er erhalten hat, die Auszeichnungen und Lobeshymnen, den Auftrag, den dreißigsten Geburtstag einer Influencerin zu fotografieren, nachdem jemand ihn auf Instagram empfohlen hatte. »Das hätte ich fast nicht angenommen«, erzählt er fröhlich. »Weil es so lächerlich war. Ich meine, die war schon ganz nett, aber sie hatte Zebras gemietet, weil sie zur Farbgestaltung der Feier passten.«

Nigel grinst. »Der Traum jedes Fotografen, oder?«

»Irgendwie schon. Aber alles musste total inszeniert und theatralisch aussehen. Was natürlich kein Kunststück war, bei den ganzen Tieren und Feuerschluckern und dem Trockeneis. Aber ich fotografiere einfach lieber was Echtes, versteht ihr?«

»Das Honorar war bestimmt der Wahnsinn«, sagt Jools.

»Aber hallo, davon habe ich ein ganzes Jahr gelebt. Nur,

dieses superteure Zeug ist nicht so ganz mein Ding. Ihre PR-Leute haben mich nicht aus den Augen gelassen. Jede einzelne Aufnahme musste abgesegnet werden. Die Bildbearbeitung hinterher war ein Witz, fast schon unmoralisch. Mir sind weniger aufgeblasene Termine lieber. Aufträge, bei denen ich den Effekt meiner Arbeit wirklich sehen kann.«

Daraufhin frage ich Nigel, was ihn in die Rechnungsprüfung geführt hat. Ich ahne, dass er der Typ Mensch ist, dessen Erscheinungsbild sich zwischen Büro, Kneipe und Wohnzimmer selten verändert. Er hat feine Gesichtszüge und wirkt extrem gepflegt in seinem Oberhemd zu der Chinohose, die dunklen Haare ordentlich gescheitelt und geglättet.

Mit Pokerface wendet er sich an Jools. »Du solltest doch sagen, dass ich Stuntman bin.«

Ich pruste laut. Meine Geschmacksknospen sind hellwach von der warmen Würze und der Minze, dem Käse, dem eingelegten Gemüse. »Wenn du Stuntman wärst, dann wäre sie nicht mit dir zusammen.«

»Nein? Wie das?«

»Risikoscheu«, sagt Jools mit einem Zwinkern in meine Richtung.

Nigel wirkt erfreut. »Dann passen wir eindeutig perfekt zusammen.«

Caleb beugt sich vor. »Was genau prüfst du? Sorry, dass ich so schwer von Begriff bin.«

Das liebe ich an Caleb, wie interessiert er an anderen Menschen ist, wie aufmerksam. Wie wenig er über sich selbst spräche, wenn es nach ihm selbst ginge.

»Also im Wesentlichen die Geschäftsbücher von Firmen. Ob auch alles in Ordnung und korrekt ist.«

Ernsthaft nickend fragt Caleb weiter nach, obwohl ich weiß, dass Nigels Beruf ungefähr das Gegenteil von dem ist, was Caleb spannend findet.

Nach einer Weile sieht Nigel Caleb in die Augen und lächelt. Ich kann nur hoffen, dass das der Beginn einer wunderbaren Freundschaft ist. »Letzten Endes ist es nicht meine Leidenschaft, aber die konnte ich nicht zum Beruf machen, also war das mein Plan B.« Er nippt an seinem Weinglas. »Ich meine, es ist nicht übel. Ich mag die Firma, bei der ich angestellt bin, und meine Kollegen.«

Caleb reißt ein Stück Fladenbrot ab und taucht es in den Hummus, wodurch der Ellbogen seines Hemds gefährlich dicht über einer Joghurtschale hängt. »Und was ist deine Leidenschaft?«

»Nigel wollte Pianist werden«, sagt Jools, als könnte sie es nicht länger für sich behalten.

»Wow, im Ernst?«

Nigel nickt. »Ja. Ich hatte einen Agenten und bin einigermaßen erfolgreich getourt, hatte auch längerfristige Verträge mit zwei Hotels in Aussicht, und dann … zack.«

Caleb und ich warten mit angehaltenem Atem, was wohl das Zack war.

»Arthritis. Meine Finger sind angeschwollen wie Würste. Ein Jahr lang konnte ich sie kaum bewegen.«

»Oh mein Gott«, sage ich. »Woher kam das? Ich meine, du bist doch noch so jung.« Er ist nur ein Jahr älter als Jools.

Nigel zuckt mit den Schultern. »Keine Ahnung. Aber es war heftig.«

»Und jetzt?«, fragt Caleb.

»Geht einigermaßen.« Er wackelt mit den Fingern, die für meine Augen absolut schlank und fest aussehen. »Ich nehme ziemlich krasse Medikamente. Aber wie lange die wirken, weiß kein Mensch, oder ob ich sie morgen plötzlich nicht mehr bezahlt bekomme, deshalb dachte ich, dass ich mir besser was anderes suche.«

Ich nicke. »Deshalb die Rechnungsprüfung?«

Nigel lacht. »Akribie ist absolut meine einzig andere Stärke.«

»Spielst du noch?«

Mir fällt auf, dass seine Augen leicht glänzen, als er sagt: »Nur zum Spaß. Ich könnte mich nie wieder in diese Welt begeben. Zu, du weißt schon, zu traurig.«

»Tut mir leid«, flüstere ich.

Da weicht der versonnene Ausdruck aus seinem Blick, und seine Gesichtszüge scheinen sich kurz zu straffen, als wachte er abrupt aus einem Traum auf. »Hey, ich will hier nicht die Stimmung verderben. Alles gut.«

Jools lächelt. »Das ist reine Bescheidenheit, in echt spielt er Klavier wie ein Derwisch.«

»Dann suchen wir doch eins.« Caleb setzt sich aufrechter hin und wischt sich den Mund. »Gehen wir in eine Bar mit einem Klavier. Es muss doch in der Gegend eine geben.«

Nigel schüttelt den Kopf. »Ach nein, das geht nicht. Ich bin viel zu eingerostet, um in der Öffentlichkeit zu spielen. Wenn ihr mögt, spiele ich euch später zu Hause was vor. Ich hab ein E-Piano.«

»Was hab ich gesagt?« Jools sieht uns beide an. »Zu bescheiden. Komm, Caleb. Es ist unsere Pflicht, dem Mann ein richtiges Klavier zu suchen.«

Nach einer Weile gelingt uns das auch; ein ramponiertes Instrument ganz hinten in einer Bar, in der ab und zu

Livekonzerte stattfinden. Es ist ein enger, schlecht beleuchteter Laden, ganz in Kerkergrau gehalten. Er könnte gut vertragen, ungefähr eine Woche lang durchgehend gelüftet zu werden. Trotzdem marschiert Caleb zur Theke, und nach einigem Hin und Her mit einem mürrischen Barkeeper kehrt er triumphierend zurück, eine Flasche schwingend. »Das Klavier gehört dir«, sagt er zu Nigel. »Kostet eine Flasche Cava.« Er legt den Arm um mich, küsst mich auf die Wange. »Für dich hab ich eine Virgin Mary bestellt, okay?«

Lächelnd erwidere ich seinen Kuss, weil er weiß, dass das okay ist, weiß, dass eine gute alte Virgin Mary mich immer an unsere erste Begegnung erinnern wird.

Wir finden einen freien Tisch in einer Ecke, und nachdem er sein Glas fast in einem Zug geleert hat, schlendert Nigel zu dem Klavier, als wäre ihm gerade erst die Idee gekommen, es einmal auszuprobieren. Als er die Ärmel hochkrempelt, Platz nimmt und zu spielen beginnt, sieht man deutlich, dass er viel weniger steif ist, als man auf den ersten Blick glauben könnte, dass er Musik im Blut hat.

Warum, kann ich nicht genau sagen, aber ich hatte mit etwas Jazzigem gerechnet, dem Stil, den man in der Park Lane hören kann oder in einer Piano-Lounge in Manhattan. Aber zu meiner Überraschung fängt Nigel mit einem Stück von Coldplay an, gefolgt von *Shallow* von Lady Gaga und *God Only Knows* von den Beach Boys. Nach einer Weile stelle ich fest, dass sich eine kleine Menschenmenge versammelt hat, wobei ich nicht sicher bin, woher, da das Lokal praktisch leer war, als wir ankamen.

Ich lasse mich an die Rückenlehne der Bank und in Calebs Arm sinken. Er klopft den Takt auf meinem Handgelenk mit.

»Übrigens, dein Kleid ist toll«, raunt er mir zu, schiebt die Haare an meinem Hals zurück, sodass sein Atem über mein Ohr streicht, als Nigel gerade ein Lied von den Stereophonics spielt. Er legt seine linke Hand auf meinen Oberschenkel, betastet den Saum meines Kleides auf eine Art, die, wie ich weiß, viel weniger geistesabwesend ist, als es wirkt. Ein Schauer durchschießt mich, und eine Sekunde lang erwäge ich, ihn in eine dunkle Ecke zu ziehen oder in die Toilette oder auf die Straße hinaus.

Und dann mache ich mir plötzlich Gedanken, bereue wieder meine flüchtigen Zweifel der vergangenen Wochen, diese albernen Ängste in Bezug auf Helen, die eigentlich nur Ausdruck meiner eigenen Unsicherheit sind. Dann wollte Caleb sich eben schon einmal ein Leben mit einer anderen aufbauen – trifft das nicht auf jeden zu? Auf mich?

Ich beuge mich dicht zu ihm, drücke seine Hand. »Du und ich.« Meine Worte sind in der Musik und dem Stimmengewirr und Jools' Jubeln kaum zu hören. »Wenn ich nach London gezogen wäre, dann wäre das Schlimmste gewesen, nicht mit dir zusammen zu sein.«

»Was?«, brüllt er.

»Du und ich«, schreie ich. »Du bist das Beste daran, dass ich in Shoreley geblieben bin.«

Mit einem schnörkeligen Schlussakkord beendet Nigel sein Lied, und das Publikum grölt vor Begeisterung.

»Entschuldige«, sagt Caleb. »Ich hab nichts verstanden.«

Ich nehme mir vor, alles zu wiederholen, wenn wir die Bar verlassen, aber zu dem Zeitpunkt sind wir alle in Hochstimmung wegen Nigels musikalischem Triumph, der darin gipfelte, dass der Barkeeper munter wurde und ihn einlud, nächste Woche vorbeizukommen und über einen regelmäßigen Gig zu sprechen. Und als Caleb und ich schließlich allein sind, in Jools' Zimmer, habe ich das Gefühl, dass der richtige Moment verstrichen ist.

Und dann. Wie ein richtig schlechter Witz einer höheren Macht kommt es.

Ich bin unten in der Küche und hole mir ein Glas Wasser, während Jools Caleb oben erklärt, wie man die Dusche benutzt und die klemmende Badezimmertür abschließt, als mein Handy vibriert.

Eine Nachricht.

Von Max.

Max Gardner.

Hi, Luce. Wir haben uns viel zu lange nicht gesehen. War so toll, dich im April in Shoreley zu treffen. Ich wünschte, ich wäre ein bisschen länger geblieben. Würde mich sehr gern mit dir unterhalten. Hättest du auch Lust? Ich denke immer noch an dich. M x

Ich starre so lange auf das Handy, dass ich, als ich endlich den Kopf hebe, unsicher bin, ob vielleicht Stunden vergangen sind und das gesamte Haus schon schläft. Aber dann bemerke ich Jools, die sich in die Küche geschlichen hat und mit einer merkwürdigen Miene am Spülbecken lehnt.

»Alles okay?«

»Weiß ich nicht. Ich hab gerade das hier bekommen. Von Max.« Ich reiche ihr das Telefon. Die Neonröhre an der Decke flackert unheilschwanger.

Jools überfliegt den Text, sieht mich an. »Ist das die erste?«

»Ja. Hab seit dem Abend nichts von ihm gehört.«

»Dem Abend, an dem du Caleb kennengelernt hast«, sagt sie bedeutungsschwer.

»Außerdem der Abend, an dem ich laut meinem Horoskop meinem Seelenverwandten begegne.« Ich bin nicht sicher, warum ich das sage. Es klingt dumm, sobald es meinen Mund verlassen hat.

Jools legt den Kopf schief. »Komm schon, Luce.«

Ich lege mir eine Hand aufs Gesicht. »Jaja, ich weiß.«

Sie gibt mir das Handy zurück. »Du hast nichts falsch gemacht. Aber du solltest sie löschen.«

Darauf schweige ich. Plötzlich scheint die schäbige Küche mit dem tropfenden Wasserhahn, der flackernden Lampe, dem Geschirrberg in der Spüle und den schief hängenden Schranktüren den Stimmungsabfall zu spiegeln.

Jools mustert mich. »Du hast nicht ernsthaft vor, dich bei ihm zu melden?«

»Nein, ich …«

»Oh mein Gott, doch, hast du.« Sie seufzt.

»Nein, aber, ach, was weiß ich. Die ganze Sache mit Helen …«

»Die Sache mit Helen findet nur in deinem Kopf statt. Sie haben sich, sechs Monate bevor ihr euch kennengelernt habt, getrennt.«

»Und sie haben was ziemlich Einschneidendes zusammen durchgemacht.«

»Na und? Dann schleppt Caleb eben ein bisschen Ballast mit sich rum, wer nicht?«

»Max wahrscheinlich.« Das soll ein Witz sein. »Er konnte immer gut Sachen verarbeiten.«

»Ganz offensichtlich nicht, wenn er dir nach all der Zeit noch Nachrichten schreibt.«

»Caleb und Helen sind immer noch verheiratet. Nicht geschieden.«

»Was willst du damit sagen?« Jools' Stimme wird weicher. »Glaubst du, er liebt sie noch?«

Ich ziehe die Augenbrauen zusammen. »Nein, natürlich nicht. Es ist nur … es ist so seltsam, dass Max mir das schickt, wo ich doch immer dachte, dass er und ich füreinander bestimmt sind, weißt du?«

»Max ist deine Vergangenheit, Lucy. Caleb gehört zum Hier und Jetzt, und ganz offen gestanden finde ich, dass du bescheuert wärst, wenn du auf die Nachricht antwortest.«

Gerade als ich etwas entgegnen will, sehe ich einen Schatten ganz kurz den Lichtspalt hinter der etwas offen stehenden Küchentür verdunkeln. Darauf folgen Schritte die Treppe hinauf.

Entsetzt starre ich Jools an. »War das Caleb?«

Sie beißt sich auf die Lippe. »Keine Ahnung. Könnte auch Nigel gewesen sein oder Sal oder …«

Ich schließe die Augen. *Oder eben Caleb.*

Sie legt mir die Hand auf den Arm. »Geh nach oben zu Caleb. Vergiss Max. Du hast das abgehakt. Max Gardner ist deine Vergangenheit, mehr nicht. Caleb ist deine Zukunft.«

London

»Denk doch bitte wenigstens drüber nach. Du bist so schrecklich unglücklich, seit das Ganze passiert ist.«

Seufzend verlagere ich mein Gewicht auf das andere Bein. Natürlich hat Mum recht, es geht mir elend, seit ich das von Tash und Max erfahren habe. Aber dass das ihrer

Ansicht nach relativ leicht wieder zu kitten wäre, ist doch ein eher optimistischer Ansatz.

Ich stehe auf der Straße vor dem Büro von Supernova und warte auf unsere Pizzalieferung. Seb und ich arbeiten wieder einmal länger, an einer der ersten Kampagnen, die mir übertragen wurden. Es sind mehrere Zeichentrickfilme für eine global agierende Tierschutzorganisation, in denen bekannte Märchen vor dem Hintergrund des Klimawandels neu erzählt werden.

»Dylans Geburtstag ist nicht der passende Ort oder Zeitpunkt«, wende ich ein. »Ich darf nicht diese ganze Wut und Anspannung zu seiner Feier mitbringen. Das wäre unfair.«

»Aber, Lucy, genau darum geht es doch«, sagt Mum. »Ich glaube, du müsstest nur in sein Gesichtchen sehen und würdest dich gleich besser fühlen.«

»Besser fühlen in Bezug darauf, dass Tash mit Max geschlafen hat?« Ich möchte mich nur vergewissern, dass ich richtig verstanden habe.

»Na ja, es ist lange her. Das heißt nicht, dass ich gutheiße, was sie getan hat«, stellt Mum klar, ehe ich sie unterbrechen kann. »Aber seitdem sind fast zehn Jahre vergangen. Willst du, dass ein Fehler mit betrunkenem Kopf das Verhältnis zu deiner Schwester kaputt macht?«

Es war nicht nur ein Fehler mit betrunkenem Kopf. Es war der schlimmstmögliche Vertrauensbruch.

Ich lege den Kopf in den Nacken, betrachte den dunkelblauen Abendhimmel und die schwerfällig zwischen den Dächern herumflatternden Tauben, das einzige bisschen Natur, das von diesem speziellen Londoner Bürgersteigabschnitt aus sichtbar ist. Es ist ein heißer Freitagabend, beinahe schwül, und einen Moment lang male ich mir aus, ich wäre irgendwo in der südlichen Hemisphäre, so weit von der Realität entfernt, wie es nur geht.

Wenn ich bedenke, dass ich die gesamte Zeit über, in der ich damals durch solche Klimazonen reiste, Max hinterherweinte und den Fehler bei mir suchte – wo doch er das Unvorstellbare getan hatte.

»Du musst einen Weg finden, das hinter dir zu lassen«, sagt Mum gerade. Und dann, großzügig einräumend, dass meine Schwester möglicherweise auch eine Rolle bei dem Ganze spielen sollte: »Ihr beide.«

Ich überlege, wie ich es ihr erklären soll, damit sie ihre angebliche mütterliche Neutralität über Bord wirft. »Wie würde es dir gehen, Mum? Wenn Dad mit … mit Tante Kath geschlafen hätte?«

Es folgt ein kurzes Schweigen, währenddessen Mum sich entweder ein Lachen verkneift oder es sich ernsthaft vorzustellen versucht. Vielleicht beides gleichzeitig, denn ob Tante Kath (Leicesters strengste Schulleiterin) jemals auch nur einen Mann geküsst hat, ist ein Mysterium, das meiner Mutter seit dreißig Jahren nicht zu ergründen gelingt.

»Na ja, der große Unterschied liegt darin, dass du und Max nicht verheiratet wart und Kinder hattet, als das alles passiert ist, Schätzchen.«

Nein, denke ich bitter. Hätten wir aber eines Tages sein können. Und genau das hat Tash mir geraubt: eine Zukunft, eine Chance auf wahres Glück. Was, wenn ich in meinem Leben nie wieder einen Max finde?

»Tash hat sich doch entschuldigt, oder? Kannst du ihr nicht ein bisschen entgegenkommen?«

Mum weiß, dass sie das hat. Mit Blumen zu mir nach Hause und ins Büro. Einem Gutschein für zwei Tage in einem Wellnesshotel in Berkshire »zum Reden«, den ich sofort zurückgeschickt habe. Fünf langen E-Mails, zwei Briefen, diversen Nachrichten, schriftlich und auf der Mailbox, sowie unzähligen verpassten Anrufen.

Vor mir auf der Straße läuft ein Mann ungefähr in meinem Alter vorbei. Ein stylischer Büroangestellter: Sonnenbrille, gelockerte Krawatte, selbstbewusster Gang. Er wirft mir einen Seitenblick zu, und einen Moment lang fühle ich mich unwohl in meinem dünnen Chiffonkleidchen. Er lächelt, aber dadurch geht es mir nicht besser. Ich sehne mich nur nach Max.

Ich senke den Blick, stochere mit dem Zeh meiner Sandale an einem hervorstehenden Kopfstein herum. »Mum, du hast doch immer gesagt, dass du und Dad Seelenverwandte seid, oder? Dass ihr füreinander bestimmt wart.«

Dumpf höre ich ein Rascheln, als hielte Mum den Hörer zu. Trotzdem kann ich hören, wie sie meinen Vater anblafft – »Ja, ist ja gut, Gus!« –, was mein Argument irgendwie abschwächt, wenn ich einmal ehrlich bin.

Es ist komisch. So habe ich meine Mutter noch nie mit Dad reden hören. Diese Sache mit Tash und Max muss uns allen mehr an die Nieren gehen, als mir klar war.

»Ist dir schon mal der Gedanke gekommen«, sagt Mum jetzt sanfter, als wäre ich wieder sechs Jahre alt und dies ihr x-ter Versuch, mir das Einmaleins beizubringen. »Dass das, was Max mit deiner Schwester gemacht hat, vielleicht bedeutet, er ist doch nicht der Mann, der zu dir gehört?«

Und plötzlich komme ich mir dumm vor, denn natürlich ist das wirklich Grundschulkram. Max hat mit meiner Schwester geschlafen. Selbstverständlich ist er nicht der Mann, mit dem ich mein Leben verbringen sollte.

Seelenverwandte gehen nicht fremd. Punkt.

Zumindest sieht das jeder andere, nachvollziehbarerweise, so. Und doch kann ich meine Gefühle für ihn nicht abschütteln. Trotz allem, was geschehen ist.

»Bitte komm zu Dylans Geburtstagsfeier«, sagt Mum noch einmal. »Du hast ihn seit zwei Monaten nicht gesehen. Die Zeit vergeht so schnell, wenn sie in dem Alter sind.«

Jetzt flitzt ein Roller auf den Bürgersteig zu, was bedeutet, dass ich entweder gleich überfallen werde oder die Pizza da ist. So oder so bin ich erleichtert, eine Ausrede zu haben, das Telefonat zu beenden. »Ich muss los.«

Der Fahrer klappt sein Visier hoch und steigt ab, klappt den Ständer des Rollers aus und öffnet die Kiste auf dem Gepäckträger.

»Überleg es dir einfach«, sagt Mum. »Bitte.«

»Okay, mach ich.« Mehr kann ich ihr in diesem Moment nicht versprechen.

Seb wirft ein Stück Pizzarand in die Schachtel zurück. »Okay, die Pointe ist also, dass das hässliche Entlein wirklich hässlich ist. Wegen des Ölfilms.«

Seb und ich lümmeln auf Sitzbänken in einem der Breakout-Bereiche von Supernova, unsere riesige, halb gegessene Pizza zwischen uns. Es ist fast zehn Uhr, aber die Zeit ist nur so verflogen, und endlich machen wir Fortschritte bei den Kernelementen unserer Kampagne.

»Genau.« Ich kritzle auf meinem Block herum. »Und die Zugvögel fliegen nicht mehr weg, weil die Winter nicht mehr kalt sind wegen …«

»… des Klimawandels.« Er richtet den Zeigefinger auf mich und schnappt sich noch ein Stück Pizza.

Ich runzle die Stirn. »Das ist ziemlich düster.«

»Aber so wollen sie es ja haben.« Er blättert durch einen Stapel Zettel und liest von der betreffenden Seite des Briefings vor. »Die Botschaft muss möglichst schonungslos rüberkommen.« Er beißt ab und gluckst. »Hey, du hast bestimmt nicht gedacht, dass es so deprimierend ist, bei Supernova zu arbeiten. Letztes Jahr hatten wir echt nur Mode und schnelle Autos.«

Grinsend schüttle ich den Kopf. »Ob du es glaubst oder nicht, für mich ist das hier das Gegenteil von deprimierend.«

Ich merke, dass er mich mustert. »Du hättest das wirklich schon vor Jahren machen sollen. Du kannst super texten.«

Gerührt sehe ich zu ihm auf. »Danke. Schreiben ist das, was ich schon immer wollte, deshalb bedeutet mir das viel.« Und das stimmt, besonders, wenn es von jemand so Talentiertem wie Seb kommt und ich hier so viel zu beweisen habe. Aber zum möglicherweise ersten Mal, seit ich bei Supernova bin, verblassen die Ängste wegen meiner mangelnden Erfahrung, stelle ich fest. Ich habe mir meinen Platz in der Firma erarbeitet; ich trage mindestens so viel wie Seb zu unseren gemeinsamen Aufträgen bei, und bei Sitzungen des gesamten Kreativteams fehlt es mir nie an Ideen, von denen einige für große Präsentationen und Kampagnen aufgegriffen und weiterentwickelt werden.

Seb zuckt die Achseln, als hätte er nur gesagt, was er denkt, wodurch es irgendwie noch wertvoller wird. »Gut, was haben wir noch für Märchen?«

Ich blättere in meinem Block. »Hans und die Bohnenranke. Die Bohnenranke wächst nicht wegen Dürre durch Erderwärmung. Und bei Rotkäppchen …«

»… wird der Wald von Großunternehmen abgeholzt.«

Eine Idee wabert in meinem Hinterkopf, ein Wortspiel, das eigentlich auf der Hand liegt, mir aber bisher entgangen ist. Ich tippe mit dem Bleistift auf den Block. »Warte mal kurz.« Grinsend sehe ich Seb an. »Wir könnten doch was mit *Grimms Märchen* machen.« Ich schreibe auf *Grimm – grimmig* und unterstreiche es drei Mal.

Wir stoßen unsere Fäuste aneinander. »Super. In diesem Sinne, sollen wir für heute Schluss machen?« Er reckt die Arme und gähnt.

»Du kannst den Rest der Pizza haben.«

»Nee danke. Wir sind ja morgen wieder hier, oder? Verwahren wir sie fürs Mittagessen.«

Seb wohnt in Battersea, deshalb teilen wir uns ein Taxi. Er telefoniert sofort mit seiner Freundin wegen eines Klempnernotfalls bei ihnen zu Hause, wodurch ich Zeit habe, zum ersten Mal seit Stunden, vielleicht seit Tagen, mich mit etwas anderem als meinem Job zu befassen. Während der Wagen über den Fluss fährt und die Lichter der Stadt wie Regentropfen über das Heckfenster fließen, schweifen meine Gedanken zu Max ab.

So viel zu arbeiten hatte einen beinahe sedierenden Effekt auf mich: dass mein Gehirn voll mit Supernova und meinen Projekten war, hat den ständigen Fluss von Zweifeln und Fragen und Sehnsucht eingedämmt. Mich davon abgehalten, allzu lang über meine Gefühle zu grübeln oder darüber, was Max gerade macht, ob er sich ebenfalls kaputtarbeitet, weil auch nur eine Sekunde nachzudenken einfach zu wehtut.

Am nächsten Tag schaffe ich es auszuschlafen und lasse mich dann von Jools auf den Markt schleifen, wo wir uns auf einen Kaffee und Toast in unser Lieblingscafé setzen. Die Luft ist gesättigt von den Gerüchen und Geräuschen eines Samstagvormittags auf dem Markt: der Duft von Blumen und Fisch und Obst, der Lärm von Stimmen und Kisten und Rolltoren.

»Sorry, falls wir gestern Nacht ein bisschen laut waren«, sagt Jools, ein freches Glitzern in den Augen.

Einen Moment lang weiß ich nicht, was sie meint, bis mir einfällt, dass sie gestern nach der Arbeit ein Date hatte. Mit einem Kollegen, der kürzlich aus Edinburgh nach London gezogen ist. Als die beiden nach Hause kamen, muss ich schon geschlafen haben.

Sie erzählt mir, dass sie in einem Stück von Tom Stoppard waren, gefolgt von Cocktails in einer dieser Bars, die früher eine öffentliche Toilette waren. »Aus den Urinalen haben sie Tische gebaut. Was ein bisschen seltsam war, da wir ja beide den ganzen Tag lang manisch mit Hygiene beschäftigt sind.« Sie kichert. »Aber abgesehen davon war es super. Er ist witzig, ein Kavalier alter Schule. Hält Türen auf und so.«

Max hält auch Türen auf. Und dann schießt mir der beunruhigende Gedanke durch den Kopf, dass er jetzt vielleicht Türen für andere aufhält. Immerhin ist es schon zwei Monate her, seit ich Schluss gemacht habe, und Max hatte nie Probleme, weibliche Aufmerksamkeit zu bekommen.

»Glaubst du, ihr trefft euch noch mal?«, frage ich, den Mund voll Pilze und Emmentaler.

»Kann sein. Doch ich glaube schon.«

Ich beuge mich vor, versuche, Max aus meinem Kopf zu verdrängen. »Entschuldige, wie heißt er noch mal? Victor?«

Jools lacht und nippt an ihrem Kaffee. »Vince.« Sie mustert mich. »Alles okay bei dir? Bist du sicher, dass du nicht zu viel arbeitest? Wenn ich das so sagen darf, du wirkst ein bisschen abgekämpft.«

Damit hat sie nicht unrecht: Dieser Tage scheine ich mich den Großteil der Zeit abgekämpft zu fühlen und auch so auszusehen. Um mich von Max und meiner Schwester abzulenken, bestehen meine Tage aus ausgelassenen Mahlzeiten, zu viel Kaffee, langen Arbeitstagen, null Schlaf.

Ich sehe auf die Uhr. »Ehrlich gesagt, muss ich bald los. Um eins bin ich mit Seb verabredet.«

»Darf ich was sagen?«, fragt Jools.

»Klar«, murmle ich in meinen Kaffee, die Lippen feucht vom Dampf.

»Ich weiß, dass das mit Max schrecklich und furchtbar war, aber du kannst dir aussuchen, wie du damit umgehst. Weißt du?«

»Ich gehe ja damit um.«

Jools wischt sich die Krümel von den Fingerspitzen. »Nein, du verdrängst. Riesenunterschied.«

»Ich konzentriere mich nur auf die Arbeit. Und es läuft echt gut.« Dabei denke ich an unser großartiges kreatives Meeting gestern und Sebs Kompliment.

Ein paar Teenager drängeln sich an unserem Tisch vorbei, werfen beinahe unsere Tassen um. Mit den blitzschnellen Reflexen der Koffeinsüchtigen halten wir sie fest und grinsen einander an.

»Und das ist super«, sagt Jools, »aber du hast das mit deiner Schwester nicht geklärt, und wie eine Irre zu arbeiten wird das Problem nicht lösen. Früher oder später musst du dich damit auseinandersetzen.«

Ich nicke bedächtig, denn sie hat natürlich recht: In letzter Zeit drängt sich Tash immer öfter in meinen Kopf, und je stärker ich sie beiseitezuschieben versuche, desto hartnäckiger wird sie.

»Meine Mutter will, dass ich nächsten Monat zu Dylans Geburtstagsfeier gehe.«

»Na, das könnte ja ein Anfang sein«

»Vielleicht.« Ich knabbere an meiner Unterlippe.

»Wenn du moralische Unterstützung brauchst, komme ich mit. Ich bin Expertin für Familienkrisen, schon vergessen?«

»Danke, aber ich möchte dir nicht zusätzlich zu deiner eigenen noch meine aufladen.«

Nachdem wir aufgegessen haben, bestellen wir uns noch zwei Milchkaffees zum Mitnehmen.

»Hast du noch mal was von Max gehört?«, fragt Jools, als wir wieder auf den Markt hinausgehen und dabei ein paar Männern mit Babys in Tragetüchern ausweichen. Aus unerfindlichen Gründen macht ihr Anblick mich unendlich traurig.

Ich schüttle den Kopf. »Nur diese letzte Nachricht vor zwei Wochen. Ich glaube, er hat aufgegeben.«

»Und ist das was Gutes?«

Ich schlucke, nippe an meinem Kaffee und verbrenne mir damit den Gaumen. »Ja, muss es sein. Jetzt könnte ich nicht mehr zurück. Selbst wenn ich wollte.«

Denn es wäre mir peinlich zuzugeben, dass ich es in meinen dunkelsten Momenten wirklich will. Manchmal male ich mir aus, einfach an Max' Tür zu klingeln, und dann reden wir nicht, sagen kein Wort, denn das wäre zu schmerzhaft. Vielmehr lassen wir der Chemie einfach freien Lauf, was einfach wäre, denn das hat – zu meiner größten Beschämung – für mich nie aufgehört. Und ich würde mir keine

Gedanken darüber machen, ob er mein Seelenverwandter ist oder einfach ein Mann, den ich nicht vergessen kann. Ich würde meinem Kopf überhaupt nicht erlauben, sich einzumischen, sondern es einfach meinem Herzen überlassen. Und vielleicht würden wir das einmal die Woche nach der Arbeit machen und ab und zu am Wochenende, und ein Gespräch, eben das, was so unmöglich erscheint, würde dabei nie richtig aufkommen.

Diesem Tagtraum gebe ich mich so oft hin, dass ich manchmal tatsächlich unwillkürlich nach meinem Schlüssel, meinem Portemonnaie, meiner Tasche greife und schon ein Taxi rufen will, bis mir einfällt, dass es nur genau das sein darf, ein Tagtraum, der niemals in Erfüllung gehen kann.

In der U-Bahn, auf dem Weg zu Supernova, lese ich Max' letzte Nachrichten an mich noch einmal.

Ich werde dir ab jetzt nicht mehr schreiben, versprochen. Ich muss nur noch sagen, dass ich weiß, wie schön es mit uns sein könnte. Und ja, ich habe es vermasselt, auf die schlimmstmögliche Art. Aber ich würde alles tun, um es wiedergutzumachen.

Falls es irgendeine Chance für mich gibt, unsere Beziehung zu retten, sag mir bitte, wie.

Okay, ich schreibe nicht mehr, ehrlich.

Du musst nur noch wissen, dass das die besten Wochen meines Lebens waren. Ich würde alles geben, um dich wieder bei mir zu haben. M xx

11

Shoreley

An Dylans Geburtstag wache ich davon auf, dass er in mein Bett geklettert ist und mir sanft mit einem Zauberstab aufs Gesicht tippt. »Tante Lucy«, flüstert er. »Ich bin jetzt sechs.«

»Alles Gute zum Geburtstag, Süßer«, flüstere ich zurück und wuschel ihm durch die Haare. »Wahnsinn, sechs.«

»Ich werde dich in einen Hasen verwandeln«, verkündet er mit einem Grinsen und wedelt mit dem Zauberstab vor mir herum.

Nachdem ich mir mit den Fingern Hasenohren machen und an einer imaginären Karotte kauen musste, umarme ich ihn. Er kuschelt sich in meine Armbeuge und lehnt sich an meine Schulter. Ich atme seinen wohltuenden Duft ein, nach Vanille und Schlaf und Unschuld.

»Kommt Onkel Caleb heute?«

Das ist das erste Mal, dass er ihn so nennt. Kurz überlege ich, ob ich ihn sanft darauf hinweisen sollte, dass streng genommen Caleb nicht sein Onkel ist, aber dann fällt mir ein, dass a) er heute Geburtstag hat, b) er sechs ist und c) es doch völlig egal ist. Es heißt einfach, dass Dylan gern mit ihm zusammen ist, und das ist doch wohl das einzig Wichtige.

»Aber natürlich.« Ich gebe ihm einen Kuss auf den Kopf. »Er kann es kaum erwarten, dich zu sehen.«

Dylan presst seinen kleinen Körper noch dichter an mich. Und ich drücke beide Daumen, bete, dass ich gerade nicht gelogen habe, denn seit unserem Wochenende bei Jools in London habe ich meinen Freund kaum gesehen.

Dylans YouTube-Manie hat sich in jüngster Zeit von jungen Spielzeugempfängern zu halbwüchsigen Zauberern entwickelt, daher haben wir gestern Abend, als er im Bett war, das gesamte Haus passend zum Thema Zauberei in Schwarz, Rot und Silber geschmückt: Zylinder, Zauberstäbe und riesige Buchstabenballons, die das Wort ABRAKADABRA ergeben, dank der Vorräte im Pebbles & Paper. Unten auf dem Wohnzimmertisch wartet ein Stapel Geschenke von Tash und Simon, und sie hat einen aufwendigeren Kuchen bestellt, als man für eine durchschnittliche Hochzeit aussuchen würde.

Gestern Abend habe ich Caleb eine Nachricht geschrieben, um ihn an das Motto der Geburtstagsfeier zu erinnern, aber bis heute Morgen hatte ich noch keine Antwort.

Später findet er mich in der Küche, wohin ich mich vor den Elternfachgesprächen und dem Schulklatsch geflüchtet habe und neue knallbunte Cocktails für die Kinder mixe.

»Hallo«, sagt er aus dem Türrahmen. Es ist schwer zu sagen, wie lange er schon dort steht. Ich versuche, seine Miene zu deuten, aber er bleibt kühl-neutral, distanziert auf eine Art, die mich schlagartig verunsichert.

»Hallo«, sage ich etwas schüchtern, als wollte ich einen langjährigen Schwarm auf einer Party beeindrucken. »Du hast es geschafft.«

»Du siehst gut aus.«

»Oh, danke.« Gespielt kokett schiebe ich mein Partyhütchen zurecht. Auf Tashs Aufforderung hin trage ich passend zur Deko Silber, besaß allerdings nur ein weit ausgeschnittenes Trägertop, das besser in einen Nachtklub als auf einen Kindergeburtstag passt. »Du auch.«

Auf seinem T-Shirt prangt ein einzelner weißer Stern. Es muss jahrealt sein, ein Band-T-Shirt, und es ist schwer zu beurteilen, ob er sich damit an das Motto halten möchte oder einfach Lust darauf hatte.

»Sorry«, sagt er etwas schroff, »dass ich mich in den letzten Wochen so rar gemacht habe.«

Ich schlucke. »Macht nichts.« Ich habe das schreckliche Gefühl, es liegt daran, dass er mein Gespräch mit Jools mitgehört hat. An dem Abend wollte ich es nicht ansprechen, aus Angst, wir könnten uns während unseres Besuchs bei Jools streiten. Und seitdem hatte er angeblich immer zu tun, entweder war er mit Freunden unterwegs oder erstickte in Arbeit, hetzte von einer großen Firma in London zu einer Hochzeit in Whitstable und einem Auftrag für einen seiner Stiefbrüder in Devon.

»Hast du Dylan schon gesehen?«

»Äh, nein.« Er hält ein eingepacktes Geschenk hoch. »Wo soll das hin?«

»Ach, das wäre doch nicht …«

»Hab ihm letzten Endes das *Harry-Potter*-Lego gekauft«, sagt er brüsk, fällt mir dabei ins Wort, und danach sehen wir einander ein oder zwei Sekunden lang nur an. Ich spüre eine Beklommenheit in der Brust und muss fast Tränen wegblinzeln.

»Caleb, sind wir …«

»Ich gehe mal Dylan suchen. Wir sehen uns dann später.«

Wir sehen uns dann später. Als wären wir verfeindete Kollegen, die einander auf einer Networking-Veranstaltung begegnen, und er hätte insgeheim gehofft, mir aus dem Weg gehen zu können.

Ungefähr zwanzig Minuten später spüre ich ihn auf, nachdem ich weitere Getränke herumgereicht und dabei geholfen habe, die Kinder ins Esszimmer zu treiben, wo ihre gemeinschaftliche Hyperaktivität vorübergehend gezügelt wird von einem bärtigen Mann, der Sachen aus Hüten zieht.

Ich beobachte Caleb ein paar Minuten lang, bevor ich auf ihn zugehe. Offenbar kennt er gar nicht so wenige Leute hier. Ich weiß, dass er schon Fotos in Dylans Schule gemacht hat, und es könnte sein, dass er auch schon für viele der Eltern gearbeitet hat. Er bewegt sich geschmeidig zwischen den Grüppchen, plaudert unbefangen, reißt Witze, lacht immer im richtigen Moment. Vielleicht wäre es ein Klischee zu sagen, dass er den Raum erhellt, aber mir kommt es durch ihn wirklich viel heller vor.

Irgendwann ist er in ein besonders eindringliches Gespräch mit zwei Müttern verwickelt, von denen eine ihn andauernd am Arm berührt und brüllend laut lacht, wann immer er den Mund aufmacht. An dem Punkt sucht er meinen Blick, und sein Lächeln scheint zu sagen, *ich könnte hier ein bisschen Hilfe gebrauchen.*

»Musst du gerettet werden?«, flüstere ich und taste neben dem Poster von Harry Potter mit der Blitznarbe nach seiner Hand, hoffe inständig, er sagt Ja.

Aus dem Esszimmer ist entzücktes Kreischen zu hören, und Caleb lächelt. »Also, wenn bisher nicht, dann jetzt. Sollen wir uns ein ruhigeres Plätzchen suchen?«

»Ja, gern«, sage ich sofort, aber als wir uns umdrehen, tippt mir eine Frau auf die Schulter, die ich so halb erkenne, aber nicht ganz zuordnen kann. »Lucy! Mein Gott, dich habe ich ja Jahre nicht gesehen.«

Wie man sieht, hat sie sich gegen das Zaubermotto entschieden, denn ihr Outfit ist perfekt auf eine Gwyneth-Paltrow-Art: Sie ist groß und schlank, hat lange blonde Haare, trägt eine weiße Skinny-Jeans und ein petrolfarbenes Seidenoberteil, die Haut strandurlaubsbraun.

»Briony«, hilft sie mir schnell auf die Sprünge und erspart mir damit die Peinlichkeit zu gestehen, dass ich mich nicht an ihren Namen erinnere. »Ich bin mit Tash zur Schule gegangen.«

»Ach, klar.« Ich umarme sie, unterdrücke ein Husten, als mich ihre Parfümwolke wie ein Faustschlag trifft.

»Du, ich will ja nicht aufdringlich sein, aber geht es deiner Schwester gut?«

Ich runzle die Stirn. »Ja, äh, ich glaube schon. Warum?«

»Weil ich sie gerade hab weinen sehen.« Briony flüstert übertrieben und deutet mit dem Kopf Richtung Flur.

»Bist du sicher, dass es Tash war?« Vielleicht waren es Freudentränen, wie heute Morgen, als Dylan seine Geschenke auspackte.

»Ja, blonder Bob, silberner Jumpsuit?«

Mein Lächeln verblasst, und ich will sie schon suchen gehen, da wendet Briony sich an Caleb. »Du bist Max, oder?«

»Nein«, sage ich hastig und spüre mein Gesicht heiß werden. »Das ist Caleb.«

»Ach, sorry. Ich dachte … aus irgendeinem Grund dachte ich, dein Freund heißt Max.« Sie stößt ein kurzes, schrilles

Lachen aus. »Du liebe Güte, tut mir leid! Ich hatte wohl jemand anders im Kopf.«

»Nein, Max wohnt in London«, sage ich ohne jedes Nachdenken und wünsche mir sofort, der bärtige Mann käme und zauberte mich – oder vorzugsweise Briony – von Caleb und dieser unerträglichen Unterhaltung weg.

Danach plaudern wir ein paar schmerzhafte Minuten über Brionys Kinder und Calebs Fotografie (ihre Neugier wurde von der Kamera um seinen Hals geweckt), und schließlich fragt sie, was ich mache.

»Ich, also, ich schreibe einen Roman.«

»Du bist Schriftstellerin?«

»Nein, nein.« Sofort fühle ich mich wie eine Hochstaplerin. »Noch nicht. Im Moment schreibe ich nur einen ersten Entwurf. Eigentlich arbeite ich in Teilzeit im Pebbles & Paper. Kennst du …«

»Worum geht es in deinem Roman?« Ihre Augen funkeln fast zudringlich.

»Ach, du weißt schon. Frau trifft Mann. So in dem Stil.«

»Eine Liebesgeschichte?«

»Kann man so sagen.«

»Geht es um dich?«, fragt sie Caleb mit einem Zwinkern und grinst mich verschwörerisch an.

Caleb wirkt für seine Verhältnisse ungewöhnlich befangen und räuspert sich. »Soweit ich weiß, nicht.«

Gerade als ich den Mund aufmache, um etwas zu sagen – egal was –, das weder mit Max noch mit Liebesgeschichten mit oder ohne Caleb zu tun hat, fliegt die Esszimmertür auf, und die Kinder strömen in schwarzen Hüten heraus, über Zauberei plappernd und einander mit kleinen Plastikstäben auf den Kopf schlagend.

»War nett, mit euch beiden zu reden.« Briony tätschelt mir den Arm, und dann ist sie weg.

»Gehen wir nach draußen«, sagt Caleb kurz angebunden, und ich spüre ein mulmiges Gefühl im Bauch, etwas, das ich bei ihm noch nie vorher hatte.

Wir gehen in den Garten. Die Luft ist zitronig vom Sonnenschein, gesättigt vom Duft feuchten Grases unter dem Sprenger, der sich gegen die Rekordtemperaturen dieses Augusts stemmt. Der weitläufige Rasen ist frisch gemäht, mit englischem Streifenmuster, was wöchentlich der Gärtner erledigt, der sich auch um die bunten Massen an Dahlien, Rosen, Chrysanthemen und Geranien kümmert, vor denen sämtliche Beete bersten.

Der Himmel ist wie ein riesiger See, dessen glatte Oberfläche nur ab und zu von einer herumsausenden Singdrossel oder Blaumeise gekräuselt wird. In der hintersten Ecke des Gartens ist gerade so eben Tashs kürzlich eingerichtetes Außenbüro zu erkennen, das sich unter die langen Äste einer Hängebirke schmiegt und dessen vordere Wand fast gänzlich aus einer getönten Glasscheibe besteht.

Es tut gut, hier draußen zu sein, weg von der kreischigen Playlist, die in jedem Zimmer in Endlosschleife läuft, dem Gelärme der überdrehten Kinder, dem unterschwelligen Lästern der Eltern.

»Entschuldige bitte«, platze ich heraus, als wir neben dem Haus, außer Sicht der anderen, stehen bleiben.

Caleb schüttelt den Kopf, und ich kann seine Miene nicht richtig deuten. Traurigkeit? Wut? Verlegenheit?

»Ich hab euch an dem Abend gehört«, sagt er. »In Jools' Küche.«

Einen Moment lang schließe ich die Augen, die Erinnerung an das, was ich sagte, durchrieselt mich wie Eiswasser. »Es tut mir so leid.«

»Es war ein bisschen komisch. Ich dachte, alles läuft ziemlich gut zwischen uns, aber plötzlich wurdest du so distanziert, und dann höre ich dich sagen, du glaubst, ich würde Ballast mit mir rumschleppen, und es stört dich irgendwie, dass Helen und ich noch verheiratet sind. Und zu allem Überfluss erzählst du deiner besten Freundin, dass du immer dachtest, du und Max wärt füreinander bestimmt, ihr wärt vielleicht Seelenverwandte.«

Meine Augen sind mit Tränen gefüllt. Ich strecke die Hand nach Caleb aus, aber er hat seine tief in die Taschen seiner Jeans gesteckt. »Nein«, sage ich heftig. »Ich war nur … Max hat mir aus heiterem Himmel eine Nachricht geschickt, und ich war kurz verwirrt wegen …«

»Gut zu wissen.«

»Nicht so. Ich hatte mir ein bisschen Gedanken wegen Helen gemacht und …« Ich verstumme, ratlos, wie ich Emotionen erklären soll, die ich so nicht mehr empfinde.

»Lucy, du wirst mir hier weiterhelfen müssen, weil ich keine Ahnung habe, was Helen mit dem Ganzen zu tun hat.«

Eine Weile lang schweige ich. Ich taste nach dem Holzarmreifen an meinem linken Handgelenk, drehe ihn nervös herum. »Ich denke mal, also, das mit der künstlichen Befruchtung hat mich ein bisschen verunsichert. Und immerhin seid ihr noch verheiratet.«

»Ja, auf dem Papier«, sagt er steif. »Von uns beiden aus ist der nächste Schritt die Scheidung.«

Erleichterung wallt in mir auf, trotz allem. »Okay.«

»Also, was willst du mir damit sagen, Lucy? Glaubst du, dass du die falsche Wahl getroffen hast zwischen deinem Ex und mir?«

»Nein. Ich hab Max ja nicht darum gebeten, mir zu schreiben.«

»Trotzdem hast du überlegt zu antworten.«

»Nein. Wollte ich nicht. Das hast du ganz falsch verstanden.«

»Doch, das weiß ich zufällig aus erster Hand.« Sein Blick ist furchtbar kalt. Er deutet mit dem Kopf auf das Haus. »Und dann sagt die Frau da drin, sie dachte, du seist mit Max zusammen.«

Ich muss schlucken. »Nein. Ehrlich. Ich empfinde nichts mehr für Max. Ich habe keinen Kontakt zu ihm. Ich will gar keinen Kontakt zu ihm.«

Wann immer ich an jenes Gespräch in Jools' Küche denke, durchströmt mich heiße Scham. Die Zeit ohne Caleb in den letzten Wochen hat mir bewusst gemacht, wie gern ich mit ihm zusammen sein möchte und wie dumm es war, mich so davon irremachen zu lassen, dass er mit Helen Kinder wollte. Vielleicht hätte er die Bedeutung dieser Sache für seine Trennung nicht bagatellisieren sollen, aber wie Jools letzte Woche feststellte, wenn es kein Ausschlusskriterium ist, wäre es blöd, sich noch weiter Sorgen darum zu machen. Ich hasse es, wenn ich nicht bei Caleb bin. Ich denke andauernd an ihn. Bei der Vorstellung, mich zu trennen, wird mir ganz kalt vor Elend.

Mir ist klar geworden – vielleicht zu spät –, wie stark meine Gefühle sind. Wie überzeugt ich davon bin, dass Caleb der Richtige für mich ist, derjenige, der für mich bestimmt ist, nicht Max.

»Darum ging es also die letzten Wochen? Wolltest du mich bestrafen?«, frage ich still.

Caleb schüttelt den Kopf. »Nein, ich habe herauszufinden versucht, was ich machen würde, wenn du wieder mit ihm zusammenkommst. Denn die Wahrheit ist, Lucy, dass ich dich liebe. Ich habe mich in dich verliebt.«

Mir stockt der Atem, ich starre ihn an.

Das Lächeln taucht zuerst in seinen Augen auf, dann in den Mundwinkeln. »Im Ernst, ich liebe dich. Du bist der beste Mensch, den ich je kannte, ganz eindeutig. Ich glaube sogar schon …« Er verstummt, senkt den Blick auf seine Füße.

Ich berühre ihn am Arm. »Was glaubst du?«

Er schluckt. »Ach, ich habe ja nie was von dieser Seelenverwandtschaftssache gehalten. Diesem ganzen Schicksalskram. Nicht mal, als ich verheiratet war. Das weißt du.«

Ich nicke, inständig hoffend, dass als Nächstes ein Aber kommt.

»Aber ich frage mich allmählich, ob ich vielleicht falschlag. Dass ich dich vielleicht an diesem Abend im Smugglers treffen sollte. Dass du und ich füreinander bestimmt sind.«

Mein Herz rast vor Glück.

»Und die Vorstellung, dass es dir nicht genauso gehen könnte, die hat mich einfach fertiggemacht. Es tut mir leid.«

»Doch«, hauche ich, »mir geht es ganz genauso. Ich liebe dich auch. Tut mir leid, dass ich es fast vermasselt hätte. Ich will mich nicht von dir trennen. Niemals.«

Sein Lächeln wird breiter. »Ehrlich?«

»Ehrlich.«

Er macht einen Schritt auf mich zu, steht jetzt ganz dicht vor mir. Mein Rücken ist an die sonnengewärmte Mauer gedrückt. Dann hebt er die Hand, stützt sie über meinem Kopf auf, den Blick ruhig auf mein Gesicht gerichtet. Seine Miene ist so emotionsgeladen, dass ich eine Gänsehaut bekomme. Und dann beugt er sich vor und küsst mich mit einer Intensität, die ich bis in die Zehen spüre. Er presst sich an mich, und schlagartig brenne ich für ihn. »Ich hab dich vermisst, Lambert«, raunt er.

»Und ich dich.« Am liebsten würde ich vorschlagen, uns in mein Zimmer zu schleichen oder sogar in Tashs Gartenbüro, aber mein Gewissen behält gerade noch die Oberhand. Immerhin ist das der sechste Geburtstag meines Neffen, keine Studentenparty.

»Später«, murmelt Caleb, und das Wort landet mitten in meinem Solarplexus. »Das Warten wird sich lohnen.«

Wieder küsse ich ihn mit vor Verlangen brodelndem Bauch, dann lehne ich den Kopf an die Mauer, um wieder zu Atem zu kommen. Ein Eichhörnchen hüpft über den Rasen und flitzt dann an der Hängebirke hinauf, sodass das Laub durch die Erschütterung schimmert wie Wasser.

»Ich glaube«, sage ich nach einigen Sekunden, »dass ich Max immer für meinen Seelenverwandten hielt, weil ich es nie richtig verarbeiten konnte.«

Er nickte. »Wenn ihr zusammengeblieben wärt, hättest du irgendwann gemerkt, dass ihr eigentlich doch nicht füreinander bestimmt wart.«

Ich grinse. »Weißt du, an dem Abend im Smugglers stand in meinem Horoskop, dass ich meinem Seelenverwandten begegnen werde.«

Er zieht eine Augenbraue hoch. »Ach, echt?«

»Ja.«

»Wieso erzählst du mir das jetzt erst?«

Ich pike ihn sanft zwischen die Rippen. »Weil du ja bisher nicht an so was geglaubt hast.«

»Schon gut. Ich hab es dir ein bisschen schwer gemacht, aber … ich muss dir was beichten.«

Ich warte ab.

»Das wollte ich dir erzählen, als wir zusammenkamen, und dann dachte ich, dass du es vielleicht ein bisschen komisch findest.«

Ich verziehe den Mund. »Muss ich Angst haben?«

Er kratzt sich im Nacken, atmet geräuschvoll aus. »An dem Abend im Smugglers, als du nach draußen zu Max gerannt bist, saht ihr beide so … ich weiß auch nicht, so wahnsinnig froh aus, euch zu sehen. Jedenfalls kam ich aus dem Pub und wollte mich von dir verabschieden, aber ihr wart so versunken ineinander. Na ja, jedenfalls hatte ich meine Kamera dabei, also habe ich einen Schnappschuss gemacht. Es hat mich einfach berührt, wie ihr einander anseht. Ich wollte dir das Foto mailen, falls du dich bei mir meldest. Dachte, es könnte vielleicht das Eis brechen oder so. Bis ich kapiert habe, dass ich mir eigentlich selbst ins Knie geschossen hatte.«

»Hast du es noch? Das Foto?«

»Nein. Hab's gelöscht. Es kam mir ein bisschen komisch vor, es zu behalten, nachdem wir zusammengekommen waren.«

Ich ziehe die Augenbrauen zusammen. »Warum erzählst du mir das?«

»Ich hab dir an dem Abend angesehen, wie viel Max dir bedeutet, und ich, also, es erklärt vielleicht ein Stück weit, warum ich so empfindlich auf ihn reagiere. Abgesehen davon, dass er eine Art hyperambitionierter Adonis ist natürlich.«

»Ist er nicht«, sage ich schnell. »Aber danke, dass du ehrlich bist.«

Er senkt das Gesicht. »Wäre es vielleicht möglich, dass du mich küsst oder so, damit ich mir nicht ganz so bescheuert vorkomme?«

Lachend beuge ich mich vor und komme der Bitte nach.

Wir wollen gerade wieder hineingehen, als auf der Rückseite des Hauses eine Tür knallt, sodass wir beide zusammenschrecken.

Ich spähe um die Ecke und entdecke Tash und Simon auf der Terrasse. Tash weint, ihr Gesicht ist fleckig.

Mit großen Augen drehe ich mich zu Caleb um. Er schüttelt den Kopf, legt den Finger an die Lippen.

»Tash«, sagt Simon jetzt. »Du überreagierst.«

»Ich überreagiere? Du warst mit ihr was trinken, ausgerechnet mit der, und du glaubst …«

»Zum hundertsten Mal, wir waren nicht zusammen was trinken, es war ein scheiß Arbeitstermin! Es waren noch ungefähr hundert andere Leute da!«

»Ich hab dir gesagt, wenn du dich noch mal mit ihr triffst, dann ist es aus.«

»Ich hab mich nicht mit ihr getroffen, ich bin ihr über den Weg gelaufen. Was sollte ich denn deiner Meinung nach …«

»Natasha?« Meine Mutter tritt auf die Terrasse, mit einem so makellos trampeligen Timing, wie es nur Mütter haben können.

Mein Vater musste heute angeblich wegen Migräne im Bett bleiben, was seltsam ist, denn ich kann mich nicht erinnern, wann er zuletzt krank war, und wusste auch gar nicht, dass er an Migräne leidet. Ganz abgesehen davon, dass er seinen Enkel anbetet. Vielleicht ist das Thema Entlassungen wieder aufgekommen, ich weiß, wie sehr ihn das stresst. Und Mum wirkt heute ziemlich geknickt, obwohl sie sich bemüht, sich nichts anmerken zu lassen. Wahrscheinlich ist sie einfach gewöhnt, Dad immer an ihrer Seite zu haben.

»Dylan möchte wissen, ob wir den Kuchen anschneiden dürfen«, sagt Mum. Es folgt eine kurze Pause, während sie Tash mustert. »Alles in Ordnung, Schatz?«

»Jaja«, schnauzt Tash so rüde, dass mir ein Schauer über den Rücken läuft. »Ich bin gleich da.«

Es dauert wieder einen Moment, bis meine Mutter sich zurückzieht und die Tür hinter sich schließt.

Mir klopft das Herz bis zum Hals. Ich habe meine Schwester schon wütend werden sehen, aber nie so die Beherrschung verlieren.

»Tash.« Simons Stimme klingt so angespannt, als würde sie ihm physisch aus der Brust gezogen. Absurderweise trägt er immer noch seinen passend zum heutigen Motto (hoffentlich) gemieteten Zylinder. »Das mit Andrea war ein Fehler. Ich weiß nicht, wie oft ich dir das noch sagen muss.«

»Wenn du dich von ihr nicht fernhalten kannst, weiß ich nicht, was wir hier überhaupt noch machen, Simon.«

Hinter ihnen flattert eine Amsel über den Rasen, als wäre sie von dem ganzen Tumult aufgeschreckt worden.

»Tash. Es ist Dylans Geburtstagsfeier.« Jetzt klingt Simon flehentlich.

Und dann nickt sie nur knapp, dreht sich um und geht ins Haus. Simon folgt ihr, zieht die Tür hinter sich zu, und es wird still im Garten.

Ich sehe Caleb an. »Wer zum Henker ist Andrea?«

Es ist wahrscheinlich das erste Mal, dass ich jemanden auf einen Streit anspreche, den ich heimlich mit angehört habe, weshalb ich mich wohl auch so ungeschickt anstelle.

Ich erwische Tash, als wir die Küche saubermachen. Dylan nüchtert gerade schmerzlich von seinem Zuckerrausch aus, er sitzt mit Mum im Wohnzimmer und schluchzt über einen Jungen, der ihm andauernd sein Kartenspiel weggenommen hat. Caleb hilft Simon, die Deko wegzuräumen.

»Tash«, sage ich plump, nachdem ich mich mit einem Blick über die Schulter vergewissert habe, dass niemand hinter uns steht. »Wer ist Andrea?«

Der Stapel Papierschälchen in ihrer Hand sackt hinab, sie starrt mich an. »Hast du mit Sarah Meadows gesprochen?«

»Nein, ich …«

»Wo hast du dann diesen Namen gehört?« Ihre Augen sind weich und wässrig geworden. In diesem Moment wirkt sie völlig gebrochen – und mir bricht es das Herz, sie so zu sehen. Instinktiv möchte ich den Arm um sie legen, aber ich habe so ein Gefühl, dass sie ihn abschütteln würde. In ihrer Traurigkeit schwingt eine starke Wut mit.

Ich weiß nicht genau, wie ich das beantworten soll, ohne unsere Anwesenheit vorhin im Garten zu verraten. Aus irgendeinem Grund kann ich mich nicht überwinden, einfach zu gestehen, dass wir alles mitgehört haben. Wahrscheinlich, weil sie momentan nicht den Eindruck macht, als würde sie es allzu gut aufnehmen.

Zum Glück war ihre Frage offenbar rhetorisch. »Ich will nicht darüber reden, Lucy.«

»Ich möchte nur wissen, ob es dir gut geht.«

»Mir geht's gut. Uns geht's gut. Aber bitte sag ihren Namen nicht noch mal. Das meine ich ernst.«

London

Tash und ich haben uns geeinigt, über mehrere knappe Nachrichten, dass wir erst im Anschluss an Dylans Geburtstagsfeier miteinander reden. Glücklicherweise macht es die riesige Menge an Gästen einigermaßen leicht, ihr aus dem Weg zu gehen, bis Dylan wohlbehalten im Bett liegt und von Simon vorgelesen bekommt. Dann erst geht Tash voraus in das neue Gartenbüro, das sie sich unter der Hängebirke hat bauen lassen. Es liegt so weit vom Haus entfernt, dass ich es anfangs kaum erkennen kann.

Innen ist es überraschend geräumig und nur karg möbliert mit einem Schreibtisch, Drucker, Topfpflanze und Regal, einem Sofa mit zwei dazu passenden Sesseln vor einem Holzofen. In der Luft liegt satt der Geruch von feuchtem Gras und dem frisch geschlagenen Holz für das Dach und die Wände. Mehrere Schwarzweißbilder von Tash, Simon und Dylan stehen herum, die besten Aufnahmen eines Termins bei einem Fotografen, den Mum Tash letztes Jahr zu Weihnachten geschenkt hat.

Ich bin nicht sicher, ob Tash mein säuerliches Lächeln bemerkt, als ich die Bilder betrachte, aber sie wirft mir eine Decke zu (Kaschmir natürlich, »falls dir kühl wird«) und bedeutet mir dann, mich zu setzen. Ich wähle das Sofa an der Glaswand zum Garten hin, also nimmt sie einen Stuhl und zieht die Beine unter sich hoch. Sie wickelt sich in eine riesige schwarze Strickjacke, die ihr bis zu den Knien reicht und den kurzen silbernen Jumpsuit, den sie den ganzen Tag schon trägt, komplett verhüllt. Ich bin erleichtert, ihre nackte Haut nicht mehr sehen und mir vorstellen zu müssen, wie Max sie streichelt, oder ihre schlanken Beine zu bemerken und mir auszumalen, wie sie sie um ihn schlingt.

Dennoch, Mum hatte recht. Sie hat abgenommen, beunruhigend stark. Ihre Sachen sind jetzt so weit an ihr, dass sie aussieht wie ein verkleidetes Kind.

»Danke, dass du gekommen bist«, sagt sie, und zum ersten Mal, seit sie mich vor meiner Tür abfing, treffen sich unsere Blicke. »Ich weiß, dass das schwer für dich gewesen sein muss.«

»Tja, ich bin froh, dass ich es gemacht habe.«

Ihre Miene erhellt sich. »Das ist gut.«

»Dylan kann ja nichts dafür.«

Sie schluckt. »Nein. Er war noch gar nicht auf der Welt, als das Ganze passiert ist.«

Ich nicke zustimmend.

»Und danke auch für sein Geschenk. Du hättest wirklich nicht so viel ausgeben müssen.«

In meiner Mittagspause am Donnerstag habe ich ihm ein teures Lego-Set gekauft, fast ohne mir den Inhalt anzusehen, weil ich ihm einfach nur das Bestmögliche schenken wollte, um wiedergutzumachen, dass ich ihn so lange nicht besucht habe.

»Soll ich noch mehr über den Abend damals erklären?«, fragt Tash. »Oder …«

Ich lehne wortlos ab.

»Würde es dir helfen, wenn ich dir sagen würde, dass ich verstehe, wie du dich fühlst?«

Verblüfft runzle ich die Stirn. »Also, falls ich nicht mit Simon geschlafen habe, ohne es zu merken, glaube ich das eigentlich nicht.«

»Simon hatte einen One-Night-Stand«, sagt sie leise. »Kurz vor Weihnachten, in dem Jahr, als wir geheiratet haben. Mit einer Frau namens Andrea. Sie war seine Kollegin.«

Ich starre sie an. Simon, Dylans Vater? Der passivste, harmloseste Mann, den ich kenne? »Aber ihr wart doch erst …«

»Fünf Monate verheiratet.« Sie nickt. »Genau.«

Ich möchte sagen, dass es mir leidtut, aber die Worte wollen nicht heraus. Also entgegne ich nur: »Aha.«

»Kurz danach hat Simon den Job gewechselt. Und irgendwie haben wir es aufgearbeitet. Wir waren in Therapie. Besser gesagt sind wir das immer noch. Wobei …« Sie verstummt, senkt den Blick. »Die Leute reden immer noch. Vorhin habe ich jemanden ihren Namen sagen hören, und ich konnte mich gerade noch beherrschen zu …« Sie schüttelt den Kopf. »Aber ich wollte keine Szene machen, damit du bloß nicht glaubst, heute herzukommen war ein Fehler.«

Ich nehme die Kaschmirdecke von meinen Knien. Es ist schwül hier drin, die Luft immer noch heiß von der Mini-Hitzewelle der vergangenen Tage. Oder aber es liegt an der jahrelang unausgesprochenen Lüge zwischen uns. »Warum erzählst du mir das? Das ist ja wohl kaum dasselbe.«

»Nein, aber ich wollte wohl nur sagen, dass gute Menschen manchmal schreckliche Dinge tun, Lucy.«

»Jetzt bin ich verwirrt. Wer ist hier der gute Mensch? Du? Andrea?«

Bei dem Namen zuckt sie ganz leicht zusammen. »Ich meine nur, dass Menschen Fehler machen können. Mehr nicht.«

»Aber du bist meine Schwester, Tash.« Ich bin überrascht,

dass es mir gelingt, relativ gefasst zu bleiben. »Weißt du, was es bedeutet, dass du mir das angetan hast?«

»Ja, das kannst du mir glauben, und ich werde nie aufhören, mich zu fragen, warum ich das gemacht habe.« Ihre Augen füllen sich mit Tränen, ihre Stimme bricht. »Du sollst nur wissen, dass ich nicht aufgeben werde. Du darfst so wütend sein, wie du es brauchst, aber ich werde nie aufhören zu versuchen, es wiedergutzumachen.«

»Wenn Dylan nicht wäre …«

»Falls Dylan letzten Endes der einzige Grund ist, dass wir den Kontakt zueinander behalten, dann ist er noch mehr ein Engel, als ich dachte.«

Ich muss an Nate denken, dem ich wahrscheinlich niemals begegnet wäre, wenn Tash und Max in jener Nacht nicht miteinander geschlafen hätten. Kurz erwäge ich, Tash von ihm zu erzählen, ihr meine Erfahrung in allen schaurigen Einzelheiten zu schildern, damit sie sich noch schlechter fühlt. Sie weiß davon nichts. Ich habe es ihr nie erzählt. Nur Jools kennt die Wahrheit.

Aber das will ich nicht. Kann ich nicht. Irgendwie ahne ich, dass aus Bitterkeit mit dem Ganzen herauszuplatzen mir keine Befriedigung bringen würde.

»Ich kann nicht aufhören, es mir vorzustellen«, sage ich stattdessen, ziehe meine Arme fest an meinen Körper heran. »Euch, dich und ihn.«

»Ich weiß«, flüstert sie und wischt sich die Augen. »Mir ging es genauso mit Andrea.«

»Bitte vergleich das nicht miteinander. Es ist was anderes.«

Sie atmet tief aus, reibt sich über einen unsichtbaren Fleck am Knöchel. »Stimmt. Entschuldige.«

Eine Stille entsteht, so unbehaglich, dass mir leicht übel wird.

»Hast du mit Max gesprochen?«, fragt sie nach einer Weile.

»Das bringt doch nichts. Ich muss mich zwischen ihm und dir entscheiden, oder nicht?«

Darüber denkt sie offenbar kurz nach. »Ich wüsste nicht, warum.«

»Weil ich euch nicht beide wieder in meinem Leben haben kann. Wie sollte das denn funktionieren?«

»Na ja …«

»Familienfeste? Weihnachtsbescherung? Smalltalk beim Sonntagsbraten? Zum Geburtstag anstoßen? Komm schon. Mach dir nichts vor.«

Tash beugt sich vor, der Schimmer ihrer blonden Haare hüpft im Lampenlicht. »Ich hätte nie gedacht, dass ich Simon jemals wieder auch nur küssen kann, geschweige denn mich von ihm anfassen lassen. Aber mit der Zeit überwindet man Dinge, die man für unmöglich gehalten hat.«

»Echt? Oder versuchst du nur, dein schlechtes Gewissen zu besänftigen?«

Dieses Mal muss sie heftig schlucken. »Offen gestanden könnte nichts mein schlechtes Gewissen besänftigen. Außer die Zeit zurückzudrehen vielleicht.«

Benommen starre ich auf ihre perfekt pedikürten Füße, während eine Brise um die Fenster und das Dach streicht, sich durch das Laub der Bäume schiebt.

Es dauert lange, bis sie wieder spricht. Ihr knallroter Lippenstift ist jetzt verblasst und verschmiert. Sie wirkt traurig und dünn und reuevoll. »Du liebst ihn immer noch, oder? Max. Du liebst ihn immer noch über alles.«

Jetzt fange ich doch zu weinen an. »Ich sollte nicht. Zu was für einem Menschen macht mich das?« *Zu einem schwachen*, höhnt eine Stimme in meinem Kopf. *Einem armseligen. Dummen.*

»Max ist der Richtige für dich«, flüstert Tash. »Das kann jeder sehen. Und du ahnst nicht, wie schrecklich es für mich ist, Lucy, dass ich dir das möglicherweise für immer kaputt gemacht habe.«

Mir wird klar, dass es nichts mehr zu sagen gibt. Dass alles auf eine simple Entscheidung hinausläuft: Will ich nach vorn blicken und die Vergangenheit hinter mir lassen oder stillstehen und mich davon zerstören lassen?

Am nächsten Vormittag schließe ich meine lange Heimfahrt aus Shoreley ab, indem ich vor Max' Wohnung parke. Mein Herz hämmert wie wild, ich kann kaum fassen, was ich vorhabe.

Ich steige aus und gehe wackelig durch den Vorgarten zur Tür, wo ich energisch auf die Klingel drücke, bevor ich es mir anders überlegen kann.

Es dauert einen quälenden Moment, bis ein Klicken zu hören ist. »Hallo?« Er nuschelt, als wäre er gerade erst aufgestanden.

»Max, ich b…«

Der Rest geht im Türsummer unter, und schon steht Max vor mir, die grauen Augen groß, der Körper ziemlich reglos, als würde er sich nicht mehr genau erinnern, wie man atmet.

»Ich bin ziemlich baff, dass du hier bist«, sagt er, als wir in seinem Wohnzimmer sitzen. Er trägt Shorts und ein

T-Shirt, die Haare sind ungekämmt, die Augen leicht blutunterlaufen. Seine Haut sieht rau aus, die Wangen bleich und eingefallen, als hätte er sich die vergangenen drei Monate fast nur von Kaffee ernährt und pausenlos gearbeitet. Ähnlich wie ich.

Auf dem einen Sofaende liegen Dokumente und aufgeklappte Mappen mit Grundbuchauszügen und überdimensionierten Papieren, die aussehen wie Eigentumsurkunden. Daneben steht geöffnet sein Laptop, auf dem Tisch mehrere große Starbucksbecher.

Das Zimmer ist warm von der Vormittagssonne, das durch die halb geschlossenen Fensterläden fallende Licht malt Streifen auf unsere Haut.

»Ehrlich gesagt, ich auch.«

Er lacht, obwohl das, was ich gesagt habe, überhaupt nicht lustig ist, und reibt sich dann das Kinn. Sein normalerweise glatt rasiertes Kinn ist stoppelig. Außerdem wirkt er etwas muskulöser als vorher, nicht sehr, aber doch sichtbar, so als hätte er mehr Zeit als sonst im Fitnessstudio verbracht. »Und, wie kommt es?«

Die Wahrheit ist, dass ihn zu vermissen einfach zu hart geworden ist, aber das werde ich ihm nicht sagen. »Ich habe mit Tash geredet.«

Ein vorsichtiges Nicken. »Wie lief es?«

»Wir versuchen, uns zusammenzuraufen. Dylan zuliebe.«

»Das ist wirklich toll, Luce.« Seine Stimme klingt voll, aufrichtig.

»Und wie geht es dir so?« Ich nippe an dem Tee, den er mir gekocht hat.

Wieder reibt er sich das Kinn. »Nicht so toll.«

»Was macht die Arbeit?«

»Viel los. Bei dir?«

»Auch. Die letzten Monate habe ich durchgeschuftet.«

»Es hilft, oder?«

Ich versuche mich an einem Lächeln. »Ja. Zum Glück haben wir nicht zusammengearbeitet.«

Er erwidert das Lächeln, wenn auch nur schwach. »Eigentlich möchte ich nicht über die Arbeit sprechen.«

Ich nicke, ich nämlich auch nicht.

»Du fehlst mir, Lucy. Was ich dir geschrieben habe, war mein Ernst. Ich würde alles tun, um dich zurückzubekommen.«

Ein kleines Tränengewitter ballt sich in meinen Augen zusammen, aber ich bemühe mich, es zurückzudrängen. »Tash hat mir erzählt, dass Simon sie vor ein paar Jahren betrogen hat. Sie haben eine Therapie gemacht, alles geklärt.«

»Willst du eine Therapie machen?«, fragt er schnell.

»Nein, was Schlimmeres kann ich mir gar nicht vorstellen.«

Max lehnt sich vor, die Stirn ernsthaft gefurcht, das tiefe Grau seiner Augen noch intensiver. »Sondern?«

»Es hat mich nur auf den Gedanken gebracht, dass wir vielleicht eine … Entscheidung treffen müssen. Eine bewusste Entscheidung, mit dem, was passiert ist, zu leben und zu versuchen, es hinter uns zu lassen. Falls du das möchtest.«

Er schließt kurz die Augen, als hätte ihn gerade eine Jury eines schrecklichen Verbrechens für unschuldig befunden. »Das ist genau das, was ich möchte. Das Einzige, woran ich die ganze Zeit denken konnte.«

Die Erleichterung, als er das sagt, fühlt sich an, wie an die Luft zu kommen, nachdem man lange unter Wasser war.

Max kommt zum Sofa, setzt sich neben mich und nimmt meine Hand. »Mir ist klar, dass ich das nicht verdient habe. Dich nicht verdient habe.«

Ich betrachte seine Finger, die meine umschlingen, und spüre ein Pochen zwischen ihnen, wie Elektrizität. »Ich weiß, dass es dir leidtut. Und ich weiß auch, wie schlecht Tash sich fühlt.«

»Das Einzige, was mir wichtig ist«, flüstert er, legt das Gesicht an meinen Hals, sodass sein Atem über meine Haut tanzt, »ist, dass du mir wieder vertrauen kannst.«

»Wir müssen es langsam angehen lassen.«

»So langsam du willst.« Seine Stimme zittert etwas, als wäre er den Tränen noch näher als ich. »Ich bin einfach so froh, dass du hier bist.«

Wir reden schon den ganzen Tag, ohne auch nur etwas zu essen, und jetzt muss es spät sein, denn draußen ist es dunkel. Mein Mund ist ausgetrocknet, ein Kopfschmerz nistet sich allmählich ein.

Max hat die Fensterläden geschlossen. Das Wohnzimmer wird nur von einer Stehlampe erhellt, und ich kann seine Gesichtszüge oder auch seine Miene nur schlecht erkennen, da er auf dem Sessel am Kamin sitzt, ungefähr zwei Meter von mir entfernt. Aber ich kann die Melodie seiner Sätze entziffern, die Pausen zwischen den Wörtern sind Empfindungen für sich.

»Willst du über Tash reden?«, fragt er irgendwann, weil wir das bisher noch nicht getan haben.

»Nein«, antworte ich aufrichtig. »Du?«

Er schüttelt den Kopf.

Vor dem Erkerfenster steht ein Taxi im Leerlauf, dann

knallt eine Tür zu, gefolgt von einem Auflachen, das ich am liebsten festhalten, irgendwie in mich aufsaugen möchte. Ich bin nicht sicher, ob ich seit Mai überhaupt einmal richtig gelacht habe.

»Du hattest vorhin recht.« Max lässt einen mittlerweile bestimmt kalten Teerest in seiner Tasse kreiseln. »Was diese Entscheidung betrifft. Diese bewusste Entscheidung.«

»Mhm. Früher dachte ich, dass du der Eine bist, weißt du? Mein Seelenverwandter. Dass wir füreinander bestimmt sind, oder so.«

»Und jetzt?«

»Ich weiß nicht, ob ich daran noch glaube. Kann sein, dass wir gut zusammenpassen, aber was wir damit anfangen, liegt immer noch an uns. Nicht am Schicksal oder der Vorsehung oder einer höheren Macht. Vielleicht ist es in Wirklichkeit so, dass man jemanden kennenlernt, sich verliebt und alles tut, was man kann, damit es klappt.«

Ich denke an das, was Tash gestern Abend zu mir sagte, über Simon und Andrea. *Gute Menschen tun manchmal schreckliche Dinge. Man überwindet Dinge, die man für unmöglich gehalten hat.*

Max denkt offenbar ein Weilchen nach, und ich kann ihm nicht ansehen, ob er gekränkt ist, verwirrt oder etwas von beidem. »Darf ich brutal ehrlich sein?«

»Von jetzt an sollten wir das immer sein.«

»Gut. Also, bisher gab es nur drei Menschen in meinem Leben, bei denen ich das Gefühl hatte, dass wir füreinander bestimmt waren.«

Ich nicke, ignoriere den kurzen Eifersuchtsstich.

»Aber es gab nur einen Menschen, ohne den ich nicht leben will.« Er räuspert sich. »Was ich damit meine, ist, dass ich dir zustimme, Lucy. Ich möchte daran arbeiten. Und ich meine wirklich *arbeiten*. Egal was es braucht. Ich liebe dich zu sehr, um aufzugeben.«

Ich sehe ihn an, frage mich halb, ob er vielleicht aufsteht, zu mir kommt und mich küsst, aber nein. Er starrt nur ernsthaft in den Raum zwischen uns, als wären wir weit draußen auf dem Meer und würden uns abmühen, den Kopf über Wasser zu halten. Und in diesem Moment kann ich nur mit allem, was ich habe, hoffen, dass wir es zurück an Land schaffen.

12

Shoreley

Ich sitze im Pub mit Emma aus meiner Schreibgruppe und unserem Kursleiter Ryan. In den letzten Wochen haben wir uns angefreundet, gehen regelmäßig nach der Sitzung noch etwas trinken, um über das Schreiben und über Bücher und unsere Leidenschaften und das Leben im Allgemeinen zu reden.

»Ich meine das ernst«, sagt Emma gerade und bohrt mit dem Zeigefinger in den Tisch, als würde sie mit ihm diskutieren und nicht mit mir.

Ich lache. »Das merke ich.«

Emma lacht nicht. »Aber?«

»Ich bin noch nicht so weit.« Ich zucke die Achseln.

»Komm schon.« Sie beugt sich vor, sodass ihre blonden Haare gefährlich dicht über ihrem Glas baumeln und ich sie vor meinem geistigen Auge schon mit rotweingefärbten Spitzen sehe. Unser Tisch steht neben einem offenen Kamin, deshalb hat sie sich die Pulliärmel bis zu den Ellbogen hochgeschoben, was ihr eine besonders sachliche Ausstrahlung verleiht. »Wenn du schon nicht auf mich hören willst, dann wenigstens auf Ryan. Immerhin ein Fachmann auf seinem Gebiet und so weiter und so fort.«

Ich werfe einen Blick zur Theke, wo Ryan gerade mit

zwei jungen Männern plaudert. Vermutlich interessieren sie sich für die Schriftstellerei, denn sie hängen an seinen Lippen, als hätten sie Stephen King getroffen und nicht den größten Flop der Verlagswelt (Ryans Worte, nicht meine). Einer der beiden hat ein Notizbuch in der Hand und der andere eine Ausgabe von … oh Gott. Das ist *Ulysses*.

Der Sommer ist mittlerweile den Avancen des Herbstes erlegen, das Grün färbt sich golden, die Luft wird klammer. Ich finde immer, dass Shoreley sich besser für kaltes Wetter eignet, obwohl es ein Sommerurlaubsort ist. Für mich wird das Städtchen immer schöner, je weiter man sich vom Strand entfernt, in den Kopfsteinpflastergässchen, wo die mittelalterlichen Häuser sich aneinanderlehnen, als hätten sie es mit dem Met übertrieben, und alles erleuchtet wird von diesen altmodischen Straßenlaternen, die aussehen wie aus einer Dickens-Verfilmung. Die Geschichte der Stadt kommt am besten zur Geltung, wenn sie mit Lichtern geschmückt und vom Frost geküsst ist und alle Leute mit Mützen und Handschuhen herumlaufen, heiße Getränke festhalten und Selfies unter den Sternen knipsen. Zu meiner eigenen Überraschung freue ich mich schon darauf, das Pebbles & Papers adventlich zu dekorieren, mache Ivan Warenvorschläge – Muschelkränze, Seestern-Baumspitzen, sandgefüllte Kugeln – und hatte die Idee, ein Weihnachts-Special zu veranstalten, mit kostenlosem Glühwein, um Kunden anzulocken.

»Wenn du das Kapitel noch weiter redigierst«, sagt Emma jetzt, »machst du es kaputt. Du quetschst jegliches Leben raus. Du weißt, dass ich recht habe. Sag es ihr, Ryan.«

»Sag wem was?« Ryan kommt mit einem Tablett mit einer weiteren Getränkerunde zum Tisch zurück.

Seit einiger Zeit nerven Ryan und Emma mich damit, dass ich an dem von einem wichtigen Literaturpreiskomitee organisierten Wettbewerb teilnehmen soll. Eingereicht wird nur das erste Kapitel, und der Gewinner wird mit diesem Kapitel in einer Hochglanzzeitschrift veröffentlicht, bekommt außerdem ein Treffen mit einem Cheflektor eines bekannten Verlags und dazu einen Topagenten. Die Deadline ist in einer Woche.

Kurz abgelenkt, deutet Emma mit dem Kopf auf die Getränke, die Wangen rosig von der Hitze des Kaminfeuers. »Du bist ja so ein Rockstar, Ryan. Gehen die aufs Haus?«

Er setzt sich, verteilt die Gläser und trinkt von seinem Bier ab. »Ha, schön wär's.«

»Haben diese Jungs dich erkannt? Wollten sie ein Selfie?«

»Der Typ hinter der Theke hat ihnen erzählt, ich wäre Bestsellerautor.« Er verdreht die Augen. »Keinen blassen Schimmer, woher er das weiß.«

»Vielleicht hast du mal nach ein paar zu vielen Gläsern Rotwein ein bisschen angegeben«, neckt Emma ihn, woraufhin Ryan sie mit dem Ellbogen anstößt.

»Muss toll sein«, sage ich mit einer Geste auf die jungen Männer. Aus unerfindlichen Gründen möchte ich unbedingt, dass Ryan seinen großen Moment auskosten kann. »Für was anerkannt zu werden, was man geleistet hat. Die beiden haben dich ganz schön angehimmelt.«

Ryan zieht eine Grimasse. »Ja, ungefähr zwei Minuten lang, bis ich ihnen gesagt habe, dass ich seit sieben Jahren nichts veröffentlicht habe. Was für die natürlich ungefähr ein halbes Leben ist.«

Ryan hat mir schon mehrmals erzählt, dass er sich regelmäßig fragt, ob er nur geträumt hat, jemals einen Buchvertrag gehabt zu haben, denn inzwischen fühlt er sich, wenn überhaupt, nur noch annähernd wie ein Schriftsteller, wenn er seinen zweiten und letzten Roman *Ein Tag Auszeit* an neue Mitglieder unserer Schreibgruppe austeilt. An dem Punkt muss er sich dann immer freundlichen Widerspruch von Emma gefallen lassen.

Jetzt sieht er sie an. »Konntest du der da schon ein bisschen Vernunft beibringen?« Damit bin ich gemeint.

»Nee. Die ist noch störrischer als meine Oma, als sie Thrombosestrümpfe anziehen sollte.«

»Lucy«, sagt Ryan zum Millionsten Mal. »Es ist fertig.«

»Nein, das Gefühl hab ich einfach nicht.«

»Warum denn nicht?«

Ich denke darüber nach. Seit mittlerweile knapp sechs Monaten schreibe ich an meinem Roman, und obwohl die erste Fassung fast steht, habe ich bis jetzt gebraucht, um mich wirklich darin einzufinden. Jeden Nachmittag schreibe ich fieberhaft und unersättlich in der Strandhütte, ohne auf die Zeit zu achten, manchmal ohne auch nur den Kopf zu heben, bis es dunkel ist. Es ist wie ein Rausch innerer Getriebenheit und Inspiration, getragen von Kaffee und Haribo und mehr eigentlich nicht. Ich fühle mich dadurch kreativ lebendiger als je zuvor – manchmal brauche ich eine halbe Stunde, bis ich den Kopf ausreichend frei habe, um ein simples Gespräch mit Caleb zu führen, weil meine Gedanken noch hin und her flitzen wie das Raumschiff in diesem Videospiel, das Dylan so liebt. Das sichtbare Ergebnis ist ein fast fertiger Roman, und allmählich fange ich an, mich als Schriftstellerin zu fühlen. Ich habe etwas geschaffen und bin am Ball geblieben, obwohl es manchmal wie eine unlösbare Aufgabe erschien. Nach all den Jahren habe ich meine alten Ausdrucksmittel wiederentdeckt, meinen Weg, mir einen Reim auf die Welt und meine eigenen Emotionen zu machen. Diesen Roman zu schreiben war so kathartisch, wie ein Tagebuch zu führen: Mit jedem Absatz fühle ich mich leichter, als ob ich mir eine Last von den Schultern genommen, ich meinen Geist auf die Seiten gestülpt hätte. Wenn ich richtig kitschig sein wollte, würde ich sagen, dass Schreiben meine Therapie ist.

Trotzdem fehlt mir noch das Selbstvertrauen, jemandem außer Caleb und meiner Gruppe den Text zu zeigen.

»Du musst dich preisgeben«, beharrt Ryan.

Ich trinke einen Schluck Limonade. »Vielleicht bin ich noch nicht so weit, mich preiszugeben.«

»Doch, bist du.«

Emma wirkt, als wollte sie eine zotige Bemerkung machen, verkneift sie sich aber.

Ryan lässt nicht locker. »Du musst hier ein Risiko eingehen. Ich verspreche dir, dass es sich auszahlen wird. Das könnte eins dieser Gespräche sein, an die du dich erinnerst, wenn du Bestsellerautorin bist. Du weißt schon: ›Fast hätte ich nicht an dem Wettbewerb teilgenommen, aber mein unglaublich talentierter Lehrer Ryan Carwell …‹«

»›Und meine Freundin Emma Deacon, selbst ein angehender Star in der Buchszene …‹«, wirft Emma ein.

Ich schüttle den Kopf. »Warum bewerbt ihr beide euch dann nicht?«

»Man darf noch nichts veröffentlicht haben.« Ryans Achselzucken könnte man als selbstgefällig deuten, wenn ich nicht bereits wüsste, dass er nicht die Spur selbstgefällig ist.

»Und man darf nicht miserable erste Kapitel schreiben.« Emma rümpft die Nase. »Du dagegen …«

»Bitte tu mir den Gefallen und werde eine literarische Sensation«, sagt Ryan. »Und das mit dem Gefallen meine ich wörtlich: Ich könnte wirklich einen Karriereschub brauchen.«

»Sehr witzig«, sage ich grinsend.

Caleb arbeitet heute lange, deshalb gehe ich, nachdem ich ausgetrunken und den anderen versprochen habe, ernsthaft über den Wettbewerb nachzudenken, zu ihm ins Atelier.

Es ist ein kalter Oktoberabend, in dem der Duft von Holzöfen und die Verheißung des Winters schwingen. Mein Atem kondensiert zu Wölkchen, Salz aus der Meeresbrise heftet sich an meine Haut. Auf dem Kopfsteinpflaster liegt ein schimmernder Film, ein feiner Nebel trübt die Luft um die Laternen herum.

Als ich mich dem Haus nähere, verlangsame ich meinen Schritt. Caleb steht draußen und umarmt eine große dunkelhaarige Frau, die ich überall erkennen würde.

Als sie sich voneinander lösen, entdeckt er mich. Helen folgt seinem Blick und dreht sich um. Von hier aus, etwa einhundert Meter entfernt, kann ich nicht erkennen, ob sie lächelt, aber wenn ich raten müsste, würde ich sagen, ihre Miene bleibt ruhig, reglos, vollkommen ungerührt.

Caleb ruft meinen Namen, aber ich habe schon kehrtgemacht.

»Lucy.« Ich höre seine Schritte hinter mir. »Lucy.«

Ohne ein Wort zu sagen, drehe ich mich zu ihm um. Er schiebt mich ein paar Meter weiter, vermutlich, um außer Hörweite seiner Frau zu sein.

»Es ist nicht das, wonach es aussieht.« Sein Atem ist wie heißer Rauch in der Luft zwischen uns.

Das Klischee ist so schlecht, dass ich dem Drang widerstehen muss, das Gesicht zu verziehen.

Seufzend sieht Caleb auf seine Füße. »Soll heißen, sie stand einfach vor der Tür.«

»Aha.«

»Ich hatte keine Ahnung, dass sie kommt.«

Ich nicke steif. »Was will sie?«

»Nur reden.«

Warum dazu Körperkontakt erforderlich ist, weiß ich ja nicht so genau, besonders wo er immer behauptet, ihr Verhältnis sei nicht sonderlich gut, aber das sage ich nicht. Es liegt an ihm zu erklären, nicht an mir zu fragen.

»Sag mal.« Ich merke, dass er meine Hand nehmen möchte, aber ahnt, dass ich sie vielleicht wegziehen würde. »Würde es dich stören, wenn Helen und ich schnell etwas essen gehen würden?«

Ich muss schlucken und bekomme ein flaues Gefühl im Magen. *Ja, würde es. Warum ist sie wirklich hier? Was hat sie vor, wenn sie einfach aus heiterem Himmel hier auftaucht?*

Ich spähe über Calebs Schulter zu ihr hinüber. Sie sieht uns nicht einmal an, sondern starrt auf ihr Handy, das Gesicht durch das blaue Bildschirmlicht gespenstisch. Ihr mangelndes Interesse passt perfekt zu dem Bild, das ich mir von ihr mache: supererfolgreich, jemand, der überhaupt nicht daran gewöhnt ist, ein Nein zu hören. Man steigt nicht in der Hierarchie eines Zeitschriftenverlags so steil auf, ohne irgendwo in seinem Inneren einen Eiszapfen zu haben. Ich male sie mir bei der Arbeit im West End aus, in einem Eckbüro mit raumhohen Fenstern, Assistentinnen um sich herumwuselnd, während sie von einem Termin zum anderen stolziert und Leute anbrüllt, *es gefälligst zu erledigen.*

Bedeutet ihre Teilnahmslosigkeit, dass sie kein Interesse an Caleb hat oder dass sie mich als unbedeutend betrachtet?

»Ich dachte, euer Verhältnis wäre nicht so gut.« Ich verschränke die Arme, bin jetzt schon wütend auf ihn, weil er mich zu einem argwöhnischen Menschen macht, in einer Rolle, die ich gar nicht spielen will. Enttäuscht denke ich an das zurück, was meine Schwester damals im Juni nach ihrer ersten Begegnung über ihn sagte: *Er wirkt einfach wie jemand, der es nicht so mit blöden Spielchen hat.*

»Ist es auch nicht so sonderlich. Aber wir haben ein paar Sachen zu besprechen, und ich habe noch nichts gegessen, also …« Er legt sich eine Hand auf den Nacken. »Können wir uns später im Cottage treffen?«

Ich ziehe die Nase kraus. Was könnte jämmerlicher sein, als bei meinem Freund zu Hause auf ihn zu warten, bis er vom Essen mit seiner Frau zurückkehrt? »Nein, ich übernachte heute bei Tash. Ruf mich morgen an.«

»Luce.« Und jetzt nimmt er doch meine Hand, bevor ich gehen kann. »Ich schwöre dir, es ist rein … organisatorisch.«

Organisatorisch? Ein paar Sachen zu besprechen? Drückt er sich absichtlich so ausweichend aus, oder möchte er meine Gefühle nicht verletzen? Heißt *organisatorisch*, es geht um die Scheidung? Und sind dafür nicht Anwälte da?

Vielleicht hat er sich nur in der Wortwahl vergriffen, aber *organisatorisch* kommt mir leicht unaufrichtig vor. Denn seit wann ist ein Essen mit seiner Frau, um die Scheidung zu besprechen, völlig emotionslos, eine Angelegenheit, der gegenüber man überhaupt keine großen Empfindungen hat?

Halb rechne ich damit, dass er mich küsst, aber das tut er nicht. Er drückt mir nur die Hand, lässt sie dann sanft fallen und läuft über das Kopfsteinpflaster auf sie zu.

London

Max hat sich mir und ein paar Kollegen von Supernova auf ein Feierabendgetränk angeschlossen. Es kommt nicht häufig vor, dass er früh genug aus dem Büro kommt, daher beschleunigte sich mein Puls vor Freude, als ich ihn vorhin in die Bar treten sah. So geht es mir immer noch jedes Mal, wenn ich ihn entdecke, selbst nach all den Jahren.

Es ist eine von Zaras Lieblingsbars (sie ist um irgendwelche Ecken mit der Eigentümerin verwandt, glaube ich), beliebt bei Leuten aus der Werbe- und Medienbranche. Eines dieser Underground-Lokale mit geheimer Tür, innen so dunkel, dass man kaum etwas sieht. Normalerweise hasse ich Räume ohne Fenster und erkennbaren Fluchtweg, aber wenn Zara etwas vorschlägt, mischt man sich nicht mit einer Alternative ein.

Ich war schon ein- oder zweimal hier. Weil der Raum so klein ist, fühlt er sich immer gerammelt voll an, was wiederum die Popularität noch verstärkt. Man fühlt sich fast wie ein Glückspilz, hier zu sein, was lächerlich ist. Es ist nur eine Bar.

»Lucy hat erzählt, dass du auf Immobilienrecht spezialisiert bist«, sagt Zara zu Max, nachdem ich ihn allen vorgestellt habe. Er hat gerade eine Runde gekauft, weshalb sich sämtliche elf Menschen in unserer Ecke ein bisschen in ihn verliebt haben.

»Tja, stimmt leider.« Er zwinkert ihr freundlich zu.

»Dann kannst du mir vielleicht helfen.«

»Versuchen kann ich es auf jeden Fall.«

»Meine Nachbarn. Horrorpärchen. Die wollen einen *Anbau.*« Das sagt sie so, wie die meisten Leute *Sexkerker* sagen würden. »Ich hab den Bauplan gesehen. Vollkommen überflüssig und grottenhässlich. Der würde mir das ganze Licht in der Küche versperren.«

Max räuspert sich höflich. »Verstehe. Manchmal ist das eher eine Frage des Planungsamts, aber das hängt ab von …«

»Ja, eben.« Zara beugt sich mit ihrem Martini in der Hand vor. Ihr breiter goldener Armreif knallt immer wieder an unseren Tisch, und sie trägt einen dunkelblauen Overall, der bei jeder anderen aussähe wie Sträflingskleidung, an ihr aber hypertrendy wirkt. »Was sind das für Witzbolde bei der Stadt? Ich hab Einspruch eingelegt, aber sie haben es trotzdem genehmigt.« Sie schüttelt den Kopf. »Die bauen das Ding für ihre halbwüchsigen Teufelskinder, die darin sowieso nur Drogen ziehen und laut Musik hören werden. Kannst du da gar nichts machen?«

Das passiert Max oft, dass die Leute glauben, sie könnten ihn bei einem schnellen Bier im Pub engagieren. Ich grinse in meine Virgin Mary. Das ist der Cocktail, den ich mir zurzeit meistens bestelle, weil er mich so an jenen Abend im Smugglers erinnert, als Max plötzlich vor dem Fenster und wieder in meinem Leben auftauchte.

Jetzt stellt er Zara einige Fragen, spricht über die Durchsetzbarkeit von Baubeschränkungen. Eifrig zückt Zara ihr Handy. Ich bin Max dankbar: Er könnte sie so leicht abwimmeln, ihr unmissverständlich zu verstehen geben, dass ihre Beschwerde juristisch keine Grundlage hat. Aber er weiß, wie wichtig mir Supernova ist und wie unbedingt ich mir Pluspunkte bei der am schwierigsten zu beeindruckenden Frau der Welt verdienen möchte.

Phoebe, mit der ich mir den Schreibtisch teile, beugt sich vor. Sie trägt ein Stirnband und bauchfreies Top (das Wetter scheint bei ihrer Kleiderwahl nie eine Rolle zu spielen), und ich beneide sie um ihr entspanntes Selbstvertrauen. Letzte Woche hat sie in einem Meeting ein Mitglied der Geschäftsführung *Kollege* genannt, und er wurde röter als sie. »Hat jemand Lust auf Karaoke nachher?«

Als Zara Phoebe einen Blick zuwirft, den ich nur als vernichtend beschreiben kann, sage ich lächelnd: »Falls Max nicht gerade total scharf darauf ist, glaube ich, dass wir …«

»Ach«, sagt er. »Ich hätte nichts dagegen, ein bisschen Dampf abzulassen.«

Verdutzt sehe ich ihn an. Früher lachten wir immer über Karaoke, vielleicht sogar ein wenig überheblich, dass wir es nicht nötig hatten, auf eine Bühne zu steigen, um zu beweisen, dass wir nicht verklemmt waren. »Echt?«

»Was ist dein Lied?«, fragt Kris.

»*Wonderwall*«, antwortet Max ohne jedes Zögern.

Kris wirkt überrascht. »Also, ich hätte dich eher so als *My Way*-Typen eingeschätzt.«

Ich fange Max' Blick auf und grinse. Damals an der Uni sang er mir immer *Wonderwall* ins Ohr, wenn es in einer Bar oder auf einem Konzert gespielt wurde, und jedes Mal vibrierte mein gesamter Körper vor Glück.

Es ist etwas über einen Monat her, dass ich mich bereiterklärte, wieder mit Max zusammen zu sein, die Vergangenheit hinter uns zu lassen. An jenem Abend in seiner Wohnung küssten wir uns nicht einmal, aber achtundvierzig Stunden später rief ich ihn an und schlug vor, zusammen in einem Wohnzimmerlokal zu essen, das Jools empfohlen hatte. Die Vorstellung, gemeinsam mit Fremden an einem Tisch zu essen, reizte mich, ich dachte, ohne den Druck einer Vieraugenbegegnung wäre es vielleicht einfacher, sich einander wieder anzunähern; oder auch ohne die Versuchung, ins Bett zu springen, wenn wir an unserem ersten Abend zu Hause blieben.

Letzten Endes allerdings hatte ich es nicht so ganz durchdacht: Wir mussten viele unbehagliche Fragen beantworten, wo wir uns kennengelernt hätten und wie lange wir schon zusammen seien. Dennoch, um das Eis zu brechen, war es nicht schlecht, und wir trafen ein paar interessante Menschen, einschließlich eines Wettermoderators, den Max und ich beide so halb erkannten, und eines ehemaligen *X-Factor*-Teilnehmers, auf den das ganz klar nicht zutraf.

Mit Max wieder physisch intim zu werden fühlte sich anfangs eher so an wie die Anfahrt zum höchsten Punkt der Achterbahn. Meine größte Angst war, dass Tash vor meinem geistigen Auge aufblitzen würde, sobald er mich berührte. Doch letztlich kam es so nicht. Nach dem Essen gingen Max und ich zu mir, die Nerven einigermaßen beruhigt durch die vorangegangene Unterhaltung. Und der erste Kuss vor der Haustür, der von mir ausging, fühlte sich absolut natürlich an, wie etwas, wonach ich mich nach vielen Wochen Abstinenz gesehnt hatte. Offen gestanden, war ich überrascht, wie sehr ich Max wollte, wie gern ich schnurstracks mit ihm nach oben gegangen wäre, um da wieder anzufangen, wo wir drei Monate vorher aufgehört hatten.

Als wir in meinem Bett lagen, überließ Max mir die Initiative, und in den ersten paar Minuten stellte ich mir vor, wir wären wieder im Wohnheim, bei jenem allerersten Mal vor den Weihnachtsferien. Ich tat, als fingen wir wieder ganz von vorne an, als wäre die Vergangenheit ausgelöscht. Und dann übernahm mein Körper das Kommando - das angenehme Erwachen des motorischen Gedächtnisses –, und alles fühlte sich besser an, als selbst ich für möglich gehalten hätte. Hinterher lagen wir nackt nebeneinander auf dem Bett, schwer atmend, bei noch offenen Vorhängen, und lauschten den Geräuschen von fluchend und rufend und lachend vorbeilaufenden Jugendlichen auf der Straße. Und ich fühlte mich seltsam gelöst, als hätte ich gerade das fehlende Puzzleteil gefunden, das mich in den Wahnsinn getrieben hatte.

Seitdem lief es ein bisschen Stop-and-go bei uns. Max will, dass ich das Tempo bestimme, wie oft ich ihn sehen, was ich unternehmen möchte. Was auch rücksichtsvoll von ihm ist und in mancherlei Hinsicht hilfreich. Manchmal allerdings würde ich lieber so tun, als wäre diese ganze Sache mit Tash gar nicht passiert, will auch definitiv nicht noch mehr darüber sprechen, und ich glaube, Max sucht nach einer Art Mittelweg, den es nicht so richtig gibt.

Das Schlimmste war die Grübelei, was alle anderen wohl davon halten. Nur Jools und meine Familie kennen den wahren Grund für unsere vorübergehende Trennung, und wenn wir mit Freunden oder Kollegen ausgehen, erhasche ich hin und wieder einen Seitenblick, ein ungewisses Lächeln. Als überlegten sie: Wer hat wen betrogen? Ist er mies im Bett? Ist sie in Wirklichkeit total langweilig? Ist er ein unerträglicher Snob?

Ich bemühe mich, nicht allzu viel darüber nachzudenken, was sie sagen würden, wenn sie Bescheid wüssten.

Vor dem Karaoke-Klub zögere ich einen Moment lang. Aus unerfindlichen Gründen bin ich nervös. Vielleicht ist es die Aussicht auf den nächsten dunklen Raum ohne Fenster, die engen Tische in den heißen, stickigen Ecken. Ich möchte das Risiko nicht eingehen.

»Alles okay?«, fragt Max, während er den anderen nachsieht, die schon hineingehen.

Wir könnten einfach nach Hause gehen, denke ich. Zara ist schon wieder nach Highgate gefahren. Alle sind betrunken. Ich würde niemanden im Stich lassen.

»Komm schon. Lass mich dir superkitschig *Wonderwall* vorschmettern.«

Ich drücke ihm lächelnd die Hand, denn mal ganz ehrlich, das ist ein Angebot, dem man nur schwer widerstehen kann. Also atme ich tief durch und folge ihm in den Klub.

Als wir darauf warten, einen Tisch zugewiesen zu bekommen, wird mein Blick von einer großen dunkelhaarigen Gestalt vor uns angezogen. Er steht in einem Grüppchen, und ich kann ihn nur von der Seite sehen, aber er kommt mir grauenhaft bekannt vor. Gleiche schmale Statur, gleiches helles T-Shirt. Seine Haltung strahlt überbordendes Selbstvertrauen aus, eine Gelassenheit, die mir einen Schauer durch den Körper jagt. Er ist nur wenige Meter entfernt. Er könnte sich umdrehen und …

Einen Moment lang fühlt es sich an, als hätte mir jemand die Hand auf den Mund gepresst. Ich werde steif und starr, meine Haut kribbelt, als wäre ich in Brennnesseln geschubst worden. Wenn jetzt ein Feuer ausbräche, könnte ich nicht fliehen. Mein Puls wird zu einem drängenden Rauschen in den Ohren.

Nate.

Nein, das kann nicht sein.

Nate. Er ist hier. Er hat dich gefunden.

Endlich zwinge ich meine Beine, sich zu bewegen, und einen Augenblick später stehe ich auf der Straße. Ich keuche in der kalten Luft, als wäre ich gerade das Rennen meines Lebens gelaufen, beuge mich vornüber, damit ich nicht ohnmächtig werde, aber mein Herz klopft so schnell, dass es auf der Kippe steht.

Als ich eine Hand auf dem Rücken spüre, schrecke ich zusammen, doch es ist Max.

»Luce? Alles in Ordnung?«

»Sorry«, stoße ich hervor. Ich bin absurd erleichtert, ihn zu sehen, als wäre ich gerade aus einem Albtraum aufgewacht.

»Meine Güte, was ist denn los? Du bist ganz grau im Gesicht.«

Es dauert ein paar Sekunden, bis ich die Worte finde. »Ich hab da drin nur gerade jemanden gesehen, den …«

Er wartet, aber ich kann es nicht aussprechen.

»Den du kennst?«, fragt Max nach.

Ich schüttle den Kopf. »Jemanden, den …« *Vielleicht wird es Zeit, es ihm endlich zu erzählen.*

Ich muss ziemlich elend aussehen, denn Max stellt keine Fragen mehr. Er zieht sich nur den Mantel aus, legt ihn mir um – erst jetzt bemerke ich, dass meine Zähne klappern – und ruft uns ein Taxi.

13

Shoreley

»Was, du hast also mit eigenen Augen gesehen, dass sie sich umarmt haben?«

Stirnrunzelnd nicke ich. »Genau.«

Ich bin mit Tash in der Küche, an dem Morgen, nachdem Helen zu Caleb ins Atelier kam. Seit Stunden lese ich den neuesten Ausdruck meines Manuskripts, kritzle ihn mit roter Tinte voll. Mir ist vor Kurzem bewusst geworden, dass, wann immer mich etwas besorgt, egal, ob ernst oder trivial, das Schreiben mein Weg ist, damit umzugehen. Oder nicht damit umzugehen, wie man es eben betrachten will. Jedenfalls hilft es mir, mich in etwas versenken zu können. Was auch immer mir durch den Kopf geht, letztlich finde ich immer eine Version davon irgendwo auf dem Papier.

Die Küche ist erfüllt von kühlem Licht und diesen heimeligen Morgendüften: getoastetes Brot und frischer Kaffee und saubere Wäsche. Simon und Dylan haben das Haus bereits verlassen, und Tash und ich nutzen die halbe Stunde, bevor sie ins Büro muss und ich ins Pebbles & Paper, für uns.

»Hat Caleb dich hinterher angerufen?«

Ich grinse finster. »Oh ja, um eins.« Ich habe nicht abgehoben, und seitdem hat er mir auch keine Nachricht geschickt. In Bezug darauf, wie sein Essen mit Helen lief, tappe ich also noch klar im Dunklen.

Tash verzieht das Gesicht. »Aua.«

»Ach, ich weiß auch nicht, vielleicht war es zu viel verlangt, dass sie so bald nach der Trennung aus seinem Leben verschwunden ist.«

»Glaubst du etwa, dass er noch was für sie empfindet?«

Bei der Vorstellung, dass Caleb gestern Abend seine Liebe zu Helen wiederentdeckt hat – über ihre Witze lachte, beim Dessert flirtete, das Restaurant nicht verlassen wollte –, zieht sich meine Brust zusammen. »An sich dachte ich das nicht, aber er hat sich erst um eins gemeldet. Also müssen sie noch was trinken gegangen sein, und …« Ich seufze. »Wer weiß? Kann schon sein.«

Das hat man davon, wenn man sein Herz für jemanden riskiert, der zu gut scheint, um wahr zu sein.

»Du könntest auf seinem Handy nachsehen.«

Ich lache bedrückt. »Komm schon.«

»Warum nicht?« Sie zuckt die Achseln.

»Wenn man an dem Punkt ist, sollte man besser gar nicht zusammen sein, oder?«

Tash schluckt und sieht auf ihre Hände, dreht den Ehering ein paarmal herum. »Ich weiß nicht. Manchmal, also wenn man einfach nur beruhigt sein will …«

Warum, kann ich nicht sagen, aber ihre Miene erinnert mich an den Streit, den sie an Dylans Geburtstagsfeier mit Simon hatte.

»Tash«, sage ich sanft, obwohl mein Herz laut pocht. »Hat Simon dich betrogen?«

Sie wartet gefühlt mehrere Minuten, bis sie antwortet, die Stirn gefurcht wie eine Maske, die zu zerbröckeln beginnt. »Ja. Ein Mal. Mit einer Frau namens Andrea, ein paar Monate nach unserer Hochzeit. Sie war eine Kollegin.«

Ich fluche halblaut, ergreife ihre Hände. »Mein Gott, Tash, warum hast du mir das nicht erzählt?«

»Ich hab mich geschämt«, gesteht sie mit plötzlich sehr dünner Stimme. »Es war mir peinlich. Wir waren frisch verheiratet. Ich fühlte mich gedemütigt, ich wollte einfach tun, als wäre es gar nicht passiert.«

Mir fällt ein, was sie gerade über Calebs Handy sagte. »Du glaubst doch nicht, dass Simon immer noch …«

»Nein.« Sie schüttelt den Kopf. »Wir haben das aufgearbeitet. Wir haben es durchgestanden. Und ich glaube, damals war es das Richtige, weder dir noch Mum noch sonst jemandem was davon zu sagen, weil … Simon ist ein großartiger Vater für Dylan und ein echt toller Partner, und wir haben uns dazu entschlossen, unsere Ehe zu kitten. Und darüber bin ich froh, jeden Tag.«

Natürlich freue ich mich, das zu hören, bin aber nicht sicher, was das ihrer Meinung nach für mich bedeutet. »Also wie jetzt, wenn zwischen Caleb und Helen was passiert ist, sollte ich es einfach locker sehen?«

»Selbstverständlich nicht. Aber du kannst selbst bestimmen, wie du damit umgehst.« Die Falten auf ihrer Stirn vertiefen sich noch ein wenig. »Deshalb konnte ich mit diesem ganzen Kram von der Seelenverwandtschaft nie so viel anfangen. Meiner Ansicht nach ist Liebe eine Entscheidung, kein Gefühl. Ich glaube, man muss sehr viel investieren.«

Ich lächle schwach. »Sagtest du nicht, eine Kollegin von dir hat einen Artikel über Seelenverwandte gelesen, den du wahnsinnig überzeugend fandest?«

Sie zuckt mit den Schultern, als hätte alles, was ich ihr

gerade erzählt habe, dieses kurze Techtelmechtel mit der Sentimentalität beendet. »Da hab ich mich wohl hinreißen lassen.«

Auch wenn ich mit dem pragmatischen Ansatz meiner Schwester zur Liebe nicht unbedingt konform gehe, muss ich doch zugeben, dass das Ganze beeindruckend abgeklärt klingt. Ich drücke ihre Hände. »Das ist toll. Dass du Simon verzeihen und damit abschließen konntest.« Denn das muss positiv sein, allein schon, weil es sonst Dylan gar nicht gäbe.

»Versteh mich nicht falsch«, sagt sie hastig, ohne mich dabei richtig anzusehen. »Wenn er eine langfristige Affäre gehabt hätte, wäre es was anderes gewesen. Aber ich bin ja selbst nicht perfekt. Ich habe mich auch schon ziemlich mies benommen. Man darf einfach nicht vergessen, dass jeder Fehler macht, weißt du? Gute Menschen tun manchmal schlimme Dinge. Das Leben ist nicht schwarz-weiß. Es gibt eine Million Grautöne, nur dass das heutzutage offenbar niemand mehr akzeptieren will.«

»Das heißt also, ich soll nicht zu streng mit Caleb sein?«

»Na ja, hör dir wenigstens an, was er zu sagen hat, und überleg dir dann, wie es weitergeht.« Sie sieht mich an, die Augen plötzlich schimmernd vor Emotion. »Ich hab dich lieb, Lucy. Es ist so ein Glück für mich, dich zu haben.«

Zu meiner Überraschung fängt sie zu weinen an. Wahrscheinlich ist sie aufgewühlt von dem Gespräch über Simon und Andrea, also gehe ich zu ihr, umarme sie, küsse sie auf die Haare und sage ihr, dass ich sie auch lieb habe.

Kurz vor der Mittagspause bimmelt das Türglöckchen im Pebbles & Paper, und Caleb kommt herein.

Es war nicht viel los am Vormittag, bisher habe ich nur

ein paar Kerzen in Liegestuhlform und mehrere Grußkarten verkauft und schon angefangen, mir auf der Rückseite des Geschenkpapiers Notizen für meinen Roman zu machen.

»Hallo.«

Ich muss schlucken, während ich überlege, ob er aussieht, als hätte er in der letzten Nacht Sex mit seiner Noch-Ehefrau gehabt. Auf jeden Fall wirkt er müde und ausgelaugt, als bräuchte er einen Kaffee und etwas zu essen.

»Du hast doch Hausverbot«, erinnere ich ihn im Spaß. (Das stimmt sogar wirklich. An meinem ersten Tag überreichte Ivan mir einen Zettel mit sechs Namen von Menschen, die im Laden nicht mehr geduldet werden, und einer davon war Caleb. Wobei mir nicht ganz klar ist, wie ich die Namen der Bösewichte an ihrem Gesicht erkennen soll.)

»Das ist mir total egal.« Caleb bleibt mitten im Raum stehen, neben den Schaffell-Produkten, die Hände in die Taschen seiner dunkelgrauen Wolljacke gesteckt. Seine Haare sehen feucht aus, und ich begreife erschrocken, dass er offenbar erst vor Kurzem aufgestanden ist. »Wie geht es dir?«

Ich nicke bedächtig. »Gut. Und dir?«

Seine Miene ist ernst. »Auch. Können wir reden?«

»Ich hab um eins Pause.«

»Treffen wir uns in der Strandhütte?«

»Okay«, sage ich, und im selben Moment wird mir klar, dass er mir möglicherweise gleich das Herz bricht. Dass er mir vielleicht mitteilt, er habe gestern mit Helen geschlafen, sie seien wieder ein Paar, sich von ihr zu trennen und mit mir zusammenzukommen sei ein schrecklicher Fehler gewesen, nicht mehr als ein Schlagloch in der Straße auf seiner Reise durch das Eheleben.

Als ich in der Hütte ankomme, hat Caleb den Ofen angezündet und Wasser gekocht. Wortlos setze ich mich ihm gegenüber, und er reicht mir einen Becher mit Kaffee.

»Dann hattest du also einen schönen Abend«, sage ich, hörbar resigniert.

»Wie kommst du darauf?«

Ich weiß, dass ich riskiere, kleinlich zu klingen, aber ich kann nicht anders. »Na ja, ein Uhr nachts ist ja nicht ohne.«

Er nickt, als gäbe er mir irgendwie recht, und trinkt einen Schluck. »Es war ein komischer Abend.«

Ich beobachte ihn nur stumm und warte ab. Ich werde ihm nicht unter die Arme greifen – er muss reden, er muss mir offen sagen, was los ist.

Er bleibt lange stumm. »Helen … Helen will, dass ich wieder zu ihr nach London ziehe.«

Mein Bauch verkrampft sich. »Aha.«

Er sieht mich durchdringend an. »Lucy, nur dass das klar ist, ich habe ihr sofort gesagt, dass ich dich liebe. Dass ich auf keinen Fall zurückkomme.«

Erleichterung durchströmt mich wie eine Art Rauschgift. Trotzdem denke ich unwillkürlich, dass noch mehr hinter der Sache stecken muss. »Das klingt aber nach einem relativ kurzen Gespräch. Was hat bis ein Uhr nachts gedauert?«

»Sie war aufgelöst. Wir sind zu mir ins Cottage gegangen.«

Ich stelle sie mir zusammen vor, in dem winzigen, krummen Wohnzimmer, das ich lieben gelernt habe. Hat Helen eine Flasche Wein geöffnet, seine Lieblingsmusik aufgelegt, um ihn nostalgisch zu machen? Vielleicht trug sie unter ihrem Mantel ein Kleid, das er immer gern mochte. Oder schlimmer noch …

»Aber ihr seid doch getrennt.« Verzweiflung flackert in mir wie eine kaputte Glühbirne. »Du bist ausgezogen, du wohnst jetzt zwei Stunden von London entfernt. Hast du …«

»Habe ich was?«

Ich umklammere meinen Kaffeebecher noch etwas fester. »Was weiß ich, hast du ihr einen falschen Eindruck vermittelt, oder so? Ich wusste nicht, dass ihr Kontakt habt.«

»Hatten wir nicht. Ehrlich, das kam für mich total überraschend.«

»Sie hat sich das mit der Trennung anders überlegt? Einfach so?«

»Sie sagt, sie hat eine Therapie gemacht wegen … wegen der Kinder-Sache. Sie glaubt, sie ist jetzt bereit, sich einer Zukunft ohne Kind zu stellen.«

Mir kriecht das Herz in die Kehle hinauf. »Caleb.«

»Was?«

»Habt ihr beide euch nur eine Auszeit genommen?«

»Nein.« Vor Schreck reißt er die Augen auf. »Wir haben uns getrennt. Was mich betrifft, ist der nächste Schritt die Scheidung.«

Ich schüttle den Kopf. »Und was jetzt?«

»Ich hab ihr erklärt, dass sich für mich nichts geändert hat. Dass ich dich liebe.«

Trotz seiner Beteuerung bekomme ich ein schlechtes Gewissen, als hätte ich mich vielleicht zwischen die beiden gedrängt, einer guten Beziehung in den Weg gestellt. Vielleicht sind in Wirklichkeit Helen und Caleb füreinander bestimmt, nicht wir. Mir schießt durch den Kopf, ob es das Richtige wäre, Caleb aufzufordern, es noch einmal mit ihr zu probieren. Ist das nicht letzten Endes, worum es bei der

Ehe geht? In guten wie in schlechten Tagen. Holprig und glatt. Wäre das nicht das Richtige?

Die Worte brennen mir auf der Zunge. Aber dann kommt etwas viel Dringenderes heraus. »Sie hat bei dir übernachtet, oder?«

Er wartet lange mit seiner Antwort. »Ja. Aber ich hab auf dem Sofa geschlafen.«

»Autsch.«

Vom Dach der Hütte fliegt polternd eine Möwe auf, was ein ruppiges Konzert bei anderen Vögeln in der Nähe auslöst. Sie klingen irgendwie wütend. Oder ich projiziere.

»Ich schwöre dir, dass nichts passiert ist.« Calebs Miene ist gequält. »Es war nur, also, um ein Uhr nachts gab es wenig andere Optionen.«

Ich starre ihn an, in meinem Kopf dreht sich alles. Ich möchte ihm so gern glauben, aber bin ich einfach nur blauäugig, idiotisch naiv? »Ich hab gesehen, wie du sie umarmt hast.«

Er schiebt den Kiefer vor. »Ja, sie hat geweint und mich gebeten, sie in den Arm zu nehmen. Es kam mir kaltherzig vor abzulehnen.«

Ich nippe an meinem Kaffee. »Hast du sie gefragt, wo sie übernachtet, bevor du mit ihr was trinken gegangen bist?«

»Sie hat gesagt, sie hätte ein Zimmer in einem Bed & Breakfast. Und ich bin nicht ›mit ihr was trinken gegangen‹.«

»Ein erfundenes Zimmer?«

Er nickt. »Sie hatte wohl gedacht, der Abend würde anders verlaufen.«

»Hat sie versucht, dich zu küssen?« Helen ist fraglos schön und will ihn offenbar unbedingt zurückhaben. Ich kann es kaum ertragen, die Frage zu stellen, kann mir aber auch nicht vorstellen, dass sie nicht wenigstens einmal ihr Glück versucht hat.

Caleb flucht leise, fährt sich mit der Hand durch die Haare. »Ja.«

Mein Magen zieht sich zusammen. »Als du also sagtest, es wäre nichts passiert, meintest du eigentlich, dass was passiert ist.«

»Nein«, kontert er. Sein Blick ist eindringlich. »Sie wollte mich küssen, und ich habe sie weggeschoben. Wir haben uns nicht geküsst, Lucy.«

»Meine Güte, wie würdest du dich fühlen? Wenn das Max und ich gewesen wären?«

Er sieht auf seine Hände. »Na ja, ich würde ihn natürlich schlagen wollen.«

»Sehr konstruktiv.«

Er hebt den Kopf. »Was soll ich denn sagen? Klar hätte ich das gestern besser anstellen können, nein, *müssen*. Ich hätte sie sofort wegschicken müssen, als sie ankam. Aber ich habe mich vorher nicht uneindeutig verhalten oder ihr sonst einen Grund gegeben zu glauben, dass ich auch nur im Entferntesten daran interessiert bin, wieder zusammenzukommen. Es tut mir leid, dass das alles passieren musste, aber vielleicht hilft ihr das sogar jetzt, sich damit abzufinden. Wahrscheinlich hätte ich das schon längst machen sollen, offen gestanden.«

»Wie seid ihr verblieben?« Wider Willen entsteht vor meinem geistigen Auge ein Bild von Helen, wie sie sich heute Morgen vor seiner Tür ein letztes Mal auf ihn zu stürzen versucht und dann in ihrem Porsche zurück nach London braust.

»Ich habe ihr gesagt, dass ich die Scheidung will. Das mit Helen und mir ist vorbei. Dich will ich, Lucy. Keine andere.«

Ich bleibe stumm. Einerseits wäre es mir lieber, wenn das gestern überhaupt nicht passiert wäre; andererseits hat er vielleicht recht. Vielleicht kann sie es jetzt akzeptieren.

Wieder denke ich an meine Schwester. Wenn sie darüber hinwegkommen kann, dass Simon einen One-Night-Stand hatte, sollte ich dann nicht verschmerzen können, dass Caleb seiner Frau einen Korb gibt, egal, wie unbeholfen?

Caleb stellt seinen Kaffee ab, steht auf und kniet sich vor mich hin. »Mein Leben mit dir hier ist zehnmal so gut, wie es mit Helen war.« Er senkt den Kopf und küsst mir die verkrampft auf dem Schoß verschränkten Hände. »So muss Liebe sich anfühlen, Lucy. Wie das, was wir haben, du und ich.«

Ich weiß, dass er recht hat: dass Liebe sich so anfühlen sollte. Das wusste ich schon von Anfang an. Mit Caleb zusammen zu sein ist, wie in einen hellen Raum zu treten, nachdem man viel zu lange im Dunkeln herumgestolpert ist.

Dennoch spüre ich eine Beklemmung in meiner Brust, als könnte jeden Moment das Licht ausgehen, und ich bliebe wieder im Dunklen zurück.

London

Auf dem Heimweg nach Tooting sprechen Max und ich nicht. Er hält nur im Taxi meine Hand, und ich drehe den Kopf weg, lasse ein paar Tränen laufen, verschmiere das Fenster mit meinem Atem.

Wie kann ich immer noch solche Angst haben, so viele Jahre später?

Zu Hause gehen wir nach oben, wo ich meine Schuhe und Max' Jacke ausziehe und mich aufs Bett setze, die Füße untergeschlagen. Die Heizung läuft, und das Zimmer ist warm, wofür ich dankbar bin, weil mir von dem Schock, Nates Doppelgänger begegnet zu sein, immer noch kalt ist.

Unten im Wohnzimmer sind Leute. Am lautesten hört man Reuben und dieses trötende Seehundlachen, das Sal immer bekommt, wenn sie stoned oder betrunken ist. Es läuft Musik, der Bass kriecht durch die Decke zu uns herauf, zusammen mit einer satten Marihuana-Wolke. Ihre Anwesenheit dort unten ist tröstlich, wohltuend.

Jools ist heute Abend mit Vince unterwegs. Möglicherweise macht sie Schluss. Nach einem vielversprechenden Anfang einschließlich nächtelanger Gespräche, geschenkter Blumensträuße und allem Anschein nach guter Manieren, läuft es in letzter Zeit nicht mehr gut. Er behauptet immer, den nächsten Schritt in der Beziehung machen zu wollen (was auch immer das bedeutet), reagiert dann aber nicht auf ihre Nachrichten, manchmal tagelang.

Max setzt sich auf den Stuhl am Kamin. »Was war denn gerade los?«

Ich merke, dass mir immer noch Tränen über das Gesicht laufen. Mit zittriger Hand hole ich mir ein Taschentuch vom Nachttischchen und wische sie ab. Max beobachtet mich, die Miene besorgt verzerrt.

Jools ist der einzige Mensch, dem ich es je erzählt habe. Halb wünsche ich mir, sie wäre jetzt hier und hielte meine Hand.

»Das ist schwer zu erklären. Also, es ist schon schlimm, aber mein Kopf spielt mir auch Streiche. Manchmal frage ich mich, ob ich überreagiere. Ich meine, ich bin am Leben …«

»Am Leben?« Jetzt wirkt Max richtig erschrocken. »Du musst mir erzählen, was los ist, Luce. Auf der Stelle.«

Also schlucke ich und fange an.

Es war vor fast zehn Jahren. Seit dem zweiten Weihnachtsfeiertag reiste ich durch Europa, Marokko, Thailand und Malaysia, nachdem ich mein Studium in Norwich abgebrochen hatte, und zu der Zeit war ich in Australien. Im März war ich in Sydney gelandet, wollte dort ein Weilchen bleiben und dann weiter nach Neuseeland und schließlich Nordamerika.

Es war mein erster Abend in Australien. Wie blöd von mir.

Es gibt Menschen auf der Welt, deren Charme zweifellos pathologisch ist. Max besitzt Charme und Charisma im Überfluss, hat aber auch ein gutes Herz. Ein sehr gutes.

Nates Charme hingegen war, wenn ich jetzt zurückblicke, nichts als schaurige, aber hervorragende Schauspielkunst.

Er musste mir gefolgt sein, begriff ich im Nachhinein. Ich war das perfekte Opfer, als ich allein von dem Backpacker-Hostel zur Opera Bar lief, wo ich ein paar Selfies schießen wollte. Immer wieder sah ich auf die Wegbeschreibung auf meinem Handy.

Für den folgenden Abend hatte Tash für mich ein Abendessen mit einer Freundin von ihr und deren Mann arrangiert, aber jener erste Abend sollte mir allein gehören.

Es war ein bedeckter, schwüler Tag gewesen. Die Bar war voll, alles stand dicht gedrängt. Ich bestellte mir etwas zu trinken, nachdem ich einen der letzten Plätze direkt am Wasser ergattert hatte, und blätterte durch einen Reiseführer. Ja, wirklich. Ich muss wie der Inbegriff der Unschuld ausgesehen haben.

»Erin, stimmt's?«

Zuerst reagierte ich nicht, aber als der Schatten neben meinem Stuhl sich nicht weiterbewegte, hob ich den Kopf. Er sah so gut aus wie ein Filmstar, grüne Augen, dunkle Haare, Gesichtszüge, die so perfekt waren, dass es schon beinahe unecht wirkte, als wäre er computeranimiert worden.

Das Schlimmste war, dass ich sofort misstrauisch war. Ich wusste es von Anfang an. Ich *wusste* es.

Und trotzdem ließ ich mich auf ihn ein.

Höflich lächelnd schüttelte ich den Kopf. »Nein.«

»Ach! Sorry. Du siehst aus wie …« Er hob entschuldigend die Hand. »Egal.«

Und da hatte er mich schon am Haken: Er wirkte so verlegen, dass er mir leidtat. Ich glaube, er wurde sogar etwas rot, keine Ahnung, wie er das hingekriegt hatte.

»Bist du mit jemandem verabredet?«, fragte ich, meinen vorherigen Argwohn schon bedauernd.

Er war gut angezogen in einem hellen Jeanshemd, eine auffällige Uhr halb versteckt unter dem Ärmel. Es war die größte, klobigste Armbanduhr, die ich je gesehen hatte, ein Apparat, für den die meisten Menschen einen Kleinkredit aufnehmen müssten. Mit einer Grimasse warf er einen Blick darauf. »War ich. Vor einer Stunde. Du warst meine letzte Hoffnung.«

Ich zog den Kopf ein. »Tut mir leid.«

»Nein, mir tut es leid. Dass ich dich gestört habe. Schönen Abend noch.«

Ich sah ihm nach, als er kopfschüttelnd zur Theke lief, sich eine Hand in den Nacken legte, einen Anruf tätigte. Er spielte – diesen Teil habe ich bis zum heutigen Tag noch so klar in Erinnerung - die Rolle des bedauernswerten, attraktiven Fremden meisterhaft.

Nach ungefähr zwanzig Minuten kam er wieder an meinem Platz vorbei, mutmaßlich auf dem Heimweg. Er hob den Kopf, machte eine betretene Miene, blieb stehen.

»Britin?«

Ich bejahte etwas schüchtern.

Er lächelte verhalten, passte sich perfekt meiner Befangenheit an. »Meine Tante wohnt in Bath.« (Noch ein genialer Schachzug: Wer findet Bath nicht toll?)

»Ach, echt? Bath ist supernett.«

»Finde ich auch.« Wieder zögerte er, als wäre er es überhaupt nicht gewöhnt, fremde Frauen in Bars anzusprechen. Wie konnte ich darauf hereinfallen? »Darf ich dir, ähm, was zu trinken bestellen?«

In den vergangenen Jahren habe ich diesen Moment immer und immer wieder im Geiste durchgespielt. *Sag Nein. Wünsch ihm einen schönen Abend. Steh auf, geh weg und sieh dich nicht um.* Aber natürlich machte ich das nicht. Ich war einfach geschmeichelt, dass dieser super gekleidete Australier mit der Hammerbräune, den magnetischen Augen und dem freundlichen Tantchen in Bath mir einen ausgeben wollte.

Als ich ihn fragte, was er beruflich machte, holte er sogar eine Visitenkarte aus der Brieftasche, auf der behauptet wurde, er arbeite in der Geschäftsleitung einer bekannten Bank. Hinterher stellte sich natürlich heraus, dass man dort noch nie von einem Nathan Drall gehört hatte.

»Nenn mich doch Nate«, sagte er.

Und bald darauf setzt meine Erinnerung komplett aus, als hätte er mich mit einem einzigen Hieb zu Boden geschlagen.

Am nächsten Morgen – zumindest nahm ich an, dass es Morgen war – wachte ich mit steifem Nacken und Kopfschmerzen auf, die sich anfühlten, als würde mir der Schädel zerlegt. Ich war orientierungslos, konnte nicht einordnen, wo ich mich befand.

Es war dunkel, aber ich war nicht im Hostel. Das wusste ich instinktiv. Es war zu still, zu ruhig. Zu klimatisiert.

Etwas stimmte nicht. Panik machte sich in mir breit.

Und dann: ein schrilles, anhaltendes Klingeln, ein so plötzlicher und durchdringender Misston, dass mir das Herz beinahe aus der Brust sprang. Ich brauchte ungefähr zehn Sekunden, um zu begreifen, dass es ein Telefon war.

»Guten Morgen«, sagte eine gefällige Stimme, als ich endlich abhob. »Wir wollten Sie nur daran erinnern, dass Check-out um elf Uhr ist.«

Check-out?

Ich murmelte etwas, legte auf und setzte mich blinzelnd auf. Die Kopfschmerzen wurden noch schlimmer.

Ein Hotel. Ich saß in einem riesigen Bett, die Vorhänge fest zugezogen. Der Raum hatte die gedämpfte, muffige Atmosphäre einer Flugzeugkabine. Ich war immer noch voll bekleidet, mit den Sachen vom Vorabend.

Ein Schauer durchlief mich.

Nate.

Wo war er? War er noch hier? Warum war *ich* hier?

Ich knipste eine Lampe an, sah mich um. Das Zimmer war groß und verstörend unordentlich; auf einem niedrigen Tisch standen leere Flaschen und Gläser, zwei Essenstabletts. An nichts davon konnte ich mich erinnern. Mit gerümpfter Nase atmete ich tief ein, vielleicht zum ersten Mal, seit ich aufgewacht war. Es roch nach Frittiertem und noch etwas anderem. Ich suchte nach meinem Handy, entdeckte es aber nirgends.

Etwas wackelig stieg ich aus dem Bett und ging ins Bad, aber bei dem Gestank schreckte ich zurück. Das Waschbecken war voller Erbrochenem.

Jetzt noch panischer, riss ich die Decke vom Bett, hob Kissen hoch, riss Türen und Schubladen auf, zerrte die Vorhänge auseinander. Mir wurde beinahe schwindlig, als ich aus dem Fenster sah, geblendet von der Sonne, verwirrt vom Anblick des Opernhauses, das gelassen auf der anderen Seite des Hafens lag, als wäre nichts geschehen.

Ich trat zurück von der unter normalen Umständen atemberaubenden Aussicht, als würde sie brennen. Meine Tasche, in der sich mein Handy, Geld, Pass, einfach alles befunden hatte, war weg.

Sinnloserweise sah ich mich im Raum nach einer Nachricht um – *Es gab ein Missverständnis, er hat aus Versehen meine Tasche mitgenommen, er ist nur kurz rausgegangen, um Frühstück zu holen, und kommt gleich mit Croissants und Kaffee zurück, wie im Film* –, bis endlich mit einem dumpfen Krachen der Groschen fiel. Nate war weg, und mit ihm meine Sachen.

Ich war so geschockt und benommen, dass ich mich schon fragte, ob ich vielleicht irgendwie eine Kopfverletzung erlitten hatte. Ich leerte eine Flasche Wasser, versuchte, das Bad zu reinigen (Wessen Erbrochenes war das?) und ging dann in die Lobby, um auszuchecken, da mir undeutlich bewusst war, dass es eine Art Zechprellerei wäre, wenn ich einfach ginge.

Mir war das Ganze zu peinlich, um an der Rezeption etwas zu sagen. Ich nahm einfach die Rechnung für den Zimmerservice und die Riesenmenge an Alkohol entgegen, die ich offenbar bestellt hatte, und machte mich aus dem Staub.

Anfangs dachte ich, ich hätte mich so betrunken, dass Nate mich dort eingecheckt, dann aber allein gelassen hatte, weil er sich für mich schämte. Die Visitenkarte, die er mir gegeben hatte, war verschwunden, deshalb konnte ich nicht einmal anrufen und mich entschuldigen.

Noch schlimmer wurde die Lage, als ich ins Hostel zurückkehrte. Wer auch immer meine Tasche mitgenommen hatte, hatte meinen Zimmerschlüssel verwendet, um auch meine restlichen Sachen zu stehlen. Das Einzige, was er übrig gelassen hatte, war das Notizbuch unter meinem Kissen.

Jede Faser meines Körpers schrie danach, das Land zu verlassen, nach Hause zu fahren, mich sicher zu fühlen. Also rief ich Jools an. Ich muss mehr als nur verängstigt geklungen haben, denn bereits nach wenigen Sätzen bestand sie darauf, mir einen Heimflug zu buchen, erklärte mir, wie man sich einen vorläufigen Reisepass besorgte, und versprach, meine Kreditkarten sperren zu lassen.

Ich schreckte davor zurück, zur Polizei zu gehen, allein die Vorstellung war grässlich. Denn wie lautete meine Geschichte denn eigentlich? Ich hatte keinen Beweis dafür, dass Nate meine Sachen gestohlen hatte. Wie konnte ich jemanden beschuldigen ohne jede Erinnerung? Vielleicht hatte ich meine Tasche einfach in der Bar vergessen. Vielleicht hatte er mich in dieses Hotel gebracht, damit mir nichts zustieß. Ganz eindeutig hatte ich mich bis zur Bewusstlosigkeit betrunken. Welchen Verbrechens sollte ich ihn überhaupt anzeigen?

Später allerdings kam ich zu dem Schluss, dass er es gewesen sein musste. Denn mein Bankkonto war leer und meine Kreditkarten am Limit, und er war der Einzige, der meine PIN erfahren haben konnte. Er muss danach gefragt haben, während ich sternhagelvoll war, oder er hatte sie mich irgendwann im Laufe der Nacht eintippen sehen.

Jedenfalls hatte er Glück, denn ich verwendete dieselbe Geheimzahl für alle drei Karten in meinem Portemonnaie.

Erst eine Woche später, als ich zu Hause in Shoreley war, die Reise um zwei Monate verkürzt, fragte Jools mich, ob ich glaubte, Nate hätte mir K.-o.-Tropfen gegeben.

Ich hatte ihr alles erzählt, an was ich mich erinnerte. Was, offen gestanden, nicht sonderlich viel war. Ich fühlte mich so dumm, so naiv, so ahnungslos, was geschehen war.

Aber schlagartig wurde alles, was vorher so rätselhaft und verunsichernd gewesen war, glasklar, als hätte jemand Schmutz von einem Objektiv gewischt.

»Ich meine«, sagte Jools sanft. »Du kippst nie um, wenn du trinkst.«

Und sie hatte recht. Jetzt, wo ich darüber nachdachte, war der Abend mit Nate das erste Mal, dass ich mich ab einem bestimmten Punkt an absolut nichts erinnern konnte. Es war so seltsam, so untypisch für mich.

Und im selben Moment wusste ich tief drinnen Bescheid. Nate hatte mir etwas in mein Getränk geworfen.

Bis heute weiß ich nicht, ob wir in diesem Zimmer Sex hatten.

Ich nahm all meine Kraft zusammen, um mich in einer Klinik untersuchen und einen Schwangerschaftstest machen zu lassen, aber alles war in Ordnung. Und dort sagte ich niemandem die Wahrheit.

Aber als ich das erledigt hatte, wurde mir natürlich klar, dass ich die Polizei informieren musste, denn Nate war höchstwahrscheinlich ein Monster, das frei herumlief. Obwohl zu diesem Zeitpunkt fast ein Monat vergangen und ich nicht mehr im Land war und die Chancen, ihn zu fassen, praktisch bei null lagen. Dennoch wandte ich mich an die Polizei in Sydney und erzählte ihnen alles, was ich wusste. Oder zu wissen glaubte.

In den folgenden Wochen grübelte ich ganze Tage lang manisch darüber nach, was passiert war, versuchte so angestrengt, mich zu erinnern, dass mir der Kopf schmerzte. Ich wusste, dass ich voll bekleidet war, als ich an jenem schrecklichen Morgen aufwachte, aber hatte ich irgendetwas gespürt, körperlich?

Ich suchte auch online wie besessen nach ihm, fand aber selbstverständlich nichts. Denn, wie ich mittlerweile sehr gut wusste, gab es Nathan Drall nicht.

Das Ganze quälte mich unablässig, ich schlief nur kurz und unruhig. Und wenn ich dann einmal einnickte, wachte ich nach zwei Stunden auf, wie vom Blitz getroffen, fest davon überzeugt, dass Nate an meinem Bett stand.

Fast zwei Jahre hatte ich danach keinen Sex, und seit jenem Tag habe ich keinen Tropfen Alkohol mehr angerührt. Meine Konzentrationsfähigkeit war lange ruiniert, genau wie mein Sinn für Humor. Ich wurde schnippisch und reizbar, war überhaupt keine angenehme Gesprächspartnerin.

Meiner Familie erzählte ich, mir sei das Geld ausgegangen, es habe mir jemand die Kamera geklaut, ich habe keine Lust mehr auf Reisen gehabt. Für das ewige Unterwegssein sei ich offensichtlich nicht geschaffen. Tash bemerkte mehr als einmal, dass ich wie ein völlig anderer Mensch aus Australien zurückgekehrt sei: Ich hätte vergessen, wie man sich amüsiere, spontan sei, sich am Leben erfreue. Und daran, wie sie das sagte – traurig, so sanft –, merkte ich, dass sie irgendwie etwas ahnte. Ahnte, dass ich mehr als meine Habseligkeiten dort verloren hatte.

Nachdem ich Nate angezeigt hatte, hoffte ich so verzweifelt auf einen Anruf, man habe ihn geschnappt, damit ich nicht mehr glauben musste, durch meine anfängliche Schockstarre und Unfähigkeit zu handeln, unwillentlich jemand anders in Gefahr gebracht zu haben.

Doch der Anruf kam nie.

Max starrt mich an, Tränen in den Augen. »Mein Gott, Lucy. Es tut mir ja so leid.«

»Das ist der Grund, warum es mir ein bisschen schwerfällt zu vertrauen.«

Ich sehe ihm an, dass ihn das trifft. Er wird blass und

wendet sich ab. »Ich kann das einfach nicht fassen. Warum hast du mir das nicht erzählt?«

Ich zögere, male mit dem Finger auf dem Kissen herum, das ich mir auf den Schoß gelegt habe, wie ein Kind. »Na ja, ich weiß eben immer noch nicht, was wirklich passiert ist.«

»Doch, ich glaube schon«, sagt er leise.

Ja, ich weiß es. Aber wie Max so gern sagt, Instinkt ist kein Beweis. »Er hat definitiv meine Sachen geklaut. Aber den Rest weiß ich nicht. Nicht mit Sicherheit.«

Von der Straße her schießt das Dröhnen eines rasenden Motorrads durchs Zimmer. Es klingt so schnell, dass ich auf die folgende Polizeisirene warte, aber ausnahmsweise passiert nichts.

»Deshalb hast du auch keine Bilder«, sagt er langsam. »Immer wieder tischst du mir Ausreden auf, warum du sie nicht zeigen musst, aber du hast gar keine. Weil er deine Kamera gestohlen hat.«

Ich nicke, ziehe die Augenbrauen zusammen. »Das Schlimmste ist, dass ich niemals die ganze Geschichte erfahren werde. Wenn ich zu viel darüber nachdenke, wird mir schlecht. Deshalb trinke ich auch keinen Alkohol mehr. Die Vorstellung, jemals wieder so die Kontrolle zu verlieren …«

Jedem Pochen des Bedauerns zwischen uns zu lauschen ist eine der traurigsten Empfindungen, die ich jemals erlebt habe.

»Hat die Polizei ermittelt?«

»Soweit es möglich war. Er war auf einer Überwachungskamera zu sehen, deshalb wissen sie, dass es tatsächlich er war, der meine Sachen gestohlen hat. Aber sonst wissen sie nichts. Und geschnappt wurde er auch nie.«

»Hast du denn je mit jemandem darüber gesprochen?« Max spielt mit einem Kiefernzapfen, dreht ihn hin und her. Er muss von dem kleinen Stapel gefallen sein, den ich auf dem Feuerrost meines nicht benutzten Kamins aufgebaut habe.

»Nur mit Jools.«

»Mit deiner Familie nicht?«

Ich schüttle den Kopf.

»Mit keinem Therapeuten?«

»Nein.«

»Das solltest du meiner Ansicht nach tun. Was dir da passiert ist, das ist echt ernst.«

»Ich will nicht alles noch mal aufwärmen. Eigentlich will ich es einfach nur vergessen.«

Ein paar Sekunden verstreichen. »Mein Gott, Lucy, es tut mir so leid.«

Er spricht nicht aus, was wir beide denken: Wenn er nicht mit Tash geschlafen hätte, dann hätten wir uns womöglich nicht getrennt, ich wäre nicht auf Reisen gegangen und wäre Nate vermutlich nie begegnet.

Wenn, wenn, wenn.

Aber die Wahrheit ist, ich möchte nicht, dass Max Schuldgefühle hat. Nicht wegen Nate. Es gibt reichlich anderes, wofür ich ihm Vorwürfe machen könnte. Aber dafür nicht.

Unten bricht Jubel aus, als wollten sie eine Polonaise veranstalten, oder als hätte jemand beim Strip-Poker verloren. Trotz allem muss ich grinsen.

»Wenn ich das richtig verstehe, war das heute Abend nicht wirklich er?«, fragt Max sanft.

»Nein. Er wäre jetzt ungefähr zehn Jahre älter. Würde

anders aussehen. Das war nur eine Fehlzündung in meinem Kopf. Ist mir schon paarmal passiert.«

Einmal in einem Restaurant, mit meinen Eltern und meinem Exfreund. Und einmal bei Figaro, als ich in einen Konferenzraum trat, um einen neuen Kunden zu begrüßen, der rein zufällig Nates Doppelgänger war. Beide Male flüchtete ich, schloss mich im Klo ein und übergab mich, woraus die meisten Beteiligten schlossen, ich wäre schwanger.

Max kommt zum Bett und nimmt meine Hand, und dann legen wir uns einfach nebeneinander, atmen im selben Takt, sprechen nicht. Und als ich mich das nächste Mal umsehe, ist es Morgen, und einen furchtbaren Moment lang glaube ich, wieder in jenem Hotelzimmer zu sein. Doch dann drehe ich den Kopf, und es ist Max, der neben mir liegt und die Arme um mich geschlungen hat. Und in diesem Augenblick ist das Wissen, dass ich sicher bin, das kostbarste Gefühl der Welt.

14

Shoreley

Ich bin mit Caleb schwimmen, an einem Samstagmorgen im November. Na ja, schwimmen: Genauer gesagt lasse ich mich einfach treiben, mit dem Gesicht zum Himmel, starre in die Weite eines weiteren trüben Morgengrauens. Die Kälte klebt auf meiner Haut wie Frost auf der Erde, und immer wieder durchströmt sie mich von Neuem, wenn die Wellen um mich herumschwappen. Das Wasser ist perlgrau, der Himmel mit Helligkeit und Wolken gesprenkelt, wie eine ins Licht gehaltene Murmel. Hin und wieder steigt ein Vogel in den Himmel hinauf – Schneeammer und Knutt, Pfuhlschnepfe und Sanderling. Andere Watvögel staksen zaghaft am Strand herum, als wäre das Wasser heute selbst für sie zu abweisend.

Aber die Kälte belebt mich. Das kann ich gut gebrauchen, denn wir waren gestern Abend lange mit meiner Schwester, Simon und meinen Eltern aus, um Simons jüngste Beförderung zu feiern.

Gelegentlich schielte ich unwillkürlich zu Simon hinüber, fragte mich, während er den Wein einschenkte und mit meiner Mutter witzelte, sich die Beförderung ergolft zu haben, ob es wirklich stimmt, was man sagt: einmal Fremdgeher, immer Fremdgeher.

Als meine Mutter über etwas lachte, was Caleb zu ihr gesagt hatte, fiel mir auf, dass sie ihren Ehering nicht trug. »Wo ist denn dein Ring, Mum?«

»Ach«, sagte sie, »hab ich verloren.«

»Verloren?«

»Pst, pst. Der taucht schon wieder auf.«

»Aber, Mum, das ist dein *Ehe*ring.« Ich warf meinem Vater einen schnellen Seitenblick zu; ich wusste, dass er zu Tode betrübt wäre.

»Ja, ich weiß. Nicht so laut. Der ist bestimmt irgendwo im Haus.«

Ohne Vorwarnung füllten sich meine Augen mit Tränen. »Mum, du kannst doch nicht deinen Ehering verlieren. Nach all den Jahren …«

»Ich hab doch gesagt, Lucy, der ist irgendwo im Haus.« Und damit wandte sie sich wieder an Caleb. »Nein, ich war noch nie in Newcastle. Wie ist es da so?«

Unter dem Tisch legte Caleb mir eine Hand aufs Bein, gerade eben hoch genug, um es mir fast unmöglich zu machen, mich auf meine Ziegenkäse-Vorspeise zu konzentrieren.

Meine Eltern vergöttern Caleb. Bei ihrer ersten Begegnung unterhielt er sich geschlagene zwei Stunden mit ihnen über ihre Berufe und Politik, ihre beiden Lieblingsthemen (und ich hatte ihn nicht einmal vorher gebrieft). Erst als wir schon fast aufbrechen mussten, sahen sie endlich auf und bemerkten, dass ich auch da war.

Im letzten Monat fuhren Caleb und ich nach Devon, damit ich seinen Vater, seine Stiefmutter, zwei ältere Stiefbrüder plus deren Frauen und Kinder kennenlernen konnte. Wir wohnten in einem Bed & Breakfast außerhalb von Exeter und trafen uns am ersten Abend mit seiner Familie in einem italienischen Restaurant. Die ganze Angelegenheit lief sehr höflich und gesittet ab, mit viel Herumreichen von Brot und freundlichen Fragen über Shoreley und meinen Roman und meine Familie. Aber ich konnte gut nachvollziehen, was Caleb damit meint, dass er sich wie ein Außenseiter fühlt: Er war so anders als alle anderen am Tisch, mit ihren Autos und Ferienhäusern und Wertpapieren und Ansichten über die besten Golfplätze in Europa.

»Das ist ja alles auch gut und schön«, sagte Caleb hinterher. »Aber ich hab zu den Gesprächen über Skifahren und Springreiten einfach nichts beizutragen, verstehst du?«

Seit das Wetter kälter wurde, versuchen wir, das Schwimmengehen zweimal pro Woche aufrechtzuerhalten, wenn auch jetzt in Neoprenanzügen, um die schlimmste Kälte abzuwehren. Trotzdem ist die erste Minute immer krass, dieser erste, masochistische Akt, einen bettdeckenwarmen Körper in eisiges Wasser zu tauchen. Sobald ich mich dann daran gewöhnt habe und mein Atem seinen Rhythmus gefunden hat, kann ich ungefähr fünfzehn Minuten im Meer bleiben, was letztendlich einen ähnlichen Effekt hat, wie mehrere starke Espressi zu kippen. An manchen Tagen sehen wir Seehunde im Wasser, und wenn wir nach Einbruch der Dunkelheit schwimmen, liebe ich es, Shoreley vom Meer aus zu betrachten, die schimmernden Lichter, wie ein vor Anker liegendes Kreuzfahrtschiff. Hinterher laufen wir über den Kies zur Strandhütte, wo wir zusammen unter einer Decke bibbern und heißen Tee aus demselben Becher schlürfen.

Jetzt fasst Caleb mich am Arm an. »Ich glaube, mir reicht's.«

Ich nehme eine aufrechte Position ein. »Okay.«

»Ich muss mit dir über was reden.«

Ich grinse misstrauisch. »Klingt ernst.«

Er tastet unter Wasser nach meiner Hand und drückt sie. »Bis gleich in der Hütte.«

»Ist gut. Fünf Minuten noch.«

Wir gehen zum Frühstück ins Cottage, weil es heute so kalt ist, dass der Holzofen einfach zu stark lockt. Caleb hackt die Scheite, während ich Tee und einen Teller Buttertoast zubereite.

Nachdem er das Feuer angezündet hat, hole ich den Teller und zwei dampfende Becher, und wir setzen uns nebeneinander auf das Sofa, beobachten die hypnotisch züngelnden Flammen hinter der Scheibe.

»Also, was gibt's?«, frage ich. Seit wir zu Hause sind, hat er wenig gesprochen, sein Gesicht verrät, dass er mit irgendetwas schwer beschäftigt ist.

»Helen hat mir gestern geschrieben. Sie willigt in die Scheidung ein.«

Obwohl mein Herz einen Purzelbaum schlägt, weiß ich, dass es nicht der passende Moment ist, um die Faust zu recken oder sich abzuklatschen. Also verziehe ich keine Miene. »Wie geht es dir damit?«

Er wirft kurz den Kopf in die Sofakissen und atmet aus. »Na ja, gut ist vermutlich nicht das richtige Wort. Aber ich bin mir sicher.«

Ich lege ihm eine Hand aufs Bein. »Sorry, ich weiß nicht genau, ob ich dir gratulieren soll.«

Er lächelt mich an. »Kannst du, wenn du magst. Es ist nicht so, als würde ich den Tod meiner Ehe betrauern, oder so. Aber wie dem auch sei, es hat mich ins Grübeln gebracht. Darüber, was als Nächstes kommt.«

Ein Pendel der Angst schwingt in meinem Inneren hin und her. Hier ist es, das Gespräch, vor dem mir graut, seit er das Thema zum ersten Mal ansprach, vor mittlerweile sieben Monaten.

»Ich wohne wahnsinnig gern wieder in Shoreley, und die Arbeit läuft gut, und du …« Sein Lächeln schießt mir direkt bis in die Zehen. »Du bist wunderbar.«

»Aber?« Ich zwinge mich, das Lächeln zu erwidern, obwohl mein Körper mir das Gegenteil befiehlt.

Er sieht mir weiter in die Augen. Seine Wangen sind leicht gerötet von der Hitze des Feuers. »Diese Woche habe ich mich bei einem Auftrag mit jemandem unterhalten. Er ist gerade von einer Weltreise zurück. Und das hat mich zum Nachdenken gebracht. Ich dachte, ob du vielleicht Lust hättest, irgendwohin zu fahren.«

Ich schlucke. »Woran dachtest du denn?«

Er zögert, beißt von seinem Toast ab. »So im Detail hab ich mir das noch nicht überlegt. Ich wollte einfach nur mal im Prinzip hören, ob du dir das vorstellen könntest.«

»Eine Weltreise?«

»Nicht unbedingt.«

Ich spüre, dass meine Stirn sich furcht. »Dann meinst du eher einen Urlaub?«

»Nein, eher so in die Richtung von sechs Monaten oder so.«

Eine Stille entsteht.

»Okay«, sagt Caleb schließlich und lacht kurz auf. »Ich spüre hier nicht gerade überwältigende Begeisterung.«

Ich widerstehe dem Drang, die Augen zuzukneifen und

ein paar Sekunden lang tief durchzuatmen. »Ich weiß nicht so genau.«

Noch eine Pause, die Sekunden ticken unheilvoll weiter.

»Na ja, wie wäre es, wenn wir da weitermachen, wo du damals aufgehört hast?«, sagt er. »Wir könnten da hinfahren, wo du noch nicht warst.«

Australien. Neuseeland. Nordamerika.

Caleb kennt den echten Grund nicht, aus dem ich meine Reise abbrach, nur, dass mir das Geld ausging. Was, streng genommen, ja stimmt. Immer wenn er mich nach meinen Fotos fragte, erfand ich Ausreden, zum Beispiel, die Speicherkarten lägen auf Tashs Dachboden.

Ich weiß nicht, was ich darauf entgegnen soll. Es gäbe plausible Gründe, nicht zu fahren: Ich würde nur ungern meinen Roman aufgeben, denn das Schreiben ist momentan genau das, was ich brauche. Jeden Tag erschöpft und kreativ verausgabt, aber auch wie berauscht davon, nach Hause zu kommen empfinde ich an manchen Tagen beinahe als spirituell, als hätte ich zu mir gefunden. Andere Menschen, wie Caleb zum Beispiel, möchten dafür vielleicht um die halbe Welt reisen, aber ich habe das hier in meiner Heimatstadt geschafft. Und was, wenn ich in die engere Auswahl dieses Wettbewerbs komme (zu dem ich mich in letzter Minute doch noch angemeldet habe, nach erbarmungslosem Druck von Ryan und Emma)?

Realistisch gesehen weiß ich natürlich, dass ich überall schreiben kann. Das ist doch angeblich genau das Schöne daran. Und selbst wenn nicht, sechs Monate Pause wären ja nicht das Ende der Welt, oder? Wenn ich wirklich mit Caleb verreisen wollte, wären das alles keine echten Gründe, und das durchschaut er selbstverständlich.

»Ich glaube«, sage ich bedächtig, »wenn du reisen willst, solltest du das auf jeden Fall machen.«

»Okay.« Caleb sieht mich forschend an. »Aber ich frage ja, ob du möchtest.«

Unfähig, alles zu artikulieren, was mir durch den Kopf geht, schüttle ich den Kopf. »Ich glaube nicht.«

Er nickt, aber langsam, als versuche er erfolglos zu verstehen. Wenig überraschend, da ich ihm bisher keinen einzigen stichhaltigen Grund dafür genannt habe, sein Angebot abzulehnen.

»Das soll nicht heißen, dass ich mich trennen will«, sage ich, denn das muss unbedingt klargestellt werden. »Sechs Monate lang kann eine Fernbeziehung doch klappen. Es hängt nur davon ab, wie es dir damit gehen würde.«

Er lacht verhalten, reibt sich mit der Hand über das Kinn. »Äh, ziemlich mies würde es mir damit gehen. Dir nicht?«

Ich male mir aus, wie Caleb mich spätnachts aus einer Kneipe am anderen Ende der Welt anruft, mir WhatsApp-Nachrichten von einem Berggipfel schickt, E-Mails aus einem Hostel irgendwo in der Pampa. Und es kommt mir völlig falsch vor. Die Vorstellung, sechs Monate lang getrennt zu sein, liegt mir wie ein Ziegelstein im Magen. Dennoch, es ist sein Lebenstraum, die Welt zu sehen, und ich werde mit Sicherheit nicht diejenige sein, die ihn zurückhält. Dazu kenne ich mich mit unerfüllten Ambitionen zu gut aus.

»Doch, klar«, sage ich leise und nippe an meinem Tee. »Aber ich würde auf dich warten. Wir kriegen das hin.« Und da bin ich mir absolut sicher, denn die Alternative ist … tja, was mich betrifft, gibt es keine. Caleb ist mein Mensch. Es gibt niemand anders auf der Welt, für den ich bestimmt bin.

Jetzt steht er auf, dreht eine schnelle Runde durch den

kleinen Raum und kommt wieder aufs Sofa. »Ach, ehrlich, vergiss es. War nur so eine Idee.«

Ich setze mich etwas gerader hin. »Nein, es ist dein Traum.«

»Ja, einer von mehreren, aber ich habe nun mal dich getroffen, und du bist wichtiger als ein bisschen Fernweh.« Er nimmt meine Hände. »Was wir haben, ist zu außergewöhnlich, um es aufs Spiel zu setzen.«

»Nein, Caleb, das ist einer der Gründe, warum du und Helen euch getrennt habt. Weil ihr unterschiedliche Vorstellungen habt, wie ihr gern leben möchtet. Du darfst deinen Traum nicht für mich opfern. Sechs Monate wären schwer, aber das sollte kein Grund für dich sein, nicht zu fahren.«

Er denkt offenbar darüber nach. »Wahrscheinlich bin ich nur erstaunt, warum du es so schnell abgetan hast. Ich meine, es ist ja nicht, als wärst du noch nie gereist. Willst du nicht wenigstens darüber schlafen?«

»Glaub mir, absolut nichts könnte mich dazu bringen, jetzt in ein Flugzeug zu steigen.«

Und irgendetwas an diesem Satz, ob der schneidende Tonfall oder meine eisige Stimme, verstört ihn. Ich spüre seinen Blick auf mir, auf meinen verkrampften Schultern, meinen unruhigen Augen.

»Bitte sprich mit mir, Lucy.«

Warum gebe ich mir solche Mühe, einen Teil meiner selbst zu verbergen, vor dem Mann, den ich liebe? Und vielleicht ist es dem prasselnden Feuer zu verdanken, dem wohlig wärmenden Tee und dem Gefühl, geliebt und geborgen zu sein, dass ich mich in der Lage fühle, tief Luft zu holen und endlich zu reden.

Als ich fertig bin, schweigt Caleb sehr lange. Wir sitzen da und lauschen den knisternden und zischenden Flammen im Holzofen, bis ich es schließlich nicht mehr aushalte. »Sag doch was.«

Er streicht sich durch die Haare. »Ich suche noch nach den passenden Worten.«

»Es muss nichts Tiefgründiges oder Bedeutungsschweres sein. Ehrlich. Ich meine, ich habe es verarbeitet.«

Er trommelt mit den Fingern auf die Sofalehne, als wäre das, was er eigentlich wollte, Nate mit den bloßen Händen zu zerreißen. »Es tut mir so leid, Lucy. Ist das der Grund, warum du nicht trinkst?«

»Ja.«

Bekümmert sieht er mich an. »Warum hast du mir das nicht erzählt?«

»Weil ich wirklich nicht gern darüber spreche. Und ich mein Leben nicht davon bestimmen lasse. Ich habe es verarbeitet und …«

Fast geistesabwesend legt er mir die Hand aufs Knie, eine Geste, die tröstlich und beschützend wirkt. »Du weißt, dass er dich immer noch bestiehlt.«

Ich weiche etwas zurück, ein heißes Gefühl von Abwehr steigt mir die Kehle hinauf. »Nein, das stimmt nicht.«

»Na ja, du willst nie wieder in ein Flugzeug steigen, was bedeutet das sonst? Er stiehlt dir Erfahrungen.« Calebs Stimme ist sanft, aber sein Argument trifft mich wie ein Schlag in den Magen.

»Ich gehe auf meine Weise damit um.« Ich stelle meinen leeren Kaffeebecher auf dem Tisch ab.

»Das verstehe ich, und ich würde mir niemals anmaßen, dir gute Ratschläge zu geben. Aber es macht mich stinksauer, mal ehrlich gesagt, dass dieser Drecksack dich hier für den Rest deines Lebens einsperrt.«

»Es gibt genug Leute, die nicht reisen. Dass man kein erfülltes Leben haben kann, ohne ins Ausland zu fahren, ist lächerlich.«

»Du weißt genau, dass ich das nicht meinte. Mir wäre es egal, wenn wir für immer und ewig in Shoreley blieben, aber ich finde es schrecklich, dass du diese Entscheidung aus Furcht triffst. Hast du Angst, dass es noch mal passiert?«

»Nein, natürlich nicht.«

»Denn du weißt ja, dass ich niemals zulassen würde, dass dir was passiert.«

»Caleb, es geht nicht darum, dass du mich beschützen musst. Es ist … unterbewusster. Schon bei dem bloßen Gedanken werde ich nervös, es wäre den Stress nicht wert und …«

Plötzlich ergreift er meine Hände. »Ich weiß, dass es jetzt nicht den Anschein hat, aber es wird einen Weg geben, etwas Positives aus dem Ganzen zu ziehen.«

»Wie denn zum Beispiel?«

»Tja«, sagt er, »zumindest dieses Arschloch nicht gewinnen zu lassen.«

London

»Also, sag schon, ist das der komischste Geburtstag, den du je hattest?«, frage ich Max grinsend.

»Um Himmels willen, nein. Als ich ein Kind war, hat Brooke mich mal bei einer x-beliebigen Familie in unserer Straße abgesetzt, und ich hab mir den ganzen Tag eine Folge *Bottom* nach der anderen angeschaut.«

Schon bereue ich meinen flapsigen Kommentar. »Oje. Das ist ja furchtbar.«

Er lacht. »Ach, macht nichts. Die haben mich mein Körpergewicht in Chips essen lassen.« Er sieht sich in dem Festsaal um. »Und es geht doch bergauf, oder?«

Dagegen lässt sich schwer etwas einwenden. Max und ich befinden uns im Festsaal eines Nobelhotels am Hyde Park, als Gäste des *London Rising Star Award – 40 Under 40*. Die Preisverleihung, veranstaltet von einer überregionalen Zeitung, zeichnet vierzig von Fachkollegen nominierte unter Vierzigjährige aus, die in London leben und arbeiten und in ihrer jeweiligen Branche gerade durchstarten. Peinlicherweise (gewisse Wirtschaftsjournalisten sind total auf diese Story abgefahren, was mich argwöhnen lässt, dass sie öfter mal unter Leute gehen sollten) stehen Max und ich beide auf der Liste.

Max' Preis würdigt seinen sich rasant verbreitenden Ruf als einer der rigorosesten Immobilienanwälte Londons, dank seiner Arbeit an mehreren prominenten Fällen in letzter Zeit. Na ja, was heißt schon prominent: Wenn man nicht gerade die einschlägigen Fachzeitschriften abonniert hat und sich für Immobilienstreitigkeiten interessiert, hat man davon vermutlich wenig mitbekommen. Ich werde für meinen Beitrag zu *Eine ganz neue Welt* ausgezeichnet, der Klimawandel-Märchen-Kampagne, die ich zusammen mit Seb entworfen habe. (Er ist auch hier irgendwo, mit seiner Freundin.) Die Belohnung in Form einer Beförderung bei

Supernova lässt zwar noch auf sich warten, aber andererseits bin ich ja auch erst seit sechs Monaten dabei. Es erscheint ein bisschen früh, um schon eine Gehaltserhöhung zu fordern. Obwohl Zara sich über die positive Publicity und den darauf zurückzuführenden Zuwachs an Kundenanfragen freut, würde sie mit ziemlicher Sicherheit sagen, dass ich noch deutlich mehr schaffen müsse als eine einigermaßen gute Kampagne, bevor sie mich für eine Beförderung in Betracht ziehe.

»Also.« Max presst mich an sich. »Ich finde, wir sollten uns einen kurzen Moment Zeit nehmen, um zu würdigen, dass du schon nach sechs Monaten bei Supernova Preise für deine Texte gewinnst.«

»Hör auf«, sage ich gespielt verlegen.

»Nein, im Ernst«, raunt er. »Du bist der Hammer. Ich bin so stolz auf dich.«

»Tja, auf jeden Fall wohl besser als am Hungertuch nagende Schriftstellerin.«

Er grinst. »Ja, kann gut sein.«

Ich denke an mein lang vernachlässigtes Notizbuch; wie schwer es gewesen wäre, mit dieser Idee jemals Geld zu verdienen. Also grinse ich ihn ebenfalls an. »Ja, ich bin ziemlich froh, wie sich alles entwickelt hat.« Mitten in dem Gedränge gebe ich ihm seinen Millionsten Geburtstagskuss, woraufhin jemand in der Nähe murmelt: »Meine Güte, besorgt euch ein Zimmer.«

Max lacht. »Hervorragende Idee.«

»Das war ich nicht«, flüstere ich aus dem Mundwinkel.

»Kann ja sein, aber ich besorge uns wirklich ein Zimmer.« Max' graue Augen funkeln frech. »Bin gleich wieder da.«

Ich halte ihn fest. »Moment mal, was? Die Zimmer hier kosten wahrscheinlich …«

»Tut mir leid«, unterbricht er mich ganz sachlich. »Aber das Kleid da ist viel zu unglaublich für eine zwanzigminütige Taxifahrt nach Hause.«

Letzten Endes behalte ich das Kleid im Aufzug nach oben nur deshalb noch an, weil ich Max' Hand immer wieder kichernd wegschlage. »Hör auf! Es könnte jemand einsteigen.«

Er lehnt den Kopf an die Kabinenwand und stöhnt. »Warum hält das Mistding auf jedem Stockwerk an?«

»Siehst du? Das Taxi wäre sogar schneller gewesen.«

Max atmet theatralisch aus, obwohl sein Blick, den ich im Spiegel erhasche, in meinem Bauch ein lustvolles Kribbeln auslöst. Er trägt heute einen Smoking, und er gefällt mir zwar auch im Anzug, aber ich muss sagen, dass dieses kleine Extra mir wirklich zusagt.

Das Hotel ist weihnachtlich geschmückt, überall Kugeln und Girlanden und überdimensionierte silberne Schleifen, obwohl es erst November ist. In dem Festsaal stand ein Baum in der Größe eines Nationaldenkmals, und im Aufzug laufen Weihnachtslieder.

»Stell dir vor, wir bleiben stecken«, sagt Max. »Und das Letzte, was wir jemals hören, war die Panflötenversion von *Rudolph the Red-Nosed Reindeer.*«

»Bitte lass das.«

»Ich sehe die Schlagzeile schon vor mir: *Englands blasiertestes Pärchen kommt bei adventlicher Lifttragödie ums Leben.*«

Natürlich weiß ich, dass das ein Witz ist, trotzdem frage

ich mich unwillkürlich, ob er vielleicht recht hat, ob wir Gefahr laufen, ein bisschen zu blasiert zu werden. In unseren schicken Klamotten, unsere Preise unter den Arm geklemmt, auf dem Weg in ein Hotelzimmer, für das wir Hunderte von Pfund hinlegen, einfach, weil wir können. *Ist das das Leben, das ich führen soll?*, schießt mir durch den Kopf, während ich uns im Spiegel des Aufzugs betrachte. Der Gedanke kommt ungebeten, aus dem Nichts. Plötzlich sind wir mir fremd, ein Pärchen, das ich gar nicht erkenne.

Der Lift hält mit einem Klingeln in unserem Stockwerk. »Endlich«, murmelt Max, tastet nach meiner Hand, die Chipkarte zwischen den Zähnen. Ich schüttle das beklommene Gefühl ab und genieße stattdessen die Hitze der Vorfreude in meinem Bauch.

Was war das denn gerade?, denke ich im Flur.

Unser Zimmer ist so feudal, dass den Studenten in uns noch kurz der Atem stockt. Deckenhohe Fenster mit Blick auf den Hyde Park, Art-déco-Einrichtung ganz in Altrosa und Zartgrün mit rotgold verzierten Möbeln und dazu ein Marmorbad. Der Teppich ist so dick und weich, dass er meine Füße fast verschluckt.

Mir fallen eine Schachtel Pralinen und eine Vase mit dunklen Rosen auf einem Tisch am Fenster ins Auge. »Max, hast du etwa …«

»Das gab es dazu, als ich ihnen gesagt habe, dass du Geburtstag hast.« Er schlingt mir von hinten die Arme um die Taille und küsst mich aufs Schlüsselbein.

Ich muss lachen. »Aber du hast doch Geburtstag.«

»Ach, stimmt ja«, flüstert er, und in der nächsten Sekunde liegt mein Kleid wie eine glitzernde schwarze Pfütze auf dem Boden, sein Jackett und die Fliege daneben, und wir lassen uns zum zweiten Mal an diesem Tag zusammen aufs Bett fallen.

»Hast du von Brooke gehört?«

Wir haben uns alkoholfreie Cocktails aufs Zimmer bestellt, die erfreulich kreativ und ziemlich schmackhaft sind. Über diese kurze Ablenkung bin ich froh, denn irgendetwas an diesem Zimmer – vielleicht die noble Einrichtung oder der Duft von frisch geputzt – erinnert mich an ein anderes Zimmer, vor langer Zeit, in Sydney.

»Nein«, antwortet Max. Obwohl es ziemlich warm hier drin ist, tragen wir beide die Hotel-Bademäntel. Ursprünglich war es als Scherz gedacht, ich fand es so pseudo, in denselben weißen Frotteemänteln herumzulaufen. Aber jetzt muss ich zugeben, dass Max in seinem ziemlich sexy aussieht, was mich andererseits nicht überraschen sollte, denn er sieht in so ungefähr allem sexy aus. »Wir haben nicht viel Kontakt.«

Ich hocke auf der Minicouch am Fenster, die Beine hochgezogen. Es ist jetzt dunkel im Zimmer, das einzige Licht kommt von einer Stehlampe in der Ecke. »Ja, ich weiß, aber nicht mal an deinem Geburtstag?«

Max liegt auf dem Bett. »Für so was hat sie nichts übrig. Ich möchte bezweifeln, dass sie überhaupt noch weiß, wann er ist. Ist aber vielleicht besser so. Ich schicke ihr jedes Jahr zu ihrem Geburtstag Blumen, irgendeinen albernen überteuerten Strauß, den sie wahrscheinlich sofort in den Müll schmeißt, damit sie ihn nicht in eine Vase stellen muss. Aber das ist eine reine Geste, bedeutungslos. Sie würde es vermutlich gar nicht merken, wenn ich damit aufhören würde.«

Kurz geht mir durch den Kopf, wie verrückt es ist, dass Max so eine zerrüttete Kindheit hatte und wir trotzdem jetzt hier sind, heute Abend, mit scheinbar allem, was wir uns je wünschen könnten.

Ich nippe an meinem Cocktail. Er prickelt auf meiner Zunge, der Zucker und die Kohlensäure kreiseln durch meinen Magen.

»Gab es je …«, setze ich an und verstumme dann, unsicher, wie ich fortfahren soll. »Gab es, als du ein Kind warst, je einen Moment, in dem du versucht warst, den anderen Weg einzuschlagen? Du weißt schon, alles ausblenden oder Trost suchen …«

»An der falschen Stelle?«, fasst Max anwaltlich effektiv meinen zerfaserten Gedankengang zusammen. Das habe ich bei ihm auch schon am Telefon erlebt, wenn er elegant Mandanten abwürgt, die vom Hundertsten ins Tausendste kommen, was nett von ihm ist, in Anbetracht seines Stundensatzes.

»Genau.«

Draußen vor dem Fenster ist gedämpft eine Krankenwagensirene zu hören.

Max nickt. »Doch, schon. Ein Jahr lang hatte ich den falschen Umgang.« Er lacht auf. »Daran denke ich übrigens ziemlich häufig. Brooke war nicht greifbar, wir hatten kein Geld, und ich dachte, dass mein Leben eben so sein sollte, verstehst du? Einfach ein bisschen scheiße. Und als ich nach den Osterferien wieder in die Schule ging, hatte ich eine ziemlich große Klappe, glaube ich, also nahm mein Sportlehrer Mr. Janson mich eines Tages beiseite und fragte mich, ob ich in der Leichtathletikmannschaft mitmachen wollte.«

»Ach«, sage ich verblüfft. Ich hatte damit gerechnet, dass er Max eine ordentliche Standpauke hielt, ihm mit Schulverweisung drohte oder so etwas in der Art.

Max steht auf, geht zu dem Schreibtisch unter dem Spiegel, auf dem der Bluetooth-Lautsprecher steht, und verbindet ihn mit seinem Handy. Musik erfüllt den Raum und damit mein Herz: eine alte Tom-Baxter-Platte, die wir an der Uni in Dauerschleife hörten.

»Heute sehe ich, dass das ein Geniestreich war«, sagt Max und setzt sich wieder aufs Bett, mit dem Rücken an das Kopfteil gelehnt. »Weil ich ein guter Läufer war und es dort Mädchen gab, die ich beeindrucken, und Jungs, gegen die ich gewinnen wollte. Ich bin mir total sicher, dass Mr. Janson merkte, was mit mir los war, und einschreiten wollte. Statt Wände zu besprühen und zu rauchen und zu trinken, ging ich nach der Schule zum Training. In gewisser Weise hat er mich also gerettet.«

»Der gute alte Mr. Janson. Was der wohl inzwischen macht?«

»Immer noch unterrichten«, sagt Max lächelnd. »Ich hab ihm letztes Jahr gemailt, um mich zu bedanken. Wenn ich das nächste Mal in Cambridge bin, lade ich ihn auf ein Bier ein.«

»Weißt du, was mit den anderen Leuten passiert ist, mit denen du damals unterwegs warst?«

Ein ernstes Nicken. »Einer ist schon tot. Und ein anderer sitzt.«

In meinem Bauch regt sich Wut auf Brooke, weil sie Max so schwer vernachlässigt hat. Was für ein Glück, denke ich, vom Geistesblitz eines einzelnen Lehrers gerettet worden zu sein.

»Du hast es so gut.« Max legt sich eine Hand hinter den Kopf. »Mit Eltern wie deinen.«

Ich stimme ihm zu, natürlich, wenn auch mit einem Hauch von Bedauern. Denn in einem Parallelleben würde meine Mutter jetzt Brookes eigentliche Rolle übernehmen, Max bemuttern, ihn mit Liebe überschütten, ihn wie den Sohn behandeln, den sie nicht hat. Aber das wird nicht passieren, zumindest nicht so, wie es hätte sein können, wegen Tash.

Zum letzten Mal gesehen haben meine Eltern Max vor zehn Jahren, als sie mich in Norwich besuchten, kurz nach Beginn meines letzten Semesters. Als Max und ich im April wieder zusammenkamen, wollte ich ihn nicht sofort wieder mit nach Hause bringen, und bald danach erfuhr ich die Sache mit Tash. So halb überlege ich, ob ich ihn zu Weihnachten nach Shoreley einladen soll, aber eine solch wagemutige Tat erfordert militärisch präzise Vorbereitung, und dazu fehlte mir bisher der Platz im Kopf.

Es macht mich traurig, dass das, was geschehen ist, immer ein Makel bleiben wird, ein durch eine Gedankenlosigkeit entstandener Schatten, den wir nie werden tilgen können. Oberflächlich betrachtet hat meine Familie Max' und meine Beziehung akzeptiert, aber ich habe Angst, dass sich im Laufe der Zeit ein Abstand zwischen uns auftun wird, wenn ich mit Max in den Sonnenuntergang reite, dem Mann, der etwas getan hat, worüber keiner von uns zu sprechen erträgt.

Mein Handy brummt. Ich werfe einen Blick darauf: Jools. Sie schimpft wieder über Vince, der, nachdem Jools sich letzten Monat von ihm trennte, die plötzliche Erleuchtung hatte, dass Jools die Liebe seines Lebens sei, dass er sich eine monogame Beziehung mit ihr wünsche (was für ein Mann), dass er mit ihr zusammenziehen möchte.

Ich meine, schreibt Jools, *was für eine absolute Frechheit.*

»Was machst du dann?«, fragt Max.

»Hmm?« Ich hebe den Kopf, habe auf einmal ein schlechtes Gewissen und lege das Handy auf das goldene Tischchen neben mir. Immerhin hat er Geburtstag.

»Wenn Jools mit wie-heißt-er-noch zusammenzieht?«

»Vince. Vincent.«

»Genau. Ich meine, bleibst du dann in der WG?«

»Ach, die zieht nicht mit ihm zusammen. Er heult nur rum, weil sie ihn in die Wüste geschickt hat. Dabei hat er mehr oder weniger offen zugegeben, dass er die ganze Zeit auch andere Frauen hatte.«

Max grinst, und einen Moment lang kann ich seine Miene nicht deuten. »Komm schon, nur mal theoretisch.«

Pause. »Theoretisch, was?«

»Na ja, sagen wir mal, Jools zieht doch aus, würdest du in Betracht ziehen, mit mir zusammenzuziehen, beispielsweise?«

Ich starre ihn an. Sagt er da, was ich glaube, dass er sagt? Ich gestehe, dass auch ich insgeheim schon davon geträumt habe, mit Max zusammenzuwohnen. Jeden Morgen beim Aufwachen die Hand nach ihm auszustrecken, vor der Arbeit schnell mit ihm unter die Dusche zu springen, seinen Schlüssel nach einem langen Tag im Schloss zu hören. Diese ganzen kitschigen Pärchendinge zu machen, die beim ersten Mal so albern aufregend sind: abends zusammen kochen (eine schicke Pasta, immer eine schicke Pasta), Platz im Schrank schaffen für meine Sachen, um die Fernbedienung rangeln, Deko-Gegenstände kaufen, die uns beiden gefallen, für das Heim, das wir uns gemeinsam schaffen.

All das, was wir vor zehn Jahren planten, ehe alles kaputt ging.

»Das will ich schon länger fragen.« Max grinst in sein Glas hinein, als hielte er eine Rede bei einer Hochzeit. »Aber ich fände es wirklich toll, Lucy, wenn du bei mir einziehen würdest.«

»Du liebe Güte«, hauche ich, bemüht um die Balance zwischen Freude und Beherrschung. »Da müsste ich erst mal Jools fragen. Sie müssten ja jemanden für das Zimmer suchen, und …«

»Ist das ein Vielleicht?« Max' graue Augen glänzen.

»Ja.« Ich lächle breit. »Das ist definitiv ein Vielleicht.«

Er steht auf, kommt zu mir und stößt mit mir an. In diesem Moment könnten wir zurück in Norwich sein, in der Studentenwohnheim-Kneipe, mit unseren Plastikbierbechern, wahnsinnig verliebt und Zukunftspläne schmiedend, unser ganzes Leben noch vor uns. Ich schließe die Augen und bilde mir ein, nur eine Sekunde lang, ich wäre wieder dort, als alles noch gut war, als die Welt voller Möglichkeiten schien, einer Fülle an Positivem.

»Also«, meint Max, »das ist doch ein Grund zum Feiern, findest du nicht?«

Ich versetze mich in die Gegenwart zurück und lache. »Wie viel mehr können zwei Menschen denn noch feiern?«

Sanft nimmt er mir das Glas aus der Hand, beugt sich vor, legt seine Lippen auf meine und zupft an dem Gürtel meines Bademantels. »Ach, du wärst überrascht.«

Zwei Stunden später schrecke ich aus dem Schlaf, schweißgebadet. Ich blinzle in die Dunkelheit, versuche, mich zu erinnern, wo ich bin. Einen Moment lang glaube ich, dass ich in Sydney bin, in einem fremden Hotelzimmer, und Nate am Bett steht und sich über mich beugt.

Ich möchte um Hilfe rufen, aber mir stockt der Atem in der Kehle.

Hektisch taste ich nach dem Licht, falle fast aus dem Bett, gehe dann zum Fenster und reiße den Vorhang auf. Halb rechne ich damit, dass es draußen taghell ist und ich die Oper von Sydney unheilvoll vor mir aufragen sehe.

Aber es ist dunkel, abgesehen von diesem diffusen gelblichen Leuchten von Hyde Park Corner bei Nacht, noch verstärkt durch ein buntes Durcheinander von Lichterketten im Hintergrund. Mit einem unterdrückten Fluchen kneife ich die Augen zu, versuche, das Trommeln in meiner Brust zu beschwichtigen.

Ich spüre eine Hand auf der Schulter und wirble herum. Natürlich ist es nur Max. Noch einmal atme ich tief ein. »Entschuldige. Ich bin nur … ich dachte, ich hätte …«

Er zieht mich an sich, und eine Weile lang bleiben wir still stehen. Ich versuche, mich nicht darauf zu konzentrieren, wie geräuschlos dieses Zimmer ist, wie gern ich den Fernseher oder Musik anschalten würde. Plötzlich ist mir auch unerträglich heiß. Aber diese Fenster kann man nicht öffnen. Ich habe keinen Fluchtweg.

»Ich hab nicht nachgedacht«, flüstert Max schließlich.

»Wie meinst du das?«

»Als ich das Zimmer gebucht habe. Dass so ein Hotel Erinnerungen aufwühlen könnte.«

Frustriert schüttle ich den Kopf. »Ach nein. Das macht doch nichts. Ich sollte ja wohl in der Lage sein, in einem bescheuerten Hotelzimmer zu schlafen, oder?«

Es folgt eine lange Pause. Der Blick aus dem Fenster

sollte die romantischste Aussicht der Welt sein, dennoch frage ich mich, ob ich mich an einem solchen Ort jemals wieder sicher fühlen kann.

»Weißt du, meine Kanzlei …« Max verstummt wieder.

»Ja?«

Ich spüre die Stoppeln auf seinem Kinn, als er nickt, weil sein Kinn in meiner Halsbeuge liegt. »Ich bin privat krankenversichert, und Partner sind mitversichert. Partner im Sinne von Freundin, Freund.«

»Okay.« Ich weiß nicht genau, worauf er hinauswill.

»Was ich dachte, ist, dass du zu einem Psychologen gehen könntest, wenn du wolltest. Ich glaube, die Versicherung würde einige Sitzungen zahlen. Wenn du glaubst, das könnte dir helfen.«

Ich löse mich von ihm und setze mich auf die Bettkante. Der letzte Rest von romantischer Stimmung hat sich mittlerweile aus dem Zimmer verflüchtigt. »Du lieber Himmel, Max, glaubst du wirklich, dass ich …«

»Ja«, sagt er sanft, immer noch am Fenster stehend. »Ja. Ich glaube, dass dir was sehr Ernstes passiert ist. Und ich glaube nicht, dass du das so richtig akzeptiert hast.«

»Ich weiß doch nicht, was mit mir passiert ist«, erinnere ich ihn.

»Ja, eben. Mein Gott, Lucy, reicht das allein nicht schon, um einen völlig aus dem Gleis zu werfen?«

Die Frage hängt ungefähr eine Minute lang zwischen uns in der Luft, während ich krampfhaft überlege, wie man diese Nacht noch retten kann. Ich will unsere Zeit hier nicht damit verschwenden, meinen geistigen Zustand zu diskutieren oder Nate oder ob ich mir von der Krankenversicherung der Kanzlei psychologische Hilfe bezahlen lassen soll.

»Es war nur ein schlechter Traum«, sage ich schließlich.

»Genau, und zwar einer, den du zehn Jahre später noch hast«, sagt Max behutsam. »Versprich mir bitte einfach, dass du darüber nachdenkst.«

Ich sehe ihn an, diesen unglaublichen Mann, den ich schon fast mein halbes Leben liebe, der mit mir zusammenwohnen möchte, der so viel für mich empfindet. »Ist gut«, sage ich. »Ist gut. Ich denke darüber nach.«

15

Shoreley

Caleb und ich sitzen zusammen in dem kleinen Innenhof des französischen Bistros in Shoreley, als er sich vorbeugt und sein Glas an meines stößt. Es ist romantisch hier, mit uraltem Pflaster, das so uneben ist, dass alle Tische wackeln, und hübschen Lichterketten an der Rückmauer. Es duftet nach den Wicken in den Väschen, und man hört das ruhelose Meer krachen.

»Also, sie ist durch.«

Ich halte den Atem an. Ich weiß, was er meint, weil wir heute mit der Urkunde gerechnet haben, dem abschließenden Dokument, das bekräftigt, dass er und Helen nicht mehr verheiratet sind. Aber ich muss es von ihm hören.

»Wir sind offiziell geschieden. Es ist vorbei.«

Langsam stoße ich den Atem wieder aus. Ich weiß nicht genau, ob ich grinsen oder ernst bleiben soll. Es ist seltsam mitzuerleben, wie der Mensch, den man liebt, sich von jemand anderem loslöst - der zufälligerweise der Mensch ist, den er früher einmal am meisten auf der Welt liebte. Der Vorgang lief erstaunlich reibungslos ab, abgesehen von kleineren Querelen um ein Auto und ein paar Ersparnisse; dennoch durchströmt mich Erleichterung wie eine brechende Welle.

»Hast du deshalb vorgeschlagen auszugehen?« Ich wage ein Lächeln. Caleb rief mich nachmittags an und fragte, ob ich Lust hätte, auswärts zu essen, und ich hörte ihm an der Stimme an, dass er mir etwas mitzuteilen hatte.

»Mehr oder weniger.« Er weicht meinem Blick aus.

Plötzlich wirkt er so unbehaglich, dass meine Erleichterung sich in Luft auflöst und von diesem eisigen Gefühl im Bauch abgelöst wird, das man bekommt, wenn in einem Film jemand auf die tolle Idee kommt, einen dunklen Keller zu erforschen.

Doch dann scheint Caleb es abzuschütteln. »Egal. Erzähl mir deine Neuigkeiten«, wechselt er abrupt das Thema.

Ich verdränge meine Beklommenheit. »Ich hab leider keine«, sage ich resigniert.

Nachdem ich es bei dem Wettbewerb, zu dem Ryan und Emma mich letztes Jahr drängten, nicht in die engere Auswahl geschafft hatte, brachte ich schließlich den Mut auf, mich für einen anderen zu bewerben, den ich in einem Autorenmagazin entdeckt hatte.

Heute kam die E-Mail mit demselben Ergebnis. Nicht mal für die Longlist hat es gereicht.

»Vielleicht ist das ja ein Zeichen«, sage ich niedergeschlagen. »Ein Wink des Schicksals, dass ich nicht mehr meine gesamte Energie ins Schreiben stecken soll.«

»Ach, komm.«

»Das ist mein Ernst.«

Caleb zögert kurz, starrt mit gerunzelter Stirn in sein Weinglas. »Willst du damit sagen, man sollte alles nur ein Mal probieren müssen und sofort Erfolg haben?« Jetzt hebt er den Blick und sieht mir in die Augen. »Ich glaube, selbst du weißt, dass das totaler Quatsch ist, Lucy.«

Und das sagt er so nüchtern und pragmatisch, dass ich lachen muss. »Schon gut. Vielleicht klang das ein bisschen weinerlich.«

Er beugt sich vor. Seine Augen sind so süß und dunkel wie Sirup. »Wenn du Schriftstellerin werden willst, hast du meines Erachtens nur eine Option.«

»Und die wäre?«

»Steh auf, klopf dich ab und mach weiter.«

Vor Kurzem habe ich die erste Fassung meines Buchs fertiggestellt. Die letzten Kapitel fielen mir ziemlich schwer, Ryan und Emma mussten sie praktisch aus mir herauszerren, aber jetzt steht endlich alles auf dem Papier. Auch wenn noch viel zu schleifen ist, habe ich jetzt wenigstens eine komplette Geschichte als Arbeitsgrundlage.

Und Caleb hat recht. Natürlich. Nachdem ich so weit gekommen bin, werde ich jetzt nicht hinschmeißen.

»Also«, sage ich, um nicht weiter in der Wunde meiner Ablehnung zu bohren. »Gab es noch einen anderen Grund für das Essen heute?«

Wieder diese Miene. Unbehagen und Nervosität. Ihn beschäftigt etwas. Ich ziehe meine Strickjacke fester um mich und warte.

Hat es mit Helen zu tun? Mit uns? Dass er glücklich ist, oder eben nicht?

Er braucht einige Sekunden, um zu antworten, lässt den letzten Schluck Wein in seinem Glas kreiseln. »Also gut. Nachdem die E-Mail wegen der Scheidung kam, hatte ich einen Zahnarzttermin, und im Wartezimmer lag so eine Zeitschrift aus.«

»Okay«, sage ich gedehnt, weil ich mir nicht vorstellen kann, wohin das führt.

»Es war so was wie *National Geographic*, und auf der Rückseite stand eine Anzeige.«

Er reicht mir sein Handy mit einem geöffneten Foto.

In der Anzeige wird für eine gemeinnützige Kulturerbe-Organisation ein Fotograf gesucht, der Kulturstätten in ganz Südostasien dokumentiert, für ein bescheidenes Honorar, allerdings Reisekosten und Verpflegung inklusive. Die Bewerbungsfrist endet in einem Monat, die Reise soll sechs Monate dauern.

»Aha.« Mehr fällt mir nicht ein.

Ich wünsche mir nicht oft, ich würde trinken, aber etwas kleines Starkes käme mir jetzt gerade ziemlich gelegen.

Caleb wartet. Ich weiß, dass er mir das Projekt nicht anpreisen wird, und darüber bin ich froh. Er sollte mich nicht überreden müssen. Mir ist instinktiv klar, dass es wie für ihn gemacht ist.

Obwohl ich also jetzt schon einen ganz egoistischen Anfall von Selbstmitleid habe, greife ich nach seiner Hand. »Du musst dich unbedingt bewerben.«

Seine Gesichtszüge werden weich, seine Miene verrät jetzt schlechtes Gewissen und Unsicherheit. »Lucy, ich …«

»Doch, ehrlich. Du musst das machen.«

Er schweigt eine Weile. Seine Hand hält meine fest umklammert. »Es … es kommt mir nur so komisch vor, das zu wollen, wo du doch wirklich das Beste bist, was mir je passiert ist.«

Auf meiner Stirn bilden sich unter der Last meiner Emotionen Furchen. »Ich weiß, man sagt immer, Liebe bedeutet Kompromiss, aber meiner Ansicht nach sollte das niemals heißen, dass man seine Träume aufgibt.«

Er lässt den Kopf nach vorn fallen und atmet auf, und

jetzt wird mir erst bewusst, welche Angst er davor hatte, mich darauf anzusprechen. »Nur das Timing scheint irgendwie nicht so ideal.«

»Wieso, das Timing ist doch perfekt.« Ich drücke seine Hand. »Caleb, diese Anzeige am selben Tag zu finden, an dem deine Scheidung rechtskräftig wird, das kann doch kein Zufall sein. Es soll so sein. Du musst das machen.«

Jetzt hebt er den Kopf wieder, trinkt einen Schluck Wein. Als unsere Blicke sich erneut treffen, versuche ich, nicht daran zu denken, wie sehr ich ihn vermissen werde.

»Vorerst ist das sowieso alles rein theoretisch«, sagt er. »Ich muss mich bewerben, und es gibt haufenweise Konkurrenz und …«

»Die nehmen dich.« Davon bin ich fest überzeugt.

Sein Grinsen ist verlegen. »Jedenfalls sollten wir uns unterhalten. Was das bedeuten würde, und, du weißt schon, ob du mir vielleicht irgendwann hinterherfliegen möchtest?«

In den vergangenen sechs Monaten, seit ich Caleb erzählt habe, was in Australien passiert ist, haben wir viel über Nate gesprochen. Anfangs war es komisch, weil ich das Ganze so lange für mich behalten hatte, gleichzeitig aber auch unerwartet kathartisch. Caleb meidet das Thema nie oder scheut davor zurück oder bricht es ab, nur weil es schwer in Worte zu fassen ist. Im Gegenteil, er watet mitten hinein, ermuntert mich immer wieder, über meine Gefühle zu reden, und fragte mich nach einigen Wochen, ob ich mir vorstellen könne, irgendwann mit ihm zusammen zu verreisen. Mittlerweile empfinde ich es sogar als eigenartig tröstlich, mit jemandem über meine Angst und Traurigkeit zu sprechen, dessen einziges Ziel es ist, mir dabei zu helfen, sie zu überwinden.

Trotzdem. Mein Kopf beantwortet seine Frage mit einem entschiedenen Nein. Allerdings löst das mir fremd gewordene Gefühl der Versuchung Herzklopfen bei mir aus.

»Sorry«, sagt er, da ich nicht sofort reagiere. »Ich will nichts überstürzen.«

»Wann würdest du denn aufbrechen?«

»Anfang Dezember. Also selbst wenn es klappt, hätten wir noch ein halbes Jahr Zeit.«

»Es würde mich echt glücklich machen. Wenn du zu dieser Reise aufbrichst.« Trotz meiner verfrühten Traurigkeit spüre ich meinen ganzen Körper lächeln. »Ich würde mich wahnsinnig für dich freuen.«

»Aber ich würde dich so vermissen«, flüstert er. In seinen Augen spiegelt sich schimmernd das Kerzenlicht.

Ich setze ein tapferes Lächeln auf. »Ja, aber stell dir nur das Wiedersehen vor.«

Lachend streicht er sich durch die Haare. »Mein Gott, ja. Stell dir das mal vor.«

»Du überlegst also wirklich, ihm hinterherzufliegen?«, flüstert Jools mir am nächsten Tag zu. Sie und Nigel sind spontan übers Wochenende nach Shoreley gekommen, und wir spazieren zusammen über die Promenade, ein paar Schritte hinter Caleb und Nigel. Es ist bald Mittag, und nachdem wir lange geschlafen haben, sind wir jetzt auf dem Weg zum Krebsstand, um dort zu essen.

»Nein. Das wäre mir ein bisschen zu weit. Außerdem habe ich das Gefühl, dass er das allein machen muss. Es ist ja Arbeit.«

»Höre ich da ein Aber?«

»Aaaber, vielleicht wäre ich für einen Kurzurlaub irgendwo

in Europa zu haben. Ein langes Wochenende. So was in der Art.«

Sie hakt sich bei mir unter. »Ich bin so froh, dass du es ihm erzählt hast, Lucy. Was in Australien passiert ist.«

Über unseren Köpfen kreisen Möwen, passen den Moment ab, arglosen Touristen die Pommes zu klauen. Es ist Flut. Wochenendurlauber füllen die Promenade und den verbliebenen Streifen keksfarbenen Kies, schlendern zu viert bis sechst nebeneinanderher, genehmigen sich eine Rieseneiswaffel aus der Eisdiele.

»Er geht einfach so ruhig und logisch damit um, weißt du«, sage ich. »Als könnte er meinen ganzen Schmerz und Kummer nachvollziehen, wollte mir aber auch helfen, damit abzuschließen.« Ich betrachte Calebs Rücken. Er lacht gerade über etwas, das Nigel erzählt hat, gestikuliert, als parodierte er jemanden oder etwas.

»Nigel ist ganz genauso«, meint Jools. »Seine Mission ist, mir zu helfen, mich den, sagen wir mal, weniger angepassten Mitgliedern meiner Familie wieder anzunähern.«

»Stell dir vor, ich wäre letztes Jahr bei dir eingezogen, Jools. Also, das ist nicht böse gemeint, aber du hättest Nigel nicht kennengelernt und ich wahrscheinlich Caleb nie angerufen.«

Sie grinst. »Ehrlich gesagt, glaube ich, dass wir uns früher oder später trotzdem alle gefunden hätten.«

Dieser Gedanke gefällt mir. »Ja, meinst du?«

»Ich weiß es.« Und dann macht sie eine kurze Pause, als wollte sie die Empfindung noch einen Moment festhalten. »Ach, ich halte es nicht mehr aus.«

Ich ziehe die Augenbrauen zusammen. »Was hältst du nicht mehr aus?«

»Nigel!«, ruft Jools. Er und Caleb drehen sich um, und jetzt winkt sie die beiden hektisch zu uns zurück.

»Was hältst du nicht mehr aus?« Ich tippe sie am Arm an.

Jools ignoriert mich. »Können wir es ihnen jetzt erzählen?«, fragt sie Nigel, als er und Caleb bei uns ankommen.

Nigel lächelt, als würde ihn ihre plötzliche Aufregung erheitern. »Klar, wenn du möchtest.«

»Uns was erzählen?«

Jools dreht sich zu mir um und nimmt meine beiden Hände in ihre. Sie sieht so schön aus wie immer, mit ihrer kieselglatten Haut und ihrem Meerjungfrauenhaar, das in der Brise tanzt. Sie schielt nach Nigel. »Tut mir leid, ich weiß, dass wir es beim Mittagessen machen wollten, aber ich halte es echt nicht mehr aus.«

»Jools!«, rufe ich ungeduldig.

Jetzt lässt sie meine Hände los und stellt sich neben Nigel. Sie schlingt ihm den Arm um die Taille, holt tief Luft und sieht zu ihm auf. Über uns tritt die Sonne plötzlich hinter einer Wolke hervor, als wollte sie Jools' Ankündigung vergolden. »Wir heiraten.«

Mir bleibt die Luft weg. Meine Knie drohen vor Überraschung und Freude nachzugeben. Caleb fasst mich bei der Hand.

»Wir wissen, dass es ein bisschen schnell ist.« Nigel sieht seine künftige Frau an. Diese Woche hatten sie ihr Einjähriges, nur zwei Wochen nach unserem. »Aber …«

»Wenn man es weiß, weiß man es eben«, sagt Jools strahlend.

Ich werfe die Arme um sie, damit ich sie so fest drücken kann wie menschenmöglich, dann wiederhole ich das Ganze bei Nigel. Er und Caleb umarmen sich ebenfalls, dann stellen wir uns alle vier zusammen, die Arme umeinander geschlungen. Mir ist zumute, als wäre mir gerade das Herz aus der Brust gesprungen, aber im allerbesten Sinne.

Jools hat absolut recht. Wenn man es weiß, weiß man es eben.

London

»Deine arme Wohnung«, sage ich zu Max, als ich einen Schritt zurücktrete, um den Kistenstapel zu begutachten, den wir gerade aus dem Transporter hochgeschleppt haben, ein buntes Durcheinander von Supermarktkartons, in denen sich einmal Chips, Windeln, Müsli, Orangensaft befanden. Es gibt auch einige riesige IKEA-Tüten, dazu mehrere prallvolle schwarze Müllbeutel. Ich sehe aus, als wollte ich zum Flohmarkt, nicht in die schönste Wohnung der Welt einziehen.

»Macht nichts«, sagt Max ungerührt und reibt sich das Kinn. »Ich meine, ich gehe mal davon aus, dass du vorhast, demnächst auszupacken?«

Ich lache. »Die Sachen da drin sind wenig besser als die Kartons, glaub mir.«

Er stellt sich hinter mich und schlingt mir die Arme um die Taille. »Hast du den Umzug deshalb so lange aufgeschoben? Weil du dachtest, dass meine Sachen deine ausstechen?«

Ja und nein, denke ich, obwohl ich weiß, dass das nur ein Witz ist. Mittlerweile ist es Mai, sechs Monate nachdem Max vorschlug zusammenzuziehen. Anfangs hatte ich hauptsächlich Jools gegenüber ein schlechtes Gewissen, immerhin wohnten wir da gerade einmal sieben Monate zusammen, und schon überlegte ich, mich zu meinem neuen Freund zu verdrücken. Es kam mir seltsam unschwesterlich vor, obwohl Jools mir natürlich nie dieses Gefühl gab. Also setzte ich mich und redete ein ernstes Wort mit mir selbst, versuchte zu ergründen, warum ich *wirklich* zögerte, und stellte fest, dass ich es insgeheim einfach zu früh fand. Max war der Mann, den ich am meisten auf der Welt liebte, aber er war auch der Mensch, der mich auf die schlimmstmögliche Weise hintergangen hatte.

Seit wir wieder zusammen sind, läuft es gut zwischen uns, nein, besser als gut. An den meisten Abenden gehen wir essen oder ins Theater oder auf Konzerte oder sind bei Freunden eingeladen. Ich kenne Max' Kollegen aus der Kanzlei. Wir sind mit Dean und seiner Frau Chrissy befreundet. Von außen betrachtet, könnte unsere Beziehung nicht besser sein.

Und doch. Als ich überlegte, bei ihm einzuziehen, meldete sich in meinem Hinterkopf hin und wieder ein Hauch von Zweifel, der mir sagte, dass es noch zu früh war. Unterbewusst wartete ich wahrscheinlich halb auf eine Flutwelle von sekundären Gefühlen, und das sollte lieber vor dem Einzug passieren.

Aber es passierte nicht. Also teilte ich Max im letzten Monat mit, ich sei so weit.

»Stell in diese Wohnung, was auch immer du willst«, flüstert Max mir jetzt ins Ohr. »Das ist mir total egal. Das Einzige, was mich interessiert, ist, dass du hier bist.«

Ich kann nicht widerstehen. »Aber was wird deine Innenarchitektin dazu sagen?«

Max lacht. »Ehrlich gesagt, sollte sie sich für mich freuen. Ihr war deutlich anzumerken, dass sie die ganze Junggesellenbuden-Nummer ein bisschen tragisch fand.«

»Hast du Platz in deinem Kleiderschrank gemacht?«

»Selbstverständlich. Die Hälfte gehört jetzt dir.«

»Wow. Ich bin beeindruckt.«

Max zieht mich neben sich aufs Sofa. Seine Miene ist sanft und forschend, die grauen Augen scheinen in meinem Gesicht nach etwas zu suchen. »Lucy, ganz im Ernst, diese Wohnung ist genauso deine wie meine. Du sollst dich auf keinen Fall fühlen, als wärst du zu Gast.«

Mit zusammengepressten Lippen nicke ich. Kurz fühle ich mich in unsere Studentenzeit zurückversetzt, als wir auf klapprigen Sofas saßen und stundenlang über unsere Gefühle und die Zukunft sprachen, über das Leben, das vor uns lag. »Mein Gott, hiervon habe ich geträumt, als wir an der Uni waren.«

»Ich auch.«

»Weniger vom Umzug nach London, eher von unserer Situation jetzt. Mit richtigen Berufen und guten Freunden und einem klaren Weg vor uns, verstehst du?«

Max zögert einen Moment, dann streicht er mir die Haare aus dem Gesicht. »Darf ich dich was fragen?«

»Aber sicher.«

»Es könnte dich in die Flucht schlagen.«

Ich lächle. »Warum?«

»Nur so ein Bauchgefühl.«

»Raus damit.«

»Okay. Also, wir haben ja früher ständig davon gesprochen, ähm, zu heiraten und Kinder zu kriegen, in letzter Zeit aber nicht, was ich natürlich absolut verstehe. Ich bin nur einfach neugierig, ob du dir so was noch vorstellen kannst. Ich meine, wo siehst du uns in fünf Jahren oder in zehn?«

Ich schlucke heftig, um zu verhindern, dass mein Herz zerreißt oder meine Augen sich mit Tränen füllen. Wobei ich eigentlich weiß, dass ich in diesem Moment nicht cool bleiben könnte, wenn mein Leben davon abhinge. Als Max und ich wieder zusammenkamen, waren wir uns einig, dass wir ab jetzt immer hundertprozentig ehrlich zueinander sein wollen. Also werde ich genau das jetzt sein. Scheiß drauf, das Schlimmste ist ja schon längst passiert. »Natürlich kann ich mir das noch vorstellen. Auf jeden Fall. Heiraten und Kinder bekommen mit dir, das möchte ich immer noch, Max.«

Er flucht leise und senkt den Kopf auf seine Hände. Ich lege ihm die Hand auf den Rücken. Er atmet schwer. »Ich hatte befürchtet, dass nicht. Ich dachte, die Chance darauf hätte ich auf alle Zeiten vermasselt.«

»Das Herz will, was es will«, flüstere ich mit einem leichten Achselzucken und einem Lächeln.

Jetzt verwandelt sich Max' Aufgewühltheit in Neugier. »Wie viele Kinder?«

Ich antworte nicht sofort. »Drei. Nein, vier.«

»Hochzeit in Weiß oder einfach heimlich an einem Strand?«

»Beides?«

»Stadt oder Vorort?«

»Stadt. Im Moment. Beziehungsweise dann. Du weißt, was ich meine. Noch ist es ja nicht so weit.«

Er küsst mich. »Ich liebe dich so sehr.« Er nimmt sein Handy und hält es für ein Selfie hoch. »Eins für die Nachwelt?«

Ich gebe ihm für das Foto einen Kuss auf die Wange,

dann legen wir Coldplay auf und fangen an, die Kisten auszupacken. Und jedes Mal, wenn ich seinen Blick auffange oder unsere Ellbogen aneinanderstoßen, wallt ein Glücksgefühl in mir auf, und ich denke: *Das ist er. Der Mann, mit dem ich alt werden will.*

Später ruft Jools an. Max ist gerade nicht im Zimmer, weil er mit seinem armen Assistenten telefoniert, der rund um die Uhr arbeitet, um sich zu beweisen. Die letzten Stunden saßen wir auf dem Wohnzimmerfußboden, sahen uns Fotos aus Unizeiten an, lachten über die Karnickelaugen, die körnige Auflösung, den schlechten Bildaufbau. Köpfe sind abgeschnitten, Leute sehen in die falsche Richtung. Nichts war damals gestellt. Selfies gab es noch nicht lange. Unsere Kleidung war uns egal. Niemand gab uns Anweisungen, wir wurden von unserer unvollkommenen, unbekümmerten besten Seite gezeigt.

»Versteh mich jetzt nicht falsch«, sagt Jools. »Aber danke, dass du ausgezogen bist.«

Grinsend nippe ich an meinem Tee. »Bitte, gern geschehen, aber ich brauche mehr Kontext.«

»Die Frau, die einziehen wollte, hat es sich anders überlegt.«

»Was?« Es war alles für heute organisiert, eine Freundin von Sal, die im Atelier eines echten Modedesigners arbeitet. Jools hat sich so auf sie gefreut, wenn sie auch eisern darauf beharrte, dass es überhaupt nichts mit der Hoffnung auf kostenlose Klamotten zu tun hatte.

»Ja, irgendwas von einem spontanen Umzug nach Mailand.«

»Wie man das eben so macht.«

»Genau, aber dann rief Reuben diesen Typen an, der sich

letztes Jahr das Zimmer angesehen hat, weißt du noch, der mit den Muffins?« Jools' Stimme wird leicht hektisch und schrill. »Der nach dir zum Besichtigen kam und den wir wegschicken mussten. Jedenfalls war er gerade noch mal hier, und er ist …«

»Hatte er Muffins dabei?«

»Ach, vergiss die Muffins. Er ist ein Traum. Er heißt Nigel und zieht am nächsten Wochenende ein. Offenbar war er früher Pianist.«

Ich tunke einen Keks in meinen Tee, lasse ihn die vorgeschriebenen drei Sekunden einweichen. »Und was macht er jetzt beruflich? Ich meine, als ehemaliger Pianist.«

»Rechnungsprüfer.«

»Das klingt ja verheißungsvoll«, sage ich und denke mir dabei: Vernünftig. Verlässlich.

»Ja, und er gehört zu den Menschen, die richtigen Augenkontakt herstellen und tatsächlich zuhören, wenn man spricht.«

Ich stelle fest, dass es sehr lange her ist, seit ich Jools ehrlich begeistert von einem Mann erlebt habe.

»Also, jedenfalls«, fährt sie fort, »was ich damit sagen will: So gern ich mit dir zusammengewohnt habe, Lucy, Nigel hat definitiv langfristig mehr Potenzial, beziehungstechnisch gesehen.«

Ich pruste los. »Meine Güte, Jools! Sonst redest du doch nie so schmalzig von Männern.«

»Ja, ich weiß! Was ist nur los mit mir?«

»Bist du betrunken?«

»Stocknüchtern.«

»Tja, dann muss es wohl Liebe auf den ersten Blick sein.«

»Muss es wohl.«

16

Shoreley

Es ist Sonntagabend, und Caleb und ich sitzen auf der kleinen Terrasse des Cottage meiner Eltern in Shoreley. Sie verbringen das Wochenende in Sussex, und da Tash und Simon gerade Simons Bruder in Bristol besuchen, hüten wir das Haus. Mum ist paranoid in Bezug auf Einbrecher, und Dad hat Angst, der Kater, Macavity, verhungert sonst. Morgen früh, bevor sie zurückkommen, schließen wir ab und stecken den Schlüssel in den Briefkasten.

Meine Eltern wirken seit einigen Monaten gestresst. Nicht ganz wie sie selbst. Dads Migräne hat sich nicht gebessert, und in seiner Firma drohen Entlassungen. Deshalb war ich froh, als sie verkündeten, ein paar Tage wegzufahren.

Caleb und ich sitzen hier in unseren dicken Jacken, Schals und Handschuhen. Das Metall des Stuhls fühlt sich durch die Jeans eisig an. Wir haben gerade gegessen, ein Festmahl von lokal gefischten Jakobsmuscheln und Speck, in Butter gebraten. Es ist eine klare Nacht, am Himmel funkeln eine Million Sterne, deshalb schlug Caleb vor, heiße Schokolade zu kochen und ein Feuer in der kleinen Feuerschale meiner Eltern anzuzünden, damit wir hier draußen in der Dunkelheit die weiß glühenden Sternbilder über unseren Köpfen bestaunen können.

Wir reden über meinen Roman, dessen letzte Version Caleb gerade gelesen hat. An ein paar Stellen muss noch etwas geschliffen werden, aber ich wollte, dass er ihn vor seiner Abreise liest, falls er irgendein wichtiges Feedback für mich hat.

Caleb hat den Auftrag in Südostasien natürlich bekommen. Und ich freue mich so für ihn. An der Kamera ist er ein Genie, und er hat sich diese Gelegenheit mehr als verdient. In zwei Wochen fliegt er zur Einführung erst einmal nach Bangkok und bleibt insgesamt sechs Monate weg.

Ich werde ihn schlimm vermissen. Richtig, richtig schlimm.

»Ehrlich, ich finde es großartig«, sagt Caleb jetzt. »Ganz im Ernst. Du hast so viel Talent.«

»Na, ich weiß ja nicht.«

»Ich schon. Dieses vieldeutige Ende, einfach genial.«

Ich beiße mir auf die Lippe. Wenn ich mal ganz ehrlich bin, war das Ende eigentlich Ryans Idee, erdacht an der Theke des Smugglers nach einer Sitzung unserer Schreibgruppe. »Glaubst du?«

»Nein, ich weiß es.« Er beugt sich vor und küsst mich. Seine Lippen sind warm und süß von der heißen Schokolade, und der Kuss ist lang und tief und bedächtig, als feierten wir diesen Moment.

»Danke. Nur schade, dass ich so lange gebraucht habe.«

Er legt den Kopf schief. »Hat Margaret Mitchell nicht zehn Jahre gebraucht für …«

»*Vom Winde verweht*.« Ich grinse. »So heißt es immer.«

Und auf gewisse Weise schreibe ich auch seit zehn Jahren an meinem Roman. Vielleicht nicht aktiv, aber er spukt mir im Kopf herum, seit ich an Weihnachten vor elf Jahren ins Flugzeug stieg.

Ich ziehe die Jacke fester um mich, rutsche etwas näher an die Feuerschale, um die eisige Novemberluft abzuwehren. In den gelegentlichen Windstößen liegt der salzige Duft des unruhigen Meeres.

Caleb lehnt sich zurück und sieht in die Sterne hinauf. »Ich würde sogar so weit gehen zu behaupten, dass die Welt dein Buch *braucht*, Lambert.«

Ich schnaube. »Oh nein, braucht sie nicht. Die Welt braucht … Gleichberechtigung und Menschenrechte und ein Ende von Korruption und Hunger und …«

»Stimmt alles. Aber solange es Bücher gibt, sollte es auch deins geben.«

»Ach, du bist befangen.«

»Nein. Wann lässt du Ryan es seinem Agenten zeigen?«

Wir vier, also Ryan, Emma, Caleb und ich, haben uns in den vergangenen achtzehn Monaten ziemlich eng angefreundet. Wir kochen füreinander, treffen uns abends oder zum Sonntagsbraten im Smugglers, gehen ins Kino oder ins Theater oder zu Autorenlesungen.

Ryan liegt mir seit Wochen in den Ohren, ich soll seinen Agenten in London einen Blick auf meinen Text werfen lassen. Aber ich bin noch nicht ganz so weit.

»Bald«, sage ich ausweichend.

Caleb nimmt meine Hand, verschränkt seine Finger mit meinen. »Eins musst du mir versprechen.«

»Alles, was du willst.«

»Lass dich nicht veröffentlichen, während ich weg bin. Okay? Du musst unbedingt warten, bis ich wieder zu Hause bin. Ich möchte bei deinem großen Moment dabei sein. Es wäre furchtbar, es über Skype mitzukriegen.«

Über sein Zutrauen zu mir muss ich grinsen, dann lege

ich den Kopf in den Nacken und lasse meine Augen sich an die funkelnde Galaxie am Himmel gewöhnen. »Ist gut, ich werde mir Mühe geben, das Unmögliche nicht während deiner Abwesenheit zu erreichen.«

Er stößt hörbar die Luft aus. »Sechs Monate.« Sein Atem kühlt die Luft zwischen uns ab. Ich spüre, dass er mich ansieht, will den Blick aber nicht erwidern, weil ich weiß, dass mich das zum Weinen bringen könnte.

Also nicke ich nur und spüle die Traurigkeit mit dem letzten Schluck heiße Schokolade herunter. »Das werden die besten sechs Monate deines Lebens.«

Ich werde in Calebs Cottage wohnen, bis er zurückkommt. Es freut mich so, dass er es nicht aufgibt. Ich meine, ja, es hat Löcher im Dach und lockere Fliesen, und andauernd bröckelt etwas ab. Aber es ist gemütlich und schief und krumm, romantisch baufällig. Ich male mir aus, allein darin zu sitzen, während Caleb auf Reisen ist, und den Wellen zu lauschen, deren sanftes Krachen so tröstlich ist wie ein Herzschlag.

Als wir gerade ins Bett gehen, brummt mein Handy. Es ist Jools, wegen des nächsten Wochenendes, an dem Caleb in London von ihr und Nigel Verlobungsfotos machen möchte. Am Freitag fahren wir nach Tooting, und für Samstagabend habe ich für Caleb eine Überraschungsabschiedsparty organisiert. Schöner kann ich mir sein letztes Wochenende vor der Abreise nicht vorstellen.

Jools und Nigel heiraten kommenden Sommer in Shoreley, und Caleb wird fotografieren. Bevor sie Nigel kennenlernte, zeigte Jools nie großes Interesse am Heiraten, hauptsächlich weil ihre Eltern sich ständig ver- und wieder entlobten. Aber seit sie Nigels Antrag angenommen hat, ist sie zu unserer aller Verwunderung ein begeisterter Hochzeitsfan geworden. Wir waren schon auf der Jagd nach einem Kleid und einem Veranstaltungsort, wir haben Menüs und Kuchen Probe gegessen, stundenlang Flitterwochenziele durchgeblättert und Wunschlisten erstellt. Eine ihrer Kolleginnen nannte sie sogar letzte Woche scherzhaft *Brautzilla*, und Jools strahlte, als sie mir das erzählte, als wäre sie gerade befördert worden, oder Reuben hätte ihr endlich das ganze Geld zurückgezahlt, das sie ihm für Miete vorgeschossen hat.

Mitten in der Nacht wache ich von einem teerigen, beißenden Geruch auf. Er brennt in meiner Kehle wie Qualm. Ein paar Sekunden bleibe ich verwirrt liegen, denke nach, ob wir am gestrigen Abend etwas gegessen haben, das rauchig schmeckte.

Dann begreife ich. Es ist wirklich Qualm.

Caleb setzt sich neben mir auf. »Lucy«, sagt er sehr ruhig. »Ich glaube, es brennt.«

»Ähm, Mum«, sagt Tash. »Brauchst du einen Brandy oder so? Du siehst blass aus.«

Tash kam sofort, als sie davon hörte, und ich habe mir den Vormittag freigenommen. Ivan habe ich erzählt, ich sei aus einem brennenden Haus geflüchtet, was ein bisschen geflunkert ist, weil eigentlich nur das Wohnzimmer betroffen ist. In einer Steckdose hinter dem Fernseher gab es mitten in der Nacht nach einem Kurzschluss einen Kabelbrand, aber die Feuerwehr konnte löschen, bevor allzu viel Schaden entstanden war. Nur Minuten bevor meine Eltern aus

Sussex zurückkehrten, durften wir das Haus wieder betreten. Zum Glück geht es Macavity wunderbar.

Wir fünf haben uns an die Frühstückstheke in der winzigen Küche gequetscht und bibbern, weil sämtliche Türen und Fenster offen stehen. Diesen Raum habe ich schon immer geliebt, mit den handgeschreinerten Schränken und der unebenen Decke und dem kirschroten AGA-Herd. Er hat Charakter. Seele.

Mein Blick fällt auf den Sinnspruch über der Pinnwand. *Dein Schicksal findet dich.* Früher zog ich meine Eltern oft damit auf, wie trivial dieser Satz sei, aber heute erscheint er mir schmerzlich anrührend.

Caleb hat eine Kanne Tee gekocht und verteilt Tassen. Als er mir meine gibt, sehe ich ihn an und spüre dabei eine tröstliche Geborgenheit.

Was werde ich nur ohne ihn anfangen?

Mum lehnt das Angebot eines Brandys ab. »Nein danke, Schatz. Das Bild habe ich sowieso schon immer gehasst.«

Tash wirft mir einen komischen Blick zu. Unsere Mutter muss von dem Ölgemälde mit den Mohnblumen über dem Fernseher sprechen. Es ist nicht das Einzige, was verbrannt ist: Viele andere Gegenstände sind in Flammen aufgegangen, einschließlich (passenderweise) der Ausgabe von *Jane Eyre*, die ich gestern Abend gelesen habe. Mum beschränkt sich wohl auf das Bild, weil sie unter Schock steht oder so. Ich bin mir ziemlich sicher, dass Dad es ihr geschenkt hat.

»Was für ein Glück, dass du und Caleb hier wart«, sagt sie kopfschüttelnd zu mir. »Nicht auszudenken, wenn nicht. Das ganze Haus wäre abgebrannt, und Macavity …« Sie schlägt sich die Hand auf den Mund, kann nicht weitersprechen.

Caleb drückt ihr die Hand. »Denk gar nicht daran, Ruby. Wir waren ja hier. Nur das zählt.«

Mit tränenfeuchten Augen sieht sie zu ihm auf. »Danke, Caleb.« Ich weiß, dass sie dankbar dafür ist, ihn in diesem Moment bei sich zu haben – das gilt für uns alle, glaube ich. Wenn ich aus den vergangenen achtzehn Monaten mit Caleb etwas gelernt habe, dann, dass man in einer Krise jemanden wie ihn an seiner Seite haben möchte. Er ist so besonnen, pragmatisch, verlässlich. Allein ihn anzusehen macht mich irgendwie schon ruhiger. Als wir vor ein paar Monaten mit dem Zug nach Newcastle zu seinen Eltern fuhren, sackte ein älterer Passagier uns gegenüber plötzlich vornüber, seine Haut war vollkommen grau. Caleb war ein Muster an Gelassenheit, brachte den Mann in die stabile Seitenlage, bat andere Passagiere, einen Notruf zu tätigen, beruhigte eine in Panik geratene Frau. Noch vor der nächsten Haltestelle, wo der Notarzt wartete, war der Mann wieder bei Bewusstsein, und später erfuhren wir, dass er voll genesen war. Aber es brachte mich auf den Gedanken, dass Caleb auch gut im Rettungswesen aufgehoben gewesen wäre. Meiner Ansicht nach ist es eine ziemliche Leistung, in Krisensituationen unerschütterlich zu bleiben.

Tash neben mir verhält sich ungewohnt still. Sie will von hier aus weiter ins Büro, deshalb sieht sie so geschäftsmäßig aus in ihrem kamelhaarfarbenen Mantel und dem taubengrauen Kostüm. Sie wirkt entsetzt über das, was geschehen ist; zuerst dachte ich, sie gäbe mir die Schuld, weil wir den Fernseher eingesteckt ließen, als wir ins Bett gingen. Doch dann umarmte sie mich, als ich sie darauf ansprach, und sagte, natürlich nicht, sie stehe nur unter Schock.

Ich weiß, es fällt ihr nicht leicht, dass ich in Calebs Cottage umziehe, denn sie hatte so viel Freude daran zu beobachten, wie eng mein und Dylans Verhältnis in den vergangenen dreieinhalb Jahren wurde. Aber irgendwann kommt der Zeitpunkt zur Veränderung, und ich glaube, wir wissen beide, dass er jetzt da ist. Vielleicht werde ich von dem Geld, das ich gespart habe, nach seiner Reise mit Caleb zusammen eine Wohnung kaufen. Oder ich verwende es für etwas Abenteuerlicheres. Es ist jedenfalls schön, Optionen zu haben, und wann immer ich an meine Zukunft mit diesem Mann, den ich so liebe, denke, bekomme ich ein Kribbeln im Bauch.

»Hört mal, Kinder.« Mum räuspert sich. »Wir müssen was mit euch besprechen.«

Caleb macht Anstalten, von seinem Hocker zu rutschen. »Soll ich lieber …«

»Nein, Caleb. Du solltest das auch hören.«

Meine Güte, sie klingt sehr ernst.

Ich schiele zu Dad hinüber. Er starrt in seine Teetasse und sitzt ziemlich weit weg von Mum. Das machen sie in letzter Zeit einigermaßen häufig, und für mich ist es immer noch ein seltsamer Anblick. Mein gesamtes Leben lang saßen sie immer so dicht zusammen, konnten nie aufhören, einander anzufassen. Ich weiß nicht, wie oft Tash und ich im Laufe der Jahre hinter ihrem Rücken Würgegrimassen gezogen haben.

Meine Mutter sieht meinen Vater bedeutungsschwer an. Und dann stürzt meine Welt ein.

»Wir waren in einem Ehe-Retreat«, sagt er. »An diesem Wochenende.«

»Einem Ehe-Retreat? Was ist das denn?«, frage ich verständnislos, in der Annahme, er werde erklären, es sei … was genau? Eine Hotelanlage extra für Ehepaare? Braucht man das?

»Ich kann nicht folgen«, sagt Tash.

»Wir wollten unsere Ehe retten«, sagt Mum langsam. »Unsere Freunde haben uns das empfohlen.«

»Unsere Freunde John und Roz«, erläutert Dad überflüssigerweise. »Ihr wisst schon, die mit dem Schleppkahn.«

Eins kann ich versichern: Wenn John und Roz jetzt mit ihrem Schleppkahn hereinspaziert kämen, würde ich nicht mit der Wimper zucken. Ich fühle mich, als hätte man mir eins über den Kopf gezogen, als hätten alle Worte, die ich früher einmal verstand, ihren Sinn verloren. Vielleicht habe ich gestern Nacht mehr Qualm eingeatmet, als mir bewusst war. Vollkommen ratlos sehe ich Tash von der Seite an.

»Was meint ihr damit, eure Ehe retten?«, sagt Tash, als bemühte sie sich nach Kräften, taktvoll zu sein, würde aber am liebsten die Teekanne über Mums und Dads Köpfen ausleeren.

Lange Zeit antwortet keiner der beiden, als warteten sie darauf, dass wir zwischen den Zeilen lesen. Aber mir kommt es vor, als wären wir auf komplett unterschiedlichen Planeten, ganz zu schweigen von Gesprächsebenen.

Nach einer Weile holt Mum tief und theatralisch Luft. Sie nestelt an dem silbernen Medaillon um ihren Hals, dem mit dem Foto meiner Großeltern darin. Vor Kurzem hat sie sich die Haare kürzer schneiden lassen, als ich sie je bei ihr erlebt habe, und sie trägt einen blassrosa Lippenstift mit Metallicschimmer, der für ihre Verhältnisse gewagt ist. Normalerweise beschwert sie sich, dass Lippenstift sie alt macht. »Wir lassen uns scheiden.«

Mit offenem Mund wende ich mich erst ihr, dann Dad

zu. Er bleibt ganz reglos, starrt auf seine Knie wie ein Drogenschmuggler bei einer Pressekonferenz. Er hat ebenfalls eine neue Frisur, aber seine ist lang und ungepflegt, fast wie eine Trotzhandlung, eine Art Statement. Ich drehe mich wieder zu meiner Mutter um.

»Wovon redet ihr denn?« Tashs Stimme wird jetzt schrill.

»Der Gedanke war, einen Weg nach vorn zu suchen. Das Retreat war eine wundervolle, sehr bereichernde Erfahrung, und die Moderatoren waren unglaublich …«

Du lieber Gott. Mum klingt, als spräche sie von dem Tortendeko-Kurs an ihrer Abendschule.

»… aber wir sind zu dem Schluss gekommen, dass es das Beste für uns ist, wenn wir getrennte Wege gehen.«

Ich kann mir gerade noch verkneifen, alle Kraftausdrücke loszulassen, für die sie mich jemals ausgeschimpft hat, plus ein paar neue. »Warum das denn? Ihr gehört doch zusammen. Ihr … ihr seid füreinander bestimmt.«

Caleb drückt mir die Hand, eine stumme Geste der Unterstützung.

Als meine Eltern einander ansehen, liegt echte Traurigkeit in ihren Augen. Und zum ersten Mal überhaupt muss ich mich fragen, ob das, was ich all diese Jahre beobachtet habe, nicht in Wirklichkeit eine Reflexion der Realität war. Ob ihr Märchen einfach nur das ist: eine Illusion. Eine Geschichte, die sie uns erzählten, um uns froh zu machen oder unseren Glauben an die Liebe wiederherzustellen oder, schlimmer noch, um uns zu unterhalten.

Ein Rest von Qualm kratzt mir in der Kehle, als ich Dad anspreche. »Ich weiß, dass du in letzter Zeit Migräne hattest, und das mit den Entlassungen belastet dich, aber das ist doch …«

Er schüttelt den Kopf. »Die Migräne. Die haben wir uns nur ausgedacht.«

Mum verzieht das Gesicht. »Entschuldige, Schatz. Wir mussten euch ja irgendwas erzählen, wenn wir uns gestritten hatten.« Dieses *gestritten* sagt sie so wie ich früher *Frauenbeschwerden* zu meinem Chef, wenn ich bei meinem allerersten Job krankfeierte.

»Aber worüber habt ihr euch zu streiten?«, fragt Tash hilflos, als dächte sie, Menschen hätten ab einem bestimmten Alter einfach keine Gefühle oder nennenswerte Gehirntätigkeit mehr.

»Wir haben unterschiedliche Vorstellungen für die Zukunft«, sagt Dad. »Und unser Liebesleben …«

»Nein!«, kreischen Tash und ich wie aus einem Mund und halten die Hände hoch, um ihn zum Schweigen zu bringen. Und ab da sitzen wir einfach nur stumm in unserem kleinen Kreis herum und starren die Frühstückstheke an wie in der stümperhaftesten Gruppentherapiesitzung aller Zeiten.

Ich kann mich an keinen Moment erinnern, in dem ich mich je so von Traurigkeit überfordert fühlte. Ich zupfe an einem Fädchen meiner Strickjacke, überlege, ob ich sie komplett aufribbeln könnte, wenn ich nur fest genug zöge. Ich spüre Calebs Blick auf mir und wünschte, wir könnten uns einfach plötzlich an einen anderen Ort versetzen, wo er mich in die Arme nehmen könnte, mir sagen, dass er mich liebt, mir tröstliche Worte ins Haar flüstern.

Tash bricht als Erste das Schweigen. »Ihr seid seit fünfunddreißig Jahren verheiratet. Das könnt ihr doch nicht alles wegschmeißen, nur weil ihr eine schlechte Phase habt.«

Mir gehen Simon und Andrea durch den Kopf, Caleb und Helen. Und dann betrachte ich meine Eltern vor mir, selbst erklärte Seelenverwandte, von denen wir alle dachten, sie wären füreinander bestimmt.

Seit ich mich erinnern kann, waren sie meine Vorbilder. Sie schenkten mir den Glauben an eine Liebe, die ein Leben lang hält. Wie kann das passieren?

»Gibt es… jemand anders?« Ich sehe von einem zum anderen, suche nach verräterischen Zeichen von Verlegenheit. Obwohl die Vorstellung mich entsetzt, muss ich fragen.

»Nein.« Mum nippt an ihrem Tee. »Aber natürlich haben wir darüber gesprochen, dass das eines Tages sein könnte.«

Es ist so altersfeindlich und unnett, ich weiß, aber der Gedanke, dass meine über fünfzigjährigen Eltern sich in Shoreleys Single-Szene stürzen könnten, ist für mich grässlicher als sämtliche peinlichen öffentlichen Liebesbekundungen, denen sie mich in der Vergangenheit aussetzten.

»Ihr habt uns doch immer gesagt, ihr wärt füreinander bestimmt«, sagt Tash, als glaubte sie, die beiden müssten daran erinnert werden. »War das denn gelogen?«

»Natürlich nicht.« Wieder wirft Dad Mum einen Seitenblick zu. Er hat seinen Tee kaum angerührt. »Ich glaube, wir waren dazu bestimmt, einander kennenzulernen, denn daraus ist so viel Gutes entstanden: ihr beide, du und Lucy, und unser gemeinsames Leben. Aber jetzt wird es Zeit für ein neues Kapitel.«

Mum nickt. »Wir sehen es nicht als Ende, eher als Neuanfang. Wir möchten nach vorn sehen, nicht zurück. Dieses Wochenende hat uns dabei enorm geholfen.«

»Tolles Ehe-Retreat«, meint Tash. »Wenn man sich danach scheiden lassen will. Ich nehme mal an, ihr fordert euer Geld zurück?«

Und das bringt uns trotz allem zum Grinsen, und bald lachen wir laut, und kurz darauf wischen wir uns Tränen der Freude und der Traurigkeit ab und liegen einander in den Armen. Ich bin ziemlich sicher, dass jeder von uns sich schon fragt, wie genau unsere Zukunft als Familie aussehen wird, da alles, was wir je zu wissen glaubten, sich gerade in Rauch aufgelöst hat.

London

Sehr früh am Montagmorgen schrecke ich aus dem Schlaf. Max und ich sind gerade erst ins Bett gegangen. Ein Brunch in Battersea gestern Nachmittag entwickelte sich zu einer Kneipentour in Belgravia via Chelsea. Olly war dabei und Dean Farraday und ein paar Leute aus Max' Kanzlei. Und Jools brachte Nigel mit. Sie sind mittlerweile seit fast einem halben Jahr zusammen, praktisch seit dem Tag meines Auszugs, und sie sind so vernarrt ineinander, dass sie mitten im Satz verstummen, um sich zu küssen, und völlig vergessen, dass wir anderen danebenstehen und uns fragen, wie lange wir warten sollen, bevor wir uns unauffällig entfernen. Es war ziemlich toll zu beobachten, wie Nigel sich in Jools verliebte. Und das Beste ist, dass er weiß, was für ein Glückspilz er ist. Schon nach wenigen Tagen brauchte ich mir keine Sorgen mehr zu machen, dass er sie jemals als selbstverständlich betrachten würde.

Sal und Reuben schlossen sich gestern Abend ebenfalls an, außerdem ein paar Kollegen von Supernova. Irgendwann gratulierte mir eine Frau – Nicola hieß sie, glaube ich, eine Kanzleikollegin – dazu, mir »den begehrtesten Junggesellen Londons geschnappt« zu haben. Jools stand gerade neben mir, und wir beide konnten uns nur mit Mühe eine Grimasse verkneifen, und als Nicola sich jemand anderem zuwandte, sahen wir einander mit aufgeblähten Wangen an, die Art von Miene, die man macht, wenn man versucht, sich nicht in der Öffentlichkeit zu übergeben. Doch, so grauenhaft es auch formuliert war, und auch wenn ich es niemals laut zugeben würde, war ich insgeheim mit Nicola einer Meinung. Max ist wirklich ein guter Fang: Das habe ich von Anfang an so empfunden, seit wir in Norwich studierten und die Leute sich in Pubs immer um ihn scharten, als wäre er berühmt. Er hatte einfach immer so eine Aura um sich.

Mit Max zusammenzuwohnen, nur wir beide, ist genauso, wie ich es mir erhofft hatte. Nach sechs Monaten kommen wir immer noch mehrmals die Woche zu spät zur Arbeit, weil wir es nicht ertragen können, das Schlafzimmer zu verlassen. Wir duschen zusammen und heften uns Zettelchen an den Kühlschrank und hasten nach Hause, wenn der andere uns eine Nachricht schreibt. Wir essen Unmengen an Sushi, und ich habe ihm beigebracht, meine berühmte und allseits beliebte Paella zu kochen. Zu Anfang begleitete ich ihn sogar hin und wieder bei seiner morgendlichen Joggingrunde, allerdings hat meine Begeisterung inzwischen leicht nachgelassen. Wir haben so viele von den trivialen Kleinigkeiten gemacht, die wir uns vor über zehn Jahren vorgenommen hatten, und jede einzelne war es wert, darauf zu warten.

Vielleicht ist es jetzt sogar besser, als es damals gewesen wäre. Denn jetzt ist unser Moment. Beruflich geht es für uns steil bergauf, wir wissen, wer wir sind und was wir wollen. Dies ist das Leben, das wir uns ausgesucht haben, keines, in das wir durch Zufall gerieten.

Und doch ertappe ich mich manchmal dabei, unser Leben nicht ganz wiederzuerkennen: die schicke Wohnung und unsere protzigen Jobs und unser zunehmend teurer Geschmack. Vielleicht liegt es daran, dass wir uns als Studenten trennten und ich uns insgeheim immer noch so sehe. Oder vielleicht liegt es daran, dass ich das mit Tash erfuhr, weil nichts danach genau so wurde, wie ich es mir immer vorgestellt hatte.

Selbst wenn das mit Tash nie passiert wäre und wir damals zusammengeblieben wären, hätte es mit Max und mir möglicherweise trotzdem nicht geklappt, das ist mir bewusst. Vielleicht wären wir zusammen nach London gezogen, die Herzen voller Hoffnung, und hätten uns sechs Monate später getrennt. Denn das Leben ist kompliziert. Die besten Absichten werden von Arbeit, Geld, Sozialleben verschüttet. Liebe fällt den Umständen zum Opfer.

»Ist das deins oder meins?«, murmelt Max jetzt. Er liegt mit ausgestreckten Armen und Beinen auf dem Bauch, das Gesicht zwischen die Kissen geklemmt, als wäre er aus großer Höhe abgestürzt.

Das Klingeln meines Handys ist ungefähr so angenehm wie ein Presslufthammer. Ich hebe es auf und bete, dass es nicht Zara ist, die mich zu einer Notfallsitzung ins Büro zitiert. Dreimal war ich letzte Woche bis Mitternacht dort. Heute kann ich wirklich einmal nicht so früh anfangen.

»Hallo?«, krächze ich und stelle zu meiner Besorgnis fest, dass ich klinge, als hätte ich gestern Kette geraucht.

»Lucy?«

Ich setze mich auf. Meine Haare hängen mir wirr ins Gesicht. Ich streiche sie zur Seite. Ich brauche Wasser und ein offenes Fenster, um die frische Morgenluft einzuatmen. »Mum?«

»Oh mein Schatz, Gott sei Dank geht es dir gut.«

Eine Beklommenheit breitet sich träge wie Sirup in mir aus. »Was … was soll das heißen?«

»Es hat gebrannt.« Bei dem letzten Wort bricht ihre Stimme.

Max fährt uns nach Shoreley und verstößt dabei gegen jede einzelne Verkehrsregel plus noch einige andere. Die ganze Zeit kann ich kaum klar denken, das schlechte Gewissen schwirrt durch meinen Kopf wie ein Bienenschwarm.

»Es ist bestimmt nicht so schlimm«, sagt er immer wieder. Seit wir London verlassen haben, liegt seine Hand auf meinem Bein, er nimmt sie nur zum Schalten oder in Kurven weg. Zara und Max' Chef Tim haben uns beiden heute den Tag freigegeben, als sie von dem Brand hörten. Wobei ich insgeheim solche Angst vor dem habe, was wir gleich erfahren werden, dass ich mir ganz egoistisch beinahe wünsche, sie hätten Nein gesagt.

Mum hatte mich gebeten, das Haus am Wochenende zu hüten. Sie und mein Vater wollten für drei Tage nach Sussex, und sie haben immer solche Angst, dass jemand einbricht oder ihr Kater Macavity verhungert. Tash und Simon waren mit Dylan in Bristol, um Simons Bruder zu besuchen, also sagte ich zu, aber am Freitagabend war es unmöglich, London zu verlassen. Auf der M2 stand alles still - angeblich ein Auffahrunfall mit sieben beteiligten Wagen –, also kehrten wir um. Sowohl Mums als auch Dads Handy war ausgeschaltet (ich versuchte, nicht daran zu denken, warum), weshalb ich schließlich die Nachbarin Paula anrief. Sie war selbst die Woche davor verreist gewesen, daher hatte Mum sie wohl nicht gefragt.

Paula schlug sofort vor, wir sollten doch ganz in London bleiben. Bis Montag werde nichts passieren, und sie werde nach Macavity sehen. Sie versprach, meine Eltern zu informieren.

Während des Telefonats hatte ich sie auf Lautsprecher gestellt, und Max küsste mich auf den Hals und schob die Finger zwischen meine Blusenknöpfe. »Sag Ja«, sagte er lautlos, und ich hätte beinahe laut am Telefon gestöhnt.

Wir hatten beide in der Woche extrem viel gearbeitet und waren erschöpft. Was wir wirklich brauchten, war ein Wochenende zwischen Bett und Dusche und Sofa mit vernünftigem Essen. Nicht dass es letzten Endes dazu kam, aber unsere Absichten waren gut, wenn auch leicht lustgesteuert.

Also willigte ich ein, schrieb mir eine Erinnerung in den Kalender, Paula zum Dank Blumen zu schicken, und vergaß die Sache prompt.

Und jetzt scheint es, als hätte diese überstürzte Entscheidung meine Eltern alles gekostet.

Ich hätte Max nicht mitnehmen sollen. Es ist jetzt immer so verkrampft, wenn er auf meine Familie trifft; er und Tash meiden sorgsam jeden Augenkontakt, und meine Eltern reagieren auf das Unbehagen, indem sie so tun, als wäre Max gar nicht da. Was natürlich erst recht die Aufmerksamkeit auf das eine Thema lenkt, das wir am liebsten vergessen würden.

In unseren Jacken stehen wir auf dem Bürgersteig dem Cottage gegenüber wie Trauernde bei einer Beerdigung. Über uns segeln Möwen im Wind, als wäre es ein ganz normaler Wintertag. Was es natürlich nicht ist, denn die Feuerwehr ist immer noch dabei, die vor sich hin qualmende Ruine zu löschen. Es riecht giftig. Nur das Erdgeschoss steht noch, und was übrig ist, ist verkohlt, wie geschwärzte Baumstümpfe nach einem Waldbrand. Die hässlichen Reste verändern das Aussehen der gesamten Straße, und Passanten bleiben stehen und gaffen. Einen Moment lang fühlt es sich an, als könnte es nicht real sein, als stünden wir am Set eines Films über unser Leben, starrten mit offenem Mund die plötzliche Wendung an, die den Drehbuchschreibern eingefallen ist.

»Es tut mir so leid«, sage ich schon wieder. Ich fühle mich schrecklich, nicht nur wegen des Brands, sondern auch, weil dies mein erster Besuch in Shoreley seit drei Monaten ist. Ich war so beschäftigt und verliebt, was natürlich keine Entschuldigung ist. Abgesehen von allem anderen habe ich meinen Neffen seit seinem Geburtstag nicht gesehen.

Max drückt mir die Hand. Ich weiß, dass er mich unbedingt trösten, mir vermitteln will, dass das Ganze nicht meine Schuld ist, aber wahrscheinlich merkt er, dass er das nicht kann – zumindest nicht mit Worten.

Auf meiner anderen Seite steht Tash. Ich spüre, dass sie mich ansieht, und kurz denke ich, sie wird mir eine Standpauke halten, dass ich egoistisch bin, dass ich mein Leben in den Griff bekommen muss, dass ich ein schrecklicher Mensch bin, und sieh dir an, was du angestellt hast. Aber nein. Sie schlingt nur einen Arm um mich und drückt mich so fest an sich, dass ich ihr Shampoo riechen kann.

Bis wir mit Paula und den Behörden und den Versicherungsleuten gesprochen haben, ist es Nachmittag, also fahren Max und ich mit Simon zu Tashs Haus, während sie Dylan von der Schule abholt. Eigenartigerweise haben Mum und Dad gegen Mittag einen Abstecher zu einem Café gemacht und sind nicht zurückgekommen. Simon meinte, wir sollten sie in Ruhe lassen, da sie ganz offensichtlich unter Schock stünden. Wir gehen davon aus, dass die beiden ebenfalls zu Tash kommen, wenn sie so weit sind, und Macavity mitbringen, dem zum Glück nichts passiert ist und der sich derzeit bei Paula an reichlichen Mengen Dosenthunfisch gütlich tut.

»Du kannst fahren, wenn du willst«, sage ich unterwegs im Auto zu Max. »Ich kann später den Zug nehmen.« Wir fahren Simon hinterher, der überraschend langsam fährt, als wäre er ungefähr fünfzig Jahre älter, als er tatsächlich ist. Entweder das, oder er hat schon sechs Punkte und fürchtet um seinen Führerschein. Immer wieder hält er an Kreisverkehren an, als wären es Kreuzungen, und ich merke, dass Max das allmählich lustig findet.

»Wohin fahren?«

»Nach London zurück.«

»Sagst du das, weil du glaubst, es wird komisch?«

Ich fahre mir mit der Zunge über die Zähne. Ich bin erschöpft und gleichzeitig aufgedreht, als hätte ich zu viel Kaffee getrunken, obwohl ich heute nur eine einzige Tasse hatte. »Nein, ich dachte nur, du willst vielleicht los.«

»Ich fahre nirgendwohin.«

Simon hält gerade vor der Auffahrt zur Schnellstraße an. »Da könntest du recht haben«, sage ich, und Max lacht.

Auf der Schnellstraße legt Simon den vierten Gang ein,

und wir lassen Shoreley endlich hinter uns. Alles, was ich sehen kann, hat die Farbe von Holzkohle, die Straße, der Himmel, die dunstfeuchte Rinde der laublosen Bäume.

Eine Zeit lang betrachte ich Max von der Seite, seine Hände auf dem Lenkrad, das schnelle Huschen seiner Augen zwischen Fahrbahn und Verkehrszeichen und Auffahrten und Autos, sein rasiertes Kinn, die dunkle Ausschnittkante seines Pullis auf seinem Schlüsselbein.

Ich wende mich wieder der Straße zu. »Keine Ahnung, wie ich mich davon wieder erholen soll. Ich bin nicht sicher, ob sie mir jemals verzeihen werden.«

»Niemand bei Verstand würde dir das zum Vorwurf machen, Lucy. Es war ein Kabelbrand. Selbst wenn wir da gewesen wären, hätten wir nichts machen können.«

Stirnrunzelnd betrachte ich meine Hände. Am Samstag habe ich mir die Fingernägel lackieren lassen, in einem Farbton namens *Sirenenrot*, was jetzt nicht nur wie der Gipfel der Ichbezogenheit erscheint, sondern auch wie eine unschöne Ironie des Schicksals.

Max legt mir eine Hand aufs Knie, was mir einen angenehmen Schauer durch den Körper jagt, trotz meiner düsteren Stimmung. »Glaubst du nicht, dass wir Glück hatten, nicht da zu sein? Die Feuerwehr meinte, dass der Rauchmelder nicht funktioniert hat. Was, wenn wir geschlafen und es nicht rechtzeitig bemerkt hätten?«

»Trotzdem habe ich sie im Stich gelassen.«

»Nein.« Max' Stimme wird fester. Er tippt auf die Bremse, weil vor uns Simon ohne Grund das Gleiche tut. »Ich bin der Meinung, Paulas Vorschlag am Freitagabend anzunehmen war das Beste, was du je gemacht hast.«

Ich lächle schwach. »Du lässt nicht locker, oder?«

»Leider nein. Ich will einfach nicht, dass du dir für das, was passiert ist, die Schuld gibst.« Er setzt den Blinker und fährt auf die Überholspur. Das Auto schießt vorwärts. »Okay, halt dich gut fest. Ich beschleunige gleich auf über sechzig.«

Offenbar funktioniert es nicht, sich die Zuneigung von Kindern mit teuren Geburtstagsgeschenken zu erkaufen, denn als Dylan mit Tash nach Hause kommt und uns sieht, zieht er die Augenbrauen zusammen.

Ich lächle. »Hallo, Dylan. Erinnerst du dich noch an meinen Freund Max?« Ich kann mir gerade noch das *Onkel Max* verkneifen.

Gut möglich, dass nicht, denn er hat Max erst ein Mal gesehen.

Dylan sieht so niedlich aus in seinem zu großen Schuluniformjackett, die blonden Haare ordentlich gescheitelt. Er erinnert mich an Prince George, als er in Schlafanzug und Bademantel Obama traf.

Aber Dylans Miene wird noch strenger, und er sieht zu Max auf. »Meine Mama mag dich nicht.«

Simon ist immer noch nicht zu Hause, was eben passiert, wenn man auf der Schnellstraße fünfzig fährt, und Tash trödelt mit den Jacken und Dylans Schulranzen im Flur herum. Sie tut so, als hätte sie ihn nicht gehört, was ich nicht glauben kann, denn Tash bekommt immer alles mit. »Also gut, Dylan!«, zwitschert sie und klatscht in die Hände. »Zeit für die Hausaufgaben.«

»Sorry«, sage ich halblaut zu Max, während Tash ihren Sohn die Treppe hinaufschiebt. Ich höre, wie sie ihm etwas zuflüstert.

Max schüttelt den Kopf. »Nein, nein, ich bin ein Freund von offenen Worten. Der Kleine wird es weit bringen.«

»Er hat es nicht so gemeint.«

»Doch, wahrscheinlich schon.«

Mein Bauch verkrampft sich beklommen. Die Situation ist eigentlich unlösbar: Ja, Max hat etwas Schreckliches getan, aber er und ich haben den Entschluss gefasst, es hinter uns zu lassen. Trotzdem darf man wohl nicht davon ausgehen, dass alle anderen dabei mitmachen. Was ebenfalls nicht fair ist.

»Das habe ich mir selbst zuzuschreiben, Luce«, sagt Max ruhig.

»Du brauchst dich nicht selbst zu geißeln.«

»Weiß ich. Mache ich auch nicht.«

»Ehrlich, wenn du fahren willst …«

»Lucy, wenn ich mich mal ein paar Stunden ein bisschen unwohl fühle, macht das nichts. Das halte ich schon aus. Versprochen.«

Ungefähr eine Stunde später, als es schon dämmert, treffen Mum und Dad ein, mit Macavity in einer Katzenbox. Sie ziehen vorübergehend bei Tash und Simon ein.

Während Tash sich vergewissert, dass allen warm genug ist (taktvollerweise hat sie kein Feuer im Kamin angezündet), reicht Simon Brandy herum. Mir bietet er keinen an, Max auch nicht, weil er noch fahren muss. Stattdessen kocht er uns einen Milchkaffee in der edlen Maschine.

Warum, weiß ich auch nicht, aber als wir alle sitzen, breche ich in Tränen aus, das heftige, hicksende Schluchzen, das ich schon den ganzen Tag zurückhalte.

Max reibt mir den Rücken, Mum und Dad machen tröstende Geräusche, und Tash bittet mich inständig, mir keine Vorwürfe zu machen. Ich weiß, welchen Eindruck das macht: Als hätte ich absichtlich losgeheult, damit niemand mit mir schimpft. Aber ich fühle mich ehrlich furchtbar wegen der Sache.

»Es sind doch nur Sachen, Schatz«, sagt mein Vater auf dem Sofa gegenüber. »Das Wichtigste ist, dass dir nichts passiert ist. Gott weiß, was gewesen wäre, wenn du im Haus geschlafen hättest. Wir sind froh, dass du nicht da warst.«

»Das sage ich ihr auch schon die ganze Zeit, Gus«, meint Max.

Beim Klang von Max' Stimme entsteht ein so unbehagliches Schweigen, dass mir die Kopfhaut kribbelt. Als hätten alle so angestrengt vorgetäuscht, er wäre gar nicht da, dass sie aufrichtig erschrocken sind, weil er es doch ist. Als würde sich eine Schaufensterpuppe plötzlich bewegen. Dieses Gefühl ist ungewohnt für mich: Max ist sympathisch und herzlich, geistreich, der Typ, neben dem jeder im Pub sitzen möchte. Beklommene Stille kommt da normalerweise nicht vor.

»Erzählt uns doch von eurem schönen Wochenende in Sussex«, spricht Tash unsere Mutter an. »Um uns alle aufzuheitern.«

Mum schielt zu Dad, räuspert sich dann. »Tja, wir waren nicht sicher, ob wir es erwähnen sollten.«

Tash und ich wechseln einen Blick. Ein Film von Peinlichkeiten spult sich vor meinem geistigen Auge ab. *Oh Gott. Was kommt jetzt? Sie sind Nudisten, oder? War es eine Sexparty? Bitte lass es keine Sexparty gewesen sein.*

Unsere Eltern sitzen sehr dicht nebeneinander auf dem Sofa und halten Händchen. Mir fällt auf, dass ich das länger nicht bei ihnen gesehen habe. Die vergangenen achtzehn Monate waren schwer für sie; Dad hatte mehrfach schlimme Migräne, und in seiner Firma kreisen Gerüchte über drohende Entlassungen.

»Wir waren über das Wochenende in einem Ehe-Retreat«, sprudelt Mum heraus.

Sie hat seit Kurzem eine coole neue Frisur, und während sie spricht, bemerke ich, dass sie Lippenstift trägt, was sie sonst nie tut. Dad hat auch eine neue Frisur, seine ist mehr so Holzfäller-Stil.

»Was ist ein Ehe-Retreat?« (Tash hat ganz eindeutig auch *Sexparty* im Kopf.)

»Da geht man hin, um an seiner Ehe zu arbeiten.«

»Warum müsst ihr daran denn arbeiten?«, fragt Tash mit ungefähr so viel Takt wie Dylan, als er sich erkundigte, woher die Babys kämen.

Max rutscht unbehaglich auf dem Sofa herum. »Soll ich lieber …«

»Nein, bleib«, flüstere ich und drücke seine Hand.

»Wir hatten in letzter Zeit einige Probleme und haben deshalb beschlossen, dass das unsere letzte Chance wäre.«

»John und Roz haben es uns empfohlen«, als sprächen wir von Umzugskartons oder dem besten Geschäft für Rasenmäherersatzteile. »Ihr wisst schon, die mit …«

»Jaja, John und Roz mit dem Schleppkahn«, sagt Tash gereizt.

Mum wendet sich an mich. »Wir wollten uns sogar bei dir bedanken, Lucy.«

»Bedanken?«

»Ja. Was gestern Nacht passiert ist, hat für uns alles relativiert.«

»Ich kann dir nicht folgen.«

Auf einmal erhellt sich Mums Miene, als wäre ihre Lieblingsband gerade auf eine unsichtbare Bühne getreten. »Wir werden was Wildes machen. Stimmt's, Gus?«

Dad strahlt sie an. So fröhlich habe ich ihn schon seit … tja, seit langer Zeit nicht erlebt. »Genau. Wir werden aus der Not eine Tugend machen. Es noch mal mit dem Eheleben probieren.«

»Was meint ihr mit noch mal probieren?« Tashs Stimme klingt immer erregter. »Ihr seid doch schon verheiratet. Und ich kapiere nicht, was das Ganze mit Lucy zu tun hat oder mit Tugend oder …«

»Alles bei diesem Brand zu verlieren«, erklärt Mum, »hat uns veranlasst, unsere Situation noch mal neu zu bewerten. Und uns ist klar geworden, dass wir einander nicht verlieren wollen.«

»Ich lasse mich freisetzen«, erklärt Dad. »Und mit der Abfindung und dem Geld von der Versicherung machen wir was Verrücktes.«

Ich bemerke, dass Simon und Max einander mit einem Anflug von Grinsen ansehen. Sie würden sich bestimmt gut verstehen, wenn es ihnen offiziell gestattet wäre. Simon weiß jetzt, was Max und Tash getan haben, bevor er sie überhaupt kennenlernte, und, das muss man ihm lassen, er hat das Ganze sehr entspannt aufgenommen. Vielleicht haben die beiden ein gewisses Verständnis füreinander, was mich (nicht zum ersten Mal) an Andrea erinnert. Es könnte sein, dass Simon sich, weil er selbst einmal eine Dummheit begangen hat, weigert, Max für etwas Ähnliches zu verurteilen.

»Verrückt trifft es gut.« Tash lehnt sich jetzt nach vorn,

ihr blonder Bob hüpft vor ihrem Gesicht herum. »Hört mal, ich glaube, ihr steht beide unter Schock.«

Mum bleibt völlig ungerührt. »Offen gestanden, denken wir darüber schon sehr lange nach.«

»Genauer gesagt, seit fünfunddreißig Jahren«, ergänzt Dad.

Ich spüre Tashs Seitenblick, vielleicht Unterstützung heischend, aber ich kann die Augen nicht von unseren Eltern abwenden. Sie strahlen wie zwei verliebte Halbwüchsige, mit vor Aufregung roten Wangen. So lange schon habe ich die beiden so nicht erlebt.

»Ihr wisst das nicht, aber als wir uns mit zwanzig im Urlaub auf Menorca kennenlernten«, erzählt Mum, »sprachen wir die zwei Wochen immer wieder darüber, die Welt umsegeln zu wollen.«

»Ihr könnt doch gar nicht segeln«, wendet Tash ein.

»Tash, bitte«, sagt Simon ungewöhnlich scharf, als würde sie immer an den spannenden Stellen eines Films dazwischenreden.

»Und als der Urlaub vorbei war und wir nach Hause fuhren, ich nach Shoreley und eure Mutter nach Somerset, schmiedeten wir Pläne.«

»Ihr wusstet noch nicht, dass ihr schwanger wart.« Allmählich fügen sich für mich die Puzzleteile zusammen.

»Ach so«, sagt Tash, die Schuldige.

Mum schüttelt den Kopf, als verstünden wir sie falsch. Die Perlen an ihren Ohrringen rasseln. »Euch Mädchen zu bekommen war das wundervollste Geschenk, auf das wir je hätten hoffen können, aber jetzt kommt uns dieser Brand wie ein Zeichen vor.«

»Schnappt euch das Geld und haut ab.« Dad gluckst. »Beziehungsweise kauft euch ein Boot.«

»Aber Mum, was ist mit euren Jobs? Euren Renten? Ich meine, ihr seid nicht gerade Millionäre.«

Mum legt den Kopf schief. »Dann dürfen also nur Millionäre Träume haben?«

Tash schließt die Augen. »Nein, natürlich nicht. Ich glaube nur nicht, also, wie könnt ihr innerhalb von vierundzwanzig Stunden von eurer kaputten Ehe zu einer Weltumsegelung kommen?«

»Manchmal, wenn man nicht weiß, was man tun soll, muss man Ausschau nach einem Zeichen halten.« Dad greift nach Mums Hand.

Ich lächle schwach, weil mir bewusst wird, dass es lange her ist, seit ich nach Zeichen des Universums gesucht habe, um mich zu orientieren. Wahrscheinlich, seit ich von Max und meiner Schwester erfuhr. Irgendwie vermisse ich es.

»Und könnt ihr wirklich in eurem Alter noch segeln lernen?«, fragt Tash. »Findet ihr das nicht ein kleines bisschen verantwortungslos?«

»In unserem Alter?«, wiederholt Dad und lacht dann.

»Lucy?«, sagt Mum, und alle sehen mich an. »Du bist ziemlich still.«

Ich schlucke. Mein Mund fühlt sich klebrig und ungelenkig an, als hätte ich seit ungefähr hundert Jahren nicht gesprochen. »Im Prinzip ist es eine tolle Idee. Aber ja, ich finde auch, dass ihr euch Zeit zum Nachdenken nehmen solltet. Tash hat recht: Ihr steht unter Schock.«

»Sehr oft im Leben«, sagt Dad, »weiß man nicht, dass man einen Schock braucht, bis man einen bekommt.«

»Ich kann mich immer noch an den Tag erinnern, an dem wir uns kennengelernt haben«, sagt Max, als wir über die

M2 zurück nach London fahren. Die orangen Lichter der Laternen flitzen über das Autodach hinweg wie Ufos. Es ist dunkel, spät, fast Mitternacht. »Damals hast du mir die Geschichte deiner Eltern erzählt, und für mich war das wie ein verrücktes, unerreichbares Märchen. So völlig anders als das, was ich mit Brooke erlebt hatte.«

Lächelnd lehne ich mich an die Kopfstütze. Ich weiß genau, was er meint: Ich wollte ja einmal einen ganzen verdammten *Roman* auf diesem Märchen aufbauen. »Und was denkst du jetzt?«

Ein hoffnungsvolles Achselzucken. »Tja, eigentlich glaube ich ja nicht an Märchen. Aber es ist schon ziemlich romantisch. Ich meine, sie wollen was machen, worüber sie vor fünfunddreißig Jahren zum ersten Mal gesprochen haben. Sie segeln sozusagen zusammen in den Sonnenuntergang.«

»Allerdings muss es vorher ziemlich schlimm gewesen sein. Dass sie überhaupt in dieses Ehe-Retreat gefahren sind.«

»Genau darum geht es doch, oder? Offensichtlich wollten sie ihre Ehe retten.«

Ich wende ihm das Gesicht zu. »Max?«

»Luce.«

»Würdest du jemals deinen Job kündigen, ein Boot kaufen und um die Welt reisen wollen?«

»Nö.« Er wirft mir einen kurzen Seitenblick zu. »Farraday hat recht, ich hab meine Seele verkauft.«

Ich grinse. »Einer muss es ja tun.«

Er grinst ebenfalls. »Genau. Und um ehrlich zu sein, gefällt es mir so, wie es ist. Das Leben ist gut, und mit dir ist es mehr oder weniger perfekt. Solange wir zusammen sind, ist mir alles andere egal. Ich bin einfach nur froh, dass wir es geschafft haben.«

Wieder spüre ich seinen Blick auf mir, aber er muss nicht fragen: Er weiß, dass das Reisen für mich vorbei ist. Und das macht mir nichts aus. London ist jetzt mein Zuhause. Hier gehöre ich hin, mit Max. Wir bauen uns ein gemeinsames Leben auf, ein Leben, das ich liebe.

Kurz schließe ich die Augen und genieße die Wärme des Autos, das behagliche Brummen des Motors, das Gefühl, dass Max immer an meiner Seite sein wird.

»War das nicht witzig«, frage ich lachend, »als Tash meinte, dass meine Eltern doch gar nicht segeln können? So als würden die beiden auf die neunzig zugehen? Sie sind gerade mal Mitte fünfzig.«

Max lässt sich nur sehr selten zu einem Kommentar über Tash hinreißen. Also sagt er, ohne den Mund zu verziehen: »Ja.«

Den Rest der Fahrt sprechen wir wenig, hören Snow Patrol. Die Musik versetzt mich zurück nach Norwich und zu meiner Liebe zu Max von ganzem Herzen, vom ersten Moment an.

17

Shoreley

»Mein Gott, es tut mir echt leid, Lucy. Ich war mir sicher, dass er es toll findet.«

Ryan steht mir an der Tür des jetzt leeren Kursraums gegenüber. Er bat mich um ein kurzes Gespräch nach der Sitzung, und ich sah ihm sofort an, dass es keine gute Nachricht sein würde.

Es ist mittlerweile März. Caleb ist seit drei langen Monaten fort. Die Schlussphase des Winters am Meer - sehr malerisch zwar und gesättigt mit Raureif-Panoramen - zieht sich in die Länge. Ich sehne mich nach wärmerem Wetter.

Ein paar Wochen nach Calebs Abreise erklärte ich mich damit einverstanden, dass Ryan mehrere Kapitel meines Romans seinem Agenten zeigte. Und vielleicht zum ersten Mal überhaupt war ich insgeheim zuversichtlich. Sie war fertig, diese sentimentale Geschichte über Liebe und Sehnsucht und Hoffnung, die ich mit meinem Herzblut geschrieben hatte. Sie geht einige schwierige Themen an – einschließlich eines ähnlichen Vorfalls wie dem mit Nate in Sydney –, und ich bin stolz auf das Ergebnis. In dieser Hinsicht habe ich das Gefühl, meine Vergangenheit zum Teil umgeschrieben, die Kontrolle über einige heiklere Elemente meiner eigenen Geschichte zurückgewonnen zu haben.

Wir rechneten mit einer relativ schnellen Reaktion, ob nun Ja oder Nein. Doch die Wochen glitten vorüber, obwohl Ryan mehrmals bei seinem Agenten nachhakte.

Heute endlich kam die E-Mail. Von Ryan einmal abgesehen, war der Agent einer der wenigen Profis, die meinen Text gelesen haben, und die Antwort war ein krasses Nein.

Jetzt wirkt Ryan so reumütig, als hätte ich ihn dabei ertappt, wie er Graffiti an die Kirchenmauer sprüht. »Ich hätte ihm den Text ehrlich niemals geschickt, wenn ich geglaubt hätte, dass er ihn ablehnt.«

»Weiß ich doch.«

»Aber hör mal, Lucy, was er schreibt, stimmt. Das sagt nichts über deinen Schreibstil aus, er vertritt eben nur …«

»Anspruchsvollere Texte?«, souffliere ich mit einem schiefen Grinsen. »Schon gut, du kannst es ruhig aussprechen.«

Ryan mustert mich kurz. Seine dunklen Augen sind feucht, die Miene eindringlich. »Das wirkt sich aber doch nicht auf unser Verhältnis aus, oder? Du weißt, dass ich dein größter Fan bin.«

Ich lächle. Wir kennen uns jetzt seit fast zwei Jahren. Ryan ist ein Freund, und zwar ein guter. Ich umarme ihn, um ihm jeden Zweifel zu nehmen. Er fühlt sich zerbrechlich und schmal an, so anders als der robuste Caleb. »Überhaupt nicht. Falls ich veröffentlicht werde, steht dein Name ganz oben in der Danksagung.«

»Nicht falls«, sagt er streng, als er sich von mir löst. Seine Worte hallen von der hohen Decke, den Steinmauern wider. »Wenn.«

Ich glaube, dass wir jetzt gehen, aber obwohl seine Hand auf dem Türknauf liegt, dreht er ihn nicht herum. »Wie geht's Caleb?«

Mir ist klar, dass der Lehrer in Ryan ein positives Ende für das Gespräch möchte, was süß ist, aber auch ungeschickt, denn das Thema Caleb ist momentan ziemlich hart für mich. »Ihm geht es richtig gut, danke.« Ich bemühe mich um einen lockeren, fröhlichen Tonfall.

»Wo ist er gerade?«

»Myanmar.« Um nicht zu emotional zu werden, hole ich mein Handy heraus und rufe die neuesten Fotos auf, die Caleb mir geschickt hat, von den rostfarbenen Tempeln und diesigen Sonnenaufgängen, den kunstvollen Pagoden und imposanten Buddhastatuen.

Ryan wirkt beeindruckt. »Warum bist du noch mal nicht mitgefahren?«, sagt er, als er mir das Handy mit einem zufriedenen Grinsen zurückgibt, als hätte er gerade einen Urlaubsprospekt durchgeblättert.

»Ich fühlte mich nicht so richtig bereit dazu zu verreisen. Vielleicht eines Tages mal.« Zu meiner Überraschung stelle ich fest, dass ich das zum ersten Mal seit über zehn Jahren möglicherweise ernst meine.

»Ganz schön krass, oder? Sich von dem Menschen, den man liebt, für sechs Monate zu verabschieden. Weiß nicht, ob ich das könnte.«

Ryan spricht nie über sein Liebesleben, außer in gelegentlichen Halbsätzen über (normalerweise katastrophale) Dates. Emma sagt, er habe sich mit ungefähr Mitte zwanzig von der Liebe seines Lebens getrennt und das nie vollständig überwunden. Was ganz gut passt, wenn man mal darüber nachdenkt. In seinen Texten geht es oft um Bedauern. Verpasste Chancen, vertane Gelegenheiten.

Ich nicke. »Ja, das ist es. Krasser, als ich erst dachte vielleicht. Aber das überstehe ich schon.«

An dem Tag, als Caleb nach Bangkok flog, brachte ich ihn ganz früh nach Heathrow. Wir parkten, dann saßen wir eine Weile zusammen, ohne viel zu reden. Der Himmel hatte ein sattes Vordämmerungslila, und zusammen sahen wir es allmählich heller werden und sich schließlich im Tagesanbruch auflösen. Wir lauschten dem Dröhnen startender Flugzeuge, deren Lichter über uns hinwegglitten wie Sternschnuppen.

»Das kommt mir völlig falsch vor«, flüsterte er, als es fast Zeit zu gehen war.

Obwohl jede Synapse meines Körpers zustimmend pochte, schüttelte ich energisch den Kopf. »Sobald du da bist, wird es dir richtig vorkommen.«

Dieses Gespräch hatten wir schon so oft geführt, spätabends im Bett, morgens früh durch den Duschvorhang, über die Wellen im Meer hinweg, bei flackernden Kerzen im Restaurant. Und jedes Mal sagte ich das Gleiche zu ihm: Wenn es richtig für ihn sei, dann sei es richtig für uns.

»Mein Gott, warum kommt es mir so unmöglich vor?« Er lachte, obwohl sich seine Augen mit Tränen füllten. »Wenn es sich so anfühlt, mich von dir zu verabschieden, dann mache ich das nie wieder.«

Und dann umarmten wir uns ganz fest, den Kopf an die Schulter des anderen gedrückt, durch die Nase atmend. Wir umarmten uns, wie man es macht, wenn jemand gestorben ist. Es war wirklich eine Art Trauer, glaube ich: Plötzlich konnte ich nicht ertragen, mich zu verabschieden. Ich versuchte, ein letztes Mal genau die Empfindungen in seiner Nähe aufzusaugen – die breite Tröstlichkeit seiner Schultern, den Druck seines Arms um meinen Brustkorb, den süßen Duft seiner Haut.

»Sechs Monate«, flüsterte er, als wir uns schließlich voneinander lösten, mit bebender Stimme.

»Sechs Monate.« Es hatte sich so unkompliziert angehört, als wir zum ersten Mal darüber sprachen, wie eine Prüfung, auf die wir uns einfach vorbereiten und sie dann schreiben mussten. Nun dagegen empfand ich bei der Vorstellung ein überwältigendes Gefühl von Entmutigung. Mir graute davor, ihn vermissen, allein schlafen, ihn über eine Distanz von Tausenden von Kilometern lieben zu müssen.

Nach dem Abschied fuhr ich direkt von Heathrow zu Jools' und Nigels neuer Wohnung in Tooting. Jools ließ mich herein, und ich verkroch mich in ihrem Gästezimmer. Ich hatte mir im Pebbles & Paper ausnahmsweise eine Woche freigenommen, vorgesehen ausschließlich zum Pizza- und Eisessen, Serienansehen und Jammern. Das war mein Plan gewesen, sieben Tage Selbstmitleid, und danach direkt wieder schreiben und etwas Aufregendes für mich erreichen.

Ich kann es nicht abstreiten, es gab Momente, in denen ich mich fragte, ob ich hätte mutiger sein, ein Risiko eingehen und Caleb auf einem Teil seiner Reise begleiten sollen. Aber dann sagte ich mir wieder, dass dies Calebs Abenteuer ist, nicht meins. Wir werden noch reichlich Zeit haben, gemeinsame Erinnerungen zu schaffen, wenn er zurück ist.

»Hast du Lust, in den Pub zu gehen?«, frage ich Ryan.

»Nein, ich, ähm …« Er macht eine ruckartige Kopfbewegung, dass er losmuss. »Ich hab was vor.«

Ich nicke. »Weißt du, selbst wenn dieses Buch nie gedruckt wird, werde ich immer dankbar für die Unterstützung sein. Deine und Emmas und die der Gruppe.«

Ryan tut das mit den Augen ab. »Nichts davon ist unser Verdienst. Du bist Schriftstellerin, Lucy. Das liegt dir im Blut.«

Ich lächle tapfer, ermahne mich, die Ablehnung durch Ryans Agenten nicht als endgültig zu verstehen. *Es ist nur ein Schlagloch auf dem Weg*, denke ich. *Dein Schicksal findet dich.*

Emma schrieb mir, dass sie schon im Pub sitze. Sie ließ Ryan und mich vorhin allein, weil sie ahnte, dass er schlechte Neuigkeiten für mich hatte. Ich sagte, ich käme nach.

Aber ich kann sie nicht entdecken, als ich ankomme, obwohl der Laden halb leer ist. Der Pub riecht nach Bier und Schweiß und heißen Pommes. Als ich WhatsApp aufrufe, um zu fragen, wo sie ist, tippt mir jemand auf die Schulter.

»Lucy?«

Ich drehe mich um und stehe vor Georgia, meiner ehemaligen Chefin bei Figaro.

Meine Kündigung ist fast zwei Jahre her, und auch wenn ich in den letzten zwölf Monaten kaum an Figaro gedacht habe, konnte ich unmittelbar danach an fast nichts anderes denken. Ob ich überreagiert hatte. Ob es die richtige Entscheidung gewesen war. Ob Georgia eine neue Planerin fände und es der Firma gut ginge.

Georgia holt tief Luft und beendet das unbehagliche Schweigen. »Lucy, ich wollte nur sagen, dass es mir leidtut. Alles, was damals passiert ist. Ich hab dich echt schlecht behandelt. Ich weiß, dass ich dich nicht richtig gewürdigt habe.«

Sie wirkt beinahe so überrascht über ihr Eingeständnis wie ich, ihre grünen Augen sind groß und aufrichtig. Sie wirkt etwas weniger gepflegt als früher und trägt eine Jeans, einen grauen Zopfmusterpulli und Turnschuhe statt der Schwindel erregend hohen Absätze, die sie im Büro immer anhatte. Die dunklen Haare sind zu einem unordentlichen Zopf gebunden, ihre ganze Haltung ist viel entspannter als in meiner Erinnerung. »Ich fühle mich immer noch schrecklich deswegen«, fährt sie fort. »Ich hätte dir hinterher whatsappen sollen oder mailen, aber ich hab mir eingeredet, dass wir uns früher oder später über den Weg laufen und ich es dir dann persönlich sagen kann und … na ja.«

Ich schüttle den Kopf. »Nein, nein, ich hätte nicht einfach so abhauen sollen. Das war egoistisch, ich hätte dich nicht hängen lassen dürfen.«

»Das ist mir recht geschehen. Ich habe dich furchtbar behandelt. Kein Wunder, dass du das Gefühl hattest, ich hätte unsere Freundschaft verraten, denn so war es auch.«

Ein paar Sekunden lang sagt keine von uns beiden etwas, mustern wir einander nur nachdenklich.

»Und, ähm, wie geht's dir so?«, frage ich zaghaft.

»Das wollte ich dir eben auch erzählen. Vor ungefähr neun Monaten habe ich die Firma verkauft, und ganz ehrlich, das war das Beste, was ich je gemacht habe. Ich lasse mich gerade zur Lehrerin umschulen.«

Ohne jedes Nachdenken trete ich vor und umarme sie. »Georgia, das ist ja toll. Glückwunsch.«

»Und meinen Freund Adam habe ich auch in dem Kurs kennengelernt, also …« Ihre Augen leuchten, leuchten mehr, als ich es je bei ihr erlebt habe, als sie noch im Alltagsstress einer eigenen Firma feststeckte. »Was ich damit meine, ist, dass nichts von alledem passiert wäre, wenn du nicht an dem Tag gekündigt hättest, Lucy. Davon bin ich überzeugt.

Nachdem du weg warst, ging mir ständig durch den Kopf, was du gesagt hattest, es hat mich zum Nachdenken über eine Veränderung gebracht. Der Schock war nötig, um mich aufzuwecken. Ich brauchte jemanden, der mich eine egoistische Kuh nennt.«

Ich spüre, dass ich leicht rot werde. »Ähm, ja, sorry.«

»Nein!« Sie ergreift meine beiden Hände. »Du brauchst dich nicht zu entschuldigen. Du hattest jedes Recht dazu. Das hatte ich mir selbst zuzuschreiben. Ehrlich.«

Ich verziehe den Mund zu einem Lächeln. »Und was wirst du unterrichten?«

»Wirtschaftslehre für die oberen Klassen.«

»Das ist wirklich großartig, Georgia.«

»Und was treibst du so?« Sie sieht mich erwartungsvoll an, als wäre ich ein Lover, den sie mal abgeschossen hat, und sie hoffte, ich würde antworten, dass ich verheiratet sei und zwei Kinder habe, nie glücklicher gewesen sei.

»Also, vormittags arbeite ich bei Pebbles & Paper. Du weißt schon, dieser Geschenkeladen.«

»Ach ja? Adam hat mir zum Geburtstag eine dieser Salzlampen geschenkt.«

Ich behalte für mich, dass diese verdammten Salzlampen der Fluch meines Lebens sind. Seit Ivan die fragwürdige Entscheidung traf, sie ins Sortiment aufzunehmen, stehen die Kunden bei mir Schlange, weil die Dinger entweder kaputt sind oder sie nicht von ihrer Schlaflosigkeit oder ihren diversen Allergien geheilt haben.

»Und ich schreibe an einem Roman«, sage ich hastig, um von den blöden Lampen abzulenken. »Was ich wahrscheinlich niemals getan hätte, wenn ich noch bei Figaro wäre. Ich wollte ja immer schon schreiben, also …«

»Wow, das ist ja – hast du einen Vertrag?«

»Noch nicht.« Ich denke an Ryans Agenten und die Enttäuschung, die immer noch in meiner Brust brennt.

Hinter uns gewinnt jemand am Spielautomaten, das Rasseln der Münzen ähnelt einem Applaus.

»Bist du denn schon fertig damit? Wovon handelt er?«

»Ja, bin ich. Und im Prinzip geht es wohl um Liebe.«

»Na«, sagt Georgia. »Da du einen Roman geschrieben hast, kann ich vielleicht endlich wiedergutmachen, dass ich so eine miese Chefin war.«

Ich runzle die Stirn. »Wie denn?«

»Adams Schwester ist Literaturagentin. Wenn du möchtest, schicke ich ihr sehr gern dein Manuskript. Sie heißt Naomi Banks. Maile es mir doch, und ich leite es an sie weiter und bitte sie, es sich anzusehen.«

Naomi Banks? Naomi ist meine geheime Traumagentin. Sie vertritt mehrere Autoren, die ich liebe, und laut ihrer Website sucht sie nach genau der Art von Buch, das ich geschrieben habe.

Georgia gibt mir ihre E-Mail-Adresse. »Aber …« Ich stocke, während ich sie in mein Handy eintippe. »Du hast es ja noch nicht mal gelesen.«

Sie lächelt mich an. »Das Risiko gehe ich gern ein. Ich weiß ja, wie gut du schreiben kannst. Das hätte ich schon erkennen sollen, als du noch für mich gearbeitet hast. Du hättest verdient gehabt, dass das jemand erkennt.«

Wieder umarme ich sie. Sie riecht makellos, nach Parfüm und Weichspüler. »Vielen Dank.«

»Bitte. Ich freue mich so, dich nach all der Zeit mal wieder zu sehen.«

Als sie gegangen ist, bleibe ich eine Weile stehen und versuche mich zu erinnern, warum ich hier bin. Endlich fällt es mir ein, und ich finde auf meinem noch von der Schreibgruppe auf lautlos gestellten Handy mehrere Nachrichten und verpasste Anrufe von Emma.

Ich rufe sie an. »Wo bist du?«

»Im White Hart. Ich warte auf dich, zwei Gläser Wein später. Warum, wo bist du denn?«

»Ach so, im White Horse.«

»Du bist im falschen Pub.«

»Ich bin im falschen Pub.«

Als ich ein paar Stunden später ins Cottage komme, maile ich Georgia mein Manuskript, ehe ich mich zu sehr in eine Nervosität hineinsteigern und mich drücken kann. Dann ziehe ich mir Jacke und Mütze an und gehe zum Strand.

Das Ende des Winters ist aufreizend nah. Die Tage werden länger und wärmer. Grün sprießt an Bäumen und Hecken, quetscht sich durch die Risse im Pflaster. Ich schwimme immer noch gelegentlich im Meer, und jedes Mal fühlt es sich etwas weniger an, wie am Südpol zu baden. Das Kribbeln des Riskanten lässt allmählich nach.

Ganz frühmorgens telefoniere ich in der Strandhütte über Videoanruf mit Caleb, die Hände um eine wärmende Tasse süßen Tees gelegt. Wir versuchen, uns mehrmals die Woche zu sprechen, wobei sich die Koordination wegen der Zeitverschiebung, des wackligen WLANs und unserer ungleichen Terminpläne manchmal schwierig gestaltet.

Obwohl es in Myanmar schon Vormittag ist, sitzt Caleb noch im Bett, den nackten Oberkörper ans Kopfteil gelehnt. Nach seiner Ankunft vor ein paar Wochen machte er eine kleine virtuelle Besichtigungstour mit mir; sein Zimmer ist holzverkleidet, mit Blick auf den Swimmingpool des Hotels, und über den Baumwipfeln sind gerade eben die Spitzen der Tempeltürmchen zu erkennen. Beim Einschlafen stelle ich ihn mir manchmal dort vor, wie er seine Fotos sichtet, seinen Blog aktualisiert, Nachrichten an Freunde und Verwandte schickt.

»Hallo«, sage ich. »Du fehlst mir.«

»Hallo, du.« Bei jedem Gespräch sieht er noch besser aus, finde ich. Seine Augen funkeln vor Abenteuerlust. Selbst seine Zähne wirken heller, als ich sie in Erinnerung habe, weißer im Gegensatz zu seiner tiefen Sonnenbräune. Ich möchte in mein Telefon greifen, seine Haut berühren, sein Gesicht küssen. »Du mir auch. Wie ist das Wetter bei euch?«

»Immer noch ziemlich kalt. Bei dir?«

Er lacht. »Brüllendheiß.« Sein Hotel ist eher einfach, keine Klimaanlage, daher muss er sich mit einem Deckenventilator begnügen, der Calebs Aussage nach eine lasche Einstellung zum Drehen hat.

Er erkundigt sich nach meinen Eltern. Nachdem sie ihre Trennungsbombe gezündet hatten, zog Mum bei Tash und Simon ein, während sie und Dad überlegten, was sie mit ihrem Geld und dem Haus und den in fünfunddreißig Jahren angesammelten Habseligkeiten anfangen sollten. Es ist so komisch, sie jetzt als zwei separate Menschen zu betrachten. Sie waren immer Mum und Dad. Jetzt sind sie Mum, Dad.

Was ich niemandem erzählt habe (nicht einmal Caleb), ist, dass ich insgeheim glaube, sie können ihre Ehe noch kitten. Dies muss nicht das Ende ihrer Geschichte sein, vielleicht ist es nur ein kleiner Exkurs.

»Dad hatte ein Date«, erzähle ich.

Er reißt die Augen auf. »Wow.«

»Oh ja.«

»Mit wem?«

»Hab ich nicht gefragt.«

»Und lief es gut?«

Ich schüttle den Kopf. »Offenbar sucht sie nur einen Freund.«

Caleb verzieht mitfühlend das Gesicht. »Geht es ihm gut?«

»Er wird es überleben.« Ich grinse. »Er meinte, sie war sowieso nicht sein Typ.«

»Mein Gott, Partnersuche in dem Alter muss brutal sein.«

Ich nicke nur, weil ich noch nicht bereit bin, über meine geheime Theorie zu sprechen, dass keine Verabredung meines Vaters – und auch nicht meiner Mutter – zu etwas führen wird, weil ihre Liebesgeschichte eben noch nicht vorbei ist. Mir ist sehr wohl bewusst, wie lächerlich naiv das klingt, trotzdem habe ich einfach so ein Gefühl, dass sie diese Phase irgendwie überstehen werden.

Caleb legt sich eine Hand hinter den Kopf. Seine Brust ist so gebräunt wie sein Gesicht. Ich vermisse diese Brust, ihre straffen Konturen. Ich vermisse es, darauf zu liegen, sie zu küssen, mit den Fingern darüberzustreichen. Ich vermisse es, dem Pochen seines Herzens zu lauschen.

Wir plaudern noch ein Weilchen. Er erzählt, dass er in einer Stunde mit dem Team loszieht, um ein Kloster zu fotografieren. Ich versuche, mir die von Hitze aufgeladene Luft auszumalen, die üppige Vegetation, die vergoldeten Tempel. Die Regenzeit steht kurz bevor, und die Temperaturen lagen in letzter Zeit bei fast vierzig Grad. Das Team ist weit im Landesinneren untergebracht, und ob man es glaubt oder nicht, Caleb behauptet, er vermisse es, im Ärmelkanal zu schwimmen.

Also verlagere ich unser Telefonat nach draußen in die dunkle Nacht auf den Kiesstrand. Es ist kalt. Ich spüre Salz auf meiner Haut und meinen Lippen, es mischt sich mit dem Zucker aus meinem Tee.

Ich gehe zum Wasser hinunter, damit Caleb es sehen kann, vorbei an ein paar Nachtfischern in Wurfzelten. Dort halte ich das Handy hoch und ermögliche ihm, dem wogenden Meer zu lauschen, dessen Oberfläche vom Mondlicht gesprenkelt ist. Ich frage mich, ob wir dasselbe Stück Himmel von unseren so weit entfernten Fleckchen Erde aus sehen, wenn wir den Kopf heben.

Caleb stöhnt. »Was würde ich nicht dafür geben, da reinzuspringen.« Seine Pupillen sind geweitet, gierig nach kaltem Wasser. »Hier im Pool zu schwimmen ist nicht annähernd das Gleiche. Ich fühle mich nie richtig erfrischt.«

»Tja, ich hätte jetzt gerade nichts gegen ein bisschen wohlig warmes Wasser«, gestehe ich. »Der Winter war lang ohne dich. Wobei Orte mit vier Jahreszeiten durchaus was für sich haben. Ich weiß gern, dass irgendwo am Horizont immer eine Veränderung wartet.« Ich setze mich auf den Boden, lasse einige kalte Kiesel durch meine Finger rinnen, wünsche mir, Calebs Hand hielte meine.

Auf dem Bildschirm treffen sich unsere Blicke, und ich werde von dem Verlangen erfasst, seine Haut auf meiner zu spüren, ihn zu küssen, auszuziehen. Ich atme ein, insgeheim hoffend, den Duft von Sonnenmilch und Caleb und Frangipani zu erhaschen. Aber da ist nur der schwache Geruch nach Fisch und Seetang.

»Ab morgen noch zwölf Wochen«, flüstere ich.

»Zwölf Wochen«, raunt er zurück. »Ich kann es kaum erwarten.«

»Was machen wir als Erstes zusammen?«

»Geh in die Hütte zurück, dann erzähle ich es dir.«

Also mache ich das. Mit Caleb in der Hand gehe ich in die Hütte und schließe die Tür und schalte das Licht aus und lasse mir von ihm ganz genau beschreiben, was wir zusammen tun werden, in seiner ersten Nacht zu Hause. Und als wir uns zuflüstern, wie wir lachen und uns küssen und lieben werden, weiß ich, dass es keinen anderen Menschen gibt, an den ich lieber denken möchte, wenn der Winter langsam dem Frühling weicht. Keinen anderen, den ich über die weiteste aller Entfernungen hinweg lieben und dabei von einer Zukunft träumen möchte, die ich kaum erwarten kann.

London

»Wie ist die Konferenz?«, fragt Jools.

Ich habe Jools auf Lautsprecher und sitze auf dem Bett meines Hotelzimmers, im Morgenmantel mit einer absurd teuren Algenmaske auf dem Gesicht, ein kläglicher Versuch, meine Poren vor dem morgigen Tag zu minimieren.

»Sie ist sehr … konferenzig. Ich meine, alle tun so, als wäre es keine Konferenz, weil wir ›Kreative‹ sind, aber es ist eine. Es gibt lauwarmen Kaffee und Kekse und PowerPoint und Breakout-Bereiche. Eindeutig eine Konferenz.«

Das ist meine zweite Nacht in diesem Vier-Sterne-Golfhotel in Surrey, wo ich die jährliche Konferenz des Verbands für britische Kreative besuche, im Namen von Supernova. Heute war ein wilder Ritt zwischen Fortbildungskursen, Workshops und Roundtables, bei denen ich Vorträge von Branchenexperten über alles von Daten zu Verhaltensmustern über Junkfood-Werbung bis hin zur Agentur-Klienten-Symbiose gehört habe. Das Programm endete vor ungefähr einer Stunde, und mir bleiben vierzig freie Minuten bis zum Networking-Aperitif mit anschließendem Abendessen.

Ich wurde gebeten, morgen eine Präsentation über meinen Beitrag zu *Eine ganz neue Welt* zu halten, der mittlerweile gefeierten Kampagne, die ich vor über einem Jahr mit Seb entwickelte und die, kaum zu fassen, immer noch Zugkraft ausübt. Es macht den Eindruck, als wäre alles, was in der Werbewelt Rang und Namen hat, bei dieser Konferenz vertreten, einschließlich Zara und mehrerer weiterer Geschäftsführer von Supernova. Der Raum, in dem ich meine Präsentation halten werde, fasst bis zu zweihundert Personen. Zudem deutete Zara in den letzten zwei Monaten bereits mehrfach an, dass möglicherweise eine Beförderung zu erwarten steht. Wenn ich meinen Auftritt hier vermassle, wird sich das nicht gut auswirken.

Das Hotel ist ganz nett. Es ist mir sogar gelungen, letzte Nacht friedlich zu schlafen. Seit dem Jahreswechsel gehe ich, dank Max' Krankenversicherung bei HWW, einmal pro Woche zu einer Psychologin. Pippa. Sie hilft mir, den Geschehnissen mit Nate auf den Grund zu gehen, und ich traue mich mittlerweile, Schrittchen für Schrittchen an der Überwindung meiner Panik in fremden Räumlichkeiten zu arbeiten. Ich hatte nicht gewusst, wie dringend ich mit jemandem darüber sprechen musste, bis ich endlich damit anfing.

Mit Max rede ich nicht besonders viel darüber. Obwohl er mich extrem unterstützt, merke ich ihm an, dass man seiner Meinung nach psychologische Hilfe am besten den Profis überlässt. Und vielleicht stimmt das auch. Ich habe Pippa Dinge erzählt, die ich Max niemals erzählen würde. Der Partner kann nicht jede Rolle im Leben ausfüllen. Manchmal ist es gesünder, Probleme auf jemand Dritten abzuwälzen.

»Wann ist deine Präsentation?«, fragt Jools.

»Um zehn.«

»Hast du's drauf?«

Seit zwei Monaten bereite ich mich jetzt schon vor, arbeite ununterbrochen abends und an den Wochenenden daran. Man kann auf jeden Fall sagen, dass ich noch nie so unter Druck stand, beruflich gesehen. Aber es ist positiver Stress. Wie vor den Altar zu treten oder ein Haus zu kaufen. Seb hat mir geholfen, Teile meiner Präsentation animiert, sodass keine Gefahr von Tod durch PowerPoint besteht. Ich kann meinen Vortrag im Schlaf, habe ihn wieder und wieder geprobt - unter der Dusche, in der Wanne, auf dem Kneipenklo an Mädelsabenden – und sogar auf dem Handy aufgenommen, sodass ich ihn mir in jeder freien Minute anhören kann. Ich habe Max gebeten, mich beim Sprechen zu filmen; ich habe Freunde und Familie nach Hause eingeladen und gezwungen, mir beim Üben zu lauschen. Diese zwanzig Minuten müssen aus purem Gold sein. Ich muss es unbedingt perfekt hinkriegen.

»Ja«, antworte ich entschieden, denn an diesem Punkt ist Selbstvertrauen auszustrahlen fast genauso wichtig wie der Inhalt meines Vortrags. »Ja, ich hab's drauf.«

Ich erkundige mich nach Nigel, und Jools seufzt verträumt. Sie sind seit mittlerweile zehn Monaten zusammen. Ich vermute, dass sie zu den Paaren gehören werden, bei denen die Flitterwochenphase niemals endet.

»Gestern Abend hatten wir einen kleinen Spontanauftritt bei uns«, erzählt sie. »Alle möglichen Leute sind aufgetaucht. Die meisten kannte ich nicht. Aber Nigel hat gespielt, und sie waren total begeistert. Alle sind durchs Wohnzimmer getanzt.«

Ich pikse mit dem Finger in die erstarrte Gesichtsmaske und wackle mit den Lippen. Ich würde wirklich gern lächeln, aber das Ding ist eindeutig aus Zement.

»Das Finale war *God Only Knows* von den Beach Boys«, fährt Jools fort. Sie liebt diesen Song. »Es war so wunderschön, Luce. Er ist so talentiert.«

»Gern geschehen, nochmals« sage ich.

»Was denn?«

»Dass ich ausgezogen bin.«

Sie lacht. »Wie lange stehe ich dafür in deiner Schuld?«

»Solange ihr beide zusammen seid. Also für immer, oder?«

Ich höre sie in einen Apfel beißen. »Also, komm schon. Mach mich neidisch, was steht heute Abend Aufregendes auf dem Programm?«

»Ach, das Übliche. Aperitif, Networking, Essen. Dann ein Quiz, glaube ich. Alles sehr öde.«

»Aber du liebst deinen Job.«

»Ganz genau. Meinen *Job* liebe ich. Nicht, so zu tun, als würde ich mich brennend für die Geschichte der Werbung interessieren, damit ich einen Korb voller Marmelade gewinnen kann.«

»Was treibt Max heute?«

»Der arbeitet. Bei ihm ist momentan wahnsinnig viel los. Macavity hilft ihm.«

Wir haben die Katze adoptiert, nachdem Tash und Simon merkten, dass Dylan allergisch gegen Tierhaare ist. Mum und Dad halten eisern an ihrem Weltumsegelungsplan fest, wo sie Macavity nicht mitnehmen können. Er ist jetzt zwölf, also ziemlich pflegeleicht, und er war schon immer eine Wohnungskatze, weshalb wir keine Panik vor Autos oder enthaupteten Mäusen haben müssen.

Anfangs war Max nicht so sicher, ob er eine Katze haben wollte, aber mittlerweile sind die beiden beste Freunde. Ich liebe es, die beiden spätabends auf dem Sofa zu finden, Max schlafend und Macavity zufrieden auf seiner Brust schnurrend.

»Also, viel Glück morgen«, sagt Jools. »Ich denke an dich. Du machst das bestimmt super.«

»Danke. Das hoffe ich.«

»Ich weiß es.«

Es ist ein klassisches Konferenzessen, bei dem Teilnehmer aus derselben Firma an unterschiedliche Tische gesetzt werden, um das Eis zu brechen, wobei offen gestanden der kostenlose Wein das ohnehin ganz gut regelt. Ich bin neben Jon gelandet, einem Grafikdesigner. Er arbeitet für eine Konkurrenzagentur in Shoreditch, die Zara, wie ich zufällig weiß, absolut verabscheut. Nach ein paar Gläsern Wein erzählt er mir, er habe gerade erfahren, dass seine Frau, mit der er seit acht Jahren verheiratet sei, ihn mit seinem besten Freund betrogen habe, nur Monate nachdem sie einander kennengelernt hätten.

Er ist blond und etwas manisch, spricht sehr schnell. Vielleicht ist er high. Seine Augen sind blutunterlaufen und die Kleidung ist leicht zerknittert, als wäre es eine Beleidigung für sein kreatives Genie, sich anständig anzuziehen.

Ich habe mich heute um einen klassischen Look bemüht in einem mitternachtsblauen, knielangen Spitzenkleid mit angeschnittenen Ärmeln und hohem Kragen, dazu die Jimmy Choos, die ich zu meinem Date mit Max trug, an dem Abend, als er von den Seychellen zurückkam. Vorhin, als ich vor dem Spiegel im Hotelzimmer stand, kam ich mir schick vor, deshalb sandte ich Max ein Selfie, auf das er mit einer Lawine von Komplimenten reagierte.

»Ich meine, was ich nicht kapiere: Ist es überhaupt wichtig?«, fragt Jon mich gerade. Er schwankt leicht beim Sprechen, als könnte er gleich mit dem Gesicht voraus in seine Pannacotta fallen.

»Das kannst nur du beantworten.«

»Sie sagt die ganze Zeit: ›Acht Jahre im Vergleich zu drei Monaten, Jon.‹« Er ahmt die Stimme seiner Frau in einer abfälligen, unschmeichelhaften Tonlage nach. »Aber das heißt nicht, dass ich sie nicht jedes Mal, wenn ich die Augen zumache, zusammen vor mir sehe.«

Ich nippe an meinem Orangensaft und blinzle ein Bild von meiner Schwester mit Max weg. »Mhm.«

»Bist du verheiratet, Lottie?«

»Lucy heiße ich.«

Er runzelt die Stirn. »Auf deiner Tischkarte steht Lottie.«

Ich hebe sie hoch und wedle damit herum. »Nein, da steht eindeutig Lucy.«

»Okay, *Lucy*«, sagt er, als wäre ich besonders begriffsstutzig. »Verheiratet?«

Ich verneine.

»Freund?«

»Ja.«

»Dann weißt du also Bescheid.«

»Nicht so ganz.«

»Na ja, versetz dich mal in meine Lage. Wir sind Kreative, richtig? Bemühen wir doch mal unsere *Fantasie*, du meine Güte.«

»Von mir aus«, sage ich knapp, weil er mit mir spricht, als wäre das alles meine Schuld.

»Was würdest du an meiner Stelle machen?«

Ich mustere ihn von der Seite, und erst da bemerke ich, dass in seinen Augen Tränen schwimmen, die nur darauf warten, dass er blinzelt, damit sie heraustropfen können. Plötzlich tut er mir leid, weil ich mich an meine Wut erinnere, als ich erfuhr, was meine Schwester und Max getan hatten.

Ich warte einen Moment. »Wenn ich du wäre, würde ich nach oben gehen, einen Eimer Wasser trinken und schlafen. Und ruf auf keinen Fall betrunken deine Frau an. Oder deinen Freund.«

Er nickt, und es ist schwer zu beurteilen, ob er darüber nachdenkt oder im Geiste gerade einen kleinen Abstecher ganz woandershin macht. »Sie findet es toll, dass ich diesen Job habe, weißt du?«

Offenbar Letzteres. »Ach ja?«, frage ich lahm.

»Ja. Das Geld. Das Prestige. Sie gibt damit an.«

»Was macht sie beruflich?«

Er spricht einfach weiter. »Weißt du, was sie echt ärgern würde?«

»Nein, was denn?«

»Wenn ich einfach kündigen würde. Ohne Vorwarnung. Einfach eines Morgens aufstehen und sagen würde: ›Ich hab keinen Job mehr, kümmer du dich drum.‹« Inzwischen lallt er, sein Gesicht ist gerötet und feucht, eine Kombination von Rotwein und Empörung.

»Klingt, als wäre der Einzige, dem das schadet, du selbst.«

»Ich hab einen fertigen Roman in der Schublade.« Er kippt noch einen Schluck Wein. Seine Lippen haben sich lila gefärbt, die Zähne werden allmählich grau. »Sci-Fi, so in der Art wie Asimov, aber besser.«

Ich verkneife mir ein Grinsen. »Ach, echt?«

»Ja. Aber wenn ich davon rede, sagt sie, ich solle gefälligst erwachsen werden und aufhören zu träumen. Als würde sie glauben, dass ich das nicht kann.«

»Das glaubt sie sicher nicht.«

»Ach, weißt du was? Scheiß drauf.« Ohne erkennbaren Grund fuchtelt er mit seinem Zeigefinger zu dicht vor meinem Gesicht herum und steht auf. »Ich sag denen, sie können sich ihren Job sonst wohin stecken. Jetzt sofort.«

»Nein, Jon.« Ich springe auf und halte ihn am Ärmel fest. »Sei nicht albern. Du bist betrunken, morgen tut es dir leid …«

Er schüttelt meine Hand ab. Er ist so jenseits, dass seine Augäpfel schon zu kreiseln beginnen. »Nee, ich hab den Job sowieso schon immer gehasst. Und mein Chef ist ein blöder Wichser. Zeit für ein paar bittere Wahrheiten.« Und ehe ich ihn aufhalten kann, taumelt er zu einem anderen Tisch.

»Geht es ihm gut?«, fragt mich die Frau auf meiner anderen Seite ungefähr zwanzig Minuten zu spät.

Ich schüttle den Kopf. »Eher weniger.«

Jon ist stehen geblieben und wedelt mit seinem Zeigefinger jetzt vor einem sitzenden älteren Mann herum. Ich vermute mal, sein Chef. Andere Leute erheben sich. Einer packt Jon am Arm, was nicht besonders gut ankommt. Er fängt an zu brüllen, dann schnappt er sich ein Glas Weißwein und schleudert den Inhalt auf den älteren Mann, der mittlerweile ebenfalls steht. Allgemeines Nach-Luft-Schnappen, dann absolute Stille. Ich bin zu weit entfernt, um die Miene des älteren Mannes genau erkennen zu können, aber ich schätze, dass Jon – falls nicht jetzt schon passiert – spätestens morgen keinen Job mehr hat. Wahrscheinlich öffnet er morgen mit dröhnendem Kopf sein E-Mail-Programm und findet eine E-Mail mit dem vernichtenden Betreff: *Termin in der Personalabteilung.*

Ich kann das nicht mehr länger mitansehen, also hole ich meine Tasche und stolpere aus dem Speisesaal Richtung Lift. Damit ist mein Tisch bei dem späteren Quiz zwei Leute in der Unterzahl, aber wir spielen ja nicht um einen Fünf-Sterne-Urlaub. Ich meine, der Hauptpreis ist ein Korb mit Gewürzen.

»Ich hätte mehr tun sollen.«

»Lucy. Er ist nicht von der Brücke gesprungen. Er hat sich bei einer Jobveranstaltung ein bisschen danebenbenommen. Wem ist das nicht schon passiert?«

Es ist jetzt ungefähr neun Uhr. Ich liege auf meinem Bett, trinke das kostenlose Wasser und knabbere an einem Stück Shortbread. Das Zimmer ist wirklich viel hübscher, als ich erwartet hatte: Ich hatte mit einer Staubsaugervertreter-Atmosphäre gerechnet, mit Selbstmontagemöbeln und Warnaufklebern an allen Geräten. Aber tatsächlich ist es ganz geschmackvoll, im Landhausstil, mit massiven Möbeln und einem flauschigen Teppich, schweren Vorhängen und Designer-Toilettenartikeln.

Max sitzt im Auto, weil er im Büro noch ein paar Akten holen musste. Immer wieder bricht die Verbindung kurz ab.

»Dir garantiert nicht«, beantworte ich seine rhetorische Frage.

»Na ja, stimmt, aber nur weil ich meinen Job mag. Klingt, als hätte der Typ sowieso einen Plan B. Der kommt schon klar.«

»Wie, indem er ist ›wie Asimov, aber besser‹?«

Pause. »Das sagt mir, ehrlich gesagt, gar nichts. Das letzte Buch, das ich gelesen habe, war ein Kommentar zum Nutzungsrecht.«

Ich grinse. »Sagen wir es mal so, ich hätte mich mehr anstrengen sollen, es ihm auszureden.«

»Das war nicht deine Aufgabe. Du kennst ihn gar nicht. Und weißt du, was – wenn du sein Buch demnächst in jeder Auslage siehst, bist du froh darüber.«

Es gab mal eine Zeit, vor vielen Monden, als ich selbst von so etwas träumte.

»Du bist ein hoffnungsloser Optimist, Max Gardner, weißt du das?«

»Na ja, war bei Figaro zu kündigen nicht das Beste, was du je gemacht hast? Sonst wärst du nicht nach London gezogen. Würdest nicht bei Supernova arbeiten. Wir hätten uns wahrscheinlich nie verabredet …«

»Stimmt. Ich finde, alles hat sich am Ende ziemlich gut gefügt.« Ich lächle verträumt. »Also, legst du eine Nachtschicht ein? Es ist ein bisschen spät, um Akten zu holen, oder?«

Max räuspert sich. »Ehrlich gesagt, was das betrifft …«

»Ja?«

»Na ja, in Wirklichkeit bin ich auf dem Weg zu dir.«

Mein Herz schlägt einen kleinen Purzelbaum. »Was?«

»Also, ich dachte, du könntest mich in dein Hotelzimmer schmuggeln. Wir könnten uns ein bisschen amüsieren.«

Ich muss lachen. »Das geht nicht. Musst du morgen nicht arbeiten?«

»Ich habe erst nachmittags Termine. Außerdem hat das Hotel doch WLAN, oder?«

»Max, das …«

»Klingt nach einem Superplan?«

Ich antworte nicht sofort. Aus dem Korridor hört man unterdrücktes Kreischen und Lachen, wahrscheinlich Gleichgesinnte, die sich um das Quiz drücken.

»Nein«, sage ich schließlich. »Tut mir leid. Ich muss früh ins Bett. Diese Präsentation morgen ist wahnsinnig wichtig.« Ich gehe nicht so weit, sie einen beruflichen Wendepunkt zu nennen, aber das könnte sie meiner Einschätzung nach wirklich werden.

Jedenfalls sollte ich kein schlechtes Gewissen haben. Max weiß das ja. Er hatte eine romantische Idee, aber morgen wird er aufwachen und begreifen, dass das die richtige Entscheidung war. Ich muss noch einmal meine Notizen durchgehen, meinen Laptop laden, meine Sachen bügeln, acht Stunden erholsamen Schlaf am Stück bekommen.

»Ich benehme mich auch, Ehrenwort«, sagt er, aber sein Tonfall verrät mir das Gegenteil.

Ich unterdrücke ein Erschauern. »Nein, Max. Das wirst du mit Sicherheit nicht. Wir werden das nicht. Und ich darf mich nicht ablenken lassen. Nicht heute.«

Er lacht. »Ich verspreche, dich nicht abzulenken. Ich

werde nur die Minibar plündern und deine ganzen Pringles essen und dich abfragen.«

»Nein!« Ich grinse. Der Gedanke ist so süß, aber ich weiß, dass es morgen noch süßer wird, wenn das alles vorbei ist. »Du kehrst jetzt um. Wir sehen uns morgen Abend. Ich lade dich zum Essen ein. Was Schickes. Ich liebe dich.«

Also verabschieden wir uns, und er wendet das Auto.

Ich werde vom Klingeln meines Handys geweckt. Ich muss meine Augenlider mühsam aufziehen, den Schlaf aus meinem Gehirn scheuchen. Die Dunkelheit hat eine Meeresboden-Tiefe, die vermittelt, dass es mitten in der Nacht ist.

Keine Musik ist zu hören, kein Lachen. Die Welt ist stumm, wartet auf das, was kommt. Die Stille ist so laut, dass sie beinahe dröhnt.

Endlich finde ich die Lampe, greife nach meinem Telefon, sehe blinzelnd auf den Bildschirm. Obwohl ich die Nummer nicht erkenne, nehme ich den Anruf an.

»Spreche ich mit Lucy Lambert?«

Mein Herzschlag verflüssigt sich. Ich kann ihn in den Ohren rauschen hören. Eine solche Frage um diese Uhrzeit kann nur schlechte Nachrichten bedeuten.

Noch nie habe ich so verzweifelt darauf gehofft, von jemandem Regenrinnen zum Sonderpreis angeboten zu bekommen oder eine Computerreparatur. Aber die weibliche Stimme am anderen Ende der Leitung ist klar und ruhig, absolut präzise. Diese fünf Wörter verraten mir, dass sie nichts verkaufen möchte.

Ein Bild meiner Eltern blitzt vor meinem geistigen Auge auf. *Um wen geht es? Was ist passiert?*

»Ja«, presse ich endlich hervor.

Auf dem Teppich neben dem Bett liegt einer meiner blauen Jimmy Choos auf der Seite, als wäre er ohnmächtig geworden.

»Lucy, hier ist Kirsten Lewis von der Polizei Surrey.«

Surrey? Warum denn Surrey?

»Sind Sie die Partnerin von Max Gardner?«

Und schlagartig wird meine gesamte Welt schwarz.

18

Shoreley

»Ich wäre gerade fast überfahren worden«, keuche ich ins Handy.

Jools lacht, wohl weil dem Tod von der Schippe zu springen besser ist, als sich ihm zu ergeben. »Was?«

»Mopeds.« Ich sehe mich nach ihnen um. Sie surren wie Bienen über die Straße, von der ich gerade gesprungen bin.

Seit einer knappen Stunde bin ich auf Bali. Laut Karte (und Calebs superhilfsbereiter Kollegin Gabi aus dem Kulturerbe-Team) liegt das Strandhotel, zu dem ich muss, ganz nah am Flughafen. Aber die Realität ist viel verwirrender als Google Maps. Ich sehe nur Straßen und Bäume und hohe Gebäude und dichte Menschenmengen, die alle wie Einheimische wirken, nicht wie Touristen. Jede Straße scheint in die nächste überzugehen, und keine davon führt offenbar irgendwo anders hin als zum Flughafenumfeld. Ich sehe weder den Strand noch irgendwelche Schilder, die darauf hindeuten, wo er sein könnte. Es fühlt sich ein bisschen so an, als wäre ich aus dem Flughafen Heathrow spaziert und versuchte, nach Covent Garden zu laufen.

Jedenfalls war ich so darauf konzentriert, mich zu orientieren, dass ich vergaß, nach links und rechts zu sehen, bevor ich die Straße überquerte, weshalb ich fast von einem rasenden Moped gerammt wurde, dessen Fahrer nicht zuckte, auswich oder auch nur bremste.

Ich ziehe den Rucksack höher. Ich schwitze jetzt schon. Die Luft vor dem Flughafengebäude fühlte sich an wie in einem vorgeheizten Ofen. Warum hielt ich es für eine gute Idee, zu Fuß zu gehen? Aus unerfindlichen Gründen stellte ich mir Bali mit blauem Himmel und Meeresbrise vor. Bisher allerdings ist es nur klebrig und schwül und laut, und der Himmel hat die Farbe einer schmutzigen Pfütze.

»Luce«, sagt Jools, als Krankenschwester von Berufs wegen ruhig. In London ist es Morgen und ihr freier Tag. Ich stelle sie mir im kühlen Schatten ihres Gartens in Tooting vor, an einem Kaffee nippend. »Bitte geh einfach zurück zum Flughafen und nimm dir ein Taxi.«

Ich drehe mich langsam auf der Stelle im Kreis, suche nach irgendeinem Anzeichen, wohin das Terminal verschwunden sein mag, ein aufsteigendes Flugzeug beispielsweise oder einen Menschen mit Koffer. Vielleicht sollte ich es mit einem Videoanruf bei meinem Vater mit seinem sechsten Sinn für Orientierung probieren, wahrscheinlich könnte er mir anhand der Wolken über meinem Kopf sagen, in welche Richtung ich laufen soll.

»Theoretisch ist das eine gute Idee«, sage ich. »Wenn der Flughafen sich nicht in Luft aufgelöst hätte.«

Es ist jetzt Mai. Ich habe Caleb seit fünf Monaten nicht gesehen, und nach ungefähr vier Monaten wurde das Vermissen allmählich zu viel. Das in die Länge gezogene Verabschieden am Telefon, das sehnsüchtige Stechen in der Brust, wenn ich ein Pärchen auf der Straße Händchen halten sah, der schmähliche Neid, wenn Jools mir das Neueste über ihre Hochzeitspläne schrieb. Die Sehnsucht danach, ihn zu berühren und zu küssen und seine Wärme neben mir im Bett zu spüren.

»Das könntest du auch machen«, sagte Jools eines Tages Anfang April beiläufig. Ich verbrachte das Wochenende in Tooting, und wir waren am Vorabend lange mit Nigel und seiner Großfamilie aus gewesen, lagen nun auf dem Sofa und sahen uns zum x-ten Mal *Friends* an, einen vollen Teller gebutterte Crumpets neben uns.

»Was machen?«

Jools deutete mit dem Kopf auf den Bildschirm. Emily war gerade von London nach New York geflogen, um Ross zu überraschen. »Hinfliegen. Ihn überraschen.«

Ich schnaubte. »Wie bitte?«

Jools zuckte die Achseln, als wäre das nichts Besonderes. »Du vermisst ihn wie verrückt. Du könntest ihm zeigen, wie sehr du ihn liebst. Das wäre so romantisch, Luce – einfach hinfahren und vor seiner Tür stehen. Warum denn nicht?«

»Weil«, sagte ich etwas zu scharf, bevor ich mich bremsen konnte. »Du weißt genau, warum.«

Jools grinste verschwörerisch, als wäre mein Einwand so schwach, dass er keiner Entgegnung würdig war. »Stell dir doch vor, wie er sich freuen würde.«

An dem Wochenende sprachen wir nicht mehr davon, aber sie hatte mir eine Idee in den Kopf gesetzt. Obwohl ich bis dahin geglaubt hatte, meine ablehnende Haltung zu Fernreisen würde sich niemals ändern, begann ich im Laufe der nächsten Tage, mir vorzustellen, wie sehr Caleb sich über meinen Besuch freuen würde. Zaghaft drehte und wendete ich die Idee im Geiste, behielt sie immer im Hinterkopf, traute mich – unter der Dusche, auf dem Weg zur Arbeit, beim Kochen –, mir auszumalen, dass ich ein Flugzeug bestieg. Ich schrieb es sogar auf: eine Kurzgeschichte über zwei namenlose Figuren, die nach langer Zeit wieder aufeinandertreffen, wobei ich letzten Endes abbrechen musste, weil das Ganze etwas zu heiß wurde.

Nach ein paar Tagen wurde mir bewusst, dass das Kribbeln in meinem Bauch weniger Ähnlichkeit mit Angst hatte, als ich gedacht hatte. Es fühlte sich mehr nach Aufgeregtheit an. Eher Schmetterlinge als Wespen. Ein kleiner Kick bei der Aussicht auf eine Chance, die Erkenntnis, dass ich, wenn ich nur wollte, unter Umständen wirklich meinen Blick auf die Welt verändern konnte. Wirklich Dinge tun konnte, die ich für unmachbar gehalten hatte. Vielleicht hatte ich nur Caleb so sehr vermissen müssen, um es zu begreifen.

Angst hatte ich zwar immer noch, doch zum womöglich ersten Mal überhaupt fragte ich mich, ob Angst eigentlich gar kein Grund war, auf etwas zu verzichten. Vielleicht war es vielmehr ein Grund, etwas auszuprobieren.

Das Taxi erreicht sein Ziel, und ich gebe dem Fahrer eine Handvoll Rupiahs. Er holt meinen Rucksack aus dem Kofferraum, und ich bedanke mich, trete dann zurück und betrachte das Gebäude. Es ist ein bescheidenes Hotel in einer Parallelstraße zum Strand, der Eingang liegt im Schatten eines Pagodendachs und eingerahmt von Palmen.

Der Moment ist da. Fünf Monate getrennt, und jetzt befindet sich Caleb nur wenige Meter von mir entfernt. Einen Moment lang bleibe ich stehen, starre das Haus an, als stünde ich auf den Stufen eines Märchenschlosses.

Schließlich trete ich ein, nicke dem Mann an der Rezeption höflich zu und gehe durch die Lobby. Von Gabi weiß ich, dass Caleb Zimmer zwölf hat, also folge ich den Schildern durch den Flur, mit auf die Fliesen klatschenden Flipflops. Die ganze Zeit habe ich Panik, ihm unterwegs zu begegnen, Kopfhörer in den Ohren und Kamera um den Hals, was eine Katastrophe wäre. Denn dieser Flur ist nicht der Ort, an dem es passieren soll. Unser Wiedersehen läuft in meinem Kopf in Dauerschleife, seit ich das Ticket gebucht habe: Er wird die Tür öffnen, ich werde mich in seine Arme werfen, und wir werden kaum Zeit zum Atmen oder Sprechen haben bis sehr, sehr viel später.

Zimmer zwölf. Da ist es: eine harmlose braune Tür mit stellenweise abgeplatztem Lack. Ich hole tief Luft, lege zur Sicherheit die Handfläche vor das Guckloch und klopfe.

Lange Zeit ist nichts zu hören. Ich bekomme Angst, dass er nicht da ist oder telefoniert oder duscht. Ich habe so lange von diesem Moment geträumt, dass ich es vermutlich nicht ertragen könnte, wenn er nicht exakt nach Plan abläuft, nach Hunderten von Pfund, Tausenden von Kilometern und unzähligen Aussetzern meines Herzschlags.

Endlich ein gedämpftes: »Komme gleich.«

Die Tür öffnet sich.

Er blinzelt mich mehrere Sekunden lang an. Dann: »Oh mein Gott.«

»Hallo.« Mein ganzes Herz zerspringt nahezu vor Freude.

»Lucy, oh mein Gott.« Er tritt auf mich zu. Er ist tief gebräunt, die dunklen Haare etwas heller, und irgendwie wirkt er größer, obwohl das natürlich unmöglich ist. Er sieht müde aus, im positiven Sinne. Die Art von müde, die bedeutet, dass er bereit ist, mich nicht mehr zu vermissen.

»Ich dachte mir, ich überrasche dich einfach«, flüstere ich, und gleichzeitig steigen mir die Tränen in die Augen. »Nicht bei dir zu sein wurde zu hart.«

»Bitte sag mir, dass ich nicht träume«, raunt er zurück. Dann nimmt er, ohne auf meine Antwort zu warten, mein Gesicht in seine Hände und legt seine Lippen auf meine, als müsste er sich unbedingt vergewissern, dass ich tatsächlich echt bin. Und jetzt liegen seine Hände in meinen Haaren und meine in seinen, und wir küssen uns wie im Film - was Jools Apokalypse-Küssen nennen würde –, hektisch und heftig, ein Kuss im Schnellvorlauf, weil es einfach zu lange her ist.

Zusammen taumeln wir ins Zimmer, das zu heiß ist, nicht ausreichend klimatisiert, das spüre ich sofort. Aber das ist ganz egal. Ein Stöhnen dringt aus Calebs Mund, als wir auf sein Bett fallen, nach Gliedmaßen greifend und an Kleidern zerrend. Schnell sind wir glitschig vor Schweiß, brennend und begierig. Die Matratze quietscht slapstickartig bei jeder kleinsten Bewegung, aber wir kümmern uns gar nicht darum. Und bald darauf schiebt er mein Kleid hoch und ich ziehe seine Shorts herunter, und in meinem Kopf ist nur noch Platz für diesen Moment, nach dem ich mich seit dem Tag sehne, an dem er wegfuhr.

Hinterher liegen wir nackt nebeneinander auf der Matratze, und der Deckenventilator kreiselt hypnotisch über uns, während wir langsam wieder zu Sinnen kommen. Von draußen hört man die Geräusche eines fremden Landes, Hupen und Rangieren, das Brummen von Mopeds.

Caleb schüttelt den Kopf. »Ich kann immer noch nicht fassen, dass du hier bist.«

Grinsend drehe ich den Kopf auf dem Kissen zu ihm um. »Bist du überrascht?«

Er wendet sich mir zu, sodass wir Nase an Nase liegen. Seine Augen glänzen. »Überrascht ist gar kein Ausdruck.«

»Ich konnte nicht noch einen Monat warten.«

»Du kannst dir nicht vorstellen, wie sehr ich mich freue.«

»Dass ich so ungeduldig bin?«, necke ich ihn.

»Also, wenn Ungeduld uns das hier einbringt, dann darfst du dich bitte niemals ändern.«

Ich drehe mich auf den Bauch und stütze mich auf einen Ellbogen auf, male mit einem Finger Muster auf seine Brust. »Wie braun du bist. Ich komme mir total bleich vor.«

Er lächelt. »Bleich und wunderschön.«

»Mein Gott, hab ich dich vermisst. Es ist noch so viel schöner, als ich es mir ausgemalt habe.«

Er klemmt mir eine Strähne hinter das Ohr, seine Augen streichen über mich, saugen meinen Anblick auf. »Du siehst großartig aus. Ich liebe deine Haare so.«

In letzter Zeit trage ich sie viel häufiger offen. Rapunzelhaare nennt meine Mutter das. Sie fallen mir um die Schultern herum, wenn auch stellenweise zerzaust von Calebs Händen. »Danke«, wispere ich.

»Aber sag mir bitte, dass du nicht nur auf der Durchreise bist oder so. Dass du nicht nur vierundzwanzig Stunden Bali im Preisausschreiben gewonnen hast.«

»Nein«, sage ich fröhlich. »Zehn ganze Tage.«

Wieder schüttelt er den Kopf, als hielte er mich immer noch für eine Art Fata Morgana. »Perfekt.«

»Obwohl mir natürlich klar ist, dass du arbeitest. Du brauchst nicht den Reiseführer zu spielen. Hauptsache, wir können das hier jeden Tag machen.«

Er zieht eine Augenbraue hoch. »Dazu wirst du mich nicht groß überreden müssen.«

Lächelnd sehe ich mich im Zimmer um. »Es ist echt hübsch hier.« Obwohl schlicht, wirkt es hell und gepflegt, wenn auch etwas unordentlich, weil Calebs Kleidung und Fotoausrüstung überall verstreut sind. Es liegen auch Bücher herum, Stadtpläne, Fahrkarten und Reisedokumente. Ganz offensichtlich kommt nicht jeden Tag das Zimmermädchen.

»Entschuldige das Chaos. Wenn ich gewusst hätte, dass du kommst, hätte ich aufgeräumt.«

»Glaub mir, das ist mir total egal.«

Er streicht mir über das Gesicht, als fiele es ihm schwer, mich nicht anzufassen. »Woher der Sinneswandel? Was das Reisen betrifft, meine ich. Du bist ja buchstäblich um die halbe Welt gereist, Luce.«

Ich zucke sachte die Achseln. »Als du weg warst, habe ich viel über das nachgedacht, was du gesagt hast. Dass Nate mir Erfahrungen stiehlt, dass er nicht gewinnen darf. Und du hast mir so gefehlt, dass ich langsam, wie soll ich das ausdrücken, langsam wütend wurde. Ich musste ununterbrochen an dich denken, und dann haben Jools und ich uns diese Folge von *Friends* angesehen, in der Emily zu Ross nach New York fliegt …«

Er nickt weise. »Ein Klassiker.«

»Und ich weiß, dass wir auch getrennt sein *können*, aber ich wollte es einfach nicht mehr. Ich wollte dich sehen, und wenn ich dazu in ein Flugzeug steigen musste, dann sollte Nate nicht der Grund dafür sein, dass ich mich nicht traue.«

Jetzt streichelt Caleb meine Schultern. »War die Fahrt denn okay? Ging es dir gut dabei?«

»Ja. Ziemlich gut sogar. Ich habe meinen Laptop dabei. Hab die meiste Zeit geschrieben.«

Nur achtundvierzig Stunden nachdem Georgia ihr vor zwei Monaten mein Manuskript geschickt hatte, meldete Naomi Banks sich bei mir und bat mich um ein Treffen in ihrem Büro in Bloomsbury. Wir besprachen das Buch – warum ich es geschrieben hatte und was sie sich dafür vorstellte – und gingen ihre lange Liste von Änderungsvorschlägen durch. Daran arbeite ich gerade, und im Anschluss werden wir die fertige Version an die Verlage schicken. Das alles kann sich hinziehen, und es gibt keine Garantie, dass es klappt, deshalb arbeite ich weiter bei Pebbles & Paper, was mir, ehrlich gesagt, wirklich Spaß macht, obwohl Ivan ein leichter Kontrollfreak ist, der allein in den vergangenen fünf Monaten schon wieder zwei Kunden Hausverbot erteilt hat.

Was ich aber weiß, ist, dass Naomi und ich perfekt zusammenpassen, egal was letztlich aus dem Roman wird. Wir arbeiten so gut zusammen und sind mit vielen Gedanken und Ideen voll auf einer Linie. Sie *kapiert* mein Buch und mich. Mittlerweile bin ich davon überzeugt, dass Ryans Agent es ablehnen musste, damit Naomi und ich zueinanderfinden konnten, obwohl es sich damals wie ein Schlag ins Gesicht anfühlte.

Caleb zeichnet die Umrisse meines Schlüsselbeins mit dem Finger nach. »Das werden fantastische zehn Tage, Luce. Ich bin so froh, dass du hier bist.«

»Ich auch.« Und dann sehen wir einander einen Moment lang wortlos in die Augen, und unser Glück bringt die Luft zwischen uns zum Surren.

»Also, worauf hast du jetzt Lust?«, fragt er schließlich.

»Willst du rausgehen? Angeblich ist das hier ein angesagter Surfspot. Viel los.«

Ich schüttle den Kopf und beuge mich vor, presse die Lippen auf seine. Er reagiert sofort, seine Hand wandert auf meinen Rücken und streicht zwischen den Schulterblättern herab, eine auf meine Haut gezeichnete Aufforderung. »Vielleicht später«, murmle ich. »Wenn du mich fragst, müssen wir erst noch ein bisschen Wiedersehen feiern.«

Die nächsten zehn Tage verbringen wir jede freie Sekunde miteinander. Caleb zeigt mir die Fotos, die er gemacht hat, und stellt mich seinen Kollegen vor, und ich darf ihn und die anderen zu hinduistischen Tempeln und Museen begleiten, und in ihrer Freizeit ins Restaurant, zu einer balinesischen Tanzvorführung und in ein paar Nachtklubs. Wenn Caleb nicht arbeitet, gehen wir zusammen auf Erkundung, fahren zu den Palästen im Osten der Insel, besteigen im Morgengrauen den Batur, besuchen die Reisfelder, lassen unsere Füße im Sand zahlloser Strände versinken. Wir frühstücken in Cafés und essen mittags an Imbissständen, betrachten gefühlt tausend Sonnenaufgänge, gönnen uns Massagen. Und am Ende unserer Tage steht das, was wir am meisten vermisst haben, uns zu berühren und auszuziehen und an der Lust zu berauschen, bevor wir mit nackter Haut, fast betäubt vor Seligkeit, nebeneinander in der pochenden Hitze liegen, bis spät in der Nacht reden und Pläne für unsere Zukunft schmieden, während der Himmel draußen unter einer Million Sternen funkelt.

An meinem letzten Abend hat Caleb einen Tisch in einem schicken Lokal mit Blick auf den Strand gebucht. Also ziehe ich mein hübschestes Maxikleid und Ledersandalen an, stecke mir die Haare hoch, verlängere den Lidstrich im Augenwinkel und trage die Silberohrringe, die er mir zwei Tage zuvor bei unserem Ausflug nach Seminyak gekauft hat.

Als wir Hand in Hand zum Strand schlendern, überlege ich, was ich gerade machen würde, wenn ich in Shoreley wäre. Wahrscheinlich auf dem Weg zum Pebbles & Paper mit Caleb telefonieren, das sehnsüchtige Ziehen im Bauch spüren, ohne je die Magie gekostet zu haben, hier bei ihm zu sein. Ich bin so froh, dass ich mich aufgerafft habe, dass ich mich nicht von der Angst bestimmen und mir von Nate diese Erfahrung rauben ließ.

Das Restaurant befindet sich auf einer großen Terrasse direkt auf dem Sand; es wird von Kerzen beleuchtet und von Palmen umringt, himbeerrosa Frangipani schmücken die Tische. Die sinkende Sonne färbt den Himmel orange, ein tropisches Lagerfeuer.

Als wir unsere Getränke bekommen haben, frisch gepresste Wassermelone und Ananas, greift Caleb über dem Tisch nach meiner Hand. Eine warme Brise rieselt durch die Luft, streicht über meine bloßen Arme und Schultern.

»Das waren unfassbare zehn Tage«, sagt er, die Augen vor Emotion schimmernd.

Ich nicke und drücke seine Hand. »Ich werde sie nie vergessen.«

»Ich wünschte wirklich, ich könnte morgen mit dir zurückfahren.«

»Nur noch ein Monat. Vier Wochen. Mehr nicht.«

»Sie werden mir jetzt länger vorkommen.«

Ich lächle. »So war das nicht gedacht, aber ja, ich weiß, was du meinst. Mir geht es genauso.«

Caleb räuspert sich. »Weißt du, wenn dein Besuch hier mir eines klargemacht hat, dann, dass ich nie wieder von dir getrennt sein will, Lucy.«

»Ich auch nicht.« Erleichterung breitet sich, wohlig kribbelnd, in mir aus. »Von jetzt an sind wir einfach zwei Kletten, okay?«

Er lacht. Ich spüre ein Aufflackern von Liebe in mir, und ganz kurz bilde ich mir ein, ich könnte sie zwischen uns schweben sehen, wie heißen Atem an einem kalten Tag.

Caleb stellt sein Glas ab, und ehe ich ganz begreifen kann, was passiert, ist er aufgestanden und hat sich vor mir hingekniet. Das Restaurant ist voll, und ich merke sofort, dass Leute sich zu uns umdrehen. Jemand feuert ihn an. Mein Puls pocht plötzlich rasend schnell, mein Herz will mir aus dem Körper springen.

Schon hat Caleb eine Hand in die Jeanstasche gesteckt und einen Ring hervorgeholt. Mir stockt der Atem. Es ist der, den ich mir in Seminyak so lange angesehen habe, vorübergehend geblendet von dem Stein. Ich sagte nichts zu Caleb, ich wusste nicht einmal, dass er mich beobachtet, aber er muss heimlich noch einmal hingegangen sein und ihn gekauft haben. Der Ring ist schmal und aus Silber, in der Mitte prangt ein leuchtend blauer Saphir. Jetzt hält Caleb ihn zwischen Daumen und Zeigefinger, seine Hand zittert leicht.

»Lucy, ich liebe dich so sehr. Mein ganzes Leben lang habe ich nicht an Seelenverwandtschaft geglaubt. Aber dann habe ich dich getroffen, und du hast mich eines Besseren belehrt. Ich möchte nie wieder ohne dich sein. Willst du mich heiraten?«

Ich muss keinen Sekundenbruchteil zögern. »Ja. Oh mein Gott. Eine Million Mal Ja.«

Und dann küssen wir uns und weinen und lachen, und die anderen Gäste jubeln und applaudieren, und Caleb steckt mir den Ring an den Finger, der Mann, für den ich bestimmt bin und dessen Herzschlag sich für mich wie Heimat anfühlt.

London

Ich streife nur mechanisch durch die Wohnung, als ich es finde. Wandere, mit Macavity immer auf den Fersen, von Raum zu Raum, hebe Gegenstände auf und stelle sie wieder hin, tue so, als räumte ich auf, schiebe aber in Wirklichkeit nur Dinge hin und her. Max' Vitamine. Dieses leicht einschüchternde Buch über die Macht der Gewohnheit, das er gerade las. Das Aftershave, an dem ich nicht zu riechen wage. Hanteln, Manschettenknöpfe, Pfefferminzbonbons. Seinen Schal, seidenweich. Seine Laufschuhe, eines von vielen Paaren. Den Karton mit Habseligkeiten von seinem Schreibtisch in der Kanzlei, den sein Chef Tim letzte Woche mit Grabesmiene brachte. Zwei Ausgaben der *Financial Times* aus den Tagen vor dem Unfall, die jetzt, unvorstellbar, zu kostbaren Artefakten geworden sind.

Die Wohnung fühlt sich ohne Max einfach absurd an.

Mittlerweile ist sie ein Chaos von verkrustetem Geschirr

und verstreuten Kleidungsstücken und halb leeren Teetassen und soßenfleckigen Imbissschachteln. Ich weiß, dass ich daran etwas ändern muss, und wenn nur aus Respekt vor Max, weil er immer so sorgsam mit Dingen umging. Und als ich ein paar seiner T-Shirts falte - die ich nachts trage und mich nicht zu waschen überwinden kann –, da finde ich es, tief in der Schublade vergraben. Ein Schächtelchen aus cremefarbenem Leder.

Ich klappe es auf, und meine Welt stürzt aufs Neue in sich zusammen.

Ich rufe Jools an, aber sie ist in der Arbeit und hebt nicht ab. Also wähle ich in meiner Verzweiflung Tashs Nummer.

In den ersten Wochen nach dem Unfall konnte ich meine Schwester nicht einmal ansehen. Nur wenig lässt vergangene Verbitterung so kraftvoll wieder aufleben wie der Verlust eines geliebten Menschen. Ich wurde einfach nicht fertig mit ihrer Traurigkeit um meinetwillen, weil sie, wenn auch vor Jahren, meiner und Max' Beziehung einen nicht wieder zu beseitigenden Schaden zugefügt hat. Wie ein Sprung in einem wertvollen Gegenstand, nicht immer auffällig, aber unübersehbar, wenn man ihn genau richtig neigt oder ins Licht hält. Eine Unvollkommenheit, ein Makel, der nicht ausgemerzt werden kann.

Doch dann rief ich sie eines Abends an. Und nach ein paar Minuten merkte ich, dass ich mich an Tashs Stimme klammerte, an das Wissen, dass es meiner Schwester wahrscheinlich ernster damit war, für mich da zu sein, als jedem anderen Menschen. Für sie war der Zeitpunkt, sich wirklich und wahrhaftig zu bewähren, gekommen, und ich wusste, dass sie der Situation gewachsen war.

Heute vor zwei Monaten, kurz nachdem ich ihn gebeten hatte umzukehren, wurde Max' SUV von einem Sattelschlepper gegen die mittlere Leitplanke der M25 gequetscht. Der Fahrer des Lkw blieb unverletzt, Max starb noch am Unfallort. Die polizeilichen Ermittlungen laufen weiter.

Die Beerdigung fand einen Monat später statt, meine einzige Chance, mich zu verabschieden, da ich mich wegen seiner Verletzungen dagegen entschieden hatte, ihn im Leichenschauhaus zu sehen. Fast einhundert Menschen versammelten sich im Lambeth-Krematorium, um ihm die letzte Ehre zu erweisen, und hinterher verstreuten wir die Asche im Garden of Remembrance. Es stand nie infrage, ob er in London bleiben sollte. Sein Herz war immer hier gewesen, nicht in Cambridge.

An dem Tag fiel es mir seltsamerweise schwer zu weinen, selbst als wir am Ende der Trauerfeier *Wonderwall* auflegten. Ich stand, glaube ich, immer noch unter Schock und konnte kaum überhaupt etwas empfinden. Meine Erinnerung an diese ersten Wochen ist so verschwommen. Es heißt ja, Liebe sei eine Droge, aber das gilt, wie ich gelernt habe, auch für Trauer. Ich hatte Mühe, wirklich zu glauben, dass Max tot war: Immer wieder sah ich auf mein Handy, ob eine Nachricht von ihm gekommen war, blieb bis in die frühen Morgenstunden wach, für den Fall, dass er die Tür aufschlösse. Manchmal bildete ich mir ein, ihn in einem Laden zu sehen oder auf der Straße vor der Wohnung.

Nur seine Mutter Brooke glänzte auf seiner Beerdigung durch Abwesenheit. Ich hatte Tash gebeten, sie zu informieren, weil ich mich nicht in der Lage fühlte, selbst mit ihr zu sprechen, so bald nach dem Unfall. Und Tash machte sie auch ausfindig, aber Brooke ließ sich nicht blicken. Und dafür hasste ich sie. Denn selbst nach Max' Tod konnte sie sich nicht überwinden, für ihn da zu sein.

Hinterher fragte ich mich, ob sie vielleicht wütend war, weil Max vor Kurzem ein Testament verfasste, in dem er seinen Freund Dean Farraday als Vollstrecker benannte. Dean teilte mir mit, Max hinterlasse mir seine Wohnung, sein Geld, alles außer ein paar Gegenständen für Dean und seine Familie. Brooke bekommt nichts. Dean sagte, Max habe das kurz nach dem Brand bei meinen Eltern verfügt, mir aber nichts davon erzählt, weil er Angst hatte, ich würde ihn drängen, Brooke als Erbin einzusetzen, nicht mich.

Max kannte mich so gut. Denn damals, ja, hätte ich das vermutlich vorgeschlagen. Jetzt? Da bin ich mir nicht so sicher.

Erst nach der Beerdigung begriff ich endlich – und die Erkenntnis war so brutal, wie Dynamit zu schlucken –, dass ich Max nie wiedersehen werde. Dass der einzige Mann, den ich je wirklich geliebt habe, nicht mehr da war, weil ich ihn aufgefordert hatte umzukehren.

Seitdem überlebe ich von einer Stunde zur anderen, schlafwandle durch die Tage, ohne sie zu erleben. Die Trauer ist mir in die Knochen eingedrungen, hat meinen Körper befallen wie eine Krankheit. Die Leute glauben, beim Trauern gehe es um Traurigkeit, aber es geht so viel tiefer als das. Deshalb verwendet man auch nicht dasselbe Wort. Trauer wird ein Teil von einem, sie verändert einen, ohne um Erlaubnis zu fragen.

Jedes Mal, wenn der Tod ein Leben nimmt, raubt er noch ein paar mehr, nur so aus Spaß.

»Alles okay?«, fragt Tash, als sie abhebt.

Ich stammle vor mich hin. »Ich hab, hab, ich hab da was gefunden …«

»Lucy? Was hast du gefunden?«

Seit Max' Tod gehe ich nicht zur Arbeit. Zara war großartig, viel mitfühlender, als ich ihr zugetraut hätte. Ich bekam sogar in Abwesenheit meine Beförderung, als Anerkennung der fast zwei Jahre harter Arbeit, die ich bis zu dem Zeitpunkt investiert hatte. Als sie es mir erzählte, brach ich in Tränen aus. Es hätte ein Moment des Stolzes sein sollen, nicht dieses bittersüßen Schmerzes.

Ich habe keine Ahnung, was Tash gerade macht, oder auch, welcher Tag heute ist: Es könnte Wochenende sein, oder vielleicht habe ich sie aus einer wichtigen Sitzung geholt. Aber darauf käme man nie, denn sie spricht mit mir, als wäre sie meine persönliche Telefonseelsorge, als hätte sie in diesem Moment nichts Besseres zu tun, als mir beim Stottern zuzuhören.

»Einen Ring. Einen Ring in einer Schachtel. *Einen Ring in einer Schachtel.*«

»Ach, Süße.« Ich kann exakt hören, wann meiner Schwester gleichzeitig mit mir das Herz bricht.

Ich sage ihr, dass ich gleich zurückrufe, renne auf die Toilette und übergebe mich. Momentan kann ich nichts bei mir behalten. Letzte Woche war ich zum ersten Mal wieder bei Pippa, der Psychologin, zu der ich ging, bevor Max starb. Pippa erklärte mir, die Übelkeit sei ein gängiger physischer Ausdruck von Trauer, genau wie mein Mangel an Energie und vollständiger Appetitverlust, genau wie der beständige metallische Geschmack im Mund, der mir das Essen noch zusätzlich verleidet.

Ich sehe furchtbar aus, ich weiß. Wie ein Gespenst meiner selbst. Und das Einzige, was mich zum Leben zurückbringen würde, wäre, wenn Max jetzt sofort durch diese Tür träte.

»Wie geht es dir?« Dean küsst mich auf beide Wangen. Er riecht nach Aftershave, und plötzlich wird mir meine eigene Ungewaschenheit bewusst. Er drückt mir einen Kaffee und eine Papiertüte von Gail's Bakery in die Hand. »Dachte, du könntest ein paar Kalorien gebrauchen.«

»Danke.« Gail's ist meine Lieblingsbäckerei, aber ich bin nicht sicher, ob ich im Augenblick Kuchen vertragen kann. Wir gehen ins Wohnzimmer, wo ich mich auf einen Sessel setze und meine Strickjacke fest um mich ziehe. Es ist jetzt Mai, warm, und London zeigt sich von seiner funkelndsten Seite, sprühend vor Frühsommerhimmel und sonnenbeschienenen Parks und geselligem Trinken in der Abenddämmerung. Aber meine Stimmung passt besser zum Januar: grau, kalt, monoton.

Wie immer springt Macavity lautlos auf meinen Schoß. Seit Max' Tod klebt er an mir, und ich bin überzeugt davon, dass er sich nach seinem verlorenen Gefährten sehnt. Ich ziehe so viel Kraft aus der Wärme seines kleinen Körpers, aus dem rhythmischen, tröstlichen Schnurren. Er hat Max auch geliebt, denke ich oft. Er versteht. Max' Hände haben dasselbe Fleckchen Fell gestreichelt, das ich gerade streichle. Macavity ist wie mein kleiner Rettungsring, der mich an den Mann bindet, den ich liebe.

Es ist Samstag, habe ich festgestellt, früher Nachmittag und wieder ein warmer Tag. Sonnenlicht wird von den Möbeln reflektiert, meine Belohnung fürs Saubermachen. Letztes Jahr um diese Zeit wären Max und ich vielleicht

Hand in Hand durch South Bank spaziert, an der Themse entlang. Wir hätten am Borough Market eine Kleinigkeit gegessen, ein paar Lebensmittel für abends eingekauft und wären zurück zur Wohnung geschlendert, eine Waffel mit unserem Lieblingseis in der Hand, Herzen und Bäuche voll.

Ich bedeute Dean, sich zu setzen, und er entscheidet sich für das Sofa. Er trägt eine in die Haare geschobene Ray-Ban und ein T-Shirt, das Gesicht von den letzten Wochen schwach sonnengebräunt. Vermutlich war er vorhin mit Chrissy und seiner Tochter unterwegs, auf einem dringend notwendigen Familienausflug. Denn es ist Samstag, und das Leben geht weiter. Zumindest für Dean und Chrissy, und sie wären verrückt, wenn sie nicht jede einzelne Sekunde auskosten würden.

Im Laufe des letzten Jahres habe ich die beiden gut kennengelernt. Chrissy arbeitet beim Fernsehen, ist ein hohes Tier in einer auf Dokutainment spezialisierten Produktionsfirma. Wir waren ein richtiges Quartett geworden, trafen uns oft in unserer Wohnung oder in Deans und Chrissys Haus in Chiswick, picknickten im Park, aßen am Wochenende zusammen zu Mittag, unternahmen sonntags Spaziergänge auf dem Themse-Pfad mit ihrer Tochter Sasha auf ihrem kleinen Fahrrad. Es ist schwer zu sagen, in welche Richtung unsere Freundschaft sich entwickeln wird, jetzt, wo Max nicht mehr da ist. Dass sie sich verändern wird, ist wohl unausweichlich. Ich bin mir ziemlich sicher, dass sie mich nicht dauerhaft das fünfte Rad am Wagen spielen lassen werden: So sollten Freundschaften nicht laufen.

Nachdem ich den Ring gefunden hatte, schrieb ich Dean eine Nachricht. Ich musste den Hintergrund erfahren, und ich ging davon aus, dass Dean ihn kannte. Sein und Max'

Verhältnis ist in den Jahren nach der Uni sehr eng geworden, vielleicht weil sie, während alle Freundschaften um sie herum sich anders weiterentwickelten oder zerbrachen, entdeckten, dass sie als Erwachsene sogar noch mehr gemeinsam hatten denn als Studenten.

»Darf ich ihn sehen?«, fragt Dean jetzt.

Ich reiche ihm das Schächtelchen. Er klappt den Deckel auf, lächelt, als brächte es eine schöne Erinnerung zurück. »Genau, das ist er. Ich habe ihm beim Aussuchen geholfen. Hatton Garden. Fünf Karat, Baguetteschliff…«

»Wann?«, flüstere ich.

Dean fehlen eigentlich nie die Worte, aber er braucht sehr lange zum Antworten. »In der Woche vor seinem Tod«, sagt er schließlich, die Stimme so sanft wie ein Echo.

»Hat er gesagt, wie er…«

Dean schüttelt den Kopf. Seine blauen Augen wirken feucht. Auch er hat abgenommen, seit Max starb. Chrissy erzählte mir neulich, dass er ununterbrochen arbeitet. »Er hat ein paar Ideen erwähnt. Zum Beispiel, den Antrag im Observatorium zu machen oder im London Eye oder auf dem Shard. Aber offen gestanden wäre er wahrscheinlich einfach hier in dieser Wohnung auf die Knie gegangen, Lucy. Er brauchte keine große Geste, um zu beweisen, wie sehr er dich geliebt hat.«

Ich schließe die Augen, lasse seine Worte durch mich hindurchtreiben. Ich würde alles, absolut alles dafür geben, Max jetzt hier bei mir zu haben, und wenn nur für ein paar Minuten, damit ich ihm meine Antwort geben kann. *Ja. Oh, ich liebe dich so sehr. Eine Million Mal Ja.*

»Tut mir leid, dass ich dir das noch nicht erzählt habe«, sagt Dean. »Ich wusste nicht, was das Beste war. Chrissy meinte die ganze Zeit, ich soll es dir sagen, aber ich hatte Angst, dass ich alles noch schlimmer mache.«

»Nein«, entgegne ich leise. »Ganz im Gegenteil. Es ist, als hätten Max und ich gerade noch einmal ein Gespräch geführt, und ich dachte nicht, dass ich dazu noch mal die Gelegenheit bekäme.«

Eine Weile bleiben wir stumm, nippen nur an unseren Tassen, denken nach. Wieder habe ich diesen seltsamen metallischen Geschmack auf der Zunge, versuche, ihn mit Kaffee hinunterzuspülen.

Macavity rührt sich auf meinem Schoß, streckt eine Pfote aus und steckt sie dann ordentlich wieder dahin zurück, wo sie vorher war.

»Falls du jemals Zweifel hattest, wie viel du Max bedeutet hast«, sagt Dean schließlich, »solltest du wissen, dass du seine ganze Welt warst. Er war so glücklich, seit ihr wieder zusammen wart.«

Meine Augen füllen sich mit Tränen, und weil ich nicht sprechen kann, nicke ich mein Dankeschön.

Dean wischt sich ebenfalls ein paar Tränen ab, beugt sich vor, um ein Taschentuch aus der Box zu ziehen, die immer griffbereit auf dem Tisch steht. Er gibt mir auch eines. »Mein Gott, er fehlt mir.«

Ich putze mir die Nase und beschließe dann, wo Dean schon einmal hier ist, die Frage zu stellen, die mich beständig quält. Die immer in meinem Sichtfeld flattert, wie ein Insekt, das ich nicht verscheuchen kann. »Dean, machst du mir Vorwürfe?«

Bis die Polizei mir bestätigte, dass Max zwanzig Minuten nach unserem Telefonat an jenem Abend gestorben war, hatte mich die Vorstellung gepeinigt, dass unser Gespräch eine Rolle bei dem Unfall spielte. Zu wissen, dass beides nichts miteinander zu tun hatte, machte seinen Verlust nicht erträglicher, aber wenigstens war diese eine Befürchtung unbegründet.

Dennoch. Max war auf dem Weg zu mir gewesen, und ich hatte ihn zum Umkehren bewegt. Hätte ich Ja gesagt, mich gefreut, es als die romantische Idee gesehen, die es war, dann wäre er noch am Leben.

Dean weiß bereits, was ich an jenem Abend zu Max sagte; unmittelbar nach dem Unfall empfand ich es offenbar als meine Mission, so vielen Leuten wie möglich davon zu erzählen, vielleicht weil ich die Strafe erstrebte, die mir meiner Ansicht nach zustand. Dean ließ sich nie auch nur den winzigsten Hauch von Groll mir gegenüber anmerken. Dennoch, das Wesen der Trauer ist so fließend, so launenhaft. Vielleicht hat er jetzt, wo er Zeit zum Nachdenken hatte, erkannt, dass ich doch eine Mitschuld trage.

»Niemand macht dir Vorwürfe«, sagt er bestimmt und beugt sich vor, sodass ich nicht anders kann, als ihm in die Augen zu sehen. »Niemand würde das jemals. Du konntest das unmöglich wissen, Lucy.«

Ich nicke, wende dann den Blick von ihm ab auf meine Hände, die trocken und ungepflegt sind, wie alles an mir. »Ich denke nur die ganze Zeit … hätte ich doch Ja gesagt.«

Pippa redet mir zu, damit aufzuhören, alles zu hinterfragen, mir den Kopf über jede winzige Entscheidung zu zerbrechen, die ich je getroffen habe. Denn, sagt sie, selbst wenn ich alle Antworten hätte, nach denen ich suche, wäre der Verlust von Max noch genauso real.

Dean nickt, als verstünde er wirklich. »Das war wieder so typisch Max, oder? Einfach nur helfen zu wollen.«

Ich stocke. Wenn man trauert, sagen Menschen viele merkwürdige Dinge zu einem, manchmal weil sie das Gefühl haben, einfach irgendetwas sagen zu müssen. Hin und wieder muss man innehalten und überlegen, was sie eigentlich damit meinen.

»Helfen?«, wiederhole ich.

»Du weißt schon, mit deinem …« Dean bemerkt meine Miene und verstummt.

Eine Kälte durchströmt mich. Nicht nur eine kühle Brise, sondern eine tiefe, tiefe Kälte. »Mit meinem was?«

Er wartet ein paar Sekunden ab. »Ach, entschuldige. Da bin ich in einen Fettnapf getreten.«

»Bitte sag mir, was du damit gemeint hast.«

Immer noch zögert er. »An dem Tag habe ich mit Max Mittag gegessen. Er sagte, du hättest ein, ähm, Problem damit, allein in Hotelzimmern zu schlafen, deshalb wollte er nach Surrey fahren und dich überraschen. Damit du nicht allein bist.«

Und auf einmal ist es, als wäre der Sessel zur Seite gekippt, denn mein Gesicht ist irgendwie auf ein Kissen gerutscht und Macavity ist von meinem Schoß geflohen. Und ich schluchze heiße, nasse Tränen um die Nettigkeit von Max' Geste, fühle mich, als hätte ich ihn noch einmal neu verloren.

Dean bleibt bei mir, bis es dunkel wird, und geht erst, nachdem ich ihm versichert habe, dass er nicht alles noch hundertmal schlimmer gemacht hat. Ehrlich gesagt, weiß ich selbst nicht, ob das stimmt, mir schwirrt der Kopf vor neuen Fragen und Selbstvorwürfen, aber wenigstens ist mein Gehirn beschäftigt. So fühle ich mich irgendwie weniger allein.

Als Dean weg ist, kuschle ich mich mit Macavity aufs

Sofa und grüble – wie an den meisten Tagen – darüber nach, was passiert wäre, wenn ich Max an jenem Abend zu mir ins Hotel eingeladen hätte. Wenn ich niemals dem Mann begegnet wäre, der meine Phobie vor fremden Orten auslöste. Wenn Max nicht mit Tash geschlafen hätte. Wenn wir uns nie getrennt hätten.

Letzten Endes aber, als die Dunkelheit einem rosa getupften Morgengrauen weicht, erkenne ich, dass Pippa recht hat. Kein noch so ausgiebiges Brüten und Sinnieren kann etwas an der Tatsache ändern, dass Max nicht mehr da ist. Und er kommt auch nicht zurück. Was Dean gestern zu mir sagte, ist unerheblich, im Prinzip. Es bestätigt nur, was ich schon wusste, nämlich dass Max mich bis in meine Zehenspitzen liebte. Er hat Fehler gemacht, sicher. Aber in den neunzehn Monaten, seit wir einander wiederfanden, hat er das mehr als wieder ausgeglichen.

Es ist jetzt Sonntag, die Welt vor dem Wohnzimmerfenster ist also still, obwohl ich hin und wieder Gesprächsfetzen höre, das Klatschen von Turnschuhen auf dem Bürgersteig. Dann stelle ich fest, dass mir wieder schlecht ist.

Als ich ins Bad renne, fällt mir ein, dass ich seit vierundzwanzig Stunden nichts gegessen habe. Der Kuchen von Dean liegt unangerührt auf dem Tisch. Schade um das edle Gebäck, aber ich vertrage einfach nichts Süßes momentan. Also mache ich mir um acht Uhr morgens eine Dose Nudeln mit Käsesoße warm. Für etwas Nahrhafteres fehlt mir die Energie, was nicht schlimm ist, weil ich sie ungefähr zwanzig Minuten später wieder erbreche, genau als Jools' Nummer auf meinem Handy aufleuchtet.

»Schon wieder?«, fragt sie, als ich sie aus der Küche zurückrufe und erzähle, warum ich nicht abheben konnte.

»Macht nichts«, sage ich eingedenk dessen, was Pippa mir erklärt hat. »Angeblich ist das normal.«

»Aber gestern hast du auch gespuckt. Und am Tag davor. Und dem davor.«

»Ja, ich weiß«, sage ich vage, weil ich das Gefühl habe, dass sie auf etwas anderes hinauswill, und nicht darauf komme, was das sein könnte. Wie mein Körper darauf reagiert, Max zu verlieren, kann ich doch wohl nicht steuern, oder?

»Lucy.« Jools' Stimme klingt leise und leicht zittrig. »Wäre es denn rein theoretisch möglich, dass du schwanger bist?«

Eine Weile lang antworte ich nicht. Ich starre nur geradeaus auf die Buchstabenmagnete am Kühlschrank, mit denen Max geschrieben hat MAX LIEBT LUCY FÜR IMMER UND EWIG. Ich habe solche Panik, jemand könnte sie durcheinanderbringen, dass ich den Satz schon fünfzigmal mit dem Handy fotografiert haben muss.

Schließlich sammle ich etwas Speichel auf meiner Zunge und wage es, den Zauber ihrer Worte zu kosten, nur ganz kurz. Und dann, zum ersten Mal seit Max' Tod, erahne ich den winzigsten Hauch einer Empfindung aufkeimen, wie den Spross eines zarten Pflänzchens. Sie ist eigenartig, und ich erkenne sie nicht auf Anhieb.

Doch dann begreife ich. Es ist Hoffnung.

Also trete ich eine halbe Stunde später mit einem Schwangerschaftstest und wackeligen Knien ins Bad. Jools hat angeboten vorbeizukommen, aber das muss ich allein schaffen.

Fast roboterhaft führe ich den Test durch und hocke mich schließlich auf den Wannenrand, um zu warten. Meine Hand zittert.

Ich wünschte, du wärst hier, Max. Ich wünschte, du säßest neben mir und würdest meine Hand drücken. Ich wünschte, wir beteten zusammen, dass das kleine blaue Kreuz auftaucht. Bis du starbst, habe ich eigentlich nie an ein Leben nach dem Tod geglaubt. Jetzt schon. Denn ich weiß, dass du hier bist. Ich weiß, dass irgendwo dein Herz genauso heftig pocht wie meins.

Ein Maunzen dringt durch den Spalt unter der Badezimmertür, dann öffnet sie sich langsam, und Macavity schleicht herein, als wäre er genauso gespannt auf das Ergebnis wie ich.

Ich hole tief Luft und drehe das Teststäbchen um. Und da passiert es: Meine Hoffnungslosigkeit schwindet, meine Verzweiflung versiegt. Denn trotz allem ist Max noch hier. Sein Baby ist zwei Monate alt und in meinen Bauch geschmiegt, schenkt mir eine Freude, die ich nie wieder zu spüren erwartet hatte.

Ich denke an den Tag zurück, als ich hier einzog. An seine Frage, scherzhaft gestellt, wie ich mir unsere Zukunft vorstelle.

Wie viele Kinder?

Drei. Nein, vier.

Ich atme gleichmäßig, um mein rasendes Herz zu beruhigen, betrachte meinen Bauch.

Nur eins letzten Endes. Aber du bist das kostbarste Geschenk, das ich je bekommen habe.

In ein paar Monaten werde ich in die Augen meines Babys sehen und flüstern: Ach, hallo. Da bist du ja. Ich habe dich so vermisst. Ich bin so froh, dass du zu Hause bist.

Epilog

Ein Jahr später

Shoreley

In dem Café neben dem Geburtshaus des Queen Charlotte and Chelsea Hospital hebe ich, während ich auf meinen Kaffee warte, den Kopf und erstarre.

Max Gardner. Der Mann, der so viele Jahre lang meine Träume heimsuchte, steht nur Zentimeter entfernt vor mir in der Schlange. Er sieht älter aus, aber es steht ihm gut. Ich sehe sofort, dass seine besten Eigenschaften geblieben sind: dass er noch genauso selbstbewusst und charmant ist, ein Magnet von einem Mann mit einem Lachen aus vollem Herzen und Augen, die einen bestricken.

Im Krankenhaus ist es ziemlich warm, und seit wir um drei Uhr nachts hier ankamen, habe ich einige Schichten abgelegt. Jetzt trage ich nur noch ein Baumwollkleid und Gummi-Flip-Flops, was im Vergleich zu Max in seinem Designerhemd und schicker Jeans nachlässig, fast kindlich wirkt. Mir schießt der Gedanke durch den Kopf, dass wir als Erwachsene wahrscheinlich niemals so gut zusammengepasst hätten wie als Studenten.

Er sieht nicht so müde aus wie ich, sondern, im Gegenteil, auf den ersten Blick ziemlich aufgekratzt. Muss der

Adrenalinschub der bevorstehenden Vaterschaft sein. Oder vielleicht ist das sein fünfter Kaffee in Folge.

Sein Grinsen, als er mich bemerkt, lässt vermuten, dass dies der glücklichste Zufall aller Zeiten ist. »*Lucy.* Hallo.« Lachfältchen bilden sich in seinen Augenwinkeln.

Wir treten zur Seite.

»Bist du …«

»Ja.« Max deutet mit dem Kopf auf das Geburtshaus. »Meine Frau Camille. Unser erstes.«

Ich schiele nach unten, bemerke den matt dunklen Ring an seinem Finger. *Wie seltsam, dass ich früher davon träumte, einen Ring an seiner Hand zu sehen, weil* wir beide *geheiratet haben.*

Es gab eine Zeit, in der ich Camille sofort gegoogelt hätte, wenn ich allein gewesen wäre. Aber zu meiner Erleichterung stelle ich fest, dass ich nicht mehr als schwache Neugier für die Frau empfinde, mit der Max verheiratet ist. Was natürlich auch genau so sein sollte. »Glückwunsch. Wisst ihr schon, was es wird?«

»Ein Mädchen.« Seine Augen funkeln vor Stolz. Ich sehe ihn meinen (einigermaßen) flachen Bauch mustern (Entbindungsstationen sind vermutlich der einzige Ort auf der Welt, an denen so etwas halbwegs akzeptabel ist). »Aber du bist nicht …?«

Hoffentlich bald, hätte ich gern gesagt, schüttle aber nur den Kopf. »Ich bin mit Jools hier. Erinnerst du dich an sie? Ihres kommt zwei Wochen zu früh. Ihr Mann ist beruflich im Norden. Rast gerade über die M1.«

Jools und Nigel haben letzten August geheiratet, und sie erzählen mit Freuden jedem, der es hören will, dass sie in ihrer Hochzeitsnacht schwanger wurden. (Ob das so stimmt, weiß ich ja nicht, aber warum sollte ich so einen romantischen Gedanken anzweifeln?)

Max lächelt, dann wendet er den Blick bedeutungsvoll den Ringen an meinem Finger zu. »Du bist also verheiratet?«

Ich nicke. »Caleb. Er ist Fotograf. Wir haben vor einem Monat geheiratet.« Allein schon seinen Namen zu sagen ruft ein warmes Gefühl in meinem Bauch hervor.

»Frisch verheiratet.« Max' freundliche Miene ist schwer zu deuten – Nostalgie? Neid? »Glückwunsch, Luce.«

Vor vier Wochen, um genau zu sein. Die Hochzeit war in Shoreley Hall, draußen in dem Garten, in dem wir damals vor drei Jahren *Romeo und Julia* sahen. Der ganze Tag war erfüllt von Leuchten und Glück, von Farbe und Freude. Wir dekorierten die Obstbäume mit Girlanden und Lichterketten, die zwischen den Ästen schimmerten, als es dunkel wurde. Calebs Freundeskreis kümmerte sich um Catering, Bilder und Musik. Zwei seiner Nichten waren, zusammen mit Jools, meine Brautjungfern, und Dylan der Ringträger. Während der Zeremonie quetschten unsere Gäste sich auf langen Bänken zusammen, Schirme in Bereitschaft, falls es regnen sollte. Meine Eltern verbrachten den Tag sogar Seite an Seite, obwohl sie immer noch getrennt sind. Es wurde getanzt, die eine oder andere beschwipste Rede gehalten und fürstlich mediterran gespeist. Und gelacht, so viel gelacht.

Gegen Ende des Abends schlichen Caleb und ich uns für ein Momentchen davon und setzten uns Hand in Hand auf einen Heuballen. Ich lehnte den Kopf an seine Schulter, und wir beobachteten das fröhliche Gedränge unserer Freunde und Verwandten, wie sie die Hüften schwangen und scherzten und die Arme umeinanderschlangen. Ich war zu dem Zeitpunkt schon barfuß, erschöpft von der ganzen Tanzerei, und Caleb fragte mich, ob ich glücklich sei.

»Wahnsinnig glücklich«, flüsterte ich. Und so war es. Ich konnte mir nicht vorstellen, jemals glücklicher zu sein als in dem Augenblick.

»Schon lustig«, sagt Max jetzt, einen Ausdruck auf dem Gesicht, der zwischen Wehmut und Bedauern wabert. »Wie sich das Leben so entwickelt. Manchmal denke ich, wie toll es gewesen wäre, mit achtzehn eine Kristallkugel zu haben.«

»Hättest du denn dann irgendwas anders gemacht?«

Er wartet eine winzige Sekunde, und unsere Blicke begegnen sich. »Das eine oder andere.«

Ich senke die Augen. Es gibt auch Dinge, die ich vielleicht anders gemacht hätte. Aber ich weiß, dass ich genau dort landen sollte, wo ich jetzt bin.

»Weißt du, was auch noch witzig ist?«, fragt Max. »Eigentlich muss ich mich bei dir bedanken, dass ich Camille kennengelernt habe.«

Fragend runzle ich die Stirn. »Bei mir?«

»Wahrscheinlich erinnerst du dich nicht mehr, aber vor ein paar Jahren habe ich dir eine WhatsApp geschickt.«

»Ach ja, stimmt.« Natürlich erinnere ich mich: Vor fast drei Jahren stand ich bei Jools in der Küche in Tooting und konnte mich nicht entscheiden, was ich tun sollte. Geriet in Panik, als mir klar wurde, dass Caleb vielleicht mitgehört hatte. Letzten Endes antwortete ich nicht. »Sorry, es war …«

»Nein, nein, ich meine, es hat sich ja alles super gefügt. Ich muss zugeben, als ich dir schrieb, hatte ich ein bisschen die Hoffnung, wir könnten … ach, was weiß ich. Wieder zusammenkommen.« Er lacht. »Ich war ein bisschen durch den Wind deswegen. Hab mein Telefon nicht aus der Hand gelegt, aber du hast nicht reagiert, und ich war ziemlich geknickt. Also bin ich in eine Kneipe gegangen, um mich mit ein paar Bier aufzumuntern, und genau da habe ich Camille kennengelernt.«

Ich lächle. »Und jetzt wirst du Vater.«

Er mustert mich ein paar Sekunden lang. »Ja, ich weiß. Verrückt, oder?« Und damit verschwindet jeglicher Rest von Wehmut aus seinen Augen.

In dem Moment wird Max aufgerufen, und er holt seinen Kaffee ab. Wir umarmen uns zum Abschied. Es ist ein komisches Gefühl, ihn nach so vielen Jahren wieder an mich zu drücken. Sein Körper fühlt sich breiter und fester an, erwachsener wohl. Als hätte er seinen Platz im Leben gefunden.

Als ich ihm nachsehe, wird mir bewusst, dass es eine Zeit gab, in der ich ihm vielleicht hinterhergerufen hätte, in der ich die Begegnung mit ihm als Zeichen aufgefasst hätte. Und vielleicht ist sie das ja auch, aber nur als freundliche Erinnerung des Schicksals, dass ich die richtige Entscheidung traf, als ich nicht nach London zog. Vielleicht ist das hier endlich der Schlussstrich, nach dem ich damals vor all den Jahren suchte, als er mir das Herz gebrochen hatte.

An der Ecke, kurz bevor er außer Sicht gerät, dreht Max sich um. Unsere Blicke treffen sich, und nur einen Moment lang dehnt sich ein Universum von Möglichkeiten und Was-wäre-wenn zwischen uns aus. Und es bringt mich zum Lächeln.

Er hebt eine Hand und ich ebenfalls. Und dann ist er fort.

Viele Stunden später lege ich mich in Shoreley neben Caleb ins Bett. Es ist früher Morgen, und ich komme aus dem Krankenhaus, wo Jools und Nigel sich gerade in ihre neugeborene Tochter Florence verlieben.

Das Schlafzimmerfenster steht offen, das Plätschern des schlummernden Meers weht herein wie eine Sinfonie. Der Raum fühlt sich fast verstörend kühl und friedlich an, nach der Hitze und dem Trubel der Geburtsstation, obwohl Jools natürlich, in ihrem Oxycotin-Rausch, nichts von dem Jammern und Schluchzen um uns herum mitbekam. Vielmehr wirkte sie vollkommen gelassen, als hätten die Hebammen sie direkt aus dem Kreißsaal in ein Fünf-Sterne-Wellnesshotel geschoben.

Caleb regt sich, als ich die Arme um ihn lege. Er riecht nach Seife und Zahnpasta, die Haut warm und weich vom Schlaf.

»Hallo«, murmelt er und dreht sich zu mir um.

»Hallo.«

Wir küssen uns, und er streicht mir die Haare aus dem Gesicht. »Wie geht es Jools? Und dem Baby?«

»Beiden absolut großartig. Jools ist eine echte Kämpferin.« Ich war bei ihr bis zu dem Augenblick, als Nigel plötzlich auftauchte, vollkommen in Panik, er könnte die Geburt seines Babys verpasst haben. Ich wusste schon immer, dass Jools tough ist, aber bis ich sie in den Wehen erlebte, hatte ich keine Ahnung, was das eigentlich bedeutet. Innerhalb von Minuten wurde sie so instinktgetrieben, so unglaublich konzentriert, dass ich wusste, Florence muss sich niemals irgendwelche Sorgen machen.

»Und, wie war es so?«, fragt Caleb. »Von lauter Neugeborenen umgeben zu sein?«

Ich lächle. »Natürlich toll. Ich bin um alle rumscharwenzelt. Wahrscheinlich gut, dass ich gefahren bin.«

Er grinst. »Dann bist du also bereit für deinen neuen Job als Patentante.«

»Keine andere Patentante wird mir das Wasser reichen können.«

»Florence ist ein Glückspilz.«

»Nein, ich.«

Wieder küsst er mich, stößt einen langen Atemzug aus, der auf meiner Haut zu einer Frage wird. »Heißt das, wir sind vielleicht so weit …?«

Seit unserer Hochzeit haben wir viel über unsere Zukunft geredet, über die Familie, die wir uns beide wünschen. Aber noch haben wir es nicht probiert, weil ich in letzter Zeit so viel mit Jools und meiner Schreiberei beschäftigt war, und Caleb ebenfalls hektische Wochen hinter sich hat.

Vor ein paar Monaten beschlossen Naomi und ich nach viel Hin und Her, dass mein Buch noch nicht ganz fertig zur Einsendung bei den Verlagen war. Wir waren uns einig, dass etwas fehlte, ein Element in der Jetztzeit; daher schreibe ich es gerade stark um und baue einen zweiten Handlungsstrang ein, über ein junges Pärchen, das die Geheimnisse einer in Margate vor dem Krieg begonnenen Liebesaffäre lüften möchte. Ich arbeite daran zwischen den Schichten im Pebbles & Paper, dessen Kunden sich als überraschend fruchtbare Inspirationsquelle für meine Figuren erwiesen haben.

Mittlerweile habe ich das Gröbste hinter mir, das Ende scheint endlich in Sicht. Und Calebs Auftragslage entspannt sich ebenfalls leicht. Der Zeitpunkt könnte wirklich passend sein.

»Ja«, wispere ich mit einem aufgeregten Erschauern. »Ich möchte ein Baby mit dir machen.« Ich presse meine Lippen auf seine, spüre ein Hochgefühl durch meinen Körper strömen, als wir das nächste Kapitel unseres Lebens beginnen. Und ich kann an nichts anderes denken als daran, dass ich so glücklich bin, mir eine Zukunft mit diesem fantastischen, großartigen Mann aufzubauen, dass die Entscheidung, die ich vor drei Jahren an einem warmen Frühlingstag traf, mich mit meinem Seelenverwandten zusammenführte.

Und wenn ich diese Entscheidung nicht getroffen hätte? Tja, ich bin mir sicher, dass Caleb und ich früher oder später den Weg in das Leben des anderen gefunden hätten. So aber schäume ich über vor Dankbarkeit, dass ich keine Sekunde länger warten muss, um diesen Mann mit jeder Faser meines Herzens zu lieben.

London

Ich bin mit Hope am Teich im Park, nahe dem Café. Es ist jetzt Mai. Der Himmel hat ein tiefes Blau, die Bäume biegen sich unter der Last der Blätter und Blüten. Ich habe meine Jacke ausgezogen, und Hope ist sehr zufrieden in ihrer Latzhose und dem gestreiften T-Shirt. Am gegenüberliegenden Teichufer dümpeln kleine Segelboote gemächlich im Kreis, gesteuert von Kindern unter den wachsamen Augen eifriger Väter.

Ich verdränge das vertraute flaue Gefühl im Bauch und konzentriere mich auf meine Tochter.

Wie üblich ist Hope entzückt von den Enten. Sie grinst und brabbelt, zerquetscht die Brotstückchen, die wir zum Füttern mitgebracht haben, mit ihren nassen Fäustchen zu Brei. Mein Gott, ich liebe sie so sehr.

Es ist ein Jahr her, dass ich meine Schwangerschaft bemerkte. In den folgenden sieben Monaten traute ich mich kaum, mich zu bewegen, aus Angst, durch irgendetwas meine letzte, wundersame Verbindung zu Max zu durchtrennen. Ich ging davon aus, dass ich weniger nervös wäre, sobald Hope auf der Welt wäre, sobald sie tatsächlich vor meinen Augen lebte und atmete, aber natürlich fing mein Beschützerinstinkt durch dieses Leben und Atmen komplett zu übersteuern an. Nur dank meiner Therapeutin Pippa und natürlich meiner Familie und Freunden wie Jools habe ich ausreichend Zuversicht entwickelt, überhaupt die Wohnung mit ihr zu verlassen.

Unsere kleine Tochter ist jetzt fünf Monate alt, und ich vermisse ihren Vater jeden Tag. Jeden Morgen suche ich in ihrem Gesichtchen, in meiner kleinen Schatzkarte von Max, nach weiteren Hinweisen auf ihn. Und ich bin davon überzeugt, immer welche zu entdecken, obwohl ich mir das auch nur einbilden kann. Die sanften grauen Augen. Das helle Lachen. Ihre offensichtliche Begeisterung für das Leben.

Jools kommt mit zwei Kaffees auf uns zu, Sonnenbrille auf der Nase. »Wie wunderbar dieser Sonnenschein ist.« Sie reicht mir einen Becher. »Was machen die Enten heute?«

Hope und ich sind, das muss man sagen, sehr emsige Entenfütterer. Sie liebt sie heiß und innig, und ich glaube daran zu erkennen, dass sie das gute Herz ihres Vaters geerbt hat, seine Einfühlungsgabe.

Jools und ich setzen uns zusammen auf eine Bank. Über uns flattern Tauben durch einen makellosen Himmel, die Luft vibriert vom Gesang von Zilpzalpen, Amseln, Singdrosseln.

Mit der einen Hand lasse ich Hope auf meinem Schoß hüpfen, in der anderen halte ich den Kaffee. »An solchen Tagen vermisse ich ihn am meisten«, sage ich nach einer Weile.

Jools nickt. »Ich weiß. Das würde ihm solchen Spaß machen, oder?«

Das ist mein vorrangiges Gefühl derzeit in Bezug auf Max. Dass es einfach nicht fair ist. Dass er so viel versäumt. Nie gestatte ich mir, länger darüber nachzudenken, wie viel er wirklich versäumen wird – den Rest meines Lebens, das von Hope und ihren Kindern ebenfalls –, denn das ist einfach zu herzzerreißend. Aber im Geiste ist er stets bei mir, ob in der U-Bahn oder im Café, in den Straßen um unser Haus herum, in jedem Zimmer der Wohnung. Und selbst in Shoreley, wenn wir Mum und Dad dort besuchen, weil ich jedes Mal einen Abstecher zum Smugglers mache.

Ich würde alles geben für einen einzigen weiteren Tag. Oder auch nur wenige kostbare Stunden, damit Max seine kleine Tochter im Arm halten, und ich den Kopf an seine Schulter lehnen und ihm ein letztes Mal sagen kann, wie sehr ich ihn liebe.

Letzte Woche habe ich wieder bei Supernova angefangen, was sehr seltsam war, als wäre ich auf einem anderen Planeten gelandet. Denn einiges war zwar noch gleich, beziehungsweise sogar das meiste: meine Kollegen, meine Kunden, mein Schreibtisch, meine Mittagspausengewohnheiten. Anderes hingegen, das Große, war verblüffend und unumkehrbar verändert. Max ist nicht mehr da. Und Hope ist zum Zentrum meiner Welt geworden. Es war hart, sich wieder an den Lärm und das Tempo zu gewöhnen, die rastlose Betriebsamkeit des Büros, nach so vielen Monaten in meiner Baby-Blase. Aber ich wollte es. Ich brauchte es; ich wusste, ich musste zurück, bevor ich mich zu sehr einigelte und unser Leben von meiner Trauer bestimmen ließ. Immer wieder malte ich mir Hope als Teenager aus, mit einem Achselzucken sagend: »Mein Vater ist vor meiner Geburt gestorben, deshalb ist meine Mutter ein bisschen … du weißt schon.«

Ich möchte nicht »ein bisschen, du weißt schon« sein. Ich möchte meine Tochter – und Max – stolz machen.

Auf dem Bürgersteig kommt ein junges Pärchen mit seinem Sohn auf uns zu. Er ist noch klein, vielleicht ein gutes Jahr, und sieht entzückend wackelig auf seinen speckigen Beinchen aus. Jools lächelt und grüßt, als sie an uns vorbeilaufen, aber ich muss mich abwenden.

Ich werde eifersüchtig. Ich komme nicht dagegen an. Während meiner Schwangerschaft war ich eifersüchtig: im Geburtsvorbereitungskurs, wenn die anderen Väter auftauchten, im Wartezimmer bei meinen Frauenarztterminen, im Krankenhaus bei der Entbindung. Und hier bin ich oft eifersüchtig, in Cafés und in meiner Mutter-Kind-Gruppe, wenn alle über ihre Ehemänner oder Partner meckern. Manchmal gehe ich dann einfach, schnappe mir Hope und lasse meinen Kaffee stehen. Meine neuen Freundinnen wissen, warum, und sie nehmen es mir nicht übel, aber es hält sie auch nicht davon ab, über ihre andere Hälfte zu nörgeln.

Letzte Woche musste ich mitansehen, wie der graugesichtige Fahrer des Lkws vor Gericht gestand, fahrlässig einen Unfall mit Todesfolge verursacht zu haben. Das

Strafmaß wird nächsten Monat verkündet, aber es wird mir keine Befriedigung bringen. Es war eben ein Unfall, Max ist tot, und daran kann nichts geändert werden. Zu meiner Überraschung stellte ich fest, dass ich keine Bitterkeit dem Fahrer gegenüber empfinde: Haben wir nicht alle schon einmal die Spur gewechselt, ohne richtig in den Spiegel zu sehen, oder einen Beinahezusammenstoß verursacht, nach dem wir uns schworen, in Zukunft besser aufzupassen? Es hätte mir genauso gut passieren können wie ihm.

»Ach, hätte ich fast vergessen«, sagt Jools, die wahrscheinlich ahnt, dass ich in einem Gedankensumpf stecke. »Die lagen im Café auf der Theke.« Sie holt einen Zettel aus der Tasche, faltet ihn auseinander und gibt ihn mir.

Ich überfliege ihn. Es ist ein Flyer für eine Schreibgruppe in meiner Nachbarschaft.

»Was ist das denn?«, frage ich erstaunt.

Sie zuckt die Achseln. »Dachte nur, es würde dich interessieren. Meinte Pippa nicht, Schreiben könnte helfen?«

»Schon, aber Schreiben ist mein Beruf.«

»In der Agentur, ja. Das wäre aber für dich.«

Wieder betrachte ich den Flyer, kaue dabei auf meiner Lippe. Es wäre leicht zu behaupten, ich hätte momentan keine Zeit oder keine Lust, aber offen gestanden hätte ich gar nichts dagegen. Im Gegenteil, ich würde so weit gehen zu sagen, dass es mich reizt. Und ich kann nicht genau erklären, warum. Vielleicht spricht es einfach einen Teil von mir an, den ich lang verloren glaubte, und das ist ein überraschend tröstliches Gefühl.

»Ach, du meintest doch, du kennst einen guten Fotografen in Shoreley, oder?«, fragt Jools zwischen zwei Schlucken Kaffee.

Ich gebe Hope einen Kuss auf den Kopf. Sie zappelt etwas, abgesehen davon aber ist sie immer noch fasziniert vom Teich und den Enten. »Äh, ja. Er hat die Bilder von mir für Supernova gemacht. Caleb. Er war nett.« Ich stoße ein kurzes Lachen aus. »Der Typ, der mir seine Nummer auf einen Bierdeckel geschrieben hat.«

»Glaubst du, der macht auch Hochzeiten?«

Jools und Nigel sind seit mittlerweile zwei Jahren zusammen. Und vor sechs Monaten hat Nigel sich hingekniet, nachdem er den Ring in einem Muffin versteckt hatte, an dem Jools beinahe erstickt wäre. Vor Max' Tod hatte Jools es nie so richtig mit der Ehe. Aber ich glaube, sie und Nigel sind zu dem Schluss gekommen, dass das Leben zu kurz ist. Dass man, wenn man den richtigen Menschen für sich findet, blöd wäre, irgendetwas aufzuschieben, und wenn nur für eine Sekunde.

»Keine Ahnung. Wenn du magst, kann ich ihm mailen.«

»Das wäre lieb. Wir haben uns letzte Woche mit zweien getroffen, aber die machten keinen besonders entspannten Eindruck, weißt du?«

Ich nicke. Soweit ich mich an Caleb erinnere, war er jemand, bei dem man sich sofort wohlfühlte.

Später am Abend döst Hope auf meiner Brust, schwer und heiß wie eine Wärmflasche. Ich drücke die Nase an ihren Kopf, atme ihren süßen milchigen Geruch ein.

Ich habe gerade eine Riesenportion Sushi verputzt. Nach Max' Tod lehnte ich Essen so lange ab, weil ich wohl irgendwie das Gefühl hatte, keine Nahrung verdient zu haben; inzwischen schaufle ich es nur so in mich hinein, weil ich weiß, dass es mich mit Energie für das Leben mit meinem kleinen Mädchen versorgt. Die Welt schüchtert mich weniger ein, wenn mein Bauch voll ist. Und im Augenblick brauche ich alle Kraft, die ich kriegen kann.

Die Wohnung ist ruhig und still, ordentlich und sauber, so wie sie war, als Max noch am Leben war. Ich habe eine Kerze angezündet, die mir jemand nach seinem Tod geschenkt hat, eine Jo Malone, deren Duft eine schwache Ähnlichkeit mit seinem Lieblings-Aftershave hat. Das hat etwas Tröstliches, ich kann mir einbilden, er wäre noch hier, wachte über uns.

Vor Kurzem habe ich eine Putzfrau eingestellt und ein Kindermädchen für Hope, wenn ich bei Supernova arbeite. Die Auszahlung von Max' Lebensversicherung in Höhe von vier Jahresgehältern stellt sicher, dass Hope und ich uns immer durchschlagen können. Dank ihr kann ich mir Kinderbetreuung leisten, den Kredit bedienen, weiterhin leben, statt nur zu überleben. Ich weiß, was für ein Glück das ist. Ich kann Hope eine Mutter und gleichzeitig berufstätig sein und all das tun, was mich erfüllt. Dinge, die mich voranbringen, damit ich nicht auf der Stelle trete und verbittere.

Mum und Dad befanden sich in der Endphase der Planungen für ihre Weltumsegelung, als wir von Max' Unfall erfuhren. Und dann kam natürlich auch noch das Wunder meiner Schwangerschaft. Jedenfalls schoben sie ihre Reise um ein paar Monate auf, und insgeheim bin ich egoistisch erleichtert. Wenn Max bei hundertzehn Stundenkilometern auf der mittleren Spur der M25 sterben kann, bin ich nicht allzu begeistert davon, dass meine Eltern auf einer zwölf Jahre alten Jacht von Portsmouth über Gran Canaria nach Antigua schippern wollen. Sie sind immer noch wild entschlossen zu fahren, haben bereits Tausende von Pfund in das Boot gesteckt, Segel und Takelage erneuert, ein Ersatzteillager angelegt und die Ausbildung zum Skipper gemacht. Aber damit befasse ich mich, wenn es so weit ist.

In den vierzehn Monaten, seit Max starb, war ich selten ohne Gesellschaft. Tash, Simon und Dylan kommen an diesem Wochenende zu Besuch, und normalerweise übernachtet Jools zwei Nächte pro Woche bei mir. Und das Gute an den vielen Blumensträußen, die ich in den Anfangstagen bekam, ist, dass ich auch meine Nachbarn viel besser kennengelernt habe: Jed, Toby und Magda sowie Nadia. Wir plaudern im Flur, gehen in der Wohnung der anderen ein und aus, treffen uns ab und zu im Pub. Was bedeutet, dass ich viel weniger gestresst bin, wenn Hope auf die Idee kommt, mitten in der Nacht ihre Lunge zu trainieren.

Jetzt arbeite ich ein wenig am Handy, beantworte einhändig E-Mails und Nachrichten, winke Grafikentwürfe mit gerecktem Daumen durch, und als ich zwischen den Programmen hin und her wechsle, fällt mein Blick auf die Horoskop-App, die ich früher täglich konsultierte. Seit über drei Jahren habe ich sie nicht geöffnet. Genauer gesagt das letzte Mal an jenem Abend im Smugglers, als sie mir mitteilte, dass ich meinem Seelenverwandten begegnen werde.

Ich lächle schwach. *Seelenverwandtschaft.* Es ist ein Weilchen her, dass ich daran glaubte. Ich erinnere mich, wie unschlüssig ich damals war, ob sich das auf Max oder Caleb bezog.

Meine E-Mail-App klingelt.

Ich öffne sie und lese. Vor Überraschung stockt mir kurz der Atem.

Es ist Caleb.

Hallo, Lucy. Schön, von dir zu hören. Das mit deinem Partner tut mir sehr leid. Ich hoffe, es geht dir allmählich etwas besser. Ja, gelegentlich übernehme ich Hochzeiten, schick mir doch die Nummer deiner Freundin, dann melde ich mich bei ihr.

Ich weiß nicht, warum ich das Bedürfnis hatte, ihm von Max zu erzählen, in meiner umständlichen E-Mail-Anfrage, die eigentlich nur zwei Zeilen lang hätte sein müssen. Normalerweise lade ich anderen Leuten nicht meine und Max' Geschichte auf, aber irgendwie schien es mir seltsam angebracht, Caleb ins Bild zu setzen.

Plötzlich sehe ich, dass er einen Anhang geschickt hat, und scrolle nach unten.

Ich weiß noch, dass du mir bei unserem Fototermin erzählt hast, der Mann, mit dem du dich an dem Abend vor dem Smugglers unterhalten hast, heiße Max. (Frag mich nicht, warum, vielleicht habe ich ihn gegoogelt.) Jedenfalls saht ihr beide damals irgendwie … verzaubert aus. Ich wollte los und mich noch von dir verabschieden, aber ihr beide wart so ineinander versunken. Na ja, der langen Rede kurzer Sinn: Ich hatte meine Kamera dabei und hab schnell abgedrückt. Einfach weil ihr euch so angesehen habt. Es war – ich weiß nicht genau, wie ich das erklären soll. Etwas ganz Besonderes.

Ich spüre mein Herz in meiner Brust zersplittern.

Sorry, ich hoffe, du findest das nicht aufdringlich. Ich habe einfach diesen komischen Trieb, alles Mögliche zu dokumentieren. Ehrlich gesagt, wollte ich dir das Foto schicken, falls du dich bei mir meldest, aber egal. Ich habe es hier angehängt, in der Hoffnung, es tröstet dich etwas. Es gab einen Grund, warum ich es geknipst habe. Ihr beide seht aus wie füreinander bestimmt.
Alles Gute, Caleb

Ich öffne das Foto. Es ist im Stil eines Reportagefotos aufgenommen, und in der Bildmitte stehen Max und ich vor der weiß gekalkten Fassade des Smugglers mit der bekannten, unter dem Reetdach hängenden Lichterkette. Ich schreie leise auf, als ich ihn so unvermittelt vor mir sehe, in seinem geliebten schwarzen Wollmantel und dem Nadelstreifenanzug, die beide noch auf seiner Seite unseres Schranks hängen, weil ich seine Kleidung niemals weggeben werde. Ich trage ein schwarzes Kleid – dasselbe, das ich zu seiner Beerdigung trug –, und meine langen blonden Haare schimmern. Ich erinnere mich, dass ich damals Angst hatte, furchtbar auszusehen, aber das war unnötig. Ich sah gut aus. Wir beide. Als machten wir Werbung für eine etwas unkonventionelle Büromode-Marke.

Ich berühre den Bildschirm mit den Fingerspitzen, wünsche mir so sehr, ich könnte das Bild zum Leben erwecken, nur für eine Sekunde, damit ich die Freude in Max' Augen wiedersehen, seine Haut riechen, seine Hand berühren kann. Ihn küssen. Ihm sagen, dass ich ihn liebe.

Vielleicht wären wir inzwischen ebenfalls verheiratet. Aber in Ermangelung dessen könnte das hier ja unser Ersatz-Hochzeitsfoto sein. Ein Tag, an dem wir einander staunend betrachteten, als hätte die Welt nur für uns kurz angehalten.

Ich halte Hope das Handy vor das Gesicht. Sie blinzelt es an, dann mich, rudert mit den Ärmchen.

»Das ist dein Papa«, flüstere ich, damit sie es weiß. »Er hat mich so geliebt. Und dich hätte er auch so geliebt.«

Vor drei Jahren ging ich mit Max ein Wagnis ein. Und obwohl es sich nicht so, wie ich es mir erhoffte, mit einem gemeinsamen glücklichen Leben – oder unserer Strandhochzeit, unseren vier Kindern – auszahlte, weiß ich doch, dass auf mich jetzt ein anderes glückliches Leben wartet mit unserer wunderschönen Tochter.

Tränen rinnen mir über die Wangen, also drücke ich Hope an mich und lasse sie fließen. Mein Baby regt sich nicht, als ich erschauere. Vielleicht ist sie an meine ständig wechselnde Emotionsflut gewöhnt. *Das muss sich ändern.* Ich möchte nicht, dass mein Kind traurig aufwächst.

Während die Nacht voranschreitet und Hope schläft, denke ich über Calebs E-Mail nach. Und vielleicht lag er, so schön der Satz auch war, nicht ganz richtig. Max und ich waren nicht füreinander bestimmt. Wir haben uns füreinander entschieden.

Früher glaubte ich an Seelenverwandtschaft. An Schicksal, an Vorsehung. Und jetzt? Mit Max zusammen zu sein lehrte mich, dass wir in Wirklichkeit die Summe unserer Entscheidungen sind. Max zu lieben, ihn zu verlieren, Hope zu bekommen: Sind das nicht alles Folgen von Entscheidungen, die wir trafen? Von Pfaden, die wir einschlugen oder ignorierten? Nichts ist vorherbestimmt, davon bin ich mittlerweile ziemlich überzeugt.

Ich würde natürlich nichts anders machen. Ich würde

mich sofort wieder für Max entscheiden. Aber was die Zukunft betrifft? Da habe ich ehrlich keine Ahnung. Ich kann mich nur anstrengen und Hope die bestmögliche Mutter sein, alles andere sollte sich fügen.

Ich öffne eine E-Mail und schreibe Caleb ein von Herzen kommendes Dankeschön. Warum, kann ich nicht genau sagen, aber ich bin mir sicher, dass Jools ihn als Hochzeitsfotografen auswählen wird.

Und dann, wenn ich ihn sehe, kann ich ihm noch einmal persönlich danken.

Danksagung

Ich möchte mich bei meiner Agentin Rebecca Ritchie bedanken, für deine fantastische Unterstützung und Betreuung, wie immer. Und bei meinen Lektorinnen Kimberley Atkins und Tara Singh Carlson für ihre unerschöpflichen Bemühungen und ihre Sachkenntnis, mit der sie dieses Buch in seinen diversen Fassungen zu gestalten halfen. Danke auch an Amy Batley und Ashley Di Dio. Ein dickes Dankeschön geht außerdem an alle bei Hodder & Stoughton und Putnam Books: Von Beruf Romane zu schreiben empfinde ich immer noch als Privileg, und ich bin euch sehr verbunden für alles, was ihr getan habt und tut. Ich danke all den tollen Bloggern, die sich für Bücher so unermüdlich und leidenschaftlich einsetzen. Außerdem meinen Freunden und Verwandten, mit besonderer Erwähnung von Mark. Und schließlich unserer Hündin Meg, die bei jedem Wort, das ich tippte, an meiner Seite war. Du fehlst mir.